그들의 눈빛 속엔 비밀이 있다

그들의 눈빛 속엔 비밀이 있다

에두아르도 사체리 장편소설

조영실 옮김

홍시

일러두기

소설 속 배경이 되는 아르헨티나의 사법부는 수사법원과 선고법원의 두 부문으로
나뉘어 운영되었다. 수사법원에서는 판사(예심판사) 한 명 당 두 명의 서기관이,
서기관 아래 여덟 명의 직원이 일했다. 수사법원의 주요 역할은 1차적인 수사 및 기소 자료
확보이다. 이 소설은 아르헨티나 현대사의 악명 높은 소위 '더러운 전쟁(Guerra Sucia)'을
전후한 정치 및 사회적 혼란기를 배경으로 한다. 더러운 전쟁은 1976년부터 1983년까지
계속되었으며 이 기간 군부 정권이 수 차례 뒤바뀌는 혼란기를 겪으며 많은 학생,
시민운동가, 학자, 기자 등이 실종 및 살해되었다. 이 기간 동안 사라진 민간인의 수는
최소 1만 3천 명에서 3만 명으로 추정된다.

기억을 간직하고 나누는 일의 가치를 가르쳐 주신
나의 할머니 넬리에게

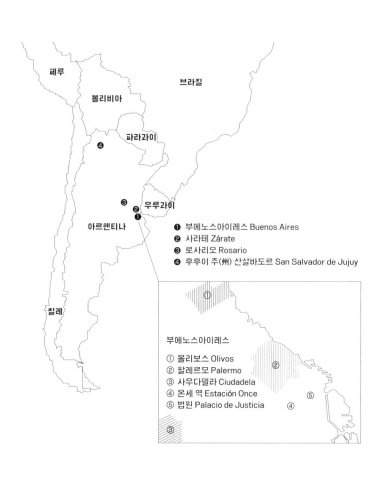

페루

볼리비아

브라질

파라과이

④

③ 우루과이
②
①

아르헨티나

❶ 부에노스아이레스 Buenos Aires
❷ 사라테 Zárate
❸ 로사리오 Rosario
❹ 후후이 주(州) 산살바도르 San Salvador de Jujuy

칠레

부에노스아이레스

① 올리보스 Olivos
② 팔레르모 Palermo
③ 사우다델라 Ciudadela
④ 온세 역 Estación Once
⑤ 법원 Palacio de Justicia

차례

송별회

벤하민 미겔 차파로는 우뚝 발걸음을 멈추고 가지 않기로 마음먹는다. 그냥 안 가는 거야. 모두들 황당해하겠지. 가겠다고 약속했으니까. 모두들 3주 전부터 송별회 준비를 해 왔고, 엘 칸딜 레스토랑에 스물두 명 자리를 예약했지만 할 수 없다. 베니테스와 마차도는 '공룡'의 은퇴를 기념하기 위해서라면 세상 끝에서라도 기필코 찾아오겠다고 했지만 말이다.

어찌나 갑작스럽게 발걸음을 멈췄던지 탈카우아노에서 코리엔테스 쪽으로 난 좁다란 인도를 따라 그의 뒤를 걷고 있던 남자가 하마터면 뒤에서 덮치듯이 부딪칠 뻔하다가 가까스로 차도로 한 발을 내디디며 몸을 피해 간다. 차파로는 좁다랗고 시끄럽고 우중충한 그 길을 싫어했다. 40년 동안 지나다녔던 길이다. 다음 월요일부터는 이제 그리워할 일도 없으리라는 걸 알고 있다. 그 길이든 그 도시의 다른 많은 것들이든 자신의 것이라 느껴 본 적이 한 번도 없다.

사람들을 실망시킬 수는 없다. 가야 한다. 마차도가 지병으로 불편한 몸인데도 로마스 데 사모라에서 일부러 오지 않느냐 말이다. 베니테스도 마찬가지다. 팔레르모에서 트리부날레스 역이 별로 먼 길은 아니지만, 가엾은 베니테스는 그야말로 파김치가 다 되어 있을 게 뻔하다. 그런데도 차파로는 가고 싶지 않다. 평소에 그는 그 어떤 사안에 대해서도 자신 있게 확신하지 못하는 편이었지만, 이번엔 확실히 가고 싶지 않다.

그는 서점의 쇼윈도에 비친 자기 모습을 쳐다본다. 예순. 훤칠하다. 백발이 성성하다. 매부리코, 여윈 얼굴. "젠장." 달리 떠오르는 표현이 없다. 거울 속에 비친 두 눈을 가만히 들여다본다. 젊었을 때 사귀던 한 여자 친구는 그에게 툭하면 유리창에 비친 모습을 들여다보는 버릇이 있다며 놀려대곤 했었다. 차파로는 그녀에게도, 인생을 거쳐 간 다른 어떤 여자들에게도 진실을 고백하지 못했다. 거울에 자신을 비춰보는 습관은 좋아서 그러는 것도 아니고 몹쓸 취미가 있어서도 아니었다. 그냥 자신이 도대체 누구인지 알고 싶어서일 뿐이었다.

그런 생각을 하니 더욱 서글퍼진다. 다시 걸음을 옮기기 시작한다. 마치 걷다 보면 누적되고 가중되는 서글픈 기분의 파편들을 벗어날 수 있기라도 한 듯이. 오후의 햇살이라곤 받아 본 적 없는 길을 따라 그는 서두르지 않고 걸어간다. 이따금 쇼윈도의 자기 모습을 감시하듯 힐끔거린다. 길 건너 왼편으로 30미터 거리에 벌써 엘 칸딜의 간판이 눈에 들어온다. 그는 시계를 본다. 2시 15분 전. 아마 지금쯤 거의 모두 모여 있을 거다. 그는 급히 뛰어갈 일 없다며 사무처 직원들을 1시 20분 무렵에 부지런히 퇴근시키지 않았던가. 이번 달에는 할 일이 많지 않을 것이다. 담당 소송은 이미 종결 단계인데, 다음 법정은 한 달이나 남았다. 차파로는 그들을 생각하면 흐뭇해진다. 참 좋은 친구들이야. 열심히 일하고, 업무도 빨리 배우는 그런 친구들. 생각이 꼬리에 꼬리를 문다. "저 친구들이 보고 싶을 테지." 얼간이처럼 울적한 기분에 허우적대고 싶지 않다. 다시 발걸음을 멈춘다. 이번에는 바짝 뒤따라오던 사람이 없다. 반대편에서 걸어오던 사람들은 파란 블레이저에 회색 바지 차림의 그 키다리 남자를 피해갈 만한 틈은 있었다. 남자는 이번에는 복권가게 쇼윈도에 비친 자신의 모습을 쳐다보고 있다.

그는 돌아선다. 안 가련다. 그래, 안 간다. 부지런히 서두르면 미결수 석방 명령을 처리하느라 퇴근이 늦어진 그녀를 송별회에 가기 전에 만날 수 있을 것이다. 이런 생각을 한 게 이번이 처음은 아니지만, 없는 용기나마 내어 행동에 옮기는 건 이번이 처음이다. 그렇게 하지 않는다면 답은 하나다. 자기 자신을 위한 송별회에 간다는 건 지옥이나 마찬가지다. 그는 지옥불 속에 구워질 마음의 준비가 되어 있지 않았다. 나더러 식탁의 상석에 앉으라고? 양 쪽으로 베니테스와 마차도가 나눠 앉고, 그래서 우리더러 경외해 마지않는 세 구의 미라 세트가 되라는 말이지? 애처로운 알바레스의 명대사 "우리 로마식으로 하자고, 괜찮지?"는 또 어떻고? 고급 와인을 잔에 나눠 따른 후 단숨에 털어 넣을 생각으로 하는 그 질문 말이다. 라우라는 지난 주 월요일에 시작한 다이어트를 크게 어기지는 않겠다고, 누가 계피과자 같이 나눠 먹겠냐고 사람들마다 물어보겠지. 바렐라는 예의 그 울적한 술주정을 핑계로 눈물 질질 짜가며 친구들, 지인들, 웨이터들을 되는 대로 포옹을 해대겠지? 그런 악몽 같은 장면이 발걸음을 더욱 재촉했다. 그는 탈카우아노 길 쪽 계단을 올라간다. 아직 중앙 정문이 닫혀 있지 않앉다. 첫 눈에 들어오는 엘리베이터에 엉겨 붙듯이 들어선다. 5층 간다는 말을 엘리베이터 보이에게 할 필요도 없다. 이 법원 건물 에서는 돌멩이 하나도 그를 알고 있다.

그는 단호한 걸음으로 걸어간다. 투쿠만 길과 평행으로 나란히 뻗어 있는 복도의 검은색, 흰색 타일 바닥에 가죽 모카신 발소리 가 울린다. 마침내 그의 사무실 앞에서 높고 좁다란 문과 마주 선 다. 무의식중에 '내 사무실'이라는 표현을 떠올린 건 당연한 일이 다. 얼마나 숱한 세월을 드나들던 문인가. '나의 사무실'이 맞다. 가르시아 서기관의 것이라기보다는 그의 것이라는 말이 훨씬 맞 는 말이다. 가르시아 이전에 일하던 다른 서기관들의 것이라고 해 도 이상하고, 앞으로 일하게 될 어느 누구의 것이라는 말도 이상 하다.

커다란 열쇠 뭉치로 문을 열자 잘랑거리는 소리가 텅 빈 복도의 정적을 울린다. 누군가 사무실에 들어왔음을 판사가 알아차릴 수 있도록 문을 꽝 하고 세게 닫는다. 잠깐, 왜 '판사'지? 그야 당연히 판사니까. 그러면 왜 '이레네'는 아니지? 그러면 안 되니까. 지금 자신이 그녀를 찾아가는 용건만 생각해도 머리가 지끈거린다. 게 다가 부탁할 사람이 그냥 '오르노스 판사님'이 아니라 '이레네'라 는 사실을 깨닫자 열패감이 몰려온다.

부드럽게 두 번 노크하니 "들어오세요."라는 말이 들린다. 문을 열고 들어서자 놀란 그녀가 아직 레스토랑에 안 가고 여기서 뭐하 고 있느냐고 묻는다. 사실은 "여기서 뭐하고 있는 거예요?" "레스 토랑에 안 가고?"라고 묻는다. 이건 같은 말은 아니다. 그러나 차 파로는 그녀가 친밀한 인칭을 썼다는 것, 더 정확하게 말하면 '보 스(vos)*'라고 했다는 사실에 말려드는 상황을 피하고 싶다.

그러지 않으면 당황한 나머지 그녀에게 부탁하기로 결심한 일, 그러니까 코리엔테스 대로에 거의 다 간 지점의 탈카우아노 길에서 결심했던 명료했던 목적을 달성하지 못할 수도 있다. 그녀 앞에서 그 정도로 당혹스러워하게 되면 용기가 꺾이고 말 것이다. 차파로는 철두철미하게 자신을 가다듬는다. 자신이 칼자루를 쥐고, 멍청하게 일을 망치지 않고, 부탁하려는 것을 단숨에 몽땅 이야기함으로써 당혹감을 끊어 내야 한다는 사실에 대해 확고히, 완전히, 전적으로, 두말 하면 잔소리라는 결론을 내린다. "타자기." 그는 서론도 없이 말을 뱉었다. 거칠고, 불행하며, 동물적이다. 섬세한 도입의 말이라곤 없다. 이레네, 뭐냐면, 생각해 봤는데요, 어쩌면, 만약에 말이지요, 그럴 수도 있는데 말이죠, 어떻게 생각해요 등의 아무튼 이레네 또는 박사님 또는 판사님의 얼굴에 나타난 표정, 갑작스러운 말에 놀라 대답도 못하고 있는 그 당혹스러움을 피하기 위해 사용될 만한, 차고 넘치는 구어체 표현이 전혀 없었다.

차파로는 얼빠진 짓을 했다는 걸 깨달았다. 새삼스러울 것도 없다. 그래서 처음으로 돌아가, 지금 이 시간이면 송별회 오찬에서 사람들의 찬사와 축하를 받고 있어야 하는데 어떻게 된 거냐고 묻는 여자의 질문에 대답해 보려고 애쓴다. 향수에 젖게 되지 않을까, 늘 보는 그 노인네들과 언제나 하는 똑같은 얘기들이나 되풀이하게 되지 않을까, 그러다 보면 감상적인 애상에 빠져들지 않을까 두렵다고 대답한다. 그녀의 눈을 마주 보며 그런 이야기를 하고 있으니 어느 순간 위장이 아래로 쏟아져 내리는 느낌이다. 살

---

* 스페인어에서는 친밀한 인칭과 공적인 인칭을 구별해서 쓴다. 'vos'는 아르헨티나에서 친밀한 관계에 사용되는 인칭대명사이다.

갗에 식은땀이 맺히고 심장이 부풀어 오르는 기분이 든다. 그것은 참으로 깊고 참으로 오래되었고 참으로 헛된 감정이다. 차파로는 그녀의 밤색 눈을 어떻게든 벗어나 보려고, 사무실 창문을 닫겠다며 허겁지겁 일어선다. 그러나 창문은 이미 닫혀 있다. 그래서 열어야겠다고 생각했다가, 창밖에 지독한 한기가 느껴져 그냥 닫아두기로 한다. 결국 제자리로 되돌아가는 수밖에 없다. 그러나 그녀가 앉아 있는 책상과 서류들 위로 똑바로 시선을 마주하지 않기 위해 잠시 애써 그대로 서 있다. 이레네는 그의 동작, 그의 시선, 목소리의 강약에 여느 때와 같이 신중하게 주의를 기울이며 쳐다본다. 차파로는 입을 다물고 있다. 이대로 계속 가면 돌이킬 수 없는 얘기들을 하게 되리라는 걸 안다. 그때 마침 타자기 얘기에 생각이 미친다.

어떻게 풀어가야 할지는 모르겠지만 책을 쓰겠다는 오래된 계획을 실행에 옮기고 싶다는 얘기를 꺼낸다. 말을 하고 나니 바보 천치가 된 기분이다. 늙고 두 번이나 이혼을 한 데다 은퇴까지 한 마당에 경솔하게 작가라니. 황혼기에 헤밍웨이는 무슨. 부에노스아이레스 주 서쪽 변두리에 사는 가르시아 마르케스가 되겠다고. 더 난처한 것은 이레네—그보다는 박사님, 아니 판사님이 좋겠다—의 눈이 뜻밖의 관심으로 반짝인다. 이제 돌이킬 수 없다. 그래서 오랜 계획이었던, 글을 한번 써 보고 싶은 의욕에 대해 몇 가지 설명을 덧붙인다. 이제 아마도 시간이 더 생길 테니까, 아니 당연히 그렇지. 그러다가 타자기 얘기가 나온다. 차파로는 이제 마음이 좀 편안해진다. 이 길대로만 따라가면 더 단단한 땅을 밟을 수 있다. "생각해 봐요, 이레네. 내 나이에 컴퓨터를 배울 수는 없잖아, 그렇잖아요. 그러니 그 레밍턴 타자기를 네 번째 손마디처럼 내 손가락에 붙이고 살겠다는 거지.” 네 번째 손마디? 그런 멍청한 생각은 도대체 어디서 나온 거지? “5미리짜리 쇠붙이, 올리브 그린 색의 몸체, 타자를 칠 때마다 울리는 그 포탄소리, 이런 게 마치 전투용 탱크 같다는 걸 알아요. 그렇지만 장담하는데 별로 복잡해질 것은 없어. 당연히 두 달 정도 빌려야겠지, 기껏해야 세 달. 어차피 대단히 긴 책을 쓸 만한 재주는 없으니까. 알잖아요.” 언제나처럼 그는 또 다시 자신을 조롱하고 있다. “그리고 요즘 새로 입사한 친구들은 모두 컴퓨터를 쓰고 있고, 위쪽 선반에 타자기가 세 대나 더 있어. 최악의 경우 미리 알려만 주면 다시 가지고 올게요.” 거기까지 말을 마친 차파로는 더 말을 이어 가지 못한다. 그녀가 손을 들어 말을 걸었기 때문이다. “잠깐만 좀 진정해 봐요, 벤하민. 타지기는 가져가요. 그건 아무 문제없어요. 내가 해 줄 수 있는 최소한의 것이에요.” 차파로는 침을 삼켰다. 뜻을 전달하는 방법은 정말 여러 가지다. 단어를 통해서, 그러니까 지금처럼 말 끝에 보스(vos)를 선명하게 강조하는 방법도 있고, 말투와 어조를 통해서 전달할 수도 있다. 그녀의 말투는 단조로운 고독의 지평선을 살아가는 차파로가 열에 들뜬 채 하나하나 아로새긴 그런 순간들에 듣던 말투였다. 그 순간들을 잊으려 애쓰던 밤도 무수하고, 그 순간들을 떠올리며 보낸 밤도 수없이 많았다. 그는 자리에서 일어서고 말았다. 고맙다는 인사를 하고 손을 내밀었다. 그러고는 그녀가 내민 향기로운 뺨에 볼 키스를 하며, 그녀의 살결이 입술을 스치는 동안 눈을 감는다. 볼 키스를 할 때 그는 그 순수하고 죄스러운 접촉에 제대로 집중하기 위해 언제나 눈을 감는다. 인사를 마치고 옆 사무실로 달려간 그는 재빨리 타자기를 들어 올리더니, 뒤도 돌아보지 않고 좁다랗고 긴 문으로 빠져나간다.

다시 복도를 걷고 있다. 20분 전에 비하면 복도는 적막하다. 그는 8번 엘리베이터를 타고 내려간다. 탈카우아노 길 쪽으로 난 복도를 따라 걸어가 경비대에게 가볍게 목례를 하고, 작은 문을 통해 밖으로 나간다. 투쿠만 길까지 걸어가 5분 동안 기다렸다가 되는 대로 몸을 들이밀며 115번 버스에 오른다.

버스가 라바예 모퉁이를 돌자 차파로는 왼쪽으로 고개를 돌려 본다. 그러나 거리가 멀어 엘 칸딜의 간판이 보일 리 없다. 이레네, 아니 박사님, 오히려 판사님이 더 낫겠다, 는 지금 레스토랑을 향해 가고 있을 것이다. 주빈이 도망을 쳤다고 다른 사람들에게 설명하겠지. 별로 심각하지는 않을 것이다. 모두 모여 있고, 배들도 고플 테니까.

차파로는 바지 뒷주머니를 더듬어 지갑을 꺼내 양복 재킷 속에 넣었다. 법원에서 일한 40년 동안 한 번도 호주머니를 털린 적이 없었다. 그래서 법원 출근 마지막 날 처음으로 소매치기를 당하고 싶지는 않았다. 온세 역에 도착한 그는 걸음을 재촉했다. 3번 승강장에 있던 기차가 먼저 출발한다. 모든 역마다 정차하는 모레노 행 기차였다. 마지막 칸, 그러니까 개표구에서 제일 가까운 차량은 자리가 전부 차 있다. 그러나 네 번째 차량부터는 자리가 남아 있다. 그는 언제나처럼 혼자 생각해 본다. 뒤쪽 차량에 서서 가는 사람들은 금방 내리려고 그러는 걸까, 다리를 펴고 있는 게 좋아서일까, 멍청해서일까. 어쨌든 고마운 일이다. 차파로는 오후의 햇살이 성가시게 느껴질까 봐 왼쪽 창가에 앉기로 한다. 가는 동안 자기 인생이, 젠장, 앞으로 어떻게 될지 생각을 좀 하고 싶다.

1

내가 이렇게 긴 세월이 흐른 후 리카르도 모랄레스의 이야기를 쓰기로 한 이유가 무엇인지 자신 있게 말할 수는 없다. 그에게 일어난 일이 나에게 모호한 매혹을 불러일으켰다는 건 얘기할 수 있겠다. 고통과 비극으로 산산조각 나 버린 그의 삶 속에서 내 자신의 공포스러운 환영들을 투영할 수 있기라도 하는 듯 말이다. 나와 무관한 사람들의 공포를 볼 때 죄책감이 깃든 즐거움이 내 영혼 속에 존재함을 알아채고 놀란 적도 여러 번이었다. 그것은 경악스러운 일들이 타인에게 일어나면 그만큼 내 자신의 삶에서는 그런 비극들이 멀어지기라도 한다는 듯한 태도였다. 무딘 가능성 법칙을 근거로 한 일종의 안전 통행증을 받은 듯 말이다. 가령 누군가에게 어떤 일이 일어나고 나면, 나를 포함한 그 사람의 지인에게는 같은 일이 일어날 여지가 별로 없다는 식의 생각을 말한다. 내 삶이 성공으로 가득 차 있다고 자만하는 게 아니다. 그러나 모랄레스의 불행과 내 불행을 비교해 보면 내가 승자다. 아무튼 지금은 내 얘기가 아니라 모랄레스 이야기, 또는 이시도로 고메스의 이야기를 하는 중이다. 그 두 사람 이야기는 같은 이야기를 다른 방향에서, 말하자면 반대 방향에서 보는 셈이다.

내가 이 글을 쓰게 된 것은 그런 이유에서만은 아니다. 그런 종류의 병적인 놀라움도 일부 있기는 하다. 아마도 시간이 많아서 이 이야기를 쓰고 있다고 생각한다. 시간이 많다. 많아도 너무 많다. 시간이 남아돌아서 내 삶을 구성하는 소소한 일상들이 나를 둘러싼 단조로운 허무 속으로 순식간에 흩어져 버린다. 은퇴한다는 건 내가 상상한 것보다 더 별로다. 그 점을 알아뒀어야 했다. 은퇴가 어떤 상태인지 배운다는 게 아니다. 우리가 겪게 될 일들이 현실이 되었을 때 상상보다 더 열악한 경우가 많다는 사실을 말한다. 나는 법원 동료들이 퇴직할 때 '그래, 이제 비로소 내 시간을 누리고 내 여가를 즐겨야지'라며 순진하게 낙관하던 걸 오랫동안 지켜봤었다. 낙원에 버금갈 만한 걸 얻었다는 듯한 확신으로 떠나던 모습을 보았다. 그리고 금방 환멸감에 패배당해 기운이 다 빠져 돌아오는 것도 보았다. 2주, 길어야 3주면 그들이 오랫동안 판에 박힌 직장생활을 하느라 미뤄두었다고 여기던 즐거움들, 마음속으로 상상하던 즐거움들이 몽땅 고갈되어 버리곤 했다. 그러면 어떻게 하는가? 어느 날 오후 문득, 오고 싶어 온 게 아니라 우연히 지나다 들른 척하며 법원으로 들어선다. 그러고는 커피도 마시고 담소도 나누고, 좀 복잡한 소송이 있으면 도와주기도 하는 것이다.

나는 공허한 노년을 겪는 사람들을 수차례 눈앞에서 목격하면서, 불가능한 구원을 애원하는 그들의 눈을 수많은 시간 동안 지켜보면서, 내 차례가 오면 절대로 그런 격 떨어지는 행동은 하지 않으리라 맹세했었다. 시간을 허비하는 일은 없으리라. 젊은이들이 어떻게 지내는지 구경하러 외출하는 향수 어린 소풍은 하지 않으리라. 여전히 출근하는 행운을 누리는 사람들에게 겨우 5초짜리 감동을 안기는 그런 측은한 광경을 만드는 일은 없으리라.

아무튼 나는 2주 전에 은퇴를 했고 이제 시간이 남아돈다. 할 일이 생각나지 않는 건 아니다. 수많은 계획들이 떠오른다. 그러나 모든 게 무용한 짓 같다. 어쩌면 가장 쓸모없는 게 바로 이 짓인지도 모른다. '작가가 되겠다고 두 달을 허비하는 것.' 사실 방금 나는 상이한 두 시기, 나에 대해 실비아가 사용한 상이한 두 표현을 뒤섞어 말했다. 여전히 나를 사랑하던 시절의 그녀는 작가가 된다는 미래, 아마도 유명한 작가가 된다는 미래를 나에게 허락했다. 그러다가 권태로운 결혼생활로 인해 사랑이 바닥나 버린 시절의 그녀는 내 작가놀음에 대해 신랄한 조롱과 경멸이라는 망루에서 내려다보며 말하곤 했다. 그녀는 그런 망루를 선택해 자신을 엄호하며 나에게 총질을 해댈 수 있었다. 내가 불평할 이유는 없다. 나도 비슷한 비열한 짓을 그녀에게 하곤 했으니까. 유감스러운 일이다. 10년간의 결혼생활에서 남은 게 서로 어떻게 상처를 주었나 하는 낯부끄러운 목록뿐이라는 사실이. 적어도 실비아여서 싸움이라도 할 수 있었다. 첫 번째 아내 마르셀라와는 그런 얘기조차 꺼내 볼 수 없었다. 바보 같으니. 사실은 두 경우가 다를 것도 없다. 거짓말 같은 일이다. 내 인생의 많은 시간을 두 여자와 공유했는데, 두 여자 모두 한 줌의 가물가물한 기억만 간신히 남아 있으니. 두 여자가 내 기억 속에 아득하게 남아 있다는 사실 자체가 지금 내가 늙었음을 증명하는 또 다른 증거다. (하긴 어디 증거가 모자라기라도 했었나.) 충분히 길었던 두 번의 결혼생활에서 살아

남았으니 이제 이 광활한 독신의 고원 정도는 견뎌낼 수 있다. 어찌 되었든 인생은 길다.

사실은 나도 작가가 되는 일에 관해 진지하게 생각해 보지 않았었다. 실비아가 감탄해 마지않으며 호응을 보내 주었을 때도 그랬고, 나중에 빈정거리는 말을 뱉어냈을 때도 그랬다. 그런데, 지금은 작가를 꿈꾼다. 꿈이라는 것은 대부분 가장 절박할 때라야 꾸어지기 때문일 것이다. 지금 나는 오랜 폭풍우에 시달린 거대한 절벽 위에 자리 잡은 저택, 큼지막한 통유리 창밖으로 바다의 전경이 펼쳐지는 서재에 앉아 글을 쓰는 근사한 장면을 상상한다.

법복을 입었다고 수도승이 되지는 않는 것 같다. 우리 집 거실을 '집필 중인 작가의 신전'이라는 판에 박힌 공간으로 만든 걸로는 충분하지 않은 걸 보니. (경악할 일이다. '집필 중인 작가'라는 표현이 내 용기에 발길질을 하는 듯하다. 정말 어울리지 않는 표현이다.) 그렇지만 근사한 공간이다. 정말이다. 우리 집은 바다를 내다볼 수 없고 비바람을 맞을 일도 없다. 사실이다. 그렇지만 나는 정돈된 서재 책상이 있다. 책상 한쪽에는 반짝반짝한 타자용지한 묶음, 다른 한쪽에는 메모 노트 한 권. 메모는 아직 없다. 한가운데에는 타자기가 있다. 올리브 그린 색의 위풍당당한 레밍턴 타자기다. 몇 년 전만 해도 법원에서는 이런 농담이 통했다. 전투용 탱크보다 크기는 아주 조금 작을지 몰라도 무쇠로 되어 있기는 마찬가지라고.

나는 창가로 다가가 창밖을 내다본다. 바닷바람에 시달린 거대한 절벽이 아닌, 가로 5미터, 세로 4미터짜리 조그만 마당 위로 난 창문이다. 눈앞으로 펼쳐진 거리로는 언제나와 마찬가지로 개미 새끼 한 마리 지나지 않는다. 삼십 년 전만 해도 이 거리는 젊은이들과 오가는 사람들로 북적거렸었다. 하지만 지금은 그야말로 황량하기 그지없다. 젊은 사람들은 떠나 버렸고 노인들은 집 안에 틀어박혀 산다. 나도 그렇다. 기분 좋은 말 같기도 하다. 어쩌면 우리는 소설 한 편 쓰겠다는 환상으로 책상을 마련하는 그런 존재들인지도 모른다.

솔직히 마음 깊은 곳에선 지금 메워 가고 있는 이 종이 역시 앞선 열아홉 장의 종이처럼 결국에는 구겨진 채로 방 저편 구석으로 처박혀 버리게 될 지도 모른다는 생각을 한다. 타자기에서 종이가 한 장씩 튀어나올 때마다 그걸 구겨서 정교한 손목 스냅과 우연한 행운을 이용해 누가 쓰다가 여기까지 오게 된 건지 알 수도 없는 우산꽂이 속으로 던져 넣고 싶은 충동을 느끼기 때문이다. 구겨진 종이를 던져 넣을 때마다 나는 열광하고, 살짝 빗나가 골인을 시키지 못할 때면 작은 실망감과 함께 어쩌면 이번이 내가 그토록 쓰고 싶던 뭔가를 써내기 위한 첫발을 내딛게 된 건 아닐까 기대해 본다. 나의 기대감이란 다음엔 꼭 골인을 시키리라는 용기보다 낮은 수준이다. 아무래도 내가 작가가 된다는 건 나이 예순에 농구 선수가 되는 것만큼이나 요원한 일임에 틀림없어 보인다.

여러 날 동안 나는 작품을 써내려가기에 앞서 매우 핵심적인 문제에 대한 답을 찾기 위해 애썼다. 지금 내가 겪고 있는 문제, 바로 타자기 앞에 앉아 종이만 구겨대고 있는 현실 때문에 결국에는 손톱만큼 남은 마지막 용기마저 꺾여버리는 건 아닐까 하는 의구심 때문이었다. 우선 적으로 해결해야 할 문제는, 과연 나에게 작가로서의 상상력이 있는가 하는 문제였다. 다행히 새로운 것을 창조해내는 대신, 직간접적으로 내가 경험했거나 경험했을 법한 이야기들을 풀어나가는 것으로 문제를 해결하기로 했다. 그래서 리카르도 모랄레스 이야기를 쓰기로 마음먹은 것이다. 앞서도 말했듯이, 그 이야기는 무엇 하나 더할 필요 없는 실화인데다가, 곳곳에 뚫린 구멍을 메우기 위해 뭔가 거짓말을 갖다 붙여야 할 필요도 없을 만큼 나 자신이 처음부터 끝까지 속속들이 알고 있는 일이기 때문이다. 내 입장에서는 굳이 이야기를 늘여 갈 필요도 없고, 독자들이 몇 쪽 못 가 책을 집어던지지 않도록 잡고 늘어질 필요도 없는 것이다.

일단 무엇을 쓸 것인지 결정하고 나자, 뒤이어 찾아온 매우 구체적인 문제는 과연 몇 인칭으로 이 이야기를 들려줄 것인가 하는 것이었다. 내가 내 이야기를 풀어 나간다 해도 '나'를 주인공으로 할지, '차파로'를 주인공으로 할지 결정해야 하기 때문이다. 이런 문제 하나조차 해결하지 못하는 나의 작가적 역량이 그저 슬플 뿐이다. 일단 삼인칭 주어를 선택한다고 가정해 보자. 너무 지나칠 정도로 감상적이 되거나 개인적 감정에 빠져들지 않기 위해서는 아마도 삼인칭 시점으로 가는 게 최선일 것이다. 그건 분명하다. 이 작품, 아니 좀 더 적나라하게 표현하자면 이 허접한 소설 나부랭이를 통해 나 스스로 카타르시스를 경험하고 싶은 욕심 같은 건 없으니까. 하지만 편안하기로 말하자면 일인칭 시점이 훨씬 편할 것이다. 아직 글을 써본 경험은 없지만, 분명 편할 게 틀림없다. 그런데, 내가 직접 경험하지 못한 부분을 서술할 때에는 어떡한다? 추정은 하되, 실제로 확인할 수 없는 부분은? 이때에도 똑같이 서술할 수 있을까? 처음부터 끝까지 다 창작해서? 아니면 그런 부분은 아예 다 빼버릴까?

구체적으로 들어가 보자. 쉽게 생각해 보자. 일단 일인칭으로 시작한다. 다른 시점을 시도하기에는 나로서는 난점이 정말 많다. 그리고 내가 아는 것, 사실이라고 짐작되는 것을 이야기하는 게 좋겠다. 그렇지 않고는 내가 무슨 이야기를 시부렁거리는지 아무도 알아듣지 못할 테니까. 아마 나조차도 알아먹지 못할 걸. 또 다른 문제는 '언어'의 문제다. 조금 전에 내가 쓴 '시부렁거리다'는 표현은 밤거리에서나 볼 수 있는 일종의 '네온 사인' 같은 표현이었다. 과연 다소 천박한 느낌의 이런 시쳇말을 써도 될까? 아니면 문어체적으로 가면서 이런 말들은 다 빼버리는 게 옳을까? 염병할! 뭐 이리 어려운 거지? 아……! 얼떨결에 또 육두문자를 써버렸다. 아무래도 나라는 사람은 입이 험한 사람인가 보다.

문제가 하나 더 있다. 사실, 가장 어려운 문제인데, 모랄레스 이야기를 쓰기는 쓰는데, 처음부터 쓰려고 하는데, 과연 어디가 처음인지를 알 수 없다는 점이다. 내가 제 아무리 초보 글쟁이라고는 하지만, 최소한 "옛날 옛적에" 식으로 시작하는 건 말도 안된다는 것 정도는 안다. 그럼 어떻게 하는 게 좋을까? 어떻게 실마리를 풀어가는 게 좋을까? 물론 이 이야기에도 시발점이 있는 건 분명하다. 문제는 가능한 시발점이 여러 개일 수 있다는 거다. 출근하면서 현관 앞에서 아내와 입맞춤을 나누는 젊은 남자의 모습에서 시작할 수도 있고, 책상 머리에서 졸고 있다가 요란한 전화벨 소리에 퍼뜩 깨어 옷매무새를 바로 잡는 두 남자의 모습에서 시작할 수도 있으며, 막 석사학위증을 받아들고 단체 사진을 찍기 위해 카메라 앞에 선 아가씨의 모습에서 시작할 수도 있다. 그도 아니면, 법원에서 일하고 있는 한 남자의 모습에서 시작하는 것도 가능하다. 이런 모든 모습들이 존재하고 30년이 지난 뒤 느닷없이 뜻밖의 발신인에게서 온 편지를 한 통 받아든 바로 내 모습에서 말이다.

이 모든 가능성 중에서 과연 어느 것을 택하는 게 좋을까? 사실 뭐든 상관없을 거다. 어디를 시발점으로 선택하든, 결국에는 글을 써나가면서 가장 적절한 순간에 다른 모든 이야기들이 뒤얽히게 될 테니까. 설사 그 출발점이 잘못되었다 해도 상관없다. 어차피 몇 날 며칠을 도돌이표만 반복하고 있으니 말이다. 어차피 망치고 또 망쳐서 종잇장만 구겨대는 한이 있어도, 최소한 장거리 슛 성공률만은 조금 나아질 테니까.

2

1968년 5월 30일은 리카르도 아구스틴 모랄레스가 아내 릴리아나 콜로토와 마지막으로 아침 식사를 함께한 날이었다. 그날 이후 평생 동안 모랄레스는 그날 그녀와 나누었던 이야기들, 그녀와 함께 마시고 먹었던 아침 식사, 그녀가 입고 있던 잠옷 색깔, 식탁에 앉은 아름다운 그녀의 왼쪽 뺨 위로 조용히 내려앉은 아침 햇살, 그 무엇 하나도 잊지 않았다. 모랄레스가 처음 나에게 그런 이야기를 했을 때, 나는 너무 과장이라고 생각했다. 나 같은 경우, 절대로 그런 세세한 것들을 기억하지 못하기 때문이었다. 하지만 나의 그런 착각은 모랄레스를 잘 알지 못했기 때문이었다. 사실 모랄레스는 아주 순진하고 착해 보이는 얼굴이었지만 매우 영리하고, 지금껏 본 적 없고 앞으로도 다시는 볼 수 없을 만큼 빼어난 관찰력과 기억력을 지닌 사람이었다. 모랄레스의 틀림없는 기억력은 오직 한 가지, 그의 아내에 관한 모든 것에 집중되어 있었다.

언젠가 모랄레스가 내게 자기 자신의 이야기를 털어놓은 적이 있었다. 그날의 그를 묘사한다면, 아마도 다소 침울하고, 조용하며, 그런 성향이 천성인 듯 딱 들어맞는 그런 사람이라고 할 수 있을 것이다. 모랄레스는 자신이 타인에게 아무런 흔적을 남기지 않은 채 집, 학교, 직장을 왕복하는 사람이라고, 연민의 기색 없이 그렇게 표현했었다. 좋은 걸 가져 본 적도 특별한 걸 가져 본 적도 없다고 했다. 그렇지만 항상 그걸 당연하다고 여겼다고 했다. 릴리아나를 만날 때까지는. 그녀는 그에게 좋은 존재이자 특별한 존재이기도 했다.

정말로, 정말로 그녀는 그 두 가지, 그 자체였던 것이다. 그렇기에 그 아침이 그의 기억 속에 영원히 새겨지게 된 것일 뿐, 그 날이 그녀와의 마지막 날이었기 때문은 아니었다. 모랄레스는 그 아침도 그녀와 결혼하고 보낸 일 년 남짓한 하루하루를 기억하듯 그렇게 기억했다. 그리고 훗날 나에게 그 아침의 면면들을 세세하게 설명했다. 일반적인 사람들은 지난 시간을 이야기할 때, 간밤의 꿈을 되살리거나, 혹은 완전히 잊고 만 지난 날의 에피소드나 상황, 감정 등을 파편적으로 되살려내며 설명하곤 한다. 하지만 모랄레스는 달랐다. 그에게 릴리아나와 함께 하는 시간은 지금까지 누려온 그 무엇과도 비교할 수 없는 더할 나위 없는 축복이었기 때문이다. 우주가 본래의 균형을 유지하려는 속성이 있어서 원래의 질서를 회복하려 한다면 조만간 그녀를 잃게 될 수도 있다는 생각을 할 정도였다. 그에게 그녀와 함께했던 기억 하나 하나에는 모퉁이를 돌아서는 순간 엄청난 참화를 겪게 될, 난파한 표류자의 절박함이 깃들어 있었다.

그는 어느 것 하나 뛰어난 게 없었다고 했다. 학업이든 운동이든. 가족들 사이에서조차도 별달리 뛰어나지 못한 장점들에 대해 어쩌다가 칭찬받는 것이 전부였다. 그러나 1966년 11월 16일 그는 릴리아나를 알게 되었고, 그 일은 인생 전부를 바꿔 놓을 정도였다. 릴리아나와 함께, 릴리아나로 인해, 릴리아나 덕분에 그는 달라졌다. 릴리아나가 은행의 회전문을 지나 예금업무 창구가 어디냐고 경비원에게 물어보고는, 군더더기 없이 확고한 걸음으로 4번 창구로 다가오는 모습을 본 이후, 그는 그 여자가 자기 인생을 바꿀 거라는 느낌이 들었다. 자기 운명이 그녀에게 달려 있다는 절망적인 확신에 사로잡힌 모랄레스는 돈을 세면서 소심함을 극복하고 대담하게도 그녀에게 말을 걸었다. 정면으로 그녀의 눈을 보고 미소를 지었으며, 그녀에게 시선을 고정시킨 채 또 오시라고 큰 소리로 인사했다. 그러고는 은행의 서류를 뒤져 그녀가 예금한 계좌가 어느 회사 것인지 알아보고는 핑계를 만들어 그 회사에 전화를 걸어, 그 아가씨의 인적사항 몇 가지를 알아내기도 했다.

후일 그들이 공식적으로 연인 사이라고 여길 수 있게 되자 릴리아나는 거절을 해도 포기하지 않고 쫓아다니던 무모함, 그 꾸준한 용기가 마음에 들어 결국 데이트 신청에 응하기로 했다고 고백했다. 그를 더 잘 알게 되자, 그러니까 그가 소심하고 자신감도 부족하며 천성적인 부끄럼쟁이란 걸 알게 되자, 그녀는 그때의 예사롭지 않은 용기가 진정한 사랑의 증거였다고 이해하게 되었다. 릴리아나는 여성에 대한 사랑의 감정 때문에 자신의 존재방식을 바꿀 수 있는 남자는 보상받을 가치가 있는 사람이라고 말했다. 리카르도 모랄레스도 그 대화를 잊지 않았다. 그는 그녀를 위해 영원히 그런 사람이 되기로 했다. 그는 자신이 얼마나 보잘것없는 남자인지 잘 알고 있었다. 더욱이 릴리아나 같은 여자에 비하면야.

하지만 지금 이 순간만큼은 이 행복을 누릴 수 있음도 알고 있었다. 마법이 풀어지고 마부와 마차가 생쥐와 호박으로 변해 버리기 전까지는.

이러한 모든 이유들로 인해 모랄레스는 1968년 5월 30일의 모든 것들을 영원히 기억할 수 있게 된 것이다. 릴리아나가 입고 있던 쪽빛 잠옷, 세 가닥으로 땋아 내린 머리카락과 틈 사이로 흘러내린 진한 갈색 머리카락 몇 올, 주방 창문을 통해 사선으로 흘러든 햇살과, 그 햇살을 받아 더욱더 아름답게 빛나던 그녀. 두 사람은 밀크 티와 버터를 바른 토스트를 먹었고, 거실에 어떤 가구를 들여놓는 게 좋을지에 대해 이야기했다. 그는 식탁에서 일어나 어떻게 하면 가장 그럴듯하게 가구를 배치할 수 있을지 생각하며 그린 배치도 몇 장을 그녀에게 가져왔고, 그녀는 매사에 어쩜 그렇게 계획을 세우느냐며 깔깔거렸다. 그녀는 그의 눈을 지그시 바라보고 미소를 지으며 어차피 조만간 거실을 침실로 리모델링 할 텐데 낡은 가구 때문에 너무 고생하지 말라고 했다. 서서히 그녀에게 넋을 빼앗기며, 아니 별나라에서 찾아온 그녀의 매력에 완전히 빠져들며 그는 제정신을 차릴 겨를도 없이 그녀의 허리를 감싸 안고 현관문까지 함께 걸어간 뒤 문간에서 천천히 입맞춤을 한 뒤 뒷걸음으로 멀어지며 손을 흔들었다. 그것이 영원한 작별을 고하는 인사인 줄도 모른 채.

영화관

벤하민 차파로는 타자기의 줄바꾸개를 몇 번이고 작동시켜 종이를 빼냈다. 차파로는 안전핀이 빠진 수류탄이라도 되는 양 종이 가장자리를 조심스레 집어올려 롤빵이 되어 휴지통으로 날아가는 것을 면한 열여섯, 열일곱 장의 원고 위에 올려 놓는다. 그는 집필을 끝낸 종이가 이제 어느 정도의 두께, 그러니까 부피감이 확실히 생겼다는 걸 알고 조금 감동한다.

그는 만족스러워하며 일어선다. 이틀 전에 그는 어떻게 시작해야 할지 정하지 못해 괴로운 나머지, 책을 쓸 수 없으리라는 확신으로 절망스러웠다. 이제 시작 부분은 썼다. 좋든 나쁘든 일단 썼다. 그 사실이 만족스러웠다. 물론 여전히 안달이 날 정도로 불안하긴 하다. 그러나 집필을 이어 가고 싶은 안달이고, 그 사람들에게 일어난 일을 글로 쓰고 싶은 안달이다. 그는 작가들이 이야기를 쓸 때 느끼는 기분이 이런 것일까 자문해 본다. 자기 인물들의 삶으로 유희를 벌이는 그 소소한 전지전능성. 확실치는 않다. 그러나 이런 기분이 맞다면 그것은 분명 즐거운 일이었다.

　시계를 보니 저녁 7시. 등이 아프다. 거의 온종일 그렇게 앉아 있었다. 첫 시동을 건 자신에게 상을 주고 자축하기로 한다. 책장 위에서 지갑을 찾아 얼마간 돈이 든 걸 확인하고 영화관으로 향한다. 그가 가장 좋아하는 방식은 어떤 영화를 보느냐가 아니라, 영화를 보는 동안 나중에 이레네에게 얘기해 줄 만한 영화인지 알아가는 데 있다. 그는 별로 얘기하고 싶은 건 아니라는 듯이 슬쩍 영화 본 얘기를 흘릴 것이다. 그러면 그녀는 무슨 영화냐고 물어본다. 그들은 영화에 관한 대화를 좋아한다. 취향이 비슷했다. 둘이 같이 영화 보러 갈 수 있다면 이레네가 좋아할 텐데 하는 생각이 스치고 간다. 물론 그럴 수는 없는 일이다. 그래, 말도 안 되지. 사실은 그 혼자만의 생각일 것이다. 도대체 그녀가 그와 함께 영화 보러 가고 싶어 한다는 생각은 어떻게 하게 된 걸까? 아마도 그랬으면 좋겠다는 그 자신의 바람 때문일 것이다. 정말 그렇다고 믿을만한 증거라도 있었던가? 아니다. 천만의 말씀이다. 증거 같은 건 없다.

3

1968년 5월 30일 오전 8시 5분 법원 사무실의 전화기가 울렸을
때, 너무 피곤했던 나는 시끄럽게 울려대는 벨소리가 꿈속에서 일
어나는 일이라고 착각했다. 전화벨이 네다섯 번 울리고 나서야 나
는 겨우 눈을 떴지만 여전히 미적대며 수화기를 들지 않았다. 이
렇게 일찍 잠이 깨는 것도 괴로운 일인데, 전화까지 받아야 한단
말인가.

　게다가 옆에서 페드로 로마노가 벌떡 일어나며 소리를 지르는
바람에 정신이 산만해졌다. 축하한다고 말하는 로마노에게 나
는 심술이 동해 눈을 비벼대며 심드렁한 표정을 지어 보였다. 둘
다 틈틈이 큼지막한 검은 가죽 의자에 몸을 깊숙이 파묻은 채 잠
시 눈을 붙이거나 책상에 엎드려 쪽잠을 자 가면서 판사실에서 밤
샘 작업을 마친 뒤였다. 신바람이 난 로마노가 펄쩍 뛰다가 저녁
밥 먹고 난 빈 그릇들이 담긴 쟁반을 발로 차는 바람에 커피 잔 하
나가 책장 발치로 데굴거리며 굴러갔다. 나는 여전히 느릿느릿 수

화기를 집어 들면서 내심 염병할 판사한테 욕을 퍼부었다. 어찌나 닦달을 해대던지 벌써 보름째 로마노와 번갈아가며 밤샘작업을 했기 때문이다. 일주일은 로마노네 팀이, 그다음 일주일은 우리 팀이. 문제는 15일째 되는 날은 누가 철야를 할 것이냐였는데, 멍청한 포르투나 라칼레 판사가 우리 둘이 함께 밤샘을 하면 된다는 빌어먹을 명 판결을 내린 것이다. 보통 사건은 살인 사건 같은 중대 사건이 아닌 경우, 관할 서에 따라 배분되었고, 우리 관할 서의 경우, 특히 15일째 되는 날에는 사건 접수 시간을 기준으로 로마노네 팀이나 우리 팀 중 하나에 배정되곤 했다. 로마노는 두 손을 치켜들고 환호하며 외쳤다. "8시 5분이야, 차파리토! 8시 5분!" 이 시간에 전화벨이 울렸다면, 십중팔구 살인 사건이 분명했다. 로마노가 좋아하는 건 당연했다. 홀수 시간대에 사건이 접수되면 로마노네 팀이, 짝수 시간대에 접수되면 우리 팀이 맡아야 하니 말이다. 로마노는 불과 5분이라는 간발의 차이로 산더미 같이 쌓인 갖가지 사건 관련 서류더미에서 해방된 것이다.

이제 와 생각해 보면, 아니 이제 와 그 순간을 글로 써내려 가다 보니, 우리는 어지간히도 뻔뻔했다. 사건들을 마치 운동 경기 보듯 대했던 거다. 우리는 단 한번도 8시 5분을 전후해서 전화벨이 울린 것은 누군가가 또 다른 누군가를 살해했기 때문이라는 생각을 해 본 적이 없었다. 우리에게 그 시간의 전화벨은 그저 사무실 내에서 벌어지는 한 판 경기에 불과했다. 네 사건이냐, 내 사건이냐를 결정짓는 경기, 누가 더 영악한지, 누구 운이 더 좋은지를 결정짓는 경기 말이다. 그날은 로마노의 날이었던 셈이다. 그 시절은 아직 그에게 넌덜머리가 나기 전이었다. 서로 안 지 얼마 되지 않아서 로마노가 얼마나 경멸스러운 인간인지 드러낼 만한 시간이 없었다. 그렇지만 빈정대는 그의 머리에 전화기를 던져 박살내고 싶은 격렬한 충동이 느껴졌다. 그러나 그렇게 하는 대신 나는 태연한 척 헛기침으로 목구멍을 가다듬은 뒤 수화기를 들며 진중한 목소리로 대답했다. "안녕하십니까, 법원입니다."

4

나는 내 운명을 저주하며 탈카우아노 길 쪽 층계를 내려갔다. 그 시절까지도 나는 법대 공부를 다 마치지 않은 걸 문제 삼고 있었다. 자책하고 있었다는 게 맞겠다. 그런 순간이면 내 자책은 제대로 설득력을 발휘했다. 학업을 마쳤더라면, 하고 혼잣말을 했다. 그랬다면 스물여덟 살 나이에 법원 경력이 10년이니 서기관이 될 수 있을 텐데, 늪에 빠진 듯 아니면 압정으로 한 자리에 고정시켜 놓은 듯 법원의 염병할 부서기관이자 사무장으로 지지부진하게 지내지는 않았을 텐데. 나중에는 검사도 되고 판사도 될 수 있지, 그게 뭐 불가능하겠는가? 국선변호인도 좋다. 안될 게 뭔가! 이력을 쌓고 진급을 하고 비상하듯 내 처지를 벗어난 명청이 부대가 법원 복도를 지나다니는 꼴을 보는 게 지겹지도 않은가? 지겹다. 맹세컨대 지겨웠다.

"사무장의 콤플렉스." 내 마음의 고통에 의학적인 명칭을 붙인다면 바로 이것일 것이다. "변호사 자격증이 없어서 법원 사무국의 행정 과장이라는 서열에 머물러 있고, 서기, 주방 심부름꾼, 견습 사원들에게는 영향력이 있지만 빌어먹을 인생에서는 절대로 서열화된 지위를 넘어설 수 없으며, 그래서 더러 유능한 경우도 있지만 멍청하기 그지없는 사람이 법원 스타덤을 향해 유성처럼 날아 자신을 넘어서는 모습을 보면서 열패감에 주눅이 든 법원 직원의 증상." 법학 전문서적에 어울릴 만한 아주 멋진 표현이다. 하긴 어쩌면 '빌어먹을 인생'이라는 표현 때문에, 아니면 '멍청하기 그지없는'이라는 표현 때문에 거부될지도 모른다. 그런 서적을 펴내는 사람들도 지체 높은 법조인일 테니까.

인턴 직원으로 입사했을 당시 상사로 모시던 사무장 아달베르토 리바데로는 나에게 절대 진리를 알려 주었다. "이봐, 차파리토, 법원은 섬과 같아. 자네는 타히티 섬에 떨어질 수도 있고, 싱싱 교도소에 떨어질 수도 있어." 지금의 내가 지닌 잿빛 노련미로 나를 바라보던 옛 스승의 얼굴에는 그 자신도 싱싱 교도소 죄수라는 기분으로 살고 있다는 게 확연히 드러나 있다. "그리고 이보게," 그는 자기 말이 진실이라는 건 알지만, 그 진실이 쓸모없다는 것도 알고 있는 사람의 서글픈 표정으로 나를 보며 덧붙였다. "그 섬은 자네가 어느 판사에게 배정되는가에 달렸다네. 영리한 판사한테 배정되면 살아남는 거고, 빌어먹을 판사한테 배정되면 인생 꼬이는 거야. 근데 최악은 멍청한 놈일세, 차파로. 멍청이들을 조심하게. 바보 멍청이를 만나면 끝장이거든."

아달베르토 리바데로의 그 주옥같은 말은 특별대우를 받아 마땅하다. 법원에서 눈에 제일 잘 띄는 곳에 서 있는 정의의 여신상 바로 옆에, 청동 글씨로 새겨 둘 만한 말이다. 탈카우아노 거리의 계단을 내려가면서 어떤 버스를 타는 게 더 편할지 가늠해 보는 동안, 옛 스승의 말이 내 머리를 짓눌러댔다. 1968년 5월 30일 현재, 나는 이미 길을 잃고 있었기 때문이다. 그 당시에는 내가 속한 예심법원이 아주 잘 돌아가는 듯 보였지만, 사실은 바보 멍청이의 손에 놀아나고 있었던 것이다. 그는 멍청이 중 최악의 멍청이, 오직 승진에만 눈이 멀어 있었다. 능력에 비해 높은 자리에 앉은 멍청이는 자신의 행동을 최소한으로 줄이는 경향이 있다. 그는 자신이 멍청이임을 막연하게라도 눈치 챘다. 그리고 자신이 정상에 있다고 여겨지면 만족감을 느낀다. 그래서 두려워하기도 한다. 자신이 멍청이임을 다른 사람들이 한눈에 알아볼까 두려워하는 것이다. 자신이 골치 아픈 사건을 맡게 되면, 몰랐던 사람들조차 자신이 멍청이라는 걸 알게 될까 두렵다. 그는 스스로 고요한 사람이라 부른다. 그는 움직임을 극단적으로 줄이고 인생이 옆으로 비켜 가도록 내버려 둔다. 그래서 그의 직원들은 간섭 없이 조용히 일할 수 있고, 잘 알고 있는 일을 한다. 나아가 리더의 게으름과 자신들의 지식을 잘 뒤섞어 리더가 똑똑해 보이거나 적어도 좀 덜 멍청해 보이도록 만들어 간다.

그러나 승진을 갈구하는 멍청이는 두 가지 난점이 더 있다. 먼저 열정으로 가득 찬 그는 에너지가 넘쳐 무엇이든 하고 싶은 기분을 느낀다. 에너지, 열정, 주도적인 자세가 샘처럼 솟아올라 억제하지 못하고 상사 앞에서 드러내고 싶어 한다. 그래야 자신의 도덕적, 지적 가치에 비해 낮은 자리에서 허비되고 있는 다이아몬드가 손에 들어 있음을 상관도 마침내 깨닫게 될 것이기 때문이다. 바로 여기에 두 번째 난점이 있다. 멍청이라는 이 고유의 범주에는 대범함과 부도덕이 합해진다. 승진하려는 꿈을 지닌다는 것은 승진의 달성을 미덕으로 느낀다는 것이고, 그런 바람을 본질적으로 정당하게 본다는 것이다. 그러므로 세상과 타인들이 이를 부정하는 것은 자신에 대한 부당한 대우라고 느낀다. 부도덕과 추진력은 그래서 멍청이를 위험하게 한다. 자신뿐만 아니라 제3자도 위험에 빠뜨리게 된다. 정확하게 말하면 그의 휘하에 있는 모든 제3자를. 예를 들면, 누군가는 따뜻한 법원의 실내를 포기하고 범죄현장을 찾아가야 한다. 바로 지금 내가 줄줄이 입에 욕을 뱉어가며 탈카우아노 길 쪽 입구의 층계참을 내려가는 것처럼.

고등법원의 법관들 앞에서 근면 성실한 아이처럼 보이고 싶어하는 그 예심판사가 역사상 존재하는 유일한 멍청이인 건 아니다. 소심해서든, 편해서든, 방심해서든, 아무튼 법대 학업을 다 마치지 않았고 그 결과 인생에서 절대로 부서기관 이상으로는 승진하지 못할 여기 또 한 명의 멍청이도 마찬가지가 아닐까, 이런 식의 생각이나 하고 있는 조난자, 그게 바로 나였다. 마치 역에 도착한 기차 앞에 나무와 쇠로 된 커다란 차단막이 나타나, 당신은 여기까지요, 라는 분명한 신호를 보내는 것과 같은 기분이다. 폐쇄된 철로, 끝나버린 지선, 그게 전부다. 그의 앞에는 자신의 상관이자 졸업장이 있는 법조인이기 때문에 명령을 내리면 받들어야 하는 무수한 서기관들이 줄줄이 서있다. 또 그 서기관들에게 명령을 내려 누군가에게 일을 시키게 하는─바로 지금 내가 하고 있는 이 일처럼 말이다─수많은 판사들이 장사진을 이루고 있다. 살인 사건이 생길 때마다 당번 사무실의 사무장은 경찰의 수사를 감독하기 위해 범죄 현장에 나가야 했다.

나는 거만해 보이지 않도록 애를 쓰며 처음이자 마지막으로 지엄하신 판사님께 겁 없이 물은 적이 있다. 예심의 1차 기소문을 작성하는 일은 연방경찰의 일인데, 우리가 이런 부지런을 떨 필요가 무엇이냐고 말이다. 판사님께서는 상관없어, 다만 나는 그게 좋아, 라고 대답했다. 그게 전부였다. 이어지는 침묵 속에서 나는 거렁뱅이 생쥐라도 된 기분이었다. 그곳에 있는 사람들 모두 알고 있는 사실을 나도 함구하는 수밖에 없었다. 새로 온 판사는 바보천치고, 서기관들은 일언반구도 하지 않을 거라는 사실을. 18호 서기관실 서기관은 자신의 신임 판사가 타고난 멍청이임을 제대로 간파했기 때문에 이의를 제기할 생각이 없고, 그래서 더 좋은 공기가 부는 다른 섬으로 떠나기 위해 가능한 모든 영향력을 동원하게 되리라는 사실을. 19호실 서기관인 카를로스 페레스, 그러니까 네 상사, 너의 직속상관 말이야, 그는 자기도 멍청이기 때문에 자기 판사가 멍청이라는 사실, 그것도 제대로 된 멍청이라는 사실을 알아채지 못해. 그러니 너는 길을 잃은 거야. 이제 너에게 남은 선택지는 뭐지? 없다. 아무것도 남은 게 없다. 아니, 선택의 여지가 참 많기도 하지, 저 진짜배기 멍청이가 어서 자기 원하는 바를 이루어 대법원 판사로 승진하기를 성 칼리스토에게 9일 기도를 드리는 수밖에 없다. 제발 대법원에 가서는 꿈이 실현된 기분을 느끼며 평정을 찾을 수 있기를, 그리고 사법부의 가장 뛰어난 집무실 중 어딘가에 살면서, 꿈을 이룬, 묵상하는, 평화로운, 최고 경지의 멍청이라는 지위에 이르게 되기를 기원하는 것이다.

그러나 그런 일은 일어나지 않았다. 그래서 내가 지금 그 자리에 있는 것이었다. 니세토 베가 길과 본플란드 길이 만나는 지점까지 가는 버스가 몇 번이냐고 가판대 주인에게 묻기도 하고, 내가 맞닥뜨리게 될 범죄 현장 장면을 생각하면 벌써부터 멀미가 났고, 정직해서 그런 건 아니지만 기운을 내 보려 애를 쓰기도 하고, 사건이 일어난 집에서 조를 짜 작업을 하고 있을 수많은 경찰 앞에서 약해질 수는 없다고 혼잣말도 해 본다. 보나 마나 참혹한 형상의 시신을 맞닥뜨리게 될 게 분명했다. 죽은 지 얼마 안 된, 아직도 체온이 남아 있는 시신, 생사의 법칙에 따르지 못하고 살인마의 단호하고 잔혹한 결심에 의해 만들어진 시신이겠지. 그리고 내가 버스표를 보여 준 뒤 돌아갈 때 다시 쓰기 위해 주머니에 넣고, 팔레르모까지 가려면 시간이 좀 걸리기 때문에 제일 뒷좌석으로 가서 앉아 있을 동안에도, 조금만 더 체계적으로 생활했더라면, 조금만 더 굳은 결심을 가지고 생활했더라면, 조금만 더 굳센 의지로 밀어 붙였더라면 변호사가 될 수 있었을 텐데, 라며 구시렁거리는 사이에도, 그 살인마는 이 근처 어딘가를 제멋대로 활보하고 다녔을 것이다.

5

모퉁이를 돌아서자마자 이런 사건이 생기면 아무 짝에도 쓸모없는 허세만 떠는 경찰들의 모습이 보여 속이 메스껍기 시작했다. 순찰차 세 대, 앰뷸런스, 이리저리 오가는 십 수 명쯤 되는 경찰. 아무 할 일도 없지만 그렇다고 물러갈 생각은 조금도 없는 그들. 내 약한 모습을 보이며 그들에게 만족감을 선사할 생각은 없었다. 그래서 나는 바지 뒷주머니를 더듬으며 빠른 걸음으로 다가갔다. 첫 번째 경찰과 마주치자 코앞에 신분증을 들이밀었다. 경찰의 얼굴은 굳이 쳐다보지도 않고 제41예심재판부 차파로 사무장이니 현장 책임자에게 안내하라고 했다. 제복 차림의 경관은 무탈한 경찰직 수행을 위한 불문율에 따라 행동했다. 즉, 어깨에 자기보다 줄이 하나 더 있으면 모두 복종해야 할 사람이고, 줄이 하나 적으면 함부로 대해도 된다는 논리. 나는 계급장은 안 달았지만 위압적인 말투만으로 내가 그보다 위에 있음을 보여 주었다. 그러자 그는 굼뜬 목례를 하며 '안으로 따라오시라'고 했다.

현장은 낡은 건물로, 원래는 한 집이었지만 현재는 여러 세대로 쪼개져 있었다. 각 세대 앞으로 길게 펼쳐진 복도는 남루했고, 장식용으로 곳곳에 놓아 둔 제라늄 화분은 제 기능을 다하지 못했다. 복도 끝에서 두 번째 집에서 쏟아져 나오는 경관들과 부딪치지 않으려고 우리는 두어 번 몸을 틀어 가며 걸어야 했다. 모르긴 해도 얼추 계산한 숫자만으로도 경관 수가 스물은 넘을 것 같았다. 수많은 구경꾼들이 비극의 현장을 구경하며 병적인 쾌감을 느끼는 작태에 다시 한번 염증이 일었다. 마치 내가 사르미엔토에 살면서 날마다 타고 다녀 어느덧 익숙해져버린 출근열차* 같은 데서 사고가 났을 때처럼 말이다. 나는 멈춰 선 기차 주변으로 떼로 몰려와 선혈이 낭자한 현장을 수습하는 구급대원들 사이로 얼핏얼핏 비치는 열차 바퀴와 철로 사이의 짓뭉개진 시신을 훔쳐보는 구경꾼들의 심리를 도무지 이해할 수가 없었다. 그리고 가끔은 나를 정말로 성가시게 하는 건 다름 아닌 이런 나의 무심함이 아닐까 하는 생각이 들기도 했다. 어쩜 그 생각이 맞을지도 모른다. 하지만, 여하튼 사람이 죽어나가는 끔찍한 현장에 무슨 구경거리라도 있는 양 호기심 어린 얼굴로 떠들썩하게 몰려드는 사람들을 보는 건 내겐 정말 질급할 일이었다. 무료 관람이라도 열린 듯 몰려와, 직장 동료들에게 떠벌일 생각에 세세한 것 하나하나에 주의를 기울이며, 무슨 황홀경에라도 빠진 듯 멍한 미소를 띤 채 입을 헤벌리고 구경하는 사람들 말이다. 뭐, 어쨌거나, 사고 현장의 문턱을 넘어서면서 내가 제일 먼저 맞닥뜨린 것도 바로 군청색 경관모 아래에서 빛나고 있는 그런 이들의 시선이었다.

* 부에노스아이레스 시내에서 출발하여 라팜파, 코르도바, 산후안, 산루이스, 멘도사 등 서부 지방으로 가는 노선.

나는 사방 벽에 온갖 장식이 되어 있는 아기자기하게 꾸며 놓은 집 안으로 들어섰다. 좁다란 공간 안에 놓인 식탁과 여섯 개의 의자, 그리고 식탁 위에 놓인 식기 한 벌은 방 안의 자그마한 의자와 느낌이 너무 달랐고, 집 안의 다른 장식들과도 전혀 어울리지 않았다. "신혼부부로군." 직감적으로 눈치챘다. 그리고 2미터 정도 걸어가 유일한 방으로 통하는 문으로 들어서는 순간, 둥그렇게 원을 그리며 선 푸른 제복의 경관들이 벽처럼 눈앞을 가로막고 선게 보였다. 그곳에 시신이 누워 있음을 제아무리 멍청해도 알 수 있었다. 입을 다문 이들도 있고, 죽음 앞에 남자다움을 내보이려고 큰 소리로 말을 하는 이도 있었다. 그러나 시선은 하나같이 바닥에 꽂혀 있었다.

"담당자를 불러 주시오." 나는 요청하는 대신 다소 엄격하고 나른한 느낌을 그대로 드러냈다. 그런 어조는 상급기관이니 예의를 갖춰 경의를 표해야 하는 그 게으름뱅이 떼거리에게 쓸모가 있었다. 그것은 법원을 나올 때 횡단보도까지 배웅하는 까무잡잡한 청년을 대하는 명령과 복종의 경험을 집단에게 한꺼번에 행하는 셈이었다. 경찰들은 나를 돌아다보았다. 방 저 안쪽에서 바에스 형사의 목소리가 대답했다. 경관들이 길을 터 주자 부부 침대에 앉아 있는 모습이 보였다.

그러나 가까이 다가갈 수 있는 방법이 없기는 마찬가지였다. 침대가 거의 방 전체를 차지하고 있었기 때문이다. 침대 옆에 시신이 누워 있었다. 물러 보이지 않으려면 그 자리에 멈추어 주검을 바라보아야겠다는 판단이 들었다.

아침 8시 5분에 법원으로 전화를 건 경관의 보고 덕분에 희생자가 여성이라는 건 이미 알고 있었다. 전화를 건 경관은 마치 재미

나기라도 한 듯한 어조로 특유의 표현을 써 가며 "신원 미상의 젊은 여성 변사체"가 발견되었다고 했다. 나는 중립적 분위기를 풍기는 이런 경찰 특유의 용어들이 우습다고 느껴지기도 하지만, 대개는 불쾌할 뿐이었다. 그냥 직접적으로 아직 이름은 알 수 없지만 이십대로 보이는 젊은 여성이 사망했다고 말하면 되지 않을까?

아름다운 여자였다는 걸 짐작할 수 있었다. 목이 졸려 피부가 칙칙한 보랏빛으로 변해 버렸고, 공포와 산소 부족으로 인한 경련 때문에 얼굴이 경직되고 일그러졌지만 그런 끔찍한 죽음조차 지울 수 없는 기품이 있었다. 경찰이 계속 모여들고 많아지는 이유가 바로 그 사실, 그러니까 그녀가 아름다운 데다 하필이면 침대 다리께, 침실의 밝은 마룻바닥에 드러누운 자세라는 사실 때문이라는 민망한 확신이 들었다. 모여든 경찰관들이 죄책감 없이 즐기듯 그녀를 바라보고 있는 게 확실했다.

자리에서 일어난 바에스가 부부 침대 모서리를 돌아 내 쪽으로 걸어왔다. 우리는 굳은 표정으로 악수를 나눴다. 즐길 수만은 없는 괴로운 일들이 늘상인 경찰 생활이지만 그가 진정으로 자기 일을 좋아한다는 점을 나는 알고 있었다. 우리는 어느 정도 가까운 사이였다. 그가 푸른 제복의 구경꾼들을 몰아내지 않은 건 경찰관들의 존재를 전혀 신경 쓰지 않았기 때문이든가, 그도 경찰관들의 문화를 이해하고 있기 때문이든가, 어쩌면 그 두가지가 조금씩 섞였던 건지도 모른다. 나는 검시반이 도착했는지 물었다. 내 인생에 알프레도 바에스 같이 정직하고 명석한 경찰을, 그의 반만큼 갖춘 경찰조차 만나지 못하리라는 건 세월이 증명해 줄 터였다. 그러나 당시에는 그런 사실을 알지 못했다. 하긴 몰랐던 게 한두 가지인가. 그래서 그날 오전 나는 어떻게 범죄 현장의 흔적을 보존하는 데에 이렇게 신경을 쓰지 않을 수 있느냐며 그를 꾸짖고 말았다. 바에스를 조금 더 알았더라면, 태만해 보이는 태도가 사실은 영원히 일방통행만 할 줄 아는 얼간이들 사이에 끼인 존재가 선택한 우직한 체념이라는 걸 이해했을 것이다. 바에스는 수첩에 메모해 둔 내용을 확인하며 현재까지 조사한 내용을 보고했다.

"이름은 릴리아나 콜로토. 나이는 스물 셋. 직업은 교사입니다. 지난 해 초에 프로빈시아 은행 직원인 리카르도 아구스틴 모랄레스와 결혼했고요. 복도 끝 집에 사는 부인 말로는, 아침 8시 십오 분 전에 고함소리가 들렸다고 합니다. 그래서 현관문 들창으로 살짝 내다보았다고 합니다. 끝 집은 현관문이 다른 집들과 나란히 나 있지 않고 끝에서 복도 전체를 길게 볼 수 있게 되어 있어서, 그 부인 말이 키가 자그마한 남자가 나가는 걸 봤답니다. 머리카락은 거뭇하거나 짙은 밤색이었다고 합니다. 사실 거뭇한 것과 짙은 밤색은 구분하기가 좀 모호하지만 말입니다. 부인은 나이가 많고, 주변 사람들과 이야기를 자주 주고받는 사람은 아닌 것 같은데, 그 남자를 유심히 본 건 희생자의 남편이 평소 일찍 출근한다는 걸 알고 있었기 때문이었습니다. 보통 7시 10분이나 15분에 나간다고 하더군요. 이상한 소리가 들린 건 남편이 출근한 뒤였고요. 문제의 남자는 현관문도 닫지 않은 채 나갔다고 합니다. 그래서 그 부인은 잠시 기다렸다가 거리 쪽으로 난 문이 닫히는 걸 확인한 뒤 복도로 나갔다고 합니다. 옆집 새댁을 불러보았지만 아무런 대답이 없었답니다." 수첩 마지막 장을 넘기며 바에스가 말했다. "여기까지입니다. 대답이 없어서 안을 들여다보니 젊은 새댁이 지금 부서기관님이 보고 계시는 그 자리에 미동도 없이 드러누워 있으니 경찰에 신고한 거지요."

"집에서 나온 남자가 남편일 가능성이 있나요?"

"그 부인 말에 의하면, 아니라고 합니다. 아주 구체적으로 물어 봤지만 아니라고 대답했습니다. 희생자의 남편은 금발에 키가 큰데 비해, 문제의 남자는 키가 아담하고 머리도 아주 어두운 색이라고 했거든요. 그 부인은 남편이 나가고 20분 만에 남자를 집에 들이다니 어떻게 그럴 수 있냐고 화를 내며 여자 험담을 하더군요. 아무튼 아직 남편에게는 알리지 않았습니다. 원하시면 같이 가시지요. 근무하는 지점이 어디냐 하면……. 여기 있습니다…… 네, 여기, 부에노스아이레스에 있는 지점입니다."

입구 쪽에서 발걸음 소리와 인사를 나누는 소리가 들렸다.

"어이! 여기!" 바에스가 한 손에 손가방을 들고 있는 뚱뚱한 남자를 불렀다. "제 멋대로 아무 때나 온다니까. 우린 만날 대기지."

뚱뚱한 남자는 맞받아 인사할 생각이 없어 보였다. 그럴 시간조차 아까운 듯 했다. 그는 선채로 한참동안 시신을 내려다보더니 결국 그 옆에 쪼그리고 앉았다. 그러고는 다시 그 자세 그대로 한참을 있었다. 그는 침대 위에 손가방을 올려놓더니 그 속에서 몇 가지 도구들과 고무장갑을 꺼냈다.

"바에스! 자넨 왜 여기서 죽치고 있는 건가?" 마침내 남자가 대수롭지 않은 듯 인사말을 건넸다.

"팔코네! 당신 기다리느라 꼼짝 못한 거지."

검시관은 더 대화를 이어나갈 필요가 전혀 없다는 표정으로 다시 열심히 시신을 살피기 시작했다. 그는 마치 여자의 오감이 그대로 살아있어 수치스러움을 느끼기라도 할까봐 걱정스러운 사람처럼 아주 섬세한 손놀림으로 시신의 두 다리를 살짝 벌려 보았다. 침대 위로 올라가 시트 반대편 자락을 들어 자기 쪽으로 당겨

뒤집어보기도 했다. 그리고 흡입관과 시험관을 꺼내면서 별일 아니라는 표정으로 내 얼굴을 한 번 올려다보았다. 서랍장 위에는 조화가 꽂힌 꽃병과, 신랑의 부모인지 신부의 부모인지 모를 두 남녀의 아주 오래된 결혼사진이 놓여 있었다. 침대 머리맡 벽에는 십자가가 걸려 있었고, 침대 양 옆 협탁에는 각각 하트 모양의 액자 속에 다소 긴장한 표정이지만 행복해 보이는 신랑신부의 사진이 담겨 있었다.

결혼식 날 사진관의 두 사람을 상상해 보았다. 돈이 충분하지 않았던 게 확연했다. 그러나 신부는 결혼생활을 시작할 때의 여러 의식들을 제대로 치르고 싶다고 했을 터이다. 집의 장식물들을 통해 여자의 과거를 살펴보고 있자니 뻔뻔한 기분이 들었다. 누드가 된 채 침실 바닥에 차갑게 식어 있는 그녀를 쳐다보고 있는 듯한 기분이었다. 마침내 팔코네가 숨을 몰아쉬며 자리에서 일어났다.

"어때?" 바에스가 물었다.

"강간 후 목을 졸라 살해했어. 부검을 해 봐야 좀 더 정확히 알겠지만, 보나마나 확실해."

팔코네는 장롱을 열더니 홑이불 한 장을 꺼냈다. 잘 개어 옷장 안에 집어넣어 둔 여름용 이불로 보였다. 팔코네는 아주 날렵하고 정확한 동작으로 이불을 펼쳐 여자의 시신을 덮었다. 아마도 독신남이든가 마누라 등쌀에 날마다 침대 시트를 가는 일을 하는 게 분명했다. 여하튼, 나는 시신이지만 존중해 주는 그의 행동에 고마움을 느꼈다.

"지문감식은 진행 중일 테고……. 뭔가 남은 게 있을까, 아니면 문간에 지키고 선 저 허수아비들이 전부 건드렸을까?"

"어허, 팔코네! 내가 그렇게 멍하니 놀고 있었을 것 같은가?" 바에스가 기분 나쁘다기보다는 재미없다는 듯 대꾸했다. "난 이제 피해자 남편을 만나러 그 사람 직장으로 갈 거야." 바에스가 나를 돌아보며 물었다. "같이 가실 건가요?"

"갑니다." 나는 목소리가 완전히 갈라져 절망에 빠진 사람처럼 보일까 봐 신경을 쓰면서 대답했다. 그 집에서 나갈 수만 있다면 뭐라도 할 터였다.

문 앞에서는 경관 서넛이 보초를 서면서 큰 소리로 떠들어대고 있었다.

"이봐!" 때때로 기회가 될 때마다 큰소리를 쳐대는 게 아랫것들한테 상관의 존재감을 드러냄과 동시에 아랫것들은 납작 엎드려 복종해야 한다는 걸 가장 간단하고 효과적으로 알려 주는 방법이라도 되는 양 바에스가 호령했다. "다들 뛰란 말이야! 발바닥이 닳도록 뛰어서 뭐라도 건져 오라고! 요령 피우는 놈, 주말에 당직이다!"

경관들이 단번에 복종이라도 하듯 삽시간에 흩어졌다.

6

은행은 다소 기이한 느낌을 풍겼다. 넓은 실내를 둘러싼 사면의 벽은 차가운 느낌의 대리석 패널로 장식되어 있었다. 천장에는 고풍스러운 튤립 모양 전등들이 얇고 검은 전선에 매달려 일정한 간격으로 빛을 내고 있었지만 너무 희미해서 그 넓은 공간은 어둑했다. 유리 칸막이가 설치된 회색 포마이카 카운터가 끝없이 길게 이어지며 객장을 양분해 직원 구역과 손님 공간을 가로지르고 있었고, 직원 하나가 심드렁한 표정으로 유리 칸막이에 뚫린 둥그런 구멍 주위를 닦고 있었다. 나는 이렇게 널찍한 공간을 싫어했기 때문에, 날마다 이런 곳에서 일해야 한다면 정말 끔찍하겠다 싶었다. 심지어 바닥에서부터 천장까지 사건관련 기록들로 빼곡하게 들어 찬 책장과 좁아터진 통로, 오래 된 나무에서 풍겨 나오는 퀴퀴한 냄새가 늘 가득한 법원 사무실을 떠올리기만 해도 기분이 좋아질 지경이었다.

하지만 기이한 느낌이 든 것은 그 때문은 아니었다. 바에스를 뒤 따라 은행 문을 들어서면서 스무 명쯤 되는 직원들을 순간적으로 훑어보았는데, 아직 고객을 맞을 시간이 되지 않았는데도 불구하고 모두가 말끔한 매무새로 각자의 책상 앞에 앉아 있었기 때문이었다. 마치 지금 우리가 들고 온 이 처절한 소식이 자신들과는 전혀 상관없는 일이라는 듯한 분위기였다. 최소한, 경비원이 기다란 카운터 한쪽 끝 상판을 들어올리며 우리를 직원 전용 공간으로 안내할 때까지는 말이다. 우리 두 사람은 경비원을 따라갔다. 나는 사람들 앞을 지나면서 모랄레스가 누구일까 생각해 보았다. 침대 머리 맡 협탁 위에 놓인 웨딩 사진에서 본 신랑의 얼굴을 떠올려 보려 했지만 잘 되지 않았다. 기억력이 나빠서 그런 건지, 사진을 볼 때 사건 생각에 너무 골몰했던 탓이었는지 알 수 없었다.

누구에게 내려앉을지 정하지 못한 비극이라는 존재가 그 스무 명의 머리 위를 날아다니는 듯한 느낌이었다. 그건 참으로 부조리한 일이었다. 그중 한 사람만 리카르도 아구스틴 모랄레스이니 말이다. 나머지 사람들은 우리가 전하러 온 공포스러운 소식에서 면제된 존재였다. 경비원은 계속해서 사람들 앞을 스쳐 지나갔고, 우리가 스쳐 지난 모든 사람들은, 아니, 최소한 그들 중 젊은 남자들은 움직이는 표적이 되어 그들의 인생을 송두리째 비틀어 버릴 이 처절한 소식을 간절히 피해 가고 싶었을 것이다. 모든 예상과 모든 확실성을 뛰어 넘어 우리가 사랑하는 모든 것들이 삽시간에 사라져버릴 수도 있다는 가능성을 경험하게 되는 끔찍한 우연의 제물이 되고 싶지는 않을 테니 말이다.

경비원은 책상 여러 개를 지나 걸어가더니 마침내 큼지막한 지폐계수기 속에 수표를 채워 넣고 있는 한 젊은 청년의 귀에 대고 귀엣말을 했다. 순간 아직 좀 떨어져 있었음에도 불구하고 그 젊은 청년이 가여워지기 시작했다. 그런데 그 순간, 마치 아직까지도 이 비극적 드라마가 누구 위로 내려앉을지 결정하지 못한 것 같다는 내 생각을 읽기라도 한 듯 청년이 한 손을 들어 저 안쪽 벽면에 위치한 열린 문을 가리켰다. 한 손을 쭉 뻗는 그 몸짓 하나가 마치 계수기 속에 수표를 넣고 있던 그 청년을 끔찍하게 아내를 잃게 되는 지옥의 불구덩이에서 구해낸 것 같은 느낌이었다.

바에스와 나의 고개가 마치 합동 공연이라도 하듯 일사분란하게 청년의 손끝을 따라갔다. 안쪽 열린 문 안으로 늘씬하게 큰 키에, 머리를 뒤로 깔끔하게 빗어 넘기고, 가늘게 콧수염을 기른, 감색 재킷에 폭 좁은 넥타이를 맨 청년의 모습이 보였다. 곧 청년이 돌아서 경비원과 은행 직원들이 호기심어린 표정으로 지켜보는 가운데 자신의 자리로 걸음을 옮기기 시작했다. 청년의 심장이 아무것도 모르는 채 평소와 다름없이 고동치는 것도 지금이 마지막이리라.

경비원이 청년에게 우리가 좀 보자고 한다고 전했다. "지금 이 순간." 나는 생각했다. "바로 지금 이 순간, 저 청년은 남은 평생 결코 빠져나갈 수 없는 끝이 없는 터널 속으로 들어 선 거다." 청년이 우리 쪽으로 시선을 돌렸다. 처음에는 놀란 눈빛이더니, 곧 두 눈동자에 의심이 서렸다. 아마도 경비원이 우리 둘 모두를 경찰이라고 소개한 모양이었다. 항상 이런 식이다. 사람들은 단순한 것을 더 선호한다. 경찰은 세상 누구라도 다 아는 존재다. 거기에 비해 법원 서기관실의 사무장은 진정한 외래종이다. 여하튼, 우리 두 사람은 바로 그 곳에, 자신에게 어떤 비극이 닥쳤는지 전혀 예상치 못한 눈빛으로 우리를 바라보고 있는 한 젊은 청년의 목덜미에 꽂아 넣을 비수를 손에 쥔 채 서 있었다.

나는 청년이 황급히 우리 쪽으로 오는 걸 보고 청년이 통과하게 될 접이식 카운터 앞으로 다가갔다. 처음에는 내 소개를 할 생각이었지만 바에스가 얘기하도록 내버려두었다. 누가 경찰이고 누가 법원 공무원인지 설명할 시간은 나중에도 있을 터였다. 그리고 그런 지독한 소식을 전하는 데 바에스는 익숙해 보이기도 했다. 그러니까 나는 굳이 동행하여 젊은 은행원의 인생이 산산조각 나는 모습을 지켜볼 필요가 없었던 셈이다. 거기 간 건 순전히 머저리 포르투나 라칼레 판사 때문이었다. 대법원 판사로 승진하고 싶어 하는 그의 초조한 갈망 때문이었다.

7

바에스와 내가 이제 막 '새 홀아비'가 된 남자와 함께 은행의 간이
부엌에 비좁게 앉아서 얘기를 하는 동안 인생은 참으로 요상한 물
건이라는 생각이 들었다. 서글펐다. 그런데 나를 슬프게 만든 게
정확하게는 무엇이었나? 아내가 집에서 살해당했다는 소식을 전
하러 왔노라고 바에스가 말하는 순간 그 젊은이가 보인 당황하
고 창백한 표정, 크게 치켜뜨며 표류하던 눈동자, 그런 것이 이유
는 아니었다. 그 남자의 고통도 원인이 아니었다. 사람은 고통을
보지 못한다. 고통은 어떠한 상황에서도 눈에 보이는 것이 아니
기 때문에, 그래서 볼 수가 없다. 본다 해도 아주 자그마한 외면상
의 신호 몇 개밖에 알 수가 없다. 그러나 나는 항상 그 신호들이 징
후라기보다는 가면인 듯 여겨졌다. 인간은 영혼의 지독한 고통을
어떻게 표현할 수 있는가? 펑펑 울고 비명을 지르면서? 연결되지
않는 단어들을 더듬더듬 말하면서? 신음을 하면서? 눈물 몇 방울
떨구면서? 내가 보기엔 겉으로 드러낼 수 있는 이런 모든 신호들

은 결국 고통을 모욕하고, 폄훼하고, 매도하고, 하찮은 것으로 만들고 만다.

모랄레스의 그대로 굳어버린 얼굴을 보면서, 시체 안치소로 가 사망자의 신원을 확인해 달라는 바에스의 말을 들으면서, 때로 우리가 타인의 고통에 가슴아파하는 것은 그 고통이 우리에게 전해질지도 모른다는 격세유전의 두려움임을 이해하게 되었다. 1968년, 내가 결혼하고 겨우 3년 지났을 무렵, 나는 내가 아내를 사랑한다고 믿었었다. 아니 믿고 싶었든가, 열렬히 믿고자 했든가, 필사적으로 믿으려 애썼던 기억이 난다. 그리고 지금, 완전히 무너져 내리며 털썩 주저앉아 가늘게 뜬 눈으로 난로의 파란 불꽃에 시선을 고정하고 있는 남자를 보며, 털썩 주저앉은 두 다리 사이로 괘종시계추처럼 드리워진 폭 좁은 넥타이와 관자놀이 부근에서 부들거리고 있는 두 손을 보며, 나는 나 스스로가 완전히 생명이 빠져나가 버린 사지가 절단된 몸뚱이 같은 그 남자가 되어 버린 느낌이었고, 그런 느낌이 나를 두렵게 만들었다.

모랄레스의 눈은 바로 5분 전, 아직 우리가 그의 실존 속으로 거칠게 끼어들기 전, 마테 차라도 준비할 생각으로 자신이 직접 붙인 불꽃을 향한 채 넋이 빠져 있었다. 바에스가 던지는 형식적인 질문들에 로봇처럼 단음절로 대답하고 있는 그 젊은이의 머릿속에 어떤 생각이 일고 있는지 알 듯도 했다. 오늘 아침 몇 시에 집에서 나왔는지, 자기 집 열쇠를 갖고 있는 사람이 몇이나 되는지, 집 근처에 미심쩍은 사람을 본 적이 있는지 등의 질문에 제대로 대답하지 못했다. 모랄레스는 흡사 조난 상태에서 분실물 목록을 떠올리려는 사람처럼 보였다.

이제 아내는 그날 오후 가려고 했던 쇼핑은 물론이고 아무것도 같이할 수 없을 터이다. 다시는 대리석 조각상 같은 몸을 내어 줄 수도 없고, 아이를 임신하게 되는 일도 없을 터이고, 함께 늙어 가지도 못할 것이며, 푼타 모고테스 해변을 남편과 함께 걸을 수도 없고, 채널 13번의 「세 명의 미치광이」에 나오는 유난히 우스꽝스러운 일화를 보고 눈물 나도록 깔깔대는 일도 없을 것이다. 세세한 부분까지 내가 알 도리는 없었다. (이제 시간을 갖고 모랄레스가 나에게 얘기해 줄 터였다.) 그러나 혼란스러운 얼굴에서 그의 미래가 산산조각 나 버렸다는 사실은 확실히 알 수 있었다.

특별히 원한을 살 만한 사람이 있는지 바에스가 물을 때 나는 조소가 터져 나오려고 했다. 거스름돈을 잘못 내주거나 전기요금 고지서에 '납부 완료' 스탬프 찍는 걸 깜빡하는 따위의 일이 아니고서야 그럴 리가 없었다. 그저 힘없이 고개를 내젓고 나서 침착한 표정으로 버너의 푸른 불꽃에 눈을 돌리는 저 젊은이에게 누가 원한을 품을 수 있단 말인가?

몇 분 뒤에 바에스는 모랄레스에게 몇 가지 상세한 내용들을 질문했지만, 모랄레스도 나도 그런 질문 같은 데에는 신경조차 쓰지 않았다. 그리고 점차 모랄레스는 더 말이 없어지고, 얼굴에 떠올랐던 표정도 차츰 지워졌으며, 얼굴을 온통 뒤덮었던 눈물과 땀도 말라버렸다. 그렇게 모랄레스는 냉정을 되찾았고, 더 이상의 회한이나 감정의 표출도 없었으며, 산산이 부서져 버린 삶의 편린들도 먼지처럼 자욱했다 가라앉았다. 그러나 그는 한 치의 오차도 없이 정확히 알았을 것이다. 이제 그에게 더 이상의 미래는 없으며, 남은 날들은 그에게 아무런 의미도 없으리라는 것을.

8

"해결되었어, 벤하민. 사건 종료야."

페드로 로마노는 승리에 찬 표정으로 그 말을 뱉었다. 내 책상 위에 한쪽 팔꿈치를 괴더니 이름이 두 개 적힌 수기 작성 서류를 내 코앞에 대고 흔들었다. 그는 막 전화통화를 끝낸 뒤였다. 장시간 통화를 하는 동안 몇 번이나 번갈아 가며 감탄사를 내질러 대다가(매우 중요한 뭔가를 손에 넣는다는 걸 아무도 의심하지 말라고), 음모를 꾸미는 듯 속삭이는 목소리로 장황하게 이야기를 이어 갔다. 나는 처음에는 방심한 채 뭐 하러 자기네 사무실을 두고 우리 사무실에 와서 통화를 하겠다는 건지 의아해했다. 포르투나 판사가 페레스 서기관의 사무실에 와 있는 것을 보자 그제야 로마노가 자랑하고 싶어서 그랬다는 걸 알 수 있었다. 나는 내 자신이 인정이 많은 인간이라고 생각했고, 또 당연히 그날의 사건들이 그 후 몇 년 동안 불러일으킬 모든 여파를 전적으로 모르는 상태였기 때문에 상관들 앞에서 주목받으려고 경쟁하는 로마노의 행동이 지겹다 못해 우스웠다. 잘난 척하려 드는 로마노가 우스꽝스러운 게 아니라, 그가 잘 보이려고 애쓰는 그 상관이라는 인간의 지적, 도덕적 자질을 생각하니 그랬다. 판사 앞에서 모범적인 직원 연기를 한다는 건 조금 애처로운 일이다. 게다가 문제의 그 판사는 직원의 명석함을 알아차리지 못하는 내놓은 바보천치인데, 그걸 깨닫지 못해서 그러는 것이니 할 말이 없었다. 게다가 페드로 로마노는 전화통화를 마치더니 사건이 해결되었다고 말했다. 손으로 이름을 쓴 서류를 내밀며 '자네 사건이라 내가 하지 않아도 되지만 호의를 베푼 거라네.'라고 말하는 듯한 얼굴로 쳐다보고 있다니 참으로 놀라운 일이었다.

"미장이들이야. 3층에서 일하고 있었어. 바닥 공사를 하느라고 말이지."

로마노는 말하는 사이사이 연극적인 침묵을 지어내는 화법이 자기가 거둔 성과를 드라마틱하게 만들어 준다고 생각하는 모양이었다. 나는 저렇게 모자라는 작자가 어떻게 사무장이 되었을까 자문해 보았다. 결혼을 잘하면 기적이 일어나기도 한다는 결론이 나왔다. 로마노의 아내는 특별히 예쁘지도 특별히 호감이 가지도 특별히 똑똑하지도 않았다. 그러나 그녀는 특별하게도 육군대령의 딸이었다. 그것도 옹가니아*가 집권하는 아르헨티나에서 대령이라는 사실은 두드러진 이점이었다. 나는 초록 베레모가 넘쳐나던 그의 결혼식을 떠올려 보았다. 그러자 불쾌한 기분이 더 커졌다.

"그녀가 지나가는 걸 미장이들이 본 거지. 여자가 마음에 들었어. 그래서 그런 생각을 한 거야." 로마노의 말은 용의자의 신원

* 후안 카를로스 옹가니아. 1966~70년 집권한 군인 출신 대통령.

을 확인하는 단계에서 범죄를 재구성하는 단계로 넘어가 있었다. "화요일에 남편이 일찍 출근하는 걸 보았던 거야. 그래서 용기를 내고 행동을 한 거지."

전보문이 흘러나오듯 계속 지껄여대는 걸 보고 있노라니, 제발 좀 꺼져 달라는 말이 튀어나오려고 했다. 나의 희망사항이 전달된 건지 로마노는 내 책상을 짚고 몸을 일으켜 세웠다. 하지만 그는 자리를 뜨는 대신 가까이 있는 의자에 풀썩 앉았다. 로마노는 엉덩이를 몇 번 들썩여 자리를 고쳐 앉고는 다시 나와 눈을 맞추었다.

"도를 지나쳤고, 결국 여자를 저 꼴로 만든 거지."

그리고 더 이상은 말이 없었다. 아마도 열렬한 환성이나 사진기자들의 플래시를 기다리는 중이겠지.

"그 자료를 누가 주던가?" 나는 그렇게 묻고는 위험하게도 곧 직관에 따른 대답을 내놓았다. "시코라?"

"맞았어." 로마노의 목소리에는 처음으로 의구심의 기미가 보였다. "왜 그래?"

욕지거리를 내뱉을까 아니면 이쯤에서 그만할까? 나는 평화로운 우회로를 선택했다. 살인사건 담당과의 부수사관 시코라는 혹을 붙여 샛길로 일이 빠지게 만드는 데 선수였다. 사람들과 접촉하는 걸 싫어했고 거리를 걷는 것도 지겨워했으며, 수사관의 일 자체를 혐오했다. 그러니까 바에스와 시코라의 유일한 공통점이라면 눈의 흰자위뿐이리라. 시코라는 자기 집 거실에 앉은 채 가설을 만들어 냈다. 그러고는 재수 없이 맨 먼저 발에 걸리는 녀석들을 살인범으로 옭아맸다. 내가 더 열받은 건 시코라가 문제가 아니라 저 머저리 로마노가 시코라 말에 귀를 기울인다는 사실이었다. 시코라가 무식한 건달이라는 건 수도원의 수녀들조차 알고 있었다. 어떻게 그걸 모를 수 있단 말인가? 그걸 몰랐다 해도, 형사 사건에서 사전 수사의 행동수칙이 무언지는 알고 있을 텐데 말이다.

그렇지만 나는 열을 내고 싶지는 않았다. 어쨌든 로마노는 동료였다. 그리고 나는 말로 상처를 주는 것은 치유하기 어렵다는 걸 알 만큼은 충분히 이 법원에서 경력이 있었다.

나는 질문의 방향을 조금 바꿨다.

"그런데 말일세, 그 사건 바에스가 담당하고 있지 않았나?"

내 섬세한 배려는 보상받지 못했다. 로마노는 냉정한 조롱을 섞어 대답했다.

"바에스도 스펜서 트레이시는 아니라고 보는데. 바에스라고 다 해낼 수 있나, 안 그래?"

나는 부아가 가득 차올랐다. 남은 인내심이 모래알처럼 손가락 사이로 빠져나갔다.

"아니, 난 그렇게 보지 않아. 무엇보다 시코라 같은 건달에 아무것도 모르는 무식쟁이가 수사를 시작하는 게 대안이라면 말이지."

로마노는 자기 우물에 끼얹은 나의 모욕에 다시 토를 달지는 않았다. 오히려 나를 가르치기로 타협한 듯이 왼손 손가락을 꼽아 숫자를 제시해 보였다.

"둘이야. 미장이들 말이야. 바로 앞집인가 옆 아파트에서 작업을 하던 중이었어. 그 동네 사람들은 아니야. 아무도 모르는 친구들이라고, 알겠나?"

로마노는 거기서 멈췄다. 자기 논리로 나를 사로잡을 거라고 확신하는 듯했다. 마침내 최종 논증을 내놓으려는 사람처럼 고개를 흔들어 턱을 내밀며 이렇게 덧붙였다.

"게다가 범죄자 얼굴을 한 까뭇한 녀석들이라니까. 내 말을 알아듣는지 모르겠군."

그때는 젊어서 그랬는지 마음이 여려서 그랬는지, 아니면 둘 다였는지 모르겠지만, 내 지인을 개자식이라 부르는 건 쉽지 않았다. 그러나 로마노는 내가 자비를 베풀 여지를 갈수록 없애고 싶은 모양이었다. 그가 가난한 사람의 얼굴을 한 모로초 수감자를 구타하는 걸 본 적도 몇 번 있었다. 법조계에서 제법 명망 있는 변호사들에게 알랑거리는 걸 본 적도 있었다. 그래서 내 영혼에서 나온 말을 그대로 해 버렸다.

"아, 좋아. 피부가 까뭇해서 법정에 세우고 싶은 거라면 알려 주게."

나는 '형법 어느 조항에 적용할 수 있을지 찾아볼 테니 기다려 봐.' 하고 덧붙일 생각이었다. 그러나 그런 식의 조롱은 너무 순진해서 효과가 없을 거라는 판단이 들었다. 아무튼 로마노도 욕설을 하지 않으려고 무진 애를 쓰는 게 보였지만, 이제 처음 말을 꺼낼 때 느껴졌던 동료애 따위는 조금도 남아 있지 않았다.

"난 담당 경찰서로 가네. 그들을 심문할 준비가 됐다고 시코라에게 연락이 왔거든."

"준비라고?" 짜증나기 직전이었던 나는 드디어 폭발하고 말았다. "그러면 벌써 발길질도 해댔을 게 확실하구먼. 내가 가지. 잊지 마, 이 사건은 내 담당이야."

나는 사건을 자기 소유물인 양 지칭하는 몇몇 동료들의 법조계식 열정이 못마땅했다. 그러나 이 작자가 내 인내심의 한계를 무너뜨린 것이다. 우리 집은 사람을 면전에 대고 모욕하지 말라고 가르쳤다. 그래서 나는 분노를 억누르고 재킷을 입은 뒤, "또 보세."라는 건조한 말로 문을 나섰다. 내 자신에게 허락한 건 그저 필요 이상으로 문을 세게 꽝 닫은 것뿐이다.

9

나는 제복 입은 사람들을 대할 때 취하곤 하는 허세꾼의 분위기를 내며 경찰서에 들어섰다. 그런 허세의 결과는 대체로 좋았다. 내가 왔다고 알린 지 겨우 2분이 지나자 시코라가 맞으러 나왔다. 시코라는 만족스러운 미소를 만면에 띠고 있었다. 그의 친구 로마노는 내 분노의 질주에 그를 같이 태울 필요가 있다고는 생각지 않았던 것이 확실해졌다.

"진술할 준비를 시켜뒀습니다." 그렇게 말하면서 질 좋은 서류철을 두 개 흔들었다. 여러 장의 문건들이 보였다. "세바스티안 사모라. 파라과이인, 38세, 미장이. 로스 폴로리네스 거주. 또 하나는 호세 카를로스 알만도스, 26세. 마찬가지로 미장이. 이 친구는 아르헨티나인이긴 하지만 시우다드 오쿨타에 거주합니다."

나는 목소리가 자연스럽게 나오도록 애를 쓰며 질문을 건넸다.

"그 사람들 목격자 라인업을 했습니까?"

시코라가 입을 반쯤 벌린 채 나를 보았다.

"이 용의자들을 목격자들에게 확인했습니까? 바에스가 인터뷰한 목격자들을 말하는 겁니다."

시코라는 우물쭈물하던 처음의 태도를 가다듬으며 대답했다.

"아직은 안 했습니다. 법원에 전화했더니 로마노 사무장님이 자신이 진행하고, 피해자 남편한테도 직접 알려 주겠다고 했습니다. 그리고……"

"남편을 말하는 게 아닙니다." 나는 말을 중간에 잘랐다. "복도 끝 집에 사는 노 부인을 말하는 겁니다. 살인자가 나가는 걸 목격하고 경찰에 전화한 사람입니다. 아니면 다른 아파트에 사는 사람들한테 확인했던가요? 이 용의자들이 공사작업을 한 3호 아파트를 포함해서 말입니다."

혼란스러워하는 시코라의 얼굴을 보니, 그 아둔함의 끝을 나로서는 제대로 짐작조차 하지 못하겠다는 생각이 들었다. 나는 말을 이었다.

"열성적인 바에스 수사관이 가져온 것과 대조하지 않았다는 뜻은 아니겠지요? 안 그래요?" 시코라는 입을 열지 못했다. "바에스 형사의 서류들을 갖고 와요. 그리고 구금 중인 사람들도 데려오세요."

시코라는 평범한 사람이 하는 명령에 항변하거나 불평하기에는 너무 아둔했다. 그는 진술서는 가지고 왔지만 구금자들을 데려오지는 않았다. 나쁜 징조였다. 나는 감방으로 가는 복도까지 밀려나와 있는 책상에 되는 대로 자리를 잡았다. 책상에는 꽉 찬 서류상자들이 가득했다. 바에스의 수사 기록들에 대한 검토를 시작하자마자 나는 에스텔라 베르무데스라는 여자의 진술에서 멈췄다. 주의 깊게 그 진술서를 읽고 서류철에서 꺼내 옆에 놓았다. 시선을 들어 시코라를 보았다. 불꽃을 쏘아 내는 시선이었을 것이다.

"에스텔라 베르무데스의 이 진술서 당신도 확인했소?"

시코라는 한순간 시선을 돌렸다. 기억을 떠올리는 듯도 했고, 대답을 정할 충분한 시간을 벌려는 듯도 했다. 그러고는 곧 시선을 맞추며 이마를 찡그리며 말했다.

"그 베르무데스라는 여자가 누굽니까?"

나는 그 질문을 기다리고 있었다.

"3호 아파트의 주인이오, 시코라."

경관은 자신이 완전히 난파당한 상태임을 알아차렸다.

"바에스 형사가 진술을 받았을 때," 나는 목소리가 평화롭게 들리도록 애를 쓰면서 말했다. 그게 시코라를 굴복시킬 수 있는 최선의 방법이라 여겨졌다. "그 여자는 자기 집에서 작업하던 미장이가 둘이었고, 월요일과 화요일은 들르지 않았다고 했어요. 월요일은 하루 종일 비가 왔기 때문이죠. 그리고 화요일은 미장이들이 하던 일이 테라스 방수 작업이었기 때문에 콜타르가 잘 붙도록 하려면 먼저 잘 말릴 필요가 있었기 때문이었습니다. 그래서 전화를 걸어 약속을 목요일로 정한 겁니다."

나는 직접 읽어 볼 수 있도록 종이를 펼쳐 주었다. 그러나 시코라는 자기 존엄의 마지막 흔적을 내던지며 물었다.

"그게 무슨 상관이지요? 자신들을 보호하려고 그렇게 통화하고는 사실은 찾아갔고, 옆집 여자를 죽이고 자리를 떴을 수도 있지 않겠어요?"

"그러면 어디 말해 보시오, 시코라. 이 진술서든 다른 이웃사람들의 진술서든 현관문, 그러니까 길에서 복도로 들어가는 문은 항상 열쇠로 잠궈 둔다고 한 거 못 읽었어요? 그래서 방문객이 있을 때면 문을 열고 닫아주러 나가야 한다고 모든 진술서에 그렇게 나와 있어요. 신고를 한 이웃집 부인의 진술을 또 언급해야겠소? 침입자는 혼자였다고 시종일관 말하고 있단 말이오."

나는 증언 기록을 전부 책상 위에 꺼내 그의 쪽으로 내밀었다. 그러나 시코라는 손댈 생각조차 하지 않았다. 나를 쳐다만 보고 있더니 갈수록 표정이 일그러졌다. 그 이유를 알아챘을 때 소름이 돋는 느낌이었다. 나는 불변의 최종 지시를 내렸다.

"구금자들을 데려오시오."

시코라는 스프링에 앉아 있었던 것처럼 벌떡 일어났다.

"그게, 어…… 지금 식사시간입니다. 배식을 받고 있는 중입니다."

나는 반복했다.

"기다릴 수도 없고 나중도 안 됩니다. 지금 봐야겠습니다. 그리고 속히 바에스 형사와 연결해 주시오."

시코라는 여전히 좀 망설이는 눈치였다. 그러다가 고함을 질러 이름을 불렀다. 그러자 감방 복도 안쪽에서 경관이 나타났다.

"부서기관님을 구치소로…… 그 둘이 있는 방으로 모셔가게."

나는 복도를 따라 걸었다. 복도는 네 쌍의 쇠창살 감방으로 연결되어 있었다. 왼쪽 마지막 방 앞에서 멈췄다. 밥 냄새는 없었다. 경관은 자물쇠를 꽂았고 삐걱거리는 소리와 함께 문이 열렸다. 불이 켜져 있었다. 두 사람은 측면 벽에 붙인 침상에 누워 있었다. 한 사람은 자고 있어서 우리가 들어가도 움직임이 없었다. 다른 한 사람은 천장을 보고 누운 채, 팔로 얼굴을 가리고 있었다. 우리가 들어서자 몸을 돌려 쳐다보았다. 내가 인사를 건네자 그는 중얼거리며 대답했다. 한순간 우리는 서로를 바라보았다.

"시코라를 데려오게." 나는 같이 온 경관에게 말했다. 그는 반신반의했다.

"여기 감방 안에 혼자 두고 갈 수는 없습니다."

나는 이들에게 넌덜머리가 났다. 목소리를 키워 다시 말했다.

"데려오라고! 아니면 당신도 콩밥 먹게 될 테니까."

경관이 나갔다. 목소리에서 분노와 참혹한 느낌을 지우려 애쓰며 말했다.

"어떠십니까?"

남자는 코 아래 피부를 덮고 있는 피딱지 아래로 미소를 짓는 듯했다. 앞니가 두 개 없었다. 틀림없이 최근에 빠진 거라는 확신이 들었다. 남자는 되는 대로 몸을 추스리며 대답했다. 자신은 이제 좀 덜 아픈데, 친구는 가슴팍에 여러 차례 발길질을 당했고, 계속 울다가 조금 전에 잠이 들었다고 했다.

경관이 돌아왔다. 시코라는 나가고 없다고 했다.

"그러면 서장을 데려오게."

"점심식사 중이십니다."

"그게 무슨 상관이란 말이오!" 나는 고함을 질렀다. 화가 제대로 나 있었다. 그렇지 않았다면 그런 식으로 감방 안까지 들어가는 건 흔한 일이 아니었다.

세 시간 후 나는 법원으로 돌아왔다. 내 사무실로 들어가는 대신 곧장 18번 사무실로 향했다. 책상들 사이의 좁은 통로를 가로질러 들어가, 서류철 상자가 높게 쌓여 있는 책장 사이로 걸어갔다. 어느 누구에게도 인사를 건네지 않았다. 나는 로마노의 책상 앞까지 밀고 들어가 신문 보는 데 정신이 팔려 있던 로마노의 코 밑에 서류를 들이댔다.

"잘 들어. 나 지금 고등법원에서 오는 길이야. 압박 수사에 대해 자네와 시코라라는 존경하는 그 멍청한 자네 친구를 고발하고 왔지. 지금 법의관이 네가 집어넣은 그 용의자들을 검진 중이야. 내가 그러라고 했네."

나는 자제력을 잃지 않으려고 애를 쓰고 있었다. 로마노는 신문을 내려놓고 머리를 굴리는 시늉을 했다. 나는 계속했다.

"몽둥이질을 하자는 게 멍청이 시코라의 생각이 아니라 네 생각이라는 데 내 두 쪽을 걸지. 시코라는 영웅이 되고 싶어서, 그리고 법원과 좋은 관계를 유지하려고 두 사람을 때린 거지. 바보 멍청이 같으니. 그러니 내 자네한테 두 가지 충고를 해 주지. 앞으로 누구든 주먹질을 하고 싶으면 네가 직접 해. 둘째, 누군가를 두들겨 팰 생각이면 관련이 털끝 만큼이나 있는지 확실히 알아보고 해. 네가 잡아들인 사람들은 그냥 불쌍한 미장이일 뿐이니까."

나는 뒤돌아섰다. 바로 앞에 있는 책상에 고발장 복사본을 올려두었다. 다른 직원들은 당연히 기겁할 정도로 놀라서 쳐다보고 있었다.

"다 읽고 나면 우리 사무실로 보내."

아마 그쯤에서 입을 다물 수 있었더라면 좋았을 것이다. 그러나 시동을 거는 게 힘든 만큼, 일단 한번 흥분하면 냉정해지는 것도 힘들었다.

"항상 네가 반쯤 머저리라고 생각했어, 로마노. 그런데 그게 아니야. 어휴, 그래, 너는 머저리 그 자체야. 분명한 건 너는 정말로, 그러니까 정말로, 정말 개자식이라는 거야."

그때는 몰랐다. 그날 내 손으로 내 운명에 질곡의 씨앗을 뿌렸다는 걸. 그리고 조만간 그 결실을 거둬들여야 한다는 걸. 어느 누가 현재의 점괘를 보고 다가올 비극의 전조를 읽어 낼 수 있겠는가.

10

그 날 오후 투쿠만 길 1400번 블록의 한 바에서 처음으로 리카르도 모랄레스와 단둘이 대화를 나누면서 나는 가능한 모든 방법으로 그를 돕기로 마음을 굳혔다. 우리는 보도로 향해 난 창문 바로 옆에 앉아 있었다. 밖에는 소나기가 한 차례 퍼부은 뒤 날이 개고 있었다.

로마노를 한 방 먹이고 거친 숨을 몰아쉬며 자리에 앉아 진정하려 애쓰던 순간부터 나는 알고 있었다. 아내를 잃은 그 딱한 남자가 곧 진실을 알게 된다는 확신에 가득 차 쏜살같이 법원으로 달려오리라는 걸. 실제로 그는 20분 만에 도착했다. 법원의 높다란 문을 조심스럽게 두드리는 노크 소리가 두 번 있었다. 그리고 "들어오세요." 하는 어린 연수생의 인칭이 생략된 말소리가 들린다.

"손님이 왔습니다, 부서기관님." 그를 안으로 맞이한 신참이 알려왔다.

나는 고개를 들고 잠깐 생각했다. 새로 온 연수생이 나에게 경어를 쓰는 걸로 보아 나는 이제 제대로 어른이 된 게 틀림없었다.

"은행으로 온 전화를 받았습니다." 모랄레스는 내가 접견실에
나타나는 것을 보자 말했다. 아마도 지난번에 릴리아나의 죽음을
알리러 찾아간 사람이라는 걸 알아본 모양이었다.

"네, 알고 있습니다." 그보다 더 정확한 대답을 해 줄 수 없었다.

나는 그가 "뭔가 새로 밝혀진 중요한 소식이 있는 게 확실한지,"
아니면 "살인자들이 잡혔다는 게 사실인지" 물어 보리라는 짐작
을 했다. 멍청이 로마노가 엉터리 성과를 알리면서 어떻게 말했는
지, 그러니까 『라 나시온』지 말투로 했는지 『크로니카』 말투로 했
는지에 따라 다를 것이다. 그러나 놀랍게도 모랄레스는 굳은 자세
로 가만히 있었다. 안내대 위에 손을 얌전히 포갠 채 두 눈은 내 눈
을 보고 있었다.

그건 더 나쁜 일이었다. 그런 침묵은 버림받은 사람의 침묵이라
는 느낌이 들었다. 용기를 내 꿈꾸었던 대로 일어나는 일은 하나
도 없으리라는 걸 알고 있는 사람의 침묵. 어쩌면 그래서 나는 커
피나 한 잔 하겠느냐고 물었는지 모른다. 그건 사법적 중립성이라
는 기본을 흔드는 일이라는 점을 나도 알고 있었다. 하지만 동정
심 때문에 그러는 거라면 잘못이겠지만, 지금은 로마노의 어리석
은 과오를, 법적으로 말하자면 개정하는 것이라고, 마음을 가라
앉혔다.

우리는 투쿠만 길로 난 문으로 나왔다. 돌풍 때문에 소나기가
사선을 그으며 사납게 몰아치고 있었다. 물이 차오르기 시작하는
길을 후다닥 뛰어서 가로질렀다. 모랄레스는 내가 움직이는 길대
로 순순히 쫓아왔다. 나는 비를 맞지 않으려고 가게들 차양 아래
의 쇼윈도에 바짝 붙어 길을 만들고 있었다. 그는 온순함인지 무

심함인지 모를 태도로 다음 블록까지 고분고분 따라왔다. 우루과이 길을 건너 바에 들어가 창가 테이블에 앉을 때까지. 바에 들어서면서 나는 재빠른 손짓으로 종업원을 불러 커피를 주문했고, 모랄레스는 순순히 응했다. 그러고 나자 우리는 달리 할 일이 없어졌다.

"날씨 정말 지랄 맞네요. 안 그래요?" 나는 익사 직전의 불편한 침묵을 벗어날 양으로 말했다.

모랄레스는 홍수로 차오르는 보도를 한동안 넋이 나간 듯한 눈으로 바라보았다.

"우리가 전화를 드렸습니다만," 그 '우리'라는 표현은 망할 로마노 자식과 나를 묶어 놓았다. "그렇지만 거기에 대해 좀 드릴 말씀이 있습니다."

나는 다시 혀가 굳었다. 어떻게 시작할 것인가? '우리가 완전히 착각했습니다. 죄송합니다.'라고 말할 것인가?

"염려 마세요." 모랄레스가 마침내 나를 쳐다본다. 얼굴에는 미소 하나 비치지 않는다. 그의 말은 그걸로 끝이다.

나는 혼란스런 마음으로 그를 쳐다보았다.

"그 '그렇지만' 말입니다." 모랄레스는 설명하려고 말을 이었다. 나는 대답을 하려는 듯 입을 열었지만 그가 하려는 말이 무엇인지 제대로 알아채지는 못했다. 조난당한 듯한 나의 태도에 그가 말을 이었다. "그 '그렇지만' 말입니다. 하시려던 말씀이 '우리가 전화를 드렸습니다. 그렇지만……'였지요. 그걸로 충분합니다. 알아들었습니다. '우리가 전화를 드렸습니다. 그리고……'라고 했거나 '우리가 전화를 드렸습니다. 왜냐하면……'이라고 했더라면 뭔가 의미가 있었겠지요. 그런데 그게 아니라 '그렇지만'이라고 하셨습니다."

모랄레스는 내리는 비를 다시 쳐다보았다. 그가 말을 끝냈다고 짐작했지만 그렇지 않았다.

"제가 알고 있는 가장 재수 없는 단어지요." 모랄레스는 다시 말하기 시작했다. 그러나 그의 목소리는 대화를 나누는 말투는 아니었다. 완전히 방심해서 그냥 밖으로 새어나온 말 같았다. "사랑해, 그렇지만…… 그럴 수도 있어, 그렇지만…… 심각하지는 않아, 그렇지만…… 그러려고 했어, 그렇지만……. 아시겠어요? 존재했던 것, 또는 존재할 수 있었으나 결국은 존재하지 않게 된 것을 전멸시키는 엿 같은 단어입니다."

나는 비 내리는 모습을 보고 있는 남자의 옆얼굴을 쳐다보았다. 자신만의 자그마한 전망을 갖고 살았는데 이제 그 세계가 무너져버린 순박한 젊은이일 거라고 짐작했었다. 그러나 그가 하는 말이나 말투는 고통 속을 걷는 데 익숙한 사람의 것이었다. 최악의 패배가 닥칠 것을 늘 준비해 온 사람 같았다.

"이제 상황이 좀 간단해지는군요." 조금 부끄러운 일이긴 했지만, 나는 엄습해 오는 기묘한 죄책감에서 벗어나기 위해 그의 지혜로운 우수에서 출구를 찾았다.

"말씀하시지요. 듣고 있습니다." 모랄레스는 의자를 내 쪽으로 돌리며 말했다. 내 말에 더 집중하기 위함이거나 아니면 비를 보다가 다시 최면에 걸리고 싶지 않아서인 듯했다.

나는 전말을 밝혔다. 더 이상 로마노와 시코라의 책임이라는 걸 숨기느라 애쓸 마음이 들지 않아 둘을 지옥으로 직행시켜 버렸다. 로마노와 시코라의 고발장을 접수하러 법원에 다녀오는 길이고, 구타당한 미장이들에 대한 의사의 소견서를 기다리는 중이라는 말로 끝을 맺었다.

"가엾은 사람들이네요." 모랄레스의 말이었다. "괜한 데 잘못 걸려든 거지요."

기분이 전혀 드러나지 않는, 감정이 실리지 않은 어조였다. 자신과는 아무 상관없는 일을 이야기하고 있는 느낌이었다. 사실은 모랄레스가 내 조치를 거부하지 않을까, 로마노와 시코라 둘이 허영에 찬 멍청이 짓으로 지어낸 단서에 광적으로 매달리지 않을까 걱정했었다. 이제야 나는 그가 진실이 아닌 되는 대로 만들어 놓은 이야기에서 위로를 구하기에는 참 똑똑한 젊은이라는 걸 알게 되었다.

"범인을 잡으면 어떻게 하실 건가요?" 모랄레스는 여전히 비를 바라보며 말했다. 소나기는 이제 가느다란 보슬비로 바뀌어 있었다.

법전의 관련 조항들이 머리에 떠오르는 걸 피할 수 없었다. '또 다른 범죄를 준비하고 용이하게 만들어 완성한 뒤 은닉하는' 사람에게는 종신형에다가 무기구금이라는 가중처벌을 더한다고 말했다. 어떠한 진실도 그에게 더 이상 상처가 되지 않으리라는 걸 알 수 있었다. 영혼이 갈기갈기 찢어져 버린 그는 더 이상 고통을 느낄 일이 없다는 듯했다.

"일급 살인 사건입니다. 형법 제80조 7항에 해당하지요. 종신형을 받을 겁니다."

"종신형이라⋯⋯" 모랄레스는 따라 했다. 그 말의 의미를 완전히 이해하려고 애쓰는 듯했다.

"실망했나요?" 내가 넌지시 물어보았다. 너무 사적인 질문이라 무례하게 들리지 않았을까. 무엇보다도 우리는 서로 모르는 사이였다. 모랄레스는 나를 다시 보았다. 갑작스러운 물음에 당혹해하는 모습이었으나 그게 거짓 없는 마음 그대로인 듯했다.

"아닙니다." 마침내 대답했다. "적절하다고 생각합니다."

나는 입을 다물었다. 형법 52조의 무기금고를 적용한다 해도 20년, 25년이 지나고 재범의 소지가 없다면 조건부 가석방을 할 수도 있다는 얘기를 해 주는 것이 내 의무일 것이다. 하지만 형량이 줄어든다고 하면 그의 비통함은 가중될 것이다. 이제는 보도로 시선을 보내고 있는 모랄레스에게 눈을 떼지 않았다. 갑자기 그의 얼굴이 불쾌한 표정으로 그늘지는 것을 알아챘다. 나도 길 쪽을 보았다. 이제 비는 멎었다. 햇살이 젖은 길거리를 비추고, 물웅덩이에서 마치 처음처럼 반짝거렸다.

"이런 장면을 증오해요." 별안간 모랄레스가 말했다. 내가 그의 "이런"이라는 말의 의미를 알고 있기라도 하다는 듯이. "폭풍이 지나고 이렇게 해가 나오는 모습을 참을 수가 없었어요. 내가 생각하는 비 오는 날이란 밤이 될 때까지 비가 오는 걸 말하거든요. 다음날 아침 해가 뜨는 거지요. 그렇지만 어쩌겠어요? 아무도 부르지 않았는데 해가 끼어든다니까요…… 비가 오는 날의 태양은 용서할 수 없는 침입자입니다." 모랄레스는 한순간 멈추더니 방심한 미소를 내보였다. "걱정 마세요. 비극이 제 이성까지 녹여 버렸구나 생각하시겠지요. 그 정도는 아니랍니다."

나는 뭐라고 대답해야 할지 몰랐다. 그런데 모랄레스는 대답을 기다리지도 않은 듯 말을 이어 갔다.

"저는 비 오는 날이 좋습니다. 어릴 때부터 그랬지요. 비가 오면 사람들이 '날씨가 나쁘다'고 말하는 게 어리석어 보였어요. 왜 나쁜 날씨인 거지요? 사무장님도 법원에서 나와 그렇게 말씀하시더군요, 그렇지요? 그냥 뭔가 말을 하려고 그러는 게 아닐까 싶었습니다만. 마음이 아주 불편해서 침묵을 어떻게 채워야 할지 몰라서 말이지요. 어쨌든 중요하진 않습니다."

나는 여전히 입을 다물고 있었다.

"진심을 말하자면, 그게 자연스러운 일이지요. 제가 특이하다고 생각하고 있습니다. 그런데 비에 대해서는 부당하게 오명을 받고 있다는 기분이거든요. 태양은…… 모르겠습니다. 태양이 뜨면 모든 게 너무 쉬워 보이지요. 그 애송이가 나오는 영화, 이름이 뭐였지요? 팔리토 오르테가*. 그의 가식적인 천진함은 늘 저를 분노하게 만들지요. 태양은 지나치게 과장된 선동이라고 생각합니다. 그래서 비 오는 날 해가 나오는 게 화가 나요. 망할 태양은 자신을 우상처럼 숭배하지 않는 저 같은 사람들에게 어쩌다가 하루 정도는 온전히 비를 누릴 수 있도록 관대함을 베풀 수도 있으련만, 그것조차 어렵다는 듯이 끼어들곤 하거든요."

거기까지 말을 이어 가는 동안 나는 넋을 잃고 쳐다보기만 했다. 그에게서 들은 가장 긴 연설이었다.

"저한테 완벽한 날이란 이런 날이지요." 모랄레스의 동작은 미세한 손짓에 그쳤다. 마치 자기가 찍고 있는 영화의 동작을 묘사하는 감독 같았다. "먹구름이 가득하고 천둥도 치는 아침, 온종일 비가 잘도 오는 날. 소나기를 말하는 건 아닙니다. 도시가 비에 잠기면 해를 좋아하는 멍청이들의 불평이 증폭되거든요. 소나기 말고 계속 내리는 비면 만족해요. 밤까지 계속 내려 주면 더 좋고요. 네, 한밤중까지 말입니다. 그러면 빗방울 떨어지는 소리를 들으며 잠들 수 있지요. 거기다 천둥이 두어 번 더 쳐 준다면 더할 나위 없어요."

* 아르헨티나의 유명 가수이자 배우.

그는 잠시 침묵을 지켰다. 그런 날씨였던 어느 밤을 추억하기라도 하는 듯했다.

"그런데 이건……" 혐오감으로 찡그린 표정 속에 그의 입은 일그러졌다. "이건 사기예요."

나는 한참 동안 모랄레스의 얼굴에 시선을 고정시켰다. 그는 속았다는 듯한 표정을 짓더니 다시 길 쪽으로 돌아앉아 있었다. 직업 때문에 내가 감정에 무뎌졌다는 생각이 새삼 들었다. 의지할 데 없는 허수아비처럼 의자에 앉은 채 의기소침하게 길을 내다보고 있는 그 청년이 한 말은 내가 어렸을 때부터 느끼던 어떤 기분을 실제로 표현한 것이었다. 나는 바로 그때 깨달았던 듯하다. 모랄레스가 참으로 지나칠 정도로 내 모습을 떠올리게 하는 사람이라는 사실을. 어쩌면 내게 꾸며낸 에너지와 확신이 소진된다면, 매일 아침 잠에서 깨어나 옷을 입듯이, 또는 변장을 하듯이 그런 힘과 확신을 차려입는 데 넌덜머리가 난다면, '나 자신'이 바로 저런 모습이리라는 생각이 들었다. 최선을 다해 그를 도와야겠다고 마음먹게 된 것은 바로 그래서였을 것이다.

11

그 사건을 서류철 해서 보관함에 넣어야 할 순간이 다가오고 있다는 걸 알았다. 그러나 나는 내가 아는 제일 낡고 구차한 방식, 말하자면 기억이 몰려올 때마다 머릿속에서 지워 버리는 방식으로 미루고만 있었다. 내 저항은 소용이 없고 상황도 여의치 않았기 때문에, 어김없이 그 순간이 찾아왔다. 거부하고 지연시키던 내 속임수는 산산이 부서졌다.

8월 말의 어느 날 보석 건 하나를 처리한 나는 사무실의 내 자리에 앉아 있었다. 페레스 서기관이 서류를 손에 들고 다가왔을 때나는 그 사건이라는 걸 알아챘다. 유리를 깐 책상 위에 내려놓자서류에서는 기운이 다 빠진 메마른 소리가 났다.

"팔레르모 살인 사건인데 맡길 테니 불기소 처리해 줘." 페레스는 사무실로 돌아가면서 말했다.

우리 직업 용어로 "살인사건을 맡긴다"는 말은 판결문을 쓰라는 뜻이다. "팔레르모"는 그 살인사건의 발생 구역명이다. 평소라면 피고인의 이름으로 사건명을 지었을텐데, 이번엔 용의자가 한 명도 없었기 때문이다. "불기소 처리"라는 말은 내가 써야 하는 판결문의 본질을 의미했다. 3개월이나 수사했지만 실마리 하나 없어 방향조차 잡을 수 없었고, 페레스는 지금 나에게 그만 사건 파일을 덮는 게 좋겠다고 요구하고 있다. 여기가 종착지다. 사건이여 안녕. 내가 불기소로 처리한 사건과 부하들에게 그러라고 넘겨준 단순한 사건이 수 천 건쯤 되지 않을까? 그러나 이번에는 망설여진다. 내가 관심을 기울여 온 사건은 단순히 팔레르모 사건이 아니라 '리카르도 아구스틴 모랄레스의 아내'의 죽음에 관한 사건이기 때문이다. 나는 있는 힘껏 모랄레스를 돕겠다고 결심했었는데, 이제 와 해 줄 수 있는 것이 아무것도 없는 처지가 된 것이다.

나는 검토하고 있던 서류를 한쪽으로 치워 놓고 파란색 표지의 서류철을 내 쪽으로 당겼다. '릴리아나 엠마 콜로토, 살인 사건.' 나는 건너뛰듯 서류를 넘기며 이미 알고 있는 내용들을 확인했다. 경찰의 첫 수사 기록에는 범죄현장에 처음 도착한 형사가 숨어서 지켜본 안쪽 이웃집 여자한테서 받은 진술서가 같이 있었다. 그러고는 시신 현장에 대한 기술, 검시 의뢰서, 형사법원에, 그러니까 나한테 고지했음을 확인하는 메모가 보였다. 나는 법원 집무실의 널찍한 책상에서 반쯤 자다가 그 소식을 전해 들었다. 자리에서 펄쩍 뛰어오르는 내 모습을 즐기던 로마노의 놀림도 함께였다. 바에스가 증인들에게서 받은 조서들, 범죄 현장 사진들. 나는 사진을 빠르게 넘겼다. 넘기다가 피살자의 손 근처에 내 구두코가 있는 걸 알아보았다. 오른쪽에서 비스듬히 시신을 찍은 사진이었다. 나는 검시소견서를 빠르게 훑었다. 묘사된 표현들을 읽자 속이 메스꺼웠지만 소견서의 결론 부분에 오래 머물렀다.

강간…… 교살…… 그리고 이 세 번째 검시 결론은? 몇 주 전 검시소견서를 받았을 때는 주의를 기울이지 않았었다. 말도 안 되는 이야기지만, 그 여인이 무덤 너머에서 비통해할 만한 일이었다. 나는 서류의 나머지 부분들을 읽어 가며 문득 번민을 느꼈다. 예상하지 못한 다른 자료는 더 이상 없었다. 로마노와 시코라가 미장이들에 대해 짐승 같은 조작질로 꾸민 서류가 있었다. 머저리 시코라가 가엾은 두 미장이에게 구타해 가며 자백을 받아 작성한 "즉흥적인 증거들"을 적은 비열한 기록 두 장이었다. 그 다음에는 불법적인 압력 행사에 대한 내 고소문 사본, 끝으로 잡혀 온 두 사람의 부상에 대한 소견서.

로마노를 떠올렸다. 그의 텅 빈 책상이 보일 때마다 생각이 났다. 내가 고소장을 접수하자마자 그는 기소당해 직무 정지 처분을 받았다. 처음에는 그의 팀에 속한 직원들이 나한테 앙심을 품지 않을까 걱정했었다. 그렇지만 결국은 우리 모두 같은 법원의 동료들이었다. 그들은 나에게 전과 다를 바 없이 예의를 갖춰 대해 주었다. 그 우악스러운 인간에게서 벗어나게 해 준 데 대해 은밀하게 고마움을 느끼는 게 아닐까 자문할 정도로 공손했다. 계속 문서를 넘겨갔다. 이제 몇 장밖에 남아 있지 않았다. 소송 문건을 경찰서에서 법원으로 보낸다는 발송문, 우리 법원의 증인들에 대한 심문 기록. 증인들이 이전에 말한 내용이 유효하다는 정도만 적혀 있었다. 끝으로 보완적인 검시소견 보고서. 내부 장기 상태에 대한 분석 소견서였다. 새로 추가된 내용은 전혀 없었지만, 그래도 나는 불편함을 느끼며 소심하게 다음 장으로 건너뛰었다.

마지막 장을 넘기자 여백에 연필로 적혀 있는 사건 날짜가 눈에 들어왔다. 페레스가 적어둔 것이었다. "용의자도 없고 범인 이름도 명시되지 않은 상태로 경찰에서 넘어온 문건은 모두 두 달, 최대 석 달 안에 치운다.”는 판사의 분명한 지시를 따르기 위함이었다. 포르투나 판사 자신이나 이 원칙을 꼬박꼬박 지키지 그랬을까. 그는 항상 제대로 지키지 못했다. 그의 진정한 모토는 “소송 건이 적으면 적을수록 좋다.”였다. 그래서 불기소 건은 가능한 한 빨리 철을 해 보관함에 넣는 기벽이 있었다. 절도 사건이든 살인 사건이든 마찬가지였다.

다음으로 어떻게 할지 상상해 보았다. 타자기에 종이를 한 장 넣어야 할 것이다. 엄격한 느낌의 제목을 달고, 열 줄로 요약한다. 피의자가 없으므로 소송의 기각을 선언하고 범인 색출을 계속하는 일은 경찰에 맡긴다. 그게 눈 가리고 아웅하기 위한 순서였다. 사실 그게 관계 문서에 사망신고를 하는 손쉬운 증명서였다. 그렇게 하면 사건 서류를 철해 넣고 절대로 열지 않게 되리라.

나는 전체 서류를 다시 검토했다. 정말로 용의자에 관해 아무 데도 아무것도 나오는 게 없었다. 포르투나 판사는 사기꾼이고 페레스는 뚜쟁이 같은 인간이지만 그들이 맞았다, 염병할. 또 한번 검시 소견서의 결론 부분에서 멈췄다. 내가 알게 된 사실을 모랄레스도 알게 될까 자문해 보았다. 그럴 리가 없다. 그 젊고 아름답던 여자를 생각했다. 젊고, 아름답고, 성폭행을 당하고, 죽어서, 침실 바닥에 내버려진 여자.

모랄레스에게 얘기해야 했다. 그 남자의 영혼에는 고통을 담아둘 만한 무한한 공간은 있지만 기만을 보관할 만한 곳은 존재하지 않는 게 확실했다. 그렇지만 그에게 검시 결론을 알리는 것, 더불어 사건이 문서 보관소 안에 죽어있다는 사실을 말하는 것은 그에게 견디기 힘들 정도로 잔혹한 짓이다.

책상의 첫 번째 서랍에서 지우개를 꺼냈다. 마지막 장 여백에 적혀 있는 날짜를 꼼꼼히 지웠다. 그러고는 석 달이 더 남은 날짜로 고쳐 썼다. 남의 글씨를 베껴 쓰는 사람이 그렇듯 주춤거리며 세심하게. 몸을 일으켜 선반 한 곳에 서류를 올려놓았다. 그곳은 내가 지시하지 않는 한 몇 십 년이 지나도 어느 누구도 내 뜻을 거슬러 손 댈 일이 없다는 걸 경험상 알고 있었다. 판사도 서기관도 그 사건에 대해 물을 리 만무했다. 나는 다시 책상으로 돌아가 한참 동안을 볼펜 뚜껑을 깨물어대며 생각했다. 강간당하고 살해되던 순간 아내가 임신 2개월쯤이었다는 사실을 어떻게 하면 모랄레스에게 가장 잘 설명할 수 있을지 생각했다.

전화

차파로는 그녀에게 전화한 것을 후회하리라는 걸 알고 있었다. 그러나 그녀와 연관된 모든 일에 그런 것처럼 그녀의 목소리를 들을 수 있다는 가능성만으로도 저항하기 어려운 힘에 이끌리는 기분이었다. 그래서 머릿속에 떠오른 순간부터 수화기를 드는 소리가 들릴 때까지 순간순간마다 후회하면서도 한 발짝 한 발짝씩 나아가고 있었다.

기소문에 대해 정확한 자료를 알아야 할 게 있어서 그렇다고 말하는 걸로 시작한다. 그럴 필요가 정말 있을까? 일단 그렇다고 대답한다. 삼십 년이나 지나다 보니 그의 머릿속에는 수많은 소소한 자료들(날짜, 장소, 세부적인 사항들의 정확한 순서 등)에 대해 가물가물 떠오를 듯 말 듯한 저장고밖에 남아 있지 않아서 그렇다고. 그러나 이런 식의 과도한 설정은 강박적이고 지나치다고 스스로 반박한다. 사건이 휴면 상태가 된 게 다섯 달인지 여섯 달인지 아는 게 그리 중요한가? 미결수 구금건의 증거를 제출하는 게 아니라, 자신이 사건의 목격자이자 당사자라는 불확실한 명예를 갖고 있는 비극적인 사건에 대한 이야기를 쓰는 중이다. 그러니 그토록 엄격하게 다룰 필요가 없다. 그러나 그 정도의 균형 잡힌 논리로는 사건을 검토하겠다는 그의 소소한 집착을 없애지 못한다. 이틀을 더 미뤄둔다. 이틀 동안 별 소용이 되지 않는 내용을 두어 페이지 겨우 추가해 넣었을 뿐이다. 그렇지만 그 이틀 동안, 사건 서류를 검토하자는 생각에 사로잡혀 있는 이유가 사실은 이레네를 찾아갈 유리알같이 분명한 구실이 되기 때문이라는 사실을 비로소 인정하게 되었다.

그녀는 그가 "자신의 책을 쓰는 중"이라는 걸 안다. 그가 얘기했었다. 괜찮다. 오래된 자료들을 대조할 필요가 생기곤 하는 건 자연스럽다. 그 사건은 법원 지하 1층 중앙문서보관소에 있다. 차파로가 그 오래된 사건 서류에 수월하게 접근하도록 해 줄 적절한 방법으로 형사법원 판사가 전화 한통 걸어 주는 것보다 더 좋은 게 무얼까? 아무튼 이레네와 커피 한 잔 하면서 집필 작업에 열심인 작가 분위기를 낼 만한 기회는 생길 터이다. 이레네는 그가 시작한 프로젝트를 마음에 들어 했다. 그녀는 열정을 불러일으키는 것에 대해 이야기할 때면 더욱 더 아름다웠다. 그러니 이건 흠잡을 데 없는 핑계. 그런데 왜 이렇게 초조해지고, 전화를 걸기로 마음먹을 순간이면 뒷걸음질을 치는 것일까? 아마도 모든 게 핑계이기 때문이리라. 근본적으로는 아주 단순한 일이다. 결국 모든 건 그녀 가까이 가기 위한 구실일 뿐이다. 차파로는 사랑하는 여인 앞에서 마음을 들킬지 모른다는 일말의 가능성만으로도 주눅이 들었다.

차파로는 중앙문서보관소의 직원들을 알고 있었다. 대부분은 그보다 나중에 들어온 사람들이다. 그가 안내실에 나타나 서류를 보겠다고 하면 안된다고 대답하기는 힘들 것이다. 혹시 거절을 당하더라도 가르시아 서기관에게 부탁하면 전화 한 통으로 나의 편의쯤은 봐 줄 수 있을 것이다. 그렇다면 굳이 이레네를 찾아갈 이유가 뭐겠는가?

없다. 확실한 구실 뒤에 숨은 채 5분이라도 그녀와 단둘이 있을 수 있다는 이유를 제외하고는. 그런 보호막이라도 없다면 힘들었다. 아무리 그러고 싶어도 되지 않았다. 몸속이 뜨거워져 바깥으로 불이 붙는 듯하고 허둥지둥 말을 더듬고, 덜덜 떨며 식은땀을 흘리게 되는 건 두려움이었다.

그의 부끄럼은 우스꽝스러운 일이다. 더구나 둘 다 어른이라는 점을 생각하면 더 그렇다. 왜 솔직하게 진실을 말하지 않는가? 특별한 핑계를 대지 않고도 그녀의 집무실을 찾아가 느끼는 대로 내놓고 표현하는 것. 그들은 성인이다. 몇 마디 하지 않아도 충분히 알 것이다. 관심이 있음을 내비치는 사교계식 제스처만으로도 충분할 것이다. 못다 한 말과 못다 한 제스처는 이레네도 짐작할 수 있다.

왜 그렇게 하지 못하는 걸까? 그럴 수 없으니까. 그래서 그렇다. 차파로는 오랜 세월 동안 입을 다물고 지내 왔다. 절제되고 소화되기 쉽고 완화된 버전이라 하더라도, 그녀에 대한 감정을 표출하기보다는 신중하게 진실을 감추는 쪽을 택했다.

자연스럽게 찾아가 말을 건넬 수가 없다. "이봐요, 이레네. 한 삼십 년 전부터 내가 당신을 미칠 듯이 사랑하고 있다는 걸 알아주길 바랐어요. 우리가 함께 일하지 않은 세월 동안이라고 하나도 줄어들지 않았어요."

차파로는 주방과 식당을 이리저리 기계적으로 배회한다. 냉장고를 쉰 번이나 열었다 닫는다. 그러다 책상 앞에 멈춰 서서 그 위에 흩어져 있는 종이쪽들을 바라보지만, 그것들의 정체가 뭔지도 잊어 버리고 만다. 머지않아, 그의 (비관적인 예감마따나 염병할) 책이 될 원고를 알아보지 못할 정도로 진퇴양난의 고뇌에 휩싸여 있다.

전화기를 백 번째 쳐다본다. 수화기가 그의 결정을 도와주기라도 한다는 듯. 갑자기 전화기 쪽으로 두어 걸음 다가가더니 번호를 누르는 손이 빨라진다. 앞 번호 세 개를 누르기 전부터 이미 후회하고 있지만 멈추지 않는다. 자신의 결정을 후회하면서도 동시에 자신의 욕망을 실현하기로 결심했기 때문이다. 그의 인생의 표식인 냉소와 기대가 뒤섞인 상태였다.

그녀 집무실의 직통 번호를 누른다. 옛 부하직원들이 자신이 전화했다는 사실을 아는 데에는 전혀 관심이 없다. 세 번 신호가 가자 전화를 받는다.

"올라?*" 이레네 목소리다. 차파로는 자신이 숭배해 마지않는 여자가 독립적인 여성이라는 어렴풋한 표시에 또 한번 놀란다. 사법부에 들어오자마자 모든 사람들은 하나같이 동료들을 흉내 내어 "법원입니다", "서기관실입니다" 등의 단조로운 말로 전화에 응대하는 관료적인 방식을 따랐다. 아니면 친절을 다하여 "좋은 아침입니다"라는 말을 덧붙이기도 했다. 이레네는 그러지 않았다.

사법부에 들어온 첫날부터 "올라?"라는 친근하고 따뜻한 응답으로 대화를 시작하기로 했었다. 마치 할머니 전화를 받는 듯했다. 차파로는 자신이 그녀의 첫 번째 상사였기 때문에 그 사실을

* 스페인어 올라(hola)는 친밀한 사이에 하는 인사말 또는 전화 응대 표현.

잘 알고 있었다. 이레네가 연수생으로 법원에 들어왔을 때 그는 막 부서기관으로 승진했었다. 처음 인사를 나눌 때 그녀에게 말을 놓지 않았는데, 그 결정을 나중에는 좀 후회했다. 그는 여자들에게 엄격한 예의를 갖추도록 교육받았다. 이제 막 고등학교를 졸업한 젊은 아가씨들이 다가와 악수를 청하면서 그냥 "반가워요." 라고 인사를 해오더라도 마찬가지였다. 그래서 그는 이레네에게 "안녕하세요. 함께 일하게 되어 반갑습니다."라고 말을 건넸었다. 그때 차파로는 스물여덟이었고 새로 온 여직원보다 열 살이 많았다. 그리고 윗사람은 아랫사람들과 서열을 분명하게 유지해야 한다고 믿고 있었다. 그녀의 눈을 쳐다보면서 말을 조금 더듬거렸다. 그 아가씨가 자신의 눈을 빤히 보았기 때문이다. 마치 그녀가 새까만 눈동자로 자기 눈에 돌팔매를 던진 듯한 기분이었다. 내밀었던 손을 금방 풀고는 뒤로 물러섰다. 그러고는 곧바로 화제를 돌려 그녀가 할 초보적인 일들을 알려 주라고 서기에게 지시를 내렸다. 모두 근무 중이고 자기 일이 정해져 있어서 그녀에게 전화 응대하는 일을 시켰다. 새로 온 연수생이 네 번째인가 다섯 번째 "올라?" 하고 전화받는 소리를 들었을 때 지금이 그녀에게 설명해 줄 적당한 때라고 차파로는 생각했다. 법원의 가장 엄격한 관습에 따라 수화기를 들 때는 그런 가족적인 구어체 말투의 인사법 대신 "법원 19호실입니다."라고 대답하는 게 가장 효율적이다. 그게 아니면 유별난 방식의 대답에 놀란 상대방이 자신이 법원에 전화를 건 게 맞는지 확인하느라 허비하는 시간을 절약할 수 있다고 설명했다. 연설 같은 설명을 마치기도 전에 차파로는 스스로 바보가 된 기분이었다. 자신의 조언이 멍청한 것이어서인지 자신을 쳐다보는 이레네의 표정이 있는 그대로 유쾌했기 때문인지는 알 수 없었다. 그렇지만 그녀는 두어 번 수긍을 하며 그렇게 따르겠노라고 대답했다. 그러나 3분 후 다시 전화벨이 울리자 그녀는 언제나처럼 참으로 친근하고 법원의 격식과는 참으로 거리가 먼 "올라?"라는 인사로 전화를 받았다. 그녀의 목소리에 만용은 없었다. 도전의 기색이라고는 전혀 없었다. 아마 그래서 차파로는 화를 내지 못했고 그 일은 그렇게 마무리 지었다.

이레네는 평생 계속해서 그 8월의 어느 날처럼 전화를 받았다. 처음 만난 지 삼십 년이 지난 지금도.

집안을 돌아다니다가 전화기 주변을 맴돌면서 스무 번은 수화기를 들었다 놨다 하던 차파로는 마침내 그녀의 집무실로 전화를 걸기로 결심했던 차였다. 어쩌면 결심이 아니라 어쩔 도리가 없어서였다. 차파로가 뭔가 중대한 결정을 하게 되는 제일 좋은 방식이 바로 달리 도리가 없을 때였다. 그녀의 "올라?" 소리는 그의 가슴을 뛰게 만들었다.

핑곗거리와 출발

벤하민 차파로는 곧장 판사의 집무실로 갔다. 자기 사무실도 18호 서기관실도 들르지 않았다. 이레네를 만나려는 절박함에 완전히 혼이 나간 그는 누구든 아는 사람을 만나면 자신이, 사랑의 감정으로 귓불까지 벌게져 있다는 걸 알아채지 않을까 싶었다. 두 번 노크를 했다. 들어오라는 이레네의 목소리가 들렸다. 그 스스로도 싫어하는, 의도하지 않은 소심한 동작으로 고개를 들이밀었다. 그를 보자 그녀의 얼굴이 미소와 함께 환하게 빛났다.

"들어와요, 벤하민. 들어오세요."

차파로는 불이 붙기 시작하는 걸 느끼며 안으로 들어섰다. 얼굴이 붉어졌으려나? 처음 본 그때처럼 변함없이 감탄해 마지않고 있다는 걸 들키지 않으려 애를 쓰며 그녀를 쳐다본다. 그녀는 키가 크고 갸름한 얼굴이다. 아가씨 때부터 뼈가 도드라지듯 약간 말랐다. 세월로 인해, 아이도 가져 봤으니, 아무튼 그에 맞게 조금은 둥글해졌다. 뺨에 볼 키스를 하며 인사를 나눈다. 참나무로 된

널따란 책상 양쪽에 서로 마주 보고 앉자마자 차파로는 볼 키스를 하기 직전부터 참고 있던 숨을 터뜨린다. 이제는 차분히 숨을 쉴 수 있다. 향을 맡지 않았기 때문에 그녀의 향수가 이틀이나 사흘간 그를 위태롭게 만드는 일은 없을 것이다. 둘은 말없이 미소를 지었다. 조금 쑥스러운 표정이었다. 즐겁지만 비난받을 수도 있는 일을 함께 하다가 놀란 사람들 같았다. 차파로는 시간을 끌며 말문을 열 순간을 미뤘다. 그녀의 얼굴이 홍조를 띠는 게 보였고, 그러자 이상야릇한 행복감이 느껴졌기 때문이다. 그러나 그녀는 그윽이 눈을 바라보았다. 그 모든 핑계 뒤에 뭐가 있느냐고 묻는 듯했다. 그러자 그는 주도권을 잃었다는 기분이 들면서 자기가 써 온 머릿속 각본대로 하는 게 좋겠다고 생각했다.

차파로는 요청사항을 먼저 말했고, 그 요청을 정당화하기 위해 '자기 책'의 주제를 조금 상세히 이야기할 필요가 있었다. 차파로는 이야기를 소개하며 차츰 열이 오른다. 그녀는 그간 차파로나 다른 공룡들에게 전해 들어 피상적으로만 알고 있었던 이야기였다. 차파로가 말을 마치자 그녀는 흥미롭다는 듯 그를 바라본다.

"문서보관소에 전화해 줄까요?"

"가능하면…… 그래 주면 좋지요." 차파로는 침을 삼켰다.

"그건 문제없지요, 벤하민." 그녀는 눈썹을 가볍게 찡그렸다. "그런데, 봐요. 그 사람들은 나보다 당신을 더 잘 알잖아요."

'제기랄.' 차파로는 생각했다. 내 알리바이가 그렇게 순진했나?

"실은 그게 아주 오래된 사건이라서 말이지요, 안 그래요?" 차파로는 머릿속에 만들어 온 말을 일단 끝냈다.

"그래요, 알아요. 그 사건 얘기 한 적 있잖아요. 당신이 나를 법원 11부로 올려 보내고 난 뒤에 그 사건이 일어났어요. 맞지요?"

"나를 올려 보내고"라는 저 표현에 숨은 의도가 있는 걸까? 있다 해도 이레네는 차파로가 짐작하는 것보다 더욱 명석한 사람이었다. 1967년, 더 정확하게 말하면 그해 10월, 이레네가 견습생으로 들어온 지 두 주 후, 제대로 전화에 응대하는 법을 가르치려던 뜻을 완전히 포기하고 난 뒤 그는 그녀의 꿈을 꾸다 몸을 떨며 잠에서 깼다. 그는 기혼이었고, 그때는 결혼생활에 충실하다는 자기 확신을 위해 최선을 다하고 있었다. 잊어버리고자 애를 썼지만 닷새를 연이어 그녀가 꿈에 나타났다. 마지막 꿈에서는 이레네의 영상이 너무 생생하고, 벗은 그녀의 살결이 실제처럼 빛났다. 잠에서 깬 차파로는 사실은 아무 일도 일어나지 않았음을 알고 울적해졌다. 그날 아침 법원에 도착한 그는 자신을 좀먹기 시작하는 사랑의 감정을 자기 영혼에서 씻어내기로 결심했다. 신뢰관계를 유지하고 있는 모든 동료들한테 전화를 걸어 법대 재학생으로 사법부에서 첫걸음을 떼는 중인 놀라운 연수생이 있다고, 유급 채용을 할 만하다는 이야기를 전했다. 차파로는 그 당시 이미 직장에서 존경받을 뿐더러 사람들의 호감을 사는 사람이었다. 몇 달 후 동료들 중 누군가 전화를 걸어와 '여직원'한테 줄 보조 일자리가 있다고 했다. 그와 신참 여직원 사이의 정적, 라디오 소리에 묻혀 있던 정적을 깨고 차파로는 좋은 소식을 알려 주었다. 이레네는 정말로 기뻐했다. 그는 그녀의 기뻐하는 모습에 어딘가 아파오는 느낌이었다. 다른 곳으로 떠나는 걸 애석해하지 않는다는 건 그 법원 사무실에 미련이 없다는 뜻이었다. 그리워할 게 하나도 없다는 뜻이었다. 당연하다는 생각도 들었다. 이레네는 남자친구가 있었다. 공대생이고 자기 오빠의 친구였다. 차파로는 자신을 좀먹어 가는 그 흥분되는 연애감정 때문에 마르셀라 앞에서 기분이 불편하곤 했었다. 부정한 행동일 뿐 아니라 적절하지도 않다는 걸 알기 때문에 우울했다. 이레네가 떠나는 게 차라리 더 낫다고 스스로를 타일렀다. 어찌 되었든 싹이 트지도 못하고 더 자랄 수도 없는 식물은 뿌리째 뽑아 버리는 법이다.

그게 1968년 3월, 모랄레스 사건이 일어나기 직전의 일이다. 그때부터 그녀는 시야에서 사라졌다. 법원에서는 두 층 아래에서 근무하는 사람은 좀 낮은 차원에서 사는 사람이라는 식의 이상한 사고가 있었다. 그는 1976년까지 그녀의 소식을 듣지 못했다. 그러나 그해 2월 그녀가 자신의 서기관으로 뚝 하고 떨어졌다. 졸업을 하고 변호사 자격증을 받아 법원에 임명된 것이었다. 시간이 지났다고 해서 차파로가 뭔가를 시도해 볼 만한 기회가 온 것도 아니었다. 그는 몇 해 전에 마르셀라와 헤어져 자유로운 상태가 되어 있었다. 다시 만나던 날 이레네는 임신 6개월의 제법 나온 배를 앞세우며 법원 문을 들어섰다. 차파로는 그녀가 옛날에는 학생이었지만 이제는 엔지니어가 된 오래된 남자친구와 결혼한 지 2년이 되었고, 첫 아이를 기다리는 중이라는 사실을 처음으로 알게 되었다. (그녀에 대해 아무것도 알고자 하지 않았었기 때문이다. 그렇게 함으로써 자신을 보호할 수 있었고, 자신이 잃어 가고 있는 삶을 그녀는 살고 있다는 사실을 수긍한다는 듯한 시늉을 하지 않아도 되기 때문이었다.)

이레네가 출산휴가에서 돌아오자 자리를 비운 사람은 차파로였다. 이레네는 자신의 부서기관이 아르헨티나 북서쪽 끝에 있는 후후이 주의 연방법원에 생긴 공석을 채우러 갔다는 사실에 놀랐다. 아기레가라이 판사가 직접 권유했다는 얘기도 들었다. 이레네는 정치적인 문제에는 별로 익숙하지 않았다. 그러나 이야기를 전하는 사람의 말투가 화난 것 같기도 하고 뭔가 숨기는 것 같기도 하다는 걸 쉽게 알아차렸다. 이레네는 1976년 추운 겨울 차파로가 부에노스아이레스에 머문다면 뭔가 위험한 상황에 처하게 된다는 사실을 알 수 있었다.

그 후 몇 년 동안 두 사람은 다른 사람들의 입을 통해 우연히 전해지는 단편적인 소식을 접하고 살았다. 차파로는 이레네가 계속해서 승진을 거듭하여 1981년에 검찰관이 되었고, 몇 년 후에는 고등법원으로 가게 되었다는 걸 알게 되었다. 한편 그녀는 그녀대로 군부 독재가 막을 내린 1983년 차파로가 부에노스아이레스에 돌아왔다는 걸 알게 되었다. 그는 후후이 여성과 결혼했고 나중에는 그녀와 헤어지게 된다. 1980년대의 그 시간은 두 사람 사이가 가장 단절되었던 기간이었다. 길에서 어쩌다 만나도 의미 없는 말 두어 마디를 겨우 할 정도였다. 이레네는 차파로의 후후이 출신 아내 이름이 실비아고, 아이가 없다는 사실을 알게 되었다. 차파로는 이레네가 그 엔지니어 남편과 여전히 결혼생활을 지속 중이고, 세 딸아이가 별 탈 없이 자라고 있다는 걸 알고 있었다.

두 사람이 다시 만난 건 그로부터 또 몇 년이 지난 1992년이었다. 차파로가 두 번째 이혼을 한 지 시간이 좀 흘렀다. 그는 남은 인생을 가장 잘 보내는 방법은 신중하게 혼자 사는 것이라고 확신하게 되었다. 누가 봐도 결혼할 상황이 아니었다. 쉰이 넘었고, 여자 없이 살기에 제일 좋은 때였다. 여자를 필요로 하지 않을 마음의 준비가 되었다. 그러나 차파로가 미처 준비하지 못한 것은 바로 그해 초 알베르티 판사가 은퇴하면서 이레네가 새 판사로 부임하게 된 일이었다.

지금 그 사무실에서 마주보며 앉아 있게 되자 두 사람은 신병만 그득한 전장의 베테랑처럼 미소를 지었다. "우린 서로 아는 사이 잖아요." 이레네가 미소를 지으며 말했다. 차파로는 가슴을 두드리던 그 꿈같은 세기디아*로부터 자신을 떼어놓은 25년의 세월이 흔적도 없이 먼지가 되어 사라지는 기분이었다. 그 여자는 그런 미소를 지을 권리가 없었다. 그 엔지니어와 결혼생활을 유지하며 '아르쿠리'라는 성을 달고 있었다. 그게 차파로가 도박을 시도조차 못하게 하는 장애물이었다. 그래서 그도 악수를 하며 "어떻게 지냈어요, 박사님."이라는 당혹스러운 인사말을 건넸다. 두 사람 사이에 신중한 거리가 유지될 만한 표현이었다. 그녀는 그 거리를 받아들였다. 그 후 2년 동안 그들은 일주일에 5일간 매일 여덟아홉 시간을 함께 보고 지냈지만, 늘 예의를 갖추어 적당한 거리를 두고 서로를 대했다.

어느 날 아침 이레네는 단도직입적으로 그에게 편하게 말을 놓기 시작했다. 평생 동안 그래온 듯 자연스럽게 어느 월요일 아침 "잘 지내요, 벤자민. 사파타 가족의 출국건 좀 도와주면 좋겠는데, 괜찮아요?" 이렇게 물었다. 차파로는 괜찮았다. 그렇게 몇 년이 흘렀다. 그가 은퇴한다는 사실을 알릴 때까지. 은퇴 소식에 그녀가 놀랐던가? 차파로 속에 살고 있는 강박적인 낙천주의자는 소식을 들은 그녀의 얼굴에 슬픔을 억누르는 표정, 놀라는 기색을 힘들게 감추는 표정이 떠올랐다고 믿고 싶었다. 그러나 그럴 만한 이유가 없었다. 그는 법원의 모든 사람들이 다 알고 있을 거라고 생각했다. 그가 떠난다는 걸 이레네는 애석해하긴 했을까?

아무튼 차파로는 그런 전전긍긍하는 마음을 뿌리째 잘라냈다. 사랑하는 그 여자에게 사실을 고백하고, 절대로 그럴 수 없다는

* 3박자의 템포가 빠른 스페인 민속춤 또는 춤곡.

거절의 대답을 듣는 게 의미 있는 일인지 스스로 물어보았다. 그런 자문을 안 할 수가 없었다. 그녀에게 마음을 밝힌다는 건 근 30년 동안 사랑해 왔다는 사실을 인정하는 셈이 아닌가? 멀리서 그녀를 좋아하며 인생을 보냈다고 고백하는 게 되지 않는가 말이다. 그럴 수는 없다! 그 대답은 단호하게 할 수 있었다. 사실 그 수많은 시간 중에서 두 사람이 함께 공유한 시간은 별로 없다. 그러나 차파로의 영혼 깊은 곳에서는 한번도 그녀에 대한 사랑을 멈춘 적이 없었다. 우연과 상식과 비겁함이 뒤섞여 항상 그녀와 일정한 거리를 유지해 왔다. 그는 자기 침묵의 주인이었다. 만약 말을 꺼낸다면 그녀의 동정심의 늪에 빠지게 되고 말 것이다. 그녀가 "가엾은 벤하민, 난 몰랐어요……"와 같은 말을 하게 되는 상황도, 자신이 그런 말을 들어야 하는 상황도 피하기로 결심했다. 차파로는 그런 생각을 하는 것만으로도 분노와 부끄러움에 눈앞이 흐려졌다. 자신의 사랑은 자신과 함께 죽을지언정 더럽혀져서는 안 된다.

"벤하민…… 그 사건 아닌가요?"

차파로는 화들짝 놀랐다. 이레네가 미소를 지은 채 자신을 쳐다보며 묻고 있다. 얼뜨기 같은 표정으로 얼마나 있었던 걸까 스스로에게 물어본다. 많은 시간이 흘렀을 리가 없다. 그는 그 이야기를 생각하는 데 익숙해져 있었다. 사랑하고, 아픔을 느끼고, 적어도 순식간에 그녀 생각을 하는 데 습관이 되어 있었다.

"맞아요. 그래, 그 사건요."

"좋아요. 그럼 전화할게요."

이레네는 그에게 시선을 고정시킨 채 잠깐 뜸을 들인다. 그러고는 수첩에서 문서보관소의 전화번호를 찾는다. 그녀가 수첩과 전화기로 시선을 내리자, 그제야 차파로는 꼬인 창자가 펴지는 듯하다. 그녀는 언제나처럼 친근한 인사로 통화를 시작한 뒤 안부를 묻고는, 문서보관소장을 바꿔달라고 한다. 눈을 크게 뜬 채 미소를 짓고 있다. 눈에 보이지 않는 사람과 통화할 때 짓게 되는 조금 집중한 듯한 표정이다. 그런 표정으로 비스듬히 창을 향해 돌아서 있다. 차파로는 원하면 마음껏 그녀의 모습을 관찰할 수 있다. 그러나 자신을 억누른다. 잠깐이라도 그녀를 쳐다보게 되면 품에 안을 수도 없고, 쉬지 않고 잔잔히 키스할 수도 없다는 고통에 사로잡힌다는 걸 경험으로 알고 있다. 결국 차라리 딴 쪽으로 시선을 돌리고 만다.

"이제 됐어요, 벤하민." 전화를 끊으며 그녀가 말한다. "아무 문제없어요. 문서보관소에서는 바닥의 타일까지도 당신을 알던데요."

"예의상 하는 말이요. 내가 늙었다고 하는 농담이요, 박사?"

그녀는 진지해진다. 눈은 여전히 희미하게 미소를 띠고 있다.

"필요한 일이 생길 때까지는 또 이쪽으로 코빼기도 안 비칠 거라고 생각해야 하나요?"

'내게 당신이 필요하냐고 묻는다면, 내 남은 평생 이 방에서 나가지 못할 거요.' 용기가 있다면 차파로가 하고 싶은 대답은 그랬다.

"요 며칠 사이 언제가 되든 다시 올 거요, 이레네." 용기가 없는 그는 목청만 높여 대답한다.

그녀는 대답하지 않는다. 자리에서 일어나 그에게 얼굴을 가까이 하더니, 쪽 소리를 내며 왼쪽 뺨에 한가득 볼 키스를 한다. 차파로는 도톰한 그녀의 입술이 느껴진다. 그녀 머리칼의 미세한 마찰, 다가오는 그녀 몸의 온기, 뇌 속까지 곧장 올라오는 저주스러운 야생의 향기를 느낀다. 그녀의 향은 뇌로, 기억으로, 그녀를 갖고 싶은 욕망으로, 사흘 밤 동안의 불면으로 치달아 온다.

문서보관소

중앙문서보관소에 들어가는 일은 항상 똑같은 느낌을 준다. 처음에는 마치 무덤 속에 들어간 듯한 중압감이 있다. 그러나 어둡고 소리 없는 지하감옥 같은 그곳에 일단 들어선 뒤, 서류들이 잔뜩 쌓인 거대한 책장들이 옆으로 늘어서 있는 좁다란 복도를 따라 걸으면 좀처럼 느끼기 힘든 안전한 기분, 보호받는 듯한 기분이 든다.

안내를 맡은 직원이 몇 걸음 앞서 걷는다. 차파로는 주변 사람들의 신체적인 쇠락 속에 시간의 흐름을 감지하기가 얼마나 쉬운가 생각한다. 오래 전부터 그 남자를 알고 있다. 몇 년이나 되었더라? 30년인가? 은퇴할 나이를 넘어선 게 분명했다. 그는 왼쪽 다리를 약간 절뚝거린다. 걸음을 뗄 때마다 그의 신발 바닥이 판석 위에 까슬거리며 가벼운 메아리를 남긴다. 왜 아직도 일을 계속하는 걸까? 차파로는 빽빽하게 들어선 널빤지들 사이로 모든 소리가 사라져 버리는 이 침묵의 지하감옥을 그 많은 세월 동안 지키고 살다 보니, 바깥세상은 이 사람에게 불분명하고 불쾌한 파열음에 귀가 먹을 듯 소란스러운 곳이 되어버렸을지도 모른다는 짐작을 한다. 어쩌면 이 사람은 감옥이 아니라 피신처에 있으리라는 생각을 하며 입을 다문다.

제법 걸어 들어갔다. 차파로가 어둠의 미로 속에서 완전히 방향을 잃었을 때쯤, 늙은 문서관리자는 앞서 지나온 수많은 책장들과 하나도 다르지 않은 책장 앞에 멈춰 서더니 처음으로 고개를 든다. 그때까지는 단 한번도 옆쪽으로 시선을 돌리지 않고 걷기만 했다. 어둠에 익숙한 쥐처럼 신중하게 판단하여 간간이 왼쪽으로 오른쪽으로 꺾어 돌 뿐이었다. 그는 자기 키보다 커 보이는 책장 위로 팔을 들어올린다. 다 닳은 관절이 삐걱거리는 소리가 낮게 울린다. 다섯 자리 숫자로 번호를 매긴 서류 묶음을 끌어당긴다. 서류를 손에 넣은 그는 다시 걷기 시작한다. 차파로는 복도 끝까지 따라가다가 그가 오른쪽으로 돌자 따라 돈다. 모든 복도는 희미하게 불이 켜져 있지만 이곳은 거의 어둠이다. 그래서 차파로는 잠깐 멈춰 서서 눈이 어둠에 익숙해지도록 기다린다. 앞에 책장이 있을지 모른다는 생각이 들었다. 바닥이 깊고 컴컴한 우물 속에 빠진 듯한 기분이다. 문서보관소 노인의 발걸음은 계속 멀어져 더이상 귀에 들리지 않는다. 마치 안개의 바다 속으로 사라진 듯하다. 불현듯 고통스러운 고독감에 사로잡힐 듯하다. 짧은 순간이 지나고 나서 멀리 삐걱거리는 소리가 들린다. 노인이 램프를 켜서 텅 빈 테이블에 놓는 중이다. 다 부서진 의자 하나가 '독서용 구석자리'의 가구를 완성하고 있다. 노인이 자기 몸에 맞춰 만들어 놓은 곳인 듯하다. 차파로는 깊이를 알 수 없는 구멍 같은 복도에서 빠져나왔다는 안도감에 그쪽으로 걸어간다.

노인은 노련한 두 번의 손동작으로 서류묶음을 푼다. 용설란 섬유로 된 매듭 끈을 한쪽에 놓아둔다. 방문객이 일을 다 보고 나면 다시 꾸러미로 묶을 참이다. 찾으러 온 서류철을 따로 떼어 낸다. 차파로가 요청한 사건 파일은 전부 세 권으로, 각각 흰 끈으로 제본되어 있었다. 문서관리인은 서류철들을 나무 탁자 위에 조심스럽게 올려놓고, 의자 위치를 정돈한다.

"저는 가겠습니다." 잠긴 듯한 목소리다. 어쩌면 날카로운 목소리다. 확고하게 노년으로 진입한 사람의 목소리다. "다 보고 나서 그대로 두시면 됩니다. 제가 와서 정리할 테니까요." 그는 다시 걸음을 떼더니 뭔가 생각난 듯 멈추고는 뒤돌아본다. "나갈 때는 비스듬히 대각선 방향으로 가면 됩니다. 교차점이 나올 때마다 왼쪽으로 한 번, 오른쪽으로 한 번 도세요. 그러면 됩니다." 설명과 함께 막연히 손짓도 덧붙인다. "무슨 소리가 나도 신경 쓰지 마세요. 사방에 망할 놈의 쥐가 돌아다니거든요. 더 이상은 손 쓸 방도가 없어요. 독약, 쥐덫…… 할 건 다 해 봤지요. 매일같이 죽은 쥐를 그득하게 치운다니까요. 그런데도 갈수록 더 늘어요. 아무튼 크게 거슬리지는 않을 겁니다. 불빛을 싫어하거든요."

"고맙습니다." 차파로는 대답한다. 이미 뒤돌아서 있던 노인은 통로를 돌아 사라진다.

제본공

손바느질로 꼼꼼하게 제본된 서류철 세 권에서 차파로는 파블로 산도발의 노련한 손이 보이는 듯했다. 사소한 것에서 그를 떠올릴 때면 언제나 그런 것처럼, 새삼 보고 싶어진다. 그는 함께 일했던 최고의 부하직원이었다. 순식간에 배우고 문서 작성도 멋지게 하며, 기억력은 경이로울 정도였다. 잠깐. 그를 떠올릴 때면 언제나 그런 것처럼 차파로는 이번에도 공정하지 않았다는 걸 깨닫는다. 파블로 산도발을 마치 최고의 직원을 찬양하는 상사처럼 떠올린 것이다. 그렇지 않다, 그건 잘못이다. 그에 대한 기억이 잘못 되었다는 게 아니다. 당연히 산도발은 차파로가 믿을 수 있는 최고의 조력자였다. 그러나 공정하게 말하자면, 산도발은 보기 드문 뛰어난 부하였을 뿐 아니라 좋은 친구였다는 점도 상기해야 한다.

같이 일하던 시절에 차파로가 유일하게 신경 쓸 일은 해가 지고 산도발이 물건들을 챙기며 "내일 봐요."라고 인사를 하면 잠깐 기다렸다가 사무실 창문 밖으로 내다보는 일이다. 그가 투쿠만 거리를 건너 코르도바 쪽으로 향하는 걸 보면 이제 다 된 것이다. 선한 사람이자 최고의 남편답게 집으로 갔구나 생각하면 된다. 반대로 나간 지 몇 분 지났는데 투쿠만 길을 건너는 모습이 보이지 않으면 차파로는 최악의 상황을 준비한다. 왜냐하면 그때는 산도발이 지하철을 타고 파세오 콜론의 지저분한 술집으로 달려간 것이기 때문이다. 기절할 때까지 술병을 빨아 제치겠다는 돌이킬 수 없는 마음을 먹고. 그러면 차파로는 창문을 닫고 산도발의 아내에게 전화를 걸어 오늘 남편이 매우 늦을 텐데 자신이 데리고 가겠다고 알린다. 아내는 한숨을 내쉬며 고맙다는 말을 하고 전화를 끊는다.

차파로는 밤이 될 때까지 일을 조금 더 한다. 그러고는 탈카우아노 길 쪽 경비 초소를 통해 나가 코리엔테스 대로의 카페에서 간단히 식사를 한다. 자정이 되기 전에 택시를 타고 바호 지역으로 향한다. 늘 가는 서너 군데의 바에 차례대로 택시를 세운다. 산도발을 발견하면 어깨를 손바닥으로 한 대 치고는 호주머니를 뒤져 마지막 마신 술값을 낼 만한 돈이 있는지 확인해 계산한 뒤, 받은 거스름돈을 집어넣어 준다. 그러고는 택시가 있는 곳까지 떠메어 실은 뒤 집으로 향한다. 문 앞에 택시가 서면 그의 아내가 현관에서 나와 서둘러 택시 요금을 지불한다. 차파로는 요금을 내겠다고 나서지 않는다. 그건 산도발 부부와의 암묵적인 합의를 어기는 일이었다. 그냥 그를 떠메고 문 앞까지 데려다 놓는 걸로 끝낸다. 그러면 이제 아내가 넘겨받는다. 그러나 남편의 상태가 너무 엉망일 때는 어쩔 수 없이 차파로가 침대까지 데려다 주어야 한다. 그녀는 서글픈 미소를 지으며 "정말 고맙습니다."라는 말로 작별인사를 한다.

다음날 산도발은 출근을 못한다. 하루 더 지나야 퀭한 눈에 핼

쑥한 얼굴로 다시 나타난다. 산도발이 그렇게 형편없는 상태라면 평소처럼 일할 수 없다는 걸 안다. 어쩔 수 없다. 술이 모든 기억의 흔적들과, 깊이를 알기 힘든 그의 인지 능력을 단번에 지워 버리기라도 하는 모양이다. 그러면 차파로는 서류를 한데 묶어 꿰매는 일을 시켰다. 한 마디도 하지 않고 그냥 흰 실과 굵은 바늘을 책상 위에 얹어 준다. 그러면 그 쓸쓸한 친구는 풀어헤쳐진 문서들이 쌓인 책장 옆 책상으로 가 문서를 꿰매기 시작하는데, 결과는 만족스럽기 그지없다. 산도발은 외과의사 같은 동작으로, 예술가와 같이 자유분방하게, 사제와 같은 엄숙함으로 숙련된 제본공이 된다. 서류철이 하나 끝나면 백과사전의 분책 같은 모양이 된다. 사나흘이 지나고 최악의 저기압 상태가 지나가면 산도발이 먼저 미소 지으며 다가와 바늘과 실을 돌려준다. 마치 "저 회원등록 해 주세요." 하고 말하는 듯한 몸짓으로.

산도발은 1980년대 초에 죽었다. 차파로가 후후이 주 산살바도르에 있을 때였다. 미망인에게 위로의 포옹을 건네고, 산도발에게 마지막 경의를 표하는 일은 차파로가 항공료에 상당한 돈을 쓰고 장례식에 참석하게 할 만한 충분한 이유가 되었다. 친구의 죽음은 최악의 경우 미망인을 감시하고 있던 살인자들의 손에 죽을지 모른다는 염려를 이틀간 잊게 한 사건이었다.

근 20년이 흐른 지금 차파로는 하려던 일을 잠시 잊고, 책등을 따라 나 있는 실을 팽팽히 잡아당기고 있다. 당겼던 실을 놓으며 꿰맨 부분이 얼마나 단단한지 확인해 본다. 마치 지금 책으로 써 보겠다고 생각하는 그 이야기 속에 배우가 된 산도발이 그 침묵의 일감을 통해 자신을 기억해 달라고 차파로에게 남겨 놓은 것 같다. 그렇다면 제대로 성공했다.

산도발은 섬세한 지성의 소유자였다. 산도발은 20년이 지난 일련의 작은 일들을 하나하나 부활시키며 자신에게 경의를 표하는 옛 친구이자 상사의 진가를 알아보고 있을 것이다. 산도발은 그 상사란 사람이 작고한 부하의 제본 솜씨에 경의를 표하는 우회적인 접근법으로 작성한 추도사를 기꺼워할 것이다. 차파로는 그런 산도발을 생각하며 미소를 지었다.

지면들

차파로는 서류철의 첫 권을 집어 들어 램프 불빛에 가져다 댄다. 서류철에는 얇은 판지로 된 두 장의 표지가 붙어 있다. 두 번째 표지에는 검은 매직펜으로 커다란 글씨가 적혀 있다. "릴리아나 엠마 콜로토, 살인 사건." 그리고 법원 서류들. 하지만 표지 첫 장에는 이렇게 적혀 있었다. "이시도로 안토니오 고메스, 일급 살인 사건, 형사법 80조 7항." 서류를 펼치자 주의를 기울이지 않아도 경찰 수사기록들, 증인들의 진술, 1968년 8월 재검토한 검시관의 소견서 등이 보였다. '피기소인 없음'으로 사건을 기각하라는 지시를 받고 완전히 바보가 되기로 한 즈음이었다.

문건을 몇 장 더 펼쳐갔다. 열자마자 바로 후회했지만 다시 보고 싶은 충동을 이기지 못했다. 범죄 현장 사진이었다. 30년이 지난 지금 릴리아나 엠마 콜로토 데 모랄레스는 여전히 침실 바닥에 드러누워 있었다. 의지할 곳 없이 버려진 모습. 시선을 고정한 채 크게 치켜뜨고 죽은 눈, 잿빛을 띠는 목의 살결. 차파로는 사건 당

일과 다를 바 없이 수치스러운 기분이 들었다. 바에스가 으르렁거리며 쫓아내기 전까지 시신을 둘러싸고 쳐다보던 경찰들의 음란한 시선이 떠올랐기 때문이다. 수치스러운 감정이 그 시선들 때문인지, 자신도 방금 죽은 그 근사한 몸을 쳐다보고 싶은 음란한 욕구가 떠올랐기 때문인지 확신할 수 없었다.

다시 서류를 한 장 한 장 넘겨 간다. 부검 기록이 있지만 대충이라도 읽어 보지 않고 그대로 넘긴다. 눈을 감고 그 서류들이 문서 보관소의 고요한 정적 속으로 뿜어내는 오래된 종이 향에 집중해 본다. 그곳에서 다른 사건 서류들 밑에 깔려 20년 이상을 보냈다. 차파로는 그 서류뭉치에서 어릴 때부터 자신을 유혹하던 이미지를 떼어낼 수 없었다. 자신이 그 서류 용지가 된 듯한 착각이 들었다. 어느 페이지라 해도 상관없다. 완전한 어둠 속에 잠겨 앞 쪽에 얼굴을 맞댄 채, 다음 쪽의 반질거리는 부드러움에 영원히 잠겨 오랜 시간을 기다리고 있는 상상을 해 본다. 자신이 그 지면들 중 하나라 해도—차파로는 생각한다—몇 달에 한 번, 몇 년에 한 번 복도에 울려 퍼지는 발걸음 소리로 시간을 재지는 못할 것이다. 끔찍한 고독의 깊이를 제대로 측량할 수는 없을 것이리라. 그러다 갑자기, 다가올 대격변에 대한 경고나 징후 하나 없이 충격을 느낀다. 그러고는 한 번 더, 그리고 또 한 번 더 이어진다. 한 번 더. 그리고 또 한 번 더 울린다. 갑작스럽고 조금은 리드미컬한 요동에 그는 멀미가 난다. 누군가 자신을 보호하거나 감금하고 있는 그 균질한 종이 묶음들을 다른 곳으로 옮기고 있는 듯했다. 다시 고요가 찾아왔다. 그러나 종이들의 웅성거림이 이쪽에서 저쪽으로 퍼지기 시작한다. 그리고 문득 자신의 차례, 그러니까 자신으로 변한 쪽 차례가 되자 불빛에 눈이 부시다. 종이가 된 나는 그 순간을 놓치지 않고 다시 열린 세상을 보려 한다. 그 잠깐의 천지창조란 고작 자신을 닮은 한 인간의 얼굴, 즉 회색 빛 머리, 작은 눈, 매부리코를 한 성인 남자의 얼굴에 지나지 않을지도 모른다. 그 남자는 종이가 된 나를 흘끗 보더니 고개를 돌려 맞은편에 있는 페이지, 즉 오랜 세월 나에게 눌려 표면과 글자를 맞대며 지낸 다음 쪽을 바라본다. 그러고는 그의 손이 지면을 가로질러 맞은편 페이지 귀퉁이를 잡아 들어올리더니 내 쪽으로 당겨오고, 손과 지면이 흐릿해 보이는 바로 그 순간 빛은 사라진다. 그러면 또다시 영원 같은 어둠과 침묵이 시작되었다는 걸 알게 된다.

사건 파일을 훑어 보며 과거에 그의 손으로 적어 놓은 갑작스런 기대와 극심한 환멸 들을 생각하니 기이한 동정심에 사로잡힌다. 그러나 208쪽에 이르러 두 번째 서류철의 앞부분에 거의 가까워지자 거기서 멈춘다. 목적지에 도달했기 때문이다.

그것은 네 줄로 된 법원 명령이었다. 의심할 바 없이 레밍턴 타자기로 쓴 글이었다. 모음 'e'가 다른 글자들보다 약간 위로 올라가 있었다. 'a'는 자판이 오래되어 배불뚝이가 되어 있었다.

1968년 8월 중순이라고 날짜를 위조해서 기입한 이 서류에는 리카르도 모랄레스가 범죄 사건을 해결할 관련 정보를 갖고 있음을 주장했다고 기록되어 있다. 조금 아래쪽에는 신청인의 주장이 '이유 있다'는 명령이 적혀 있고, 거기에 포르투나 라칼레 판사의 서명이 되어 있다.

209쪽에는 9월 초라는 가짜 날짜가 달린 모랄레스의 증인 진술이 나왔다. 다른 진술들에 비하면 상당히 긴 서류였다. 처음으로 이시도로 안토니오 고메스라는 이름이 등장했다. 210쪽에는 고메스의 "행방 확인과 출두 명령"을 요청하기 위해 연방경찰과 투쿠만 주 지방경찰에게 통고장을 보내라는 9월 17일 날짜의 명령서가 나왔다. 모두 판사와 서기관의 서명이 적혀 있었다. 포르투나 라칼레의 것은 큰 글씨에 불필요한 장식이 가득한 우쭐거리는 서명이었다. 페레스의 서명은 주인을 닮아서 작고 별 감흥이 없는 것이었다.

차파로는 시간을 확인한다. 눈이 좀 충혈된 느낌이다. 어둠 속에 단 하나 켜진 전등은 그의 시력을 흐리게 했다. 정오가 다 된 시간이었다. 이제 곧 나가지 않으면 보관소 직원은 초조해할 것이다. 책에다 이 따분한 법정 문서들을 그대로 옮길 것 같지는 않다. 그러나 그 시절의 분위기를 돌아보는 데 쓸모가 있었다. 이 서류 뭉치는 모랄레스를 절망에 빠뜨리지 않으려고 지속하던, 어찌 되든 용의자가 없어 사건이 소멸되어 가는 중이라는 얘기를 전하기 위해 지속하던 그와의 소용없는 만남들을 환기한다. 그 지옥 같은 12월의 참을 수 없이 뜨겁던 더위를 다시 불러낸다.

차파로는 자리에서 일어나서 서류들을 정리하여 포개놓는다. 램프는 끄지 않는다. 어둠 속에 그 복도를 걸어간다면 완전히 방향을 잃지 않을까 염려되었기 때문이다. 노인이 알려준 대로 미로 같은 통로를 따라 입구를 향해 되돌아 나간다. 입구가 얼마 남지 않았을 즈음 마지막 모퉁이를 돌다가 깜짝 놀란다. 거기 좁다란 복도 한 곳에 노인이 다리를 쭉 펴고, 눈은 정면의 책장에 고정시킨 채 앉아 있었다. 차파로는 그 자리에 몸이 얼어붙은 듯한 기분이었다. 태어날 때부터 앞이 안 보였던 마르가리타 고모 댁에 갔을 때 느끼던 공포였다. 고모는 해가 질 무렵 그만 가 보려는 그를 문까지 바래다줄 때면 입구로 나오면서 불을 전부 껐다. 하나라도 잊어버리고 켜 두는 일이 없도록, 그렇게 "전기를 쓸데없이 낭비하지" 않기 위해서였다. 뺨에 키스를 하려고 조카 쪽으로 멍한 얼굴을 갖다 대며 작별인사를 할 때면, 노파의 등 뒤로 어둠 속에 잠긴 집이 어린 벤하민의 시야에 들어왔다. 캄캄한 어둠 속에 가라앉아 저녁식사를 하고 있는 고모의 모습, 끝없이 깊은 구덩이 같은 침실들을 손으로 더듬으며 걸어가는 모습 등이 플로레스타 역에서 기차를 탈 때까지 차파로를 따라오며 그를 두렵게 했다.

차파로는 "좋은 하루 되십시오." 하고 간결한 인사로 노인과 작별하고 거의 뛰다시피 문서보관소를 나왔다. 법원 1층으로 올라와 곧이어 라바예 길의 계단에서 자신을 기다리는 햇살과 소음에 취한 부에노스아이레스를 재회하자 기쁨이 몰려왔다.

세 시간 후 그의 카스텔라르 집 앞 인도를 지나가는 이가 있다면, 거리의 완벽한 적막 속에 미친 듯한 타자기의 자판 소리를 들을 수 있을 터였다. 책상 위 자판에 몸을 구부리고 있는 차파로의 모습을 창문으로 볼 수도 있을 터였다. 타자기는 아마도 소설의 2부쯤 되는 부분을 달려가고 있으리라. 그러나 결국은 아무도 그의 모습을 보지도 타자기 소리를 듣지도 못한다. 길은 황량하게 비어 있다.

12

나는 차마 싫다고 말하지 못했다. 모든 증거들이 내게 힘든 시간이 되리라는 혐의를 제공해 주었는데도 말이다.

우리의 마지막 만남에서 모랄레스는 내 말을 앞질러 말했다.

"사진들을 찢어 버릴 겁니다." 그는 헤어지려는 순간 그렇게 말했다.

나는 이유를 물었다. 묻기는 했지만, 묻지 않았어도 그가 얘기하려고 했다는 걸 직감했다.

"그녀의 얼굴을 보면서 그녀의 시선을 되돌려받지 못하는 걸 견딜 수가 없으니까요. 그렇지만 태워버리기 전에 당신과 함께 공유하면 좋겠군요. 이유는 모르겠습니다. 당신에게 아내 사진을 보여 주는 게 아마도 사진과 작별하는 좋은 방법인 것 같아요."

싫다고 대답할 수도 있었다. 나는 사진 보는 걸 좋아한 적이 없었으니까. 그러나 그렇게 말할 만한 재빠른 반사 신경이 없었다. 어쩌면 동의하는 기색을 이미 내보이고 있었나 보다. 아니면 평생 그랬던 대로 타인의 부탁을 거절하지 못하는 아둔함에 떠밀렸을 것이다. 아무튼 나는 그러마고 했다.

우리는 3주 후에 만나기로 약속했다. 12월이 시작되고 있었다. 나는 8월부터 그 사건 서류를 서랍 속에 넣어두고 있었다. 언제가 되었든 다시 끄집어내 살펴보겠지만 기소할 사람이 없으니 기각하는 수밖에 도리가 없을 것이었다. 그 사건과 모랄레스와 내가 맨땅을 향해 전속력으로 떨어져 작살나 버릴 것이라는 전망 때문에 죽을 맛이었다. 나는 그 정도로 무거운 책임감에 짓눌려 있었다. 그래서 사진을 보여 주겠다는 말을 받아들인 것 같다.

나는 시간을 맞춰 법원에서 나왔다. 한 블록 반을 서둘러 걸어 늘 그와 약속을 잡던 바로 갔다. 모랄레스는 이미 2인용 테이블을 잡고 있었다. 우표 수집가의 느긋한 집중력으로 남성용 구두 상자에서 꺼내온 사진들을 분류해 내려놓고 있었다. 나는 서두르지 않고 다가갔다. 그의 어깨 너머로 고통스러운 추억들이 펼쳐지는 게 보였다.

나무 바닥이 삐걱거리자 모랄레스가 돌아다보았다. 사서용 코안경을 쓴 그는 입술에 연필을 물고 있었다. 인사를 건네는 표정을 지으며 앞자리에 앉으라고 손짓을 했다. 자리에 앉으면서 나는 분류된 사진들이 내 쪽을 향해 놓여 있다는 걸 알아챘다. 마치 모랄레스가 안내자가 되어 나를 이끌며 자기 집 내부를 보여 주는 전시회 같았다.

"이제 거의 다 준비되었습니다." 그는 상자에서 마지막으로 사진을 한 움큼 꺼내 내 앞에 놓인 사진 더미들 곁에 두며 말했다.

사진을 하나씩 내려놓을 때마다 모랄레스는 입에 물고 있던 연필로 번호가 매겨진 긴 목록을 하나씩 지워 나갔다. 그가 세세한 것까지 주의를 기울이는 면밀한 사람이라는 데 의심의 여지가 없었다. 그가 마지막 사진을 확인할 때 보니 목록의 끝 번호가 174였다. 저녁식사 시간에 많이 늦겠다는 걱정이 들었다. 법원을 나오면서 마르셀라에게 전화해 두지 않은 걸 조금 자책했다. 길에 나가 공중전화를 찾는 일은 고행이다. 그렇다고 늦는다는 걸 알리지 않을 수는 없었다. 서로의 생각이 엇갈리는 냉랭하게 식어버린 모닥불에 새로운 장작을 올려본들 어쩔 것인가? 싸울 이유도 되지 않았다. 그렇다. 차가운 분위기가 커져 가는 그 상황을 나 혼자만 원망할 따름이지, 우리는 싸우게 되는 일조차 없을 것이다.

"순서대로 쌓아둔 겁니다. 여기 첫 번째 사진들이." 그는 사진 한 더미를 내 쪽으로 밀며 말했다. "릴리아나가 어릴 때 사진이지요."

그녀는 어릴 때부터 아름다웠다. 그녀의 마지막 이미지가 청초해서 내 눈에 그렇게 보인 것일까? 그 끔찍한 현장에서 좀 비켜 달라고 여러 번 말을 해야 사람들이 비켜날 정도로 그녀는 아름다웠다. 아이의 사진은 그 시절다운 고전적인 방식으로 스튜디오에서 찍은 것이었다. 일상적인 사진과는 거리가 멀었다. 제일 좋은 옷을 입고, 정성스럽게 머리를 손질한 모습. 미소를 띠게 하느라 사진사 뒤에서 부모가 아이를 얼러대고 있는 모습을 상상해 보았다. 아이는 미소를 짓다가 플래시가 터질 때마다 어리둥절해했을 것이다.

"이건 릴리아나의 소녀 적 사진입니다. 열다섯 살 생일이지요…… 아직 부에노스아이레스로 오기 전이에요."

"아내가 이곳 출신이 아니라는 걸 몰랐네요. 모랄레스 씨도 여기 사람이 아닌가요?"

"저는 맞습니다. 벡카르에서 자랐지요. 릴리아나는 투쿠만에서 왔고요. 투쿠만 주 수도인 산미겔이지요. 교사자격증을 받고는 이모들과 함께 지내려고 이리로 온 거예요."

그녀의 가족이 카메라를 한 대 구입해서 갖게 되었음을 알 수 있었다. 이 시절의 사진은 많았다. 수영복 차림의 소녀들이 강변에서 찍은 사진도 있었다. 나이를 가늠하기 힘든, 엄격한 차림의 중년 부인이 같이 있었다. 흰색 에이프런을 두른 소녀 둘이서 아르헨티나 국기를 들고 있는 사진에서 릴리아나는 키가 작은 흰 털북숭이 개 한 마리와 놀고 있는 소녀였다.

열다섯 생일의 사진들. 제일 큰 사이즈로 인화된 여러 장의 사진들. 밝은 색 옷을 입은 릴리아나는 목걸이를 두 번 둘러 감고 있었다. 약간 기교를 부려 화장을 했는데, 어쩌면 속눈썹을 과하게 칠한 모양이었다. 거실에서 찍은 사진에는 테이블마다 끼리끼리 모인 사람들이 보인다. 먼저 한 테이블에는 할머니, 할아버지와 고모할머니, 고모할아버지가 틀림없는 한 무리의 점잖은 노인들이 있었다. 소녀들끼리 모여 있는 테이블도 있었다. 그중에는 수영복을 입고 강변에서 찍은 사진에 나온 아이들도 있었다. 또 다른 테이블에는 빌린 정장을 입어서 몸이 부자연스러운 듯한 한 무리의 소년들이 있었다. 나머지 테이블에는 어린 여자아이, 남자아이들이 한데 모여 있었다. 아마도 조카들일 것이다. 테이블 앞에 만들어진 즉석 무대에서 그녀가 아빠, 할아버지, 오빠와 왈츠를 추는 사진도 있었다. 이어서 여러 소년들과 춤추는 사진들도 있었다. 그렇게 아름다운 소녀의 허리에 잠깐이라도 손을 얹을 수 있도록 허락된 상황이 소년들은 아마 황홀했을 것이다.

어딘지 알 수 없는 곳으로 피크닉을 간 사진 한 장. 팔레르모 공원을 많이 닮았지만, 릴리아나의 얼굴이 열여섯, 많아야 열일곱 살 정도 되는 걸로 보아 아직은 투쿠만일 것이다. 강 근처인지 개울 근처인지, 한 무리의 소년 소녀들이 풀밭에 드러누워 있었다.

"이게 우리가 연애하던 시절 사진입니다." 모랄레스는 다른 사진 묶음을 가까이 내밀며 말했다. 별로 많지 않았다. 모랄레스는 변명하는 듯한 어조로 덧붙였다. "많지는 않아요. 겨우 1년 사귀었거든요."

나는 그 말을 듣고 기뻤다. 무례한 사람으로 보이고 싶지는 않지만, 이 시련이 어서 끝나기를 바랐고, 아직 사진은 많이 남아 있었다. 사진들을 바라볼 때마다 나는 같은 느낌이 들었다. 반짝거리는 종이 위의 영원한 침묵 속에 드러난 삶에 대한 진지한 호기심, 진정한 관심. 그러나 순진한 밀입국자처럼 과거로부터 온 그 작은 스냅사진들 뒤에는 깊은 우수와 상실감, 치유할 수 없는 향수, 잃어버린 낙원의 느낌도 있었다. 나는 이제 그 우수가 고통스러웠다. 그러나 아직도 봐야 할 사진이 여러 묶음 남아 있었다. 그중 한 묶음으로 손가락을 뻗었다. 모랄레스가 미리 준비한 대본에서 벗어나 자유를 찾고 싶다는 듯이. 그러나 그런 자유는 별로 도움이 되지 못했다.

"이것들은 릴리아나가 교사자격증을 땄을 때 사진입니다." 모랄레스는 무례하게 볼까 우려하는 내 염려를 조금이라도 원망하는 기색 없이 그렇게 설명했다. "여기 오기 전에 딱 1년 동안 교사였지요."

그 사진들은 최근 것이었다. 여자들의 헤어스타일이나 남자들 정장의 깃 모양, 넥타이의 매듭 모양 등으로 미루어 '얼마 지나지 않은' 분위기가 났다. 나로서는 그리운 감정이 좀 줄었다. 그녀의 가족은 무슨 일이 생기면 함께 모여 축하하기를 즐기는 사람들이라는 걸 알 수 있었다. 항상 테이블에는 음식이 가득 차려져 있고, 벽에는 축하할 일을 알리는 장식이 되어 있다. 그리고 친구, 가족, 이웃사람들이 앉을 수 있도록 두 줄로 의자가 잔뜩 놓여 있다. 참석한 사람들은 늘 똑같다.

이유는 알지 못한 채 나는 이미 본 사진들을 다시 들춰 보았다. 항상 사물을 약간 비스듬히 보고, 이면에 있는 것에 주의를 기울이는 걸 좋아하기 때문일 터였다. 손에 쥐고 있던 사진들을 넘겨가며 살펴보다가 어느 순간 나는 동작을 멈추고 내 손에 잡힌 사진을 오랫동안 응시했다. 밝은 색의 단순하고 경쾌한, 아마도 여름 원피스로 차려입은 채 기쁨에 들뜬 릴리아나가 젊은 청년들과 아가씨들에 둘러싸여 자격증을 앞으로 보이며 찍은 사진이었다. 나는 시선을 들어 모랄레스를 쳐다보았다.

"열다섯 살 생일사진을 다시 좀 보여 주겠어요?" 내 요청이 그에게 뜻밖이었던 모양이다.

모랄레스는 내 말대로 사진을 찾아 건네주었지만, 뭔가 이상하다는 듯한 표정을 지었다. 사진들을 건네받은 나는 내가 보려던 사진을 지체 없이 찾아낼 수 있었다. 그것은 춤을 추는 사진이었다. 사진 속에서 릴리아나는 뚱뚱하고 대머리에 미소를 짓는, 아마도 삼촌인 듯한 남자와 포즈를 취하고 있었다. 다른 한 장은 화난 듯 시선을 아래로 향하고 있어서 제대로 모습이 보이지 않는 소년과 춤을 추는 사진이었다. 나는 사진 더미 위에 그것들을 올려놓고는 졸업사진들과 맞춰 보았다.

"이제 피크닉 사진 좀 찾아 주세요. 아까 보여 준 건데, 나무가 많이 우거진 공원이었어요. 어떤 거 얘기하는지 알아요?"

모랄레스는 고개를 끄덕였다. 말은 하지 않았다. 내 말이 뭔가 조급하다는 걸 그가 알아챘고, 그래서 느닷없는 요청에 왜 그러느냐고 물어 내 주의를 흩트리고 싶어 하지 않는다는 걸 알 수 있었다. 사진을 손에 건네받자 나는 두 장을 재빨리 골라냈다. 모든 사람이 함께 찍힌 커다란 사진이었다.

"왜 그러십니까?" 한참을 기다리던 모랄레스가 의구심에 목이 잠기는 듯한 목소리로 물었다.

나는 넉 장의 사진을 따로 떼어 놓은 뒤, 다시 사진 더미를 살피던 중이었다. 같은 얼굴이 또 있을까 하는 가능성에 온통 주의를 기울였다. 관심이 가는 사진을 두 장 더 찾았다. 여섯 장의 사진이 내 손에 있었다. 나는 나머지 168장의 사진을 거친 동작으로 따로 제쳐놓았다. 모랄레스에게 내 생각을 설명해야 했다. 적어도 그가 묻는 말을 들었다는 표정은 지어야 했다. 그러나 내 머리에 떠오른 생각이 너무 갑작스럽기도 하고 동시에 위험한 것이기도 해서, 큰 소리로 말하면 돌이킬 수 없이 깨져버릴 듯한 두려움이 일었다. 그래서 나는 대답 대신 질문을 했다.

"이 남자 알아요?" 손바닥으로 테이블을 치우면서 물었다. 그 바람에 사진이 몽땅 바닥으로 떨어질 뻔했다. 나를 놀라게 한 여섯 장의 사진을 그에게 내밀었다. 서두르느라 순서가 뒤죽박죽되었다.

모랄레스는 시키는 대로 사진들을 보았지만 어리둥절한 표정이었다. 그 금요일 오후가 될 때까지는 한번도 본 적이 없는 얼굴이었다. 그러나 이제는 영원히, 눈을 감고 있어도 그 모습이 계속 앞에 나타나는 형벌을 받게 될 터였다. 그 모든 일이 이제 벌어지려 하고 있었지만 모랄레스는 아직 그 사실을 몰랐다. 그는 대답했다.

"아니요."

나는 사진들을 내 쪽으로 돌려놓으며 손가락에 닿아 더럽혀지지 않게 신경 썼다. 피크닉 사진 두 장에는 밝은 색 티셔츠에 어두운 색 바지를 입고 슬리퍼를 신은 청년이 있었다. 무리의 거의 왼쪽 가장자리에 선 청년의 사진 속 모습은 창백한 낯빛, 매부리코, 곱슬곱슬한 검은 머리를 드러내고 있었다. 먹다 만 음식 접시들과 반쯤 빈 술병들이 가득한 테이블 옆의 어두운 자리에도 그 청년이 앉아 있었다. 시선을 들어올려 왈츠를 추고 있는 커플을 보고 있는 모습이었다. 더 정확히 말하면 그가 쳐다보는 사람은 길게 늘어진 머리와 약간 화장을 한 채, 노신사와 사진 전면에 서 있는 릴리아나였다. 같은 날 밤에 찍힌 사진에는 청년의 모습이 더 잘 보였다. 단단한 팔을 릴리아나 쪽으로 뻗은 모습이었다. 그녀를 만지고 싶은 듯도 하고, 만지는 걸 두려워하는 듯도 한 동작이었다. 시선은 바닥에 고정시킨 채였다. 그녀의 봉긋한 가슴은 말할 것도 없고 그녀의 얼굴조차 쳐다보지 못하고 있었다.

다섯 번째 사진은 틀림없이 릴리아나의 집 거실이었다. 한가운데는 다른 사진들에서처럼 끝없이 환한 미소를 지은 그녀가 자랑스럽게 교사자격증을 받쳐 들고 있었다. 이 사진의 릴리아나는 조금 더 나이 들어 보인다. 그녀 옆에 선 남녀는 틀림없이 자랑스러워하는 부모님일 테고, 그 주위로 친구들(어쩌면 이웃들?)이 무리지어 있었다. 이 사진에서 그 청년은 오른쪽에 서 있다. 역시 검고 곱슬머리에 매부리코, 전과 다르지 않은 무뚝뚝한 표정. 시선은 카메라가 아니라 사진 속 사방을 미소로 밝게 비추는 여자를 쳐다보고 있다.

마지막 사진이 제일 나았다.(단순한 사진이라서 얼어붙은 침묵을 통해 진실을 말하고 있었다. 내 눈에는 진실에 대한 확신이 점점 자라고 있었다.) 청년은 카메라에는 거의 무심한 채 옆쪽 벽에 있는 선반에 시선을 고정시키고 있다.(앞의 사진과 마찬가지로 릴리아나 주위에 사람들이 몰려 있다. 이번 사진에서 릴리아나는 자격증을 들지 않은 모습이다.) 선반 위 그의 코 높이 정도에는 미소를 짓는 젊은 아가씨 얼굴이 가득한 액자가 놓여 있다. 말할 필요도 없이 릴리아나 엠마 콜로토였다. 청년에게는 이점이 하나 더 있었다. 거기 선반 위의 그녀는 완전히 노출되고 방심한 상태이기 때문에 그녀에게 빠진 청년이 마음대로 쳐다보며 황홀해할 수 있었다. 그래서 그는 사진을 찍고 있다는 사실, 자신을 제외한 모든 친구들, 가족들, 이웃들이 카메라를 쳐다보고 있다는 사실조차 알아차리지 못한다. 다른 사람들의 시선을 피해, 그 침묵의 숭배의식에 빠져있는 게 더 좋기 때문이다. 그러니 당연히 그는 그때로부터 여러 해가 지난 지금, 그곳에서 1500킬로미터나 떨어진 이곳에서, 그녀를 바라보는 자신을 누군가 쳐다보고 있다는 사실을 알 리가 없다. 다름 아닌 바로 나라는 그 누군가가 자신을 찾아냈다는 사실도. 그것은 기적이거나(진실과 마주하는 게 더 낫다고 생각하고 싶다면), 치명적인 통찰력이거나(진실이란 게 우리의 불확실성을 위한 제일 좋은 항구는 아니라는 생각이라면), 그도 아니면 수긍하기 힘든 운명이었다(겉으로는 우연 같지만 사실은 정교한 일련의 사건들임을 확인하는 것이라고 생각한다면).

나는 나를 뒤흔드는 이 내적인 동요에 모랄레스가 완전히 초연할 수 있을지 잠시 생각했다. 그러나 잠깐 주의를 기울일 수 있게 되었을 때 그가 부지런한 학생처럼 자기 사첼백을 휘젓고 있는 모습이 보였다. 그는 표지가 두툼하고 금색 장식이 달린 앨범을 하나 꺼냈다. 앨범을 열었다. 사진은 없었다. 기름종이로 분리된 얇은 판지들은 텅 비어 있었는데, 가만 보니 모든 기름종이 표면 위에 다양한 표시들이 작게 나 있었다. 모랄레스는 이 앨범에서 사진을 떼어내 분류한 다음 나에게 보여 준 것이었다. 그런데 모랄레스는 지금 무얼 하려는 건가? 그가 소심한 사람이어서 지금 실수로 남겨진 사진이 있는지 찾아 보려는 것 같지는 않다. 그는 한장 한 장 앨범을 넘겨 보았다. 실수하고 싶지 않은 사람의 확실한 동작이었다. 앨범은 두꺼웠다. 끝에 다다를 무렵 어느 페이지에서 멈추었다. 페이지를 나누는 기름종이에 구불구불한 선이 가득했다. 먹물로 표시한 것인 듯했다. 맨 아래쪽 구석에 사람 이름으로 보이는 낱말들이 죽 적혀 있었다.

모랄레스는 고개를 들어 내가 보여 주었던 사진에 시선을 맞췄다. 그는 피크닉 사진 중 하나를 골랐다. 먹물 흔적이 있는 기름종이를 들어올려 아래로 사진을 밀어 넣었다. 먹물로 그려진 선이 사진 속 인물들의 실루엣과 딱 맞아떨어졌다. 그제야 나는 이해했다. 기름종이 위에 인물마다 숫자가 적혀 있었다. 모랄레스가 손가락으로 한 인물을 짚었다. 기름종이 아래 항상 릴리아나를 바라보고 있던 남자의 얼굴이 희미하게 보였다.

"19번이군." 그가 중얼거렸다.

우리는 사진에 나온 사람들의 명단으로 시선을 향했다.

"1962년 9월 21일 로시타 칼라마로의 별장에서 보낸 피크닉." 모랄레스는 제목을 읽었다. 그러고는 검지로 목록을 따라 짚어 내려갔다. "19번, 이시도로 고메스."

13

이미 두 번이나 읽었다. 한 번은 받자마자 읽었고, 또 한 번은 소리를 내어 읽어 보았다. 그렇지만 델포르 콜로토는 아내가 물건을 사러 나간 사이 한 번 더 읽을 생각이다. 편지를 제대로 이해했는지 확실히 하기 위해서였다. 그는 안경을 쓰고 뒷베란다의 흔들의자에 앉았다. 입술로 따라가며 읽을 필요 없이 천천히 편지를 읽어 간다. 앞뜰에 자리를 잡았다면 아마 누군가 볼까 봐 불안해했을 터이다.

다 읽은 그는 안경을 벗고 편지를 원래대로 접었다. 부드럽고 새하얀 종이였다. 두툼하고 거친 그의 손의 피부와 대조를 이룬다. 처음에는 우아한 검은 색 선을 만들어 가며 두 장의 종이를 가로지르는 단어들이 너무 모호하면 어쩌나 하고 염려했다. 그러나 이제는 제대로 내용을 이해했다. "시급하게"라는 단어 하나 때문에 난감했었다. 무슨 뜻인지 짐작은 했지만 확실히 하기 위해 딸아이가 집에 두고 간 사전을 찾아보았다. 다행이었다. 그러니까

사위는 자기 도움이 필요했다. 시급하고 충분한 도움, 틀림없이 이 뜻이다. 그런 식으로 편지 뒷부분도 모두 이해했다. 사위는 결국 이렇게 말하고 있었다. "분명히 제일 적당하고 좋은 방법이 떠오르실 테니," "장인어른께 부탁합니다." 이틀 전 편지가 도착한 날부터 델포르 콜로토를 가장 초조하고 골치 아프게 한 말이 바로 이것이었다. 제일 적당하고 좋은 방법, 과연 그게 무얼까?

그는 자리에서 일어섰다. 그렇게 앉아 있으면 점점 더 불안에 사로잡힐 뿐이었다. 좋은 방법은커녕 아무것도 떠오르지 않았다. 사위는 편지에다 좀 더 구체적으로 써놓았어야 했다.

그는 사위가 자신에게 전적으로 솔직하지 않다는 느낌이 들었다. 혹시 자신이 믿을 만한 사람이 아니라고 여긴 걸까? 어쩌면 학교를 다 마치지 않았으니 좀 모자란다고 생각했을지도 모른다. '속상해하지 말자.' 콜로토는 스스로를 타이른다. 아마도 장인이 초조해하거나 걱정할까 봐 자세한 내용을 아직 알리지 않은 것이리라. 그런 생각이었다면 사위의 판단은 적절했다. 이야기를 꺼냈다면 제대로 상황을 알지 못하는 상태에서 그는 괜한 짐작으로 속이 타서 미칠 정도였을 것이다. 그랬다면 틀림없이 그 이틀 동안 눈 한번 편히 붙이지 못했을 게 아닌가. 무슨 일인지 알게 되거나, 자신이 염려하는 일이 혹시라도 사실이라는 확인이라도 하게 되면 상황이 더 나빴을 터이다. 그는 늘 사위가 마음에 들었다. "늘"이라는 단어는 좀 과장이겠다. 사실 만난 게 몇 번이나 된다고. 세 번, 많아 봐야 네 번이다. 그러니 사실은 그를 잘 알지는 못한다. 그렇지만 아무리 생각해도 그게 사위의 잘못은 아니었다. 제기랄.

그런 생각들은 머뭇거리던 그에게 힘을 북돋아주었다. 곧장 집 안으로 들어갔다. 침실로 가서 의자 등받이에 단정히 걸쳐져 있던 셔츠를 티셔츠 위에 껴입었다. 셔츠 자락을 바지 안으로 잘 여미어 넣고 다시 벨트를 조였다. 그러고는 길로 나가 모퉁이를 향해 걸었다. 길에 나와 마테 차를 마시던 이웃들이 안부를 전하자 그도 답인사를 했다. 지옥불 같은 12월의 열기가 가득한 계절이었고, 사람들은 해질녘의 서늘한 공기를 찾아 바깥에 나와 있었다.

모퉁이에서 그는 오른쪽으로 돌았다. '우리는 사실상 같은 블록에 살고 있지.' 그는 생각했다. 그러자 그동안 조롱당한 듯한 불편한 감정이 밀려왔다. 그는 자기 집과 비슷한 외양의 어느 집 앞에 멈춰 섰다. 정부의 주택 계획에 따라 지은 다른 집들도 모두 모양새가 비슷했다. 소박한 앞뜰, 현관 베란다, 옆으로 창문이 두 개 달린 현관문, 아메리카식 함석지붕. 그는 문을 두드렸다. 집 뒤편에서 개 몇 마리가 짖으며 달려 나왔다. 집 안에서 들려오는 여자 목소리에 개 짖는 소리가 잦아들었다. 흰 피부에 투명한 눈을 한 자그마한 부인이 치마 위에 걸친 앞치마에 손을 닦으며 나왔다.

"어쩐 일이세요, 콜로토 씨? 이곳까지 오시다니."

"잘 지냅니다, 클라리사 부인. 별일이야 있나요."

여자는 다음 대화를 어떻게 이어야 할지 모르겠다는 표정이다.

"부인은 어떻게 지내세요? 동네에서 못 본 지 꽤 됐네요."

"잘 있습니다. 조금 좋아졌어요." 콜로토는 머리를 긁적이며 얼굴을 찌푸렸다.

여자는 그 표정을 보고 다른 얘기를 하고 싶어 하는구나 생각했다. 그래서 검은색 현관을 손으로 밀어 열며 말했다.

"들어오세요, 어서요. 마테 차 한 잔 드릴게요."

"아니요, 부인. 괜찮습니다." 그는 손바닥을 내저으며 거절의 뜻을 차분히 밝혔다. "감사합니다. 그냥 한번 와 봤어요. 실은 부인의 조카 움베르토 있잖습니까, 어디 갔는지 알고 싶어서요."

"아…….."

"중요한 건 아니고요. 저기, 시 관사에 나갔다가 관리인이 자기 집에 미장일을 할 게 있다고 저한테 제안을 하길래 말입니다. 아무래도 인부도 하나 있어야 할 텐데, 마침 움베르토가 떠올라서요."

"저런 아쉽네요, 콜로토 씨. 실은 농촌에 있는 제 동생 일을 도와주러 갔거든요. 시모카에요."

"아, 그렇군요." 콜로토는 일이 너무 쉽게 풀린다는 생각을 했다. 아무튼 계획한 대로 이야기가 이어졌고, 다음 이야기도 잘 되어 갈 듯했다. 그래서 오히려 더 조바심이 났다. "이런, 모르는 사람을 데리고 가고 싶지는 않았는데 말입니다."

"어쩜, 감사합니다, 델포르 씨. 기억해 주신 걸로도……."

"그러면요, 클라리사 부인." 지금이다. 지금이 아니면 기회는 없다. "그럼 이시도로는 어떻게 하고 지내나요? 이시도로는 이런 일생각 없을까요?"

"아니요……." 그것은 길고 날카롭고 확신에 찬 믿음 가득한 순수한 부정어였다. "이시도로는 부에노스아이레스로 간 지 일 년이나 되는걸요. 모르셨어요? 그러니까, 일 년은 아니고요. 일 년 좀 안 됐네요. 보고 싶은 마음에 한참 더 된 것 같아서 말이지요."

콜로토의 눈이 번쩍 뜨였다. 여자는 단순히 놀라서 그런다고 이해했을 것이다.

"잠깐 생각해 보고요. 오늘이 12월 초니까……." 그녀는 손을 들어 손가락으로 셈을 하기 시작한다. "그러니까 한 열 달 되었네요. 3월 말에 갔으니까요. 알고 계신 줄 알았습니다. 하긴 제가 류머

티즘 때문에 자주 나가지를 못했으니…….”

“그랬군요, 부인.”'이제 다 왔어, 델포르. 주님의 은총으로 부탁이니, 제발 잘 버텨야 해.' 그는 속으로 생각했다. “전혀 몰랐습니다. 이 근방 어디에서 일하나 보다 했지요.”

“아닙니다…… 지난 여름에 아이가 게으름을 부리며 일을 통 안 하더라고요. 어쩌다 한두 번 겨우 일을 했어요. 에휴, 가끔은 화를 내기도 하고요. 정말이예요, 종일 화난 얼굴을 하고 방에 틀어박혀 천장만 쳐다보곤 했어요. 외출도 않고요. 나가 놀지도 않더라니까요. 이시도로, 왜 그러니, 무슨 일인지 엄마한테 얘기를 하렴, 하고 물어보곤 했지만 아무 말도 하지 않았어요. 그러고는 자기 아버지, 편히 잠드소서, 자기 아버지 모양으로 과묵해져서는 겨우 두 마디 대답하면 정말 성공한 거였어요. 그래서 그냥 내버려두었지요. 아들은 시무룩한 얼굴을 한 채, 우리에 갇힌 사자처럼 집 안을 어슬렁거리고 다녔어요. 그러더니 어느 날 갑자기 부에노스아이레스로 가겠다는 말을 꺼내는 거예요. 이곳은 더 이상 알고 싶은 게 하나도 없다나요. 슬프고 우울한 기분이 들더군요. 하나밖에 없는 아들이 그렇게 멀리 떠난다니. 제가 유난히 아들한테 애정이 많아서요. 그렇지만 그 아이는 매우 언짢아 보였어요. 화가 난 듯했지요. 그래서 떠나보내는 게 차라리 낫겠다는 생각이 들더군요.”

여자는 이야기를 계속하고 싶었지만 너무 오래 서 있어서 관절이 아파왔다. 다리의 무게중심을 계속 바꿔 가며 버티던 중이었다. 그러다가 결국 옆의 기둥에 몸을 기대었다.

“그래도, 델포르 씨, 있잖아요. 매달 송금을 해 온답니다. 빠짐없이 매달요. 그 돈하고 연금을 보태니 제가 사는 게 좀 낫네요.”

'이제 하나 남았다. 하나만 더.' 콜로토는 생각했다.

"잘 됐군요, 부인. 정말 기쁜 일입니다. 그런데 어떻게 그렇게 빨리 제대로 된 일자리를 구했대요?"

"그러게요." 여자는 신이 나서 대답했다. "제 말이 그 말이지요. 이시도리토, 너 가서 기적의 성모님*께 감사드려야겠다. 저런, 이시도로라고 해야지, 안 그러면 애가 화를 내요. 말 그대로 기적이라니까요. 감사의 마음을 가져야 해요. 처음 가서는 제 형부 추천으로 인쇄소에 있었는데, 잘 안 됐어요. 그런데 금방 공사장 일거리를 얻게 되었지요. 게다가 큰 공사여서 오래 걸릴 모양이더라고요."

"대단하네요…… 마치 소설 이야기 같군요. 안 그래요?" 콜로토는 침을 삼켰다.

"그렇다니까요, 콜로토 씨! 정말 소설 같아요! 카바이토인가 하는 곳의 건물 공사라고 하더군요. 프리메라 훈타 역인가? 그 근처래요. 기차역…… 그러니까 지하철역에서 아주 가깝다고 하대요. 20층인가 되는 건물을 짓는다지요."

델포르 콜로토는 여자의 다음 이야기가 귀에 제대로 들리지 않았다. 자기가 알아내고자 하는 일에 대해 기뻐해야 할지 슬퍼해야 할지 생각하느라 정신이 팔려 있었다. 부인의 말에 집중하려고 애를 썼다. 미심쩍은 건 나중에 생각해 보자는 마음이었다. 여자의 말은 류머티즘을 낫게 해 달라고 살타의 기적의 축제에 참가하러 간다는 얘기로 흘러가고 있었다. 그녀는 독실한 가톨릭신자였다.

"그럼, 클라리사 부인. 이제 가 보겠습니다." 핑계로 둘러댔던 말이 문득 떠올랐다. "누구 일거리가 필요한 사람이 있으면 알려

---

* 아르헨티나 살타 지방 사람들이 섬기는 성모.

주시고…… 물론 믿을 만한 사람으로요."

"염려 마세요, 델포르 씨. 제가 여기 틀어박혀 지내느라 별로 아는 게 없지만, 아무튼 소식 있으면 전할게요. 신의 가호가 있기를."

델포르 콜로토는 집을 향해 걸었다. 골목길은 이제 막 켜지기 시작하는 희미한 가로등 불빛 속에 휩싸여 있었다. 이상스런 일이었다. 2년 전 그는 도시의 가로등을 설치하기 위해 진흥회 회장으로 갖은 노력을 다했었다. 그런데 지금은 그 일도, 다른 어떤 일도 전혀 중요하지 않게 느껴졌다.

집으로 들어가 시계를 보았다. 전화국에 가기에는 늦은 시간이었다. 내일 아침이 되어야 할 터였다. 그때 냄비 부딪히는 소리가 들렸다. 아내가 부엌에서 분주히 움직이고 있었다. 아직은 아무 이야기도 하지 말자. 그렇게 결심했다. 그는 셔츠를 벗으며 침실로 들어간다. 셔츠는 의자 등받이에 걸쳐 놓는다. 그러고는 뒷베란다로 나가 앉았다. 한줄기 서늘한 바람이 불어왔다.

14

모랄레스와 같이 사진을 본 지 열흘 만에 나는 바에스를 만났다. 전화로 약속을 정한 뒤 살인 사건 전담반으로 그를 만나러 갔다. 그는 집무실 문을 열어 방으로 안내한 뒤, 사환을 시켜 커피를 한 잔 내오게 했다. 그와 같이 있을 때면 언제나 그랬던 것처럼 불편한 기분이 들면서도 감탄에 찬 존경심을 버릴 수 없었다.

바에스는 키가 매우 크고 무뚝뚝한 표정의 남자였다. 그를 알고 지낸 지 얼마나 되었나……. 한 15년, 20년? 그의 나이는 정확히 가늠하기 어렵다. 사춘기 소년이라 해도 그렇게 짙은 콧수염을 기르고 있다면 나이 든 남자처럼 보일 것이다. 그가 차분하고도 정확하게 직권을 행사하는 모습을 보면 감탄하지 않을 수 없다. 나는 그가 다른 경찰들 틈에서 절제된 확신을 갖고 일하는 모습을 여러 번 보았다. 그런 태도는 자신의 통수권을 잘 알고 있는 교황이 보여 주는 자세와 같았다. 부서기관으로 일한 지 2년이 되었을 때 그런 생각을 한 적이 있다. 나로서는 바에스처럼 신경을 곤두세우지 않고 지시를 내리는 그런 경지는 도달하지 못하리라고. 나는 내 요청에 상대방이 기분 상하지 않을까 염려했고, 내 지시에 따르지 않을까 봐 걱정했다. 그래서 더 고통스럽고 힘이 들었다. 틀림없이 바에스는 그런 일로 나처럼 노심초사하고 불편해하는 일은 없을 터였다.

그런데 그날 오후에 나는 감탄을 자아내는 그 남자보다 내가 조금 우위에 있는 듯한 기분이었다. 나는 사진을 보고 든 직감에 도취되어 발걸음 당당하게 경찰서에 들어섰다. 처음에는 미적인 관찰에 불과했던 직관이 하나의 단서, 우리가 기댈 수 있는 유일한 단서가 되었던 것이다.

그 시절의 나는 적당히 조절된 감정으로 내 인생을 관리하는 재주가 없었다. 한편으로는 나 자신이 따분하고 우중충한 관료라고 여겼다. 그래서 하찮은 권력과 제한된 열망에 어울리는 지위에 앉아 근근이 목숨을 부지한 채 무위도식하듯 살아가는 것이었다. 또 한편으로는 제대로 인정받지 못한 천재라는 생각도 했다. 내 천재성과 어울리지 않는 부차적이고 하등한 속성의 업무들이나 보면서 권태롭게 세월을 낭비하고 있는 거라고 말이다. 대체로는 첫 번째 태도로 삶을 살았다. 정말 우연히 두 번째 태도로 바뀌는 적도 있었지만, 잔혹한 환멸을 겪고 그 오아시스에서 한번 떨어져 나온 뒤에는 그런 태도를 일찌감치 포기했다. 그때는 모르고 있었지만, 20분 후 내 자존심은 처참한 숙청을 경험하고 엉망이 되고 말 터였다.

나는 사진에 대한 이야기로 말을 꺼냈다. 우선 사진들에 관해 묘사한 후 사진들을 보여 주었다. 바에스 형사가 내 이야기에 주의를 기울이자 기분이 좋았다. 그는 세부적인 것들을 물었고, 나는 그가 궁금해하는 대부분의 질문에 제대로 답할 수 있었다. 바에스는 항상 나의 법 지식을 깊이 존중해 주었다. 대화를 나누다가 법적으로 모르는 내용이 나와도 그는 모른다는 사실이 드러나는 걸 개의치 않았다. 내가 그를 존경하는 또 다른 이유였다. 나는 나대로 또 다른 굴욕적인 무지 속에 살고 있는 사람이니 말이다. 그러나 그날은 내가 그의 고유한 영역에 들어서는 모험을 하고 있었다. 그도 아무 근거 없이 내가 그럴 리 없다는 인상을 받은 게 틀림없다. 사진을 다 보여 주고 나서 나는 모랄레스에게 어떤 지시를 해놓았는지 얘기했다. 장인에게 편지를 보내 이시도로 고메스의 행방을 알아보라고 했다는 얘기였다. 장인이 초조함 때문에 실수를 하거나 어리석은 개인적인 보복을 하지 않게 하려면 그냥 정보만 알아내서 모랄레스에게 전해야 한다고 생각했다. 장인이 알아본 결과가 성공적이어서 한 번 더 그를 시켜 알아보기로 했다, 이번에는 다른 이웃사람들이나 두 사람이 공통적으로 알고 지낸 친구들을 알아보기로 했는데, 그 유명한 봄 피크닉 사진에 나온 사람들을 염두에 둔 것이었다. 나는 그간의 일을 바에스에게 들려주었다. 내가 2차 시도에서 알아낸 내용, 그러니까 고메스가 점차 은둔생활을 하더니 갑자기 부에노스아이레스로 떠날 결심을 했고, 살인사건이 있기 몇 주 전 부에노스아이레스에 도착했음을 확인했다는 이야기를 풀어놓으려던 찰나, 바에스가 내 말을 끊고 이렇게 물었다.

"모랄레스의 장인이 용의자의 어머니를 만난 지 며칠이나 되었습니까?"

나는 좀 의아해하며 날짜를 세어 보았다. 이제 막 증거들을 얘기해 주려는 참인데 내 말이 듣고 싶지 않다는 건가? 용의자가 오랫동안 은밀하게 희생자를 사랑했었다는 사실을 같은 동네 친구 두 사람이 확인해 주었다는 얘기를 듣고 싶지 않은 것인가?

"열흘 되었네요. 길어야 열하루지요."

바에스는 책상 위에 놓인 검은색의 오래된 전화기를 보았다. 그는 별말 없이 수화기를 들더니 숫자를 세 개 눌렀다.

"당장 여기로 와 주게. 자네 혼자. 고마워." 낮은 목소리로 상대방에게 말했다.

전화를 끊고는 마치 내가 눈앞에 보이지 않는다는 듯이 재빠른 동작으로 책상 서랍을 열었다. 서랍에서 반쯤 쓰던 메모장을 하나 찾아내 큰 글씨로 흘려서 쓰기 시작했다. 심각한 얼굴을 한 채 알아볼 수도 없는 처방전을 쓰고 있는 의사 같았다. 그의 태도가 조금만 덜 심각했다면 그 장면을 보고 즐겼을 터이다. 메모를 마저 하기도 전에 두 번 노크하는 소리가 들렸다. 경사가 들어와 인사를 하고 책상 앞에 바짝 붙어 섰다. 곧 바에스는 펜을 놓고 종이를 뜯어 그에게 건네며 이렇게 말했다.

"이보게, 레기사몬. 이 친구 소재 좀 파악해 봐. 쓸 만한 인적사항은 여기 다 적어 놓았네. 찾아내거든, 잘 듣게, 위험인물일 가능성이 있으니 붙잡아서 나한테 데려와. 그러면 박사님이 여기로 다시 올 걸세."

나는 박사라는 호칭에 놀라지 않았다. 고쳐 줘야겠다는 생각조차 떠오르지 않았다. 경찰들끼리는 법원에 근무하는 직급 높은 사람은 죄다 박사라고 불렀다. 기분 나쁘라고 그러는 건 아니었다. 잘하는 일이다. 법조인들만큼 존칭에 예민한 집단을 본 적이 없으니. 내가 당황한 것은 바에스가 지시를 내리면서 마지막에 한 말 때문이었다.

"서두르게. 우리가 찾고 있는 놈이 맞다면, 종적을 감춰 버렸을 지도 모르겠어."

15

바에스의 말을 듣고 나는 그대로 소금기둥이 되어 버렸다. 그런
식의 불길한 예언은 어디에서 비롯된 것일까? 나는 아무 말도 않
고 조용히 있다가 경사가 나가길 기다렸다는 듯이 고함치듯 큰 소
리로 물었다.

"종적을 감추다니, 무슨 소리요? 왜요?" 그렇게 되물었다. 그의
비관적인 말에 불의의 습격을 받은 나는 그냥 그의 마지막 말을
붙잡고 늘어질 수밖에 없었다. 그가 하려던 반박의 본질이 무엇인
지 전혀 가늠조차 하지 못한 채. 바에스 형사 앞에서 통찰력을 뽐
내려던 내 욕망은 흔적도 없이 사라지고 말았다.

형사는 신중하게 대답할 말을 골랐다. 아마도 나를 존중해서 그
랬다고 본다.

"들어 보세요, 차파로." 그는 말을 멈추고 43/70 담배 한 개비
에 불을 붙이더니 커피 잔을 한쪽으로 밀쳐놓았다. 마치 커피 잔
이 자기 말을 가로막아 내가 못 알아듣기라도 한다는 듯이. "그 녀

석이 우리가 찾는 용의자라면, 붙잡는 게 그다지 쉽지는 않을 겁니다. 그런 기대는 말아야 해요. 그놈이 제대로 개자식일지도 모르지요. 그러나 성질을 잘 내고 충동적으로 일을 저지르는 인간일 것 같지는 않아요. 그런 놈들도 있거든요. 들어 보세요. 우리는 범죄자들을 아주 많이 잡아 봤죠. '내가 그랬소. 나를 쳐넣으시오.'라고 간판을 들고 서 있는 게 나을 정도로 냄새를 피워대니 잡힐 수밖에요. 그런데 이 자는……."

용의자의 지적인 능력을 가늠해 보기라도 하듯 형사는 잠시 말을 멈췄다. 그러고는 존경스러울 정도의 지적 능력이라고 결론내린 듯했다. 바에스는 코로 담배 연기를 뿜어냈다. 그 검은 담배는 연기가 독했다. 눈 점막이 자극되는 느낌이 들었다. 그러나 나는 어리석은 자존심에 기침은 못하고 눈만 깜박거렸다.

"정신을 못 차릴 정도로 사랑에 빠진 여자가 부에노스아이레스로 떠나버렸어요. 따라갈 생각을 하지는 못하지요. 그럴 배짱도 없고요. 배짱이 있어도 집을 떠나려면 시간이 필요하지요." 바에스는 가설을 세우는 중이다. 가설을 이어 가는 동안 빈틈이 보여도 일단 건너뛴다. 경우에 따라서는 정확한 추리를 통해 채워 넣기도 한다. "어쩌면 투쿠만에 있을 때 떠날 거라는 얘기를 여자가 했는지도 모르지요. 여자는 별로 개의치 않았겠지요. 그러나 그는 무시당한 기분에 굴욕감이 컸을 테고, 쥐구멍이라도 있으면 들어가고 싶은 심정이었을 겁니다. 제 생각에는 그래서 투쿠만에 남아야 했다고 보지요. 붙잡을 수도 없고요. 핑계가 있어야지요. 그렇다고 따라갈 수도 없고. 뭐 하러 따라가려고 하겠어요?"

바에스는 자기가 만든 가설을 가늠해 본다. 그러더니 이렇게 말을 이었다.

"맞아요. 틀림없이 그녀를 찾아갔을 테고 그녀가 단숨에 거절하자 문어 머리처럼 되튀어 나갔고, 그렇게 자기만의 동면 장소로 들어간 겁니다. 그런데 갑자기 그녀가 결혼한다는 소식이 들리는 거예요. 그런 상황은 생각지도 못했어요. 그렇다고 어떻게 반응할 수도 없었지요. 그 청년에게 반응이라는 게 뭘까요? 어떤 반응을 할 수 있겠어요? 그냥 시간이 흐르도록 내버려두는 거지요. 그러나 정말 지겨웠겠지요. 여자를 잊을 수가 없어요. 반대로 추리해 볼까요. 제대로 화가 났어요. 완전히 분노가 치밀었지요. 기만당한 기분이 들기 시작한 거지요. 어떻게 릴리아나가 만난 지 얼마 되지도 않은 부에노스아이레스 놈이랑 결혼을 할 수 있다는 말인가? 그럼 나는? 나를 무시한 거야? 그런 생각만 하며 시간을 보내지요. 당신이 말한 대로 말입니다. 아니 그 남자의 어머니가 한 말이던가요. 온종일 침대에 누워 천장만 쳐다보았다고요. 그러다가 마침내 결심을 했어요. 마침내라고 해야 할지 처음으로라고 해야 할지. 그녀를 박살내 버릴지 말지 생각하느라 몇 달을 보낸 걸까요? 아니면 처음부터 죽여 버리기로 마음은 정했는데 실행할 용기를 키우느라 미룬 걸까요? 그건 모르지요. 절대로 알 수 없는 일이겠지요. 모든 파노라마가 분명히 드러나는 건 그가 북극성을 찾아 부에노스아이레스로 출발할 때부터니까요."

바에스는 전화기를 집어 들더니 걸쇠를 여러 차례 튕긴다. 조금 전 문으로 머리를 들이밀었던 그 사환이 나타나자 커피를 더 갖다 달라고 부탁한다.

"그거 아세요? 우리가 찾는 놈이라면 정착할 시간을 두고 하숙집을 찾아요. 일거리를 구해요. 그러고 나서 곧장 여자 일에 전념하지요. 신혼집 모퉁이에서 이틀간 숨어서 부부의 일과를 지켜봐요. 집 바깥의 일과만 알 수 있는 거지요. 집 안의 일과는 짐작으로 아는 거고요. 그러고는 둘 다 없애 버리는 게 좋지 않을까 생각도 해 봅니다. 자신이 미치도록 갈망하는 여자와 아침마다 행복한 표정으로 침대에서 나오는 남자를 보면서 어떤 느낌이었을지 짐작이 되나요? 그래서 간 거지요. 사건이 나던 그날 아침 말입니다. 모랄레스가 출근하는 걸 보고 5분쯤 기다렸다가 복도로 들어갑니다. 길 쪽으로 난 문, 그러니까 중앙 현관은 계속 열려 있지요. 3호 아파트에서 일하는 미장이들이 공사 찌꺼기를 손수레로 실어 내고 있었거든요. 아, 아니군요. 멍청한 소리를 했군요. 그날은 미장이들이 가지 않았어요. 그래서 초인종을 눌렀고 경비실에서 알려 주자 여자가 경비실을 통해 대답하지요. 놀라기는 했겠지만 어떻게 문을 열어 주지 않을 수 있겠어요? 어릴 때부터 친구였던 사이 잖아요? 여러 가지 일과 오랜 시간을 함께 보낸 사이니까요. 현관 열쇠를 돌리면서 그녀는 떠올렸을지도 모르지요. 몇 년 전 그가 자신에게 고백했을 때 거절로 그를 절망하게 했던 일을 기억하고 아득한 죄책감을 느꼈을 테지요. 예고도 없이 만나러 왔다는 게 확실히 이상하긴 했을 거예요. 결혼식에도 참석하지 않았으니 말이지요. 그렇다고 어떻게 문 밖에 세워 두겠어요. 틀림없이 속옷차림이었지만 나이트가운을 걸쳐 입고 옷깃을 잔뜩 동여맸겠지요. 그녀는 아직 어린 여자였지요. 나이가 더 있는 여자였다면 그런 차림으로 문을 여는 건 적절하지 않다고 생각했을 텐데 말입니다. 그러나 그녀는 그다지 격식을 차리는 사람이 아니지요. 그래야 할 이유가 뭐 있나요. 남자도 그런 건 하나도 중요하지 않았겠지요. 그녀가 문을 열고 "아이 놀래라, 이시도로."라고 말하자, 그가 현관을 밀치고 들어와 그녀의 뺨에 키스를 했어요. 이웃집 여자가 옆집 문에 노크하는 소리를 듣지 못한 건 그래서지요. 릴리아나가 중앙현관으로 나가 문을 열어 주어 같이 안으로 들어간 거지요. 가엾게도."

바에스는 담뱃불을 껐다. 한 대 더 연달아 필까 망설이는 듯했다. 그만 두기로 한다.

"그녀를 강간하겠다고 결심하고 온 걸까요, 아니면 즉석에서 그리 된 걸까요? 그것도 알 수 없지요. 얼마 전부터 곱씹어 생각해 둔 게 아닐까 싶기는 합니다만. 그 청년은 되는 대로 일을 처리하는 사람이 아닙니다. 빚을 받겠다고 온 사람이지요. 딱 그겁니다. 그러니 여자의 의지를 무시하고 침실 바닥에 눕혀 범하는 것이야말로 묵은 빚을 청산하는 방법이었겠지요. 자기 손으로 직접 그녀의 목을 조르는 것은 자신을 무시한 데 대한 복수였을 테지요. 비참하게 홀로 내버려두고 가는 바람에 친구들과 경쟁자들의 조롱을 받은 데 대한 복수였을 겁니다. 제가 계속 드는 생각이 뭐냐 하면, 이시도로라는 놈은 사람들의 비웃음을 못 견디는 유형이 아닐까 싶어요.

그 집에 얼마나 머물렀을까요? 5분, 10분. 그런데 아무 데도 흔적을 남기지 않았지요. 시신 주변 마룻바닥에 있던 여자의 옷에도 말입니다. 그녀는 힘이 다 빠지기 전까지 빠져나오려고 계속 몸부림을 쳤더군요. 그런데 흔적이 남았을 만한 곳도 선반에 있던 천으로 닦아내는 수고를 했더란 말이지요. 그러니 뭐 흔적이 남아 있을 수가 있겠어요. 현장에 먼저 출동한 연방경찰의 망아지 같은 놈들이 사방을 밟고 다니는 바람에 어차피 남아나지 못할 흔적이란 걸 그 자가 알진 못했겠죠. 문의 노커는 손대지 않은 걸 기억하고 굳이 닦아 내지 않았어요. 이런 얘기는 왜 하느냐구요? 그 녀석이 어떤 종류의 인간인지 아시라고 하는 말입니다. 문에 달린 노커는 안쪽이나 바깥쪽이나 모랄레스 부부의 지문밖에 없었어요. 그런 걸 보면 손에 천을 들고 돌아다니면서 침착하고 뻔뻔하게(뭐라고 부르든 간에요.) 어디를 닦을지 차분히 점검해 갔다는 말입니다. 가엾은 여자를 깔고 앉았던 곳이나 그 주변, 거긴 닦아야지요. 만진 기억이 없는 노커, 여긴 안 닦아도 되고. 그다음에는 뭘 했는지 아세요?"

그는 잠시 말을 멈추었다. 나한테 진짜로 물어보는 말투 같았지만 괘념할 것은 아니었다. 그렇다고 답이 떠오르는 것도 아니었다. 둘 다 아니었다. 바에스는 그런 바보 같은 생각에 머리를 쓰는 사람이 아니었다.

"젊었을 때부터 이런 살인 사건을 처리할 일이 생길 때마다 항상 짐작하기 어려웠던 일이 뭐냐 하면요, 범죄행위 자체는 괜찮아요. 한 생명을 짓밟는 그 잔혹한 행위가 상상이 안 되지는 않아요. 그건 차차 익숙해지거든요. 문제는 범죄를 저지른 이후의 행동입니다. 범죄자의 여생 말고요. 그러니까 제 말은 범죄를 저지르고 난 뒤 두세 시간 말입니다. 저는 모든 살인자들은 자기가 한 일이 끔찍해서 두려움에 떨 거라고 생각했거든요. 다른 존재의 목숨을 빼앗던 순간이 뇌리를 떠나지 않을 거라고 말입니다." 바에스는 숨을 내쉬었다. 미소를 짓는 것 같기도 했다. 뭔가 재미있는 게 떠오른 모양이었다. "어쩌면 도스토옙스키의 청년같이 말입니다. 누군지 아시지요? 『죄와 벌』에 나오는 인물 말입니다. 그 청년은 적어도 양심의 가책은 느꼈지요. '내가 노파를 죽였어. 앞으로 어떻게 살아가지?' 하고 말입니다." 바에스는 갑자기 뭔가 생각난 듯 나를 쳐다보았다. "미안합니다, 차파로. 제가 어리석게도 설교를 했네요. 소설을 분명히 읽으셨을 테니까요. 그렇지만 맹수들에 둘러싸여 사는 게 일상이지요. 시코라 같은 정신박약아를 생각해 보십시오. 작품 얘기를 할 수나 있나요. 안 되지요, 쓸데없는 일입니다. 불가능하니까요. 아무튼, 죄책감이나 가책은 누구나 느끼는 것은 아니라는 얘기를 하고 싶었어요. 전혀 그렇지 않답니다. 들어 보세요, 죄책감이 커서 권총으로 자살을 하는 사람도 있어요. 헌데 영화도 보러 가고 피자도 먹는 놈도 있다니까요. 하여튼 이시도로 이 녀석은 제 보기에 두 번째 유형 같습니다. 화요일 아침이니 아무 일도 없었던 것처럼 태연히 일하러 출근한 게 틀림없지요. 정류장까지 걸어가 버스를 탔겠지요. 어쩌면 버스에서 내려 『크로니카』를 샀을지도 모르지요. 아니라고 생각할 이유가 뭐겠어요?"

바에스는 비로소 담배를 꺼내 불을 붙인다. 앞에서 나는 내 기분이 오락가락 했다는 얘기를 했다. 형사를 만나러 왔을 때 나는 희열에 도취되어 있었다고 했다. 그 도취감은 20분 만에 산산조각이 나 버렸다. 그러나 열패감만 느낀 게 아니다. 사실 열패감은 나에게 흔한 일이었다. 문제는 자격지심을 느꼈던 것이다. 처음 생각이 떠올랐을 때 바에스에게 전화를 걸어 범인을 붙잡을 수 있는 제일 좋은 방법이 무엇일지 그가 결정할 수 있도록 했어야 했다. 그런데 내 기분이 흡족해지는 대로 해 버린 것이다. 나한테 주도권이 있다고 생각해서, 아내를 잃은 가엾은 남자와 그의 장인을 조수 삼아 일을 시켰다. 그러는 바람에 결국 쓸데없이 개미집만 걷어찬 꼴이 되었다.

하지만 나는 침착을 유지하려 애썼다. 바에스의 생각이 과장일 가능성은 없는가? 만일 그의 짐작에 비해 고메스가 그다지 영리하지 않은 자라면? 아니면 그 몇 달 동안 고메스가 방심하고 있었다면? 어찌되었든 그 가설에 대해 바에스가 증거를 갖고 있는가 하는 점이 의문으로 남는다. 내가 들려준 이야기가 유일한 증거일 뿐이다.

또 한 가지, 그 고메스라는 녀석이 전혀 상관없는 인물이면 어떻게 할 것인가? 어린아이처럼 분한 기분이 든 나는 고메스라는 단서가 하나의 신기루일 뿐이었으면 하는 마음이 생겼다. 나는 자리에서 일어섰다. 바에스도 따라 일어섰고 우리는 악수를 했다.

"내일이면 새로운 소식이 있을 거라고 봅니다."

"그렇겠지요." 나는 대답했다. 필요 이상으로 메마른 목소리였을 것이다.

"전화하겠습니다."

나는 정신이 혼미해져 밖으로 나왔다. 적어도 불편한 기분은 확실했다. 걸어서 법원으로 돌아왔다. 그 순간에는 범인이 고메스든 어떤 놈이든 간에 그런 일을 벌인 망할 자식을 붙잡아야 한다는 걱정보다는, 얼뜨기처럼 굴고 있지 말아야겠다는 생각이 더 컸다. 비겁한 짓이었다.

저녁 7시가 되기 직전, 집무실의 전화벨이 울렸다. 바에스였다.

"여기 레기사몬이 알아보고 왔습니다."

"네, 듣고 있습니다." 상처받은 아이 같은 내 태도가 우스꽝스러웠다. 그렇지만 어쩔 수 없었다. 나는 그런 전화를 받을 마음의 준비가 되어 있지 않았다. 하루 정도는 걸릴 거라고 생각하고 있었다.

"좋습니다. 나쁜 소식부터 시작하지요. 이시도로 고메스는 사흘 전 플로레스의 하숙집에서 사라졌어요. 3월 말부터 묵었던 곳이지요. 말 그대로 사라졌습니다. 마지막 숙박비까지 내고 어디로 간다는 말도 없이 떠났답니다. 직장도 마찬가지고요. 공사 현장을 직접 찾아가 보았어요. 카바이토 중심가의 리바다비아 대로에 있는 15층짜리 건물이더군요. 현장 감독이 레기사몬에게 한 말로는 아주 괜찮은 청년이었다는군요. 매우 과묵하고, 가끔 적대적인 태도도 있었지만 맡은 일을 잘 해내고요. 좀 무례한 듯했지만 술을 전혀 하지 않더랍니다. 한마디로 보석이었다는데요. 그런데 하루는 아침에 출근해서는 투쿠만으로 돌아가게 되었다고, 어머니가 많이 아프다고 했답니다. 감독은 15일간 일한 급료를 주면서 원할 때면 언제든 다시 오라고 했고요. 그 정도로 마음에 쏙 들었다네요."

말을 마친 뒤 그는 침묵했다. 나는 타자기와 연필꽂이, 처리하고 있던 소송 서류를 집어던지고 싶은 기분이었다. 그렇지만 입술을 깨물며 다음 말을 기다렸다.

"그게 끝입니다. 좋은 소식은 이 친구가 범인이라고 생각해도 좋을 것 같다는 거지요. 그러니 자기 뒤를 캐고 있다는 걸 알게 되자 허둥지둥 내뺀 거지요. 레기사몬이 우리가 놓친 자료를 하나 갖고 왔습니다. 현장 감독이 직원 출근기록부를 보관하고 있는데요. 공사장 일을 하던 8개월 동안 지각한 게 몇 번인지 아세요? 딱 두 번입니다. 한 번은 10분 늦었고요. 또 한 번은 두 시간 반을 늦었는데, 그게 언제냐면요? 바로 사건이 있던 날입니다."

"그렇군요." 겨우 그렇게 대답이 나왔다. 내 말투는 이제는 별로 날카롭지 않았다. 못된 패배자였던 적은 한번도 없다. "정보를 주셔서 고맙습니다, 바에스. 필요한 서류가 있으면 얘기할게요."

"그러십시오, 차파로. 저녁 잘 보내세요."

"좋은 저녁 되세요. 그리고 고맙습니다." 나는 사죄를 매듭짓는 마음으로 덧붙였다.

수화기를 내려놓으려던 순간 상대방 목소리가 들려왔다.

"아, 의심스러운 게 하나 있습니다." 주저하는 어조였다. "그 녀석일지 모른다는 생각이 어떻게 든 겁니까? 사진을 보다가 생각했다는 건 이미 말씀하셨지만 말입니다. 그런데 왜 꼭 집어서 그 청년에게 주목한 건가요? 멋진 한 수였으니 하는 말이에요. 차파로. 솔직하게 말씀드리는 겁니다. 운이 좋으면 범인을 잡을 수 있을지 누가 알겠어요."

그는 참으로 괜찮은 사람이었다. 진정으로 하는 찬사일까, 죄책감과 조롱당한 기분을 줄여 주고 싶어서였을까? 나는 대답할 말을 열심히 생각했다.

"모르겠습니다. 바에스. 글쎄요, 아마 그 자의 시선에 집중했던 것 같아요. 자신이 사모하는 여인을 멀찍이 떨어져서 바라보는 시선이었지요. 글쎄요." 그렇게 말했다. "말로 제대로 표현할 수 없는 경우에 시선이 말을 대신한다고 생각하거든요."

바에스는 뜸을 들인 후 대답했다.

"그랬군요. 저라면 그렇게 알아듣기 쉽게 표현할 수 없을 겁니다. 단어를 제대로 쓸 줄 아시는군요. 차파로. 작가가 되셔야 할 것 같아요."

"농담하지 말아요. 바에스."

"농담 아닙니다. 진심으로 하는 말입니다. 아무튼 근일 내에 근무시간에 다시 전화드릴게요."

나는 전화를 끊었다. 철커덕 하는 수화기 소리가 사무실의 고요 속에 울려 퍼졌다. 시계를 보았다. 시간이 늦었지만 수화기를 다시 들어 모랄레스가 일하는 은행의 번호를 눌렀다. 야간 경비원에게 모랄레스가 아침에 출근하면 전해 달라고 메모를 남겼다. 진술서에 서명이 필요하니 법원에 급히 와 달라는 전갈이었다. 경비원은 메모를 전해 주겠다고 약속했다.

수화기의 철커덕 소리가 다시 울렸다. 나는 문서보관대로 걸어갔다. 몇 달 전 보관대의 맨 위층 선반에 모랄레스 소송 건을 감춰 두었다.

까치발을 하고 손을 뻗어 보았다. 손에 잡힌 서류를 끌어당기자 먼지가 폴폴 날렸다. 서류를 들고 책상으로 돌아왔다. 첫 장부터 하나씩 펼쳐 보지는 않았다. 곧바로 끝부분으로 넘어갔다. 날짜가 6월이었고, 보완적인 검시 보고서, 그러니까 장기들에 대한 검시 보고서를 첨부하라고 지시하는 문건이었다. 날짜를 확인하기 위해 시계의 문자판을 들여다보았다. 그러고는 사법부 로고가 적힌 종이를 하나 타자기에 끼워, 8월 날짜로 적당히 지어내 쳐 넣기 시작했다.

바에스의 마지막 질문에 대한 내 대답은 거짓말이 아니었지만 그렇다고 사실을 전부 말한 것도 아니었다. 고메스의 시선이 주의를 끌었고, 그 시선을 자신의 마음을 이해할 수도 없고 알고 싶어 하지도 않는 여자에게 보내는, 소용없는 침묵의 메시지로 해석한 것은 사실이었다. 바에스에게 말하지 않은 게 있다면, 내가 그런 시선에 주목할 수 있었던 이유가 나도 그런 식으로 한 여인을 지켜보며 살아왔기 때문이라는 점이었다. 1968년 12월의 그 더운 해질녘, 나는 그녀를 처음 알게 된 일 년 동안 여러 번 그랬던 것처럼, 그녀가 내 아내가 아니라는 사실에 마음이 쓰라렸다.

16

"신에게 소원하는 유일한 일이 있다면, 제발 오늘은 산도발이 고주망태가 되어 출근하지 않는 것이다." 그날 아침 나는 법원을 들어서며 생각했다. 전날 밤 거의 잠을 자지 못했다. 아주 늦게 귀가했을 뿐 아니라(마르셀라가 깨어서 기다리고 있었으니, 나는 유죄다.) 징그러울 정도로 잠들지 못했다. 만일 판사가 자기를 바보로 만들 셈이냐며 날뛰면 어쩔 것인가? 그런 위험부담을 감수할 만한 일인가? 신경이 예민해지고 초조해진 나는 아침 일찍 침대에서 나오고 말았다. 내 안색이 형편없었던 모양이다. 아내가 눈치채고 아침을 먹으면서 무슨 일이냐고 물었다.

30년이 지난 지금 와서 떠올려 보면 내가 그런 계획을 세운 장본인이라는 사실을 나 자신도 믿기 어렵다. 무엇 때문에 그런 생고생을 사서 하겠다고 생각한 것일까? 죄책감 때문이었던 것 같다. 그리고 불확실함 때문이기도 했다. 고메스가 범인이 아니라면 뭐 하러 그런 혼란을 빚어 나를 자극할 것인가? 그러나 그가 살인자가 맞다면 내가 어떻게 거울을 제대로 쳐다볼 수 있겠는가? 내 만족과 내 일만 앞세운 행동이 비겁했다는 기분을 죽는 날까지 지울 수 없을 것이다.

실질적인 내 문제는 이시도로 고메스를 찾아내지 못하게 된 때부터가 아니었다. 그 이전부터였다. 여러 달 전 그 소송 건을 문서 보관소에 철해 넣는 걸 피하려고 멍청이 짓을 하던 그 순간부터였다. 그때 내 생각은 이랬다. 범인이 잡히면 판사가 아주 만족스러워할 것이고, 그러면 이유 없이 서류를 문서철 하지 않고 둔 것에 대해 불쾌해하지 않으리라. 그런데 반대였다. 충분히 과장되고 광대짓 같은 아부를 통해 판사의 공적으로 범인을 체포한 거라고 공치사를 해 주어야만 적절한 절차에 대한 판사의 열의를 단념시킬 수 있을 터였다.

그런데 지금은 돌이키기에는 너무 멀리 왔다. 그래서 산도발이 절실히 필요했다. 영감이 번득이고 총명하며 순발력 있고 대담한 산도발이 필요했다. 그러나 주정뱅이 산도발이 걸리면 끝장이었다. 그런 생각을 하느라 골몰해 있을 때 다행스럽게도 5월 아침 같은 상쾌한 공기가 밀려 들어왔다. 그는 태양처럼 환한 표정으로 라벤더 향을 풍기며 들어섰다. 그를 붙잡아 책상에 앉히고는 순식간에 내 계획을 설명했다. 확실히 그는 명석한 인간이었다. 금방 내 말을 알아들었다. 게다가 그는 충직하기조차 했다. 그런 속임수에 개입하는 일에 조금도 주저하지 않고 그러자고 했다.

모랄레스는 아침 일찍 찾아왔다. 나는 접견실 책상에 앉아 그의 증언을 좀 길게 늘여 쓴 진술서에 서명을 받았다. 나중에 자세히 설명해 주겠다고 말하며 세부적인 것은 보여 주지 않고 서둘러 서명하게 했다. 잠시 후 포르투나 라칼레 판사가 서기관실에 들어왔을 때 나는 예수성심께 기도를 드리는 수밖에 없었다. 번민을 이겨내기 위해 어머니께서 쓰시던 방법이었다. 라칼레는 언제나처럼 완벽한 차림을 하고 있었다. 검은색 정장, 상의 윗주머니에 꽂은 행커치프와 조화를 이루는 단정한 넥타이, 반질반질하게 포마드를 바른 머리, 구릿빛 피부. 멍청이들은 어느 정도 똑똑한 사람들이 빠지게 되는 실존적 고뇌로 고통받는 일이 없기 때문에 신체적으로 더 좋은 상태를 유지할 수 있다는 내 이론을 세우게 된 것은 순전히 라칼레를 관찰한 결과였던 듯하다. 그에 관한 결정적인 증거는 없다. 그러나 포르투나 라칼레의 경우를 보면 항상 그 이론이 분명한 사실이라는 생각을 하게 되었다.

그는 왕자 같은 동작으로 내 의자에 앉더니 조끼 안주머니에서 파커 펜을 꺼냈다. 나는 연극을 하듯이 몸짓을 과장해 가며 책상에 서류들을 하나씩 쌓아 올렸다. 그가 지금부터 딱 두세 시간만 집무실에서 업무를 보며 사인할 수 있음을 나도 알고 있다는 듯이 하는 행동이었다. 정말 운이 좋게도 그날은 목요일이어서 여섯 시면 그는 테니스를 치러 갈 것이었다. 그래서 세 시부터는 그런 고귀한 일을 방해할 만한 일이 일어날까 변덕스러운 조급증을 내기 시작한다. 서류가 너무 많다는 사실에 영향을 받았음을 한눈에도 알아챌 정도로 그는 눈을 번쩍 뜬다. 그러고는 법원의 부하직원들이 얼마나 빨리 일을 처리하는지 농담을 하듯이 코멘트를 뱉어낸다. 나는 미소를 지으면서 서명이 필요한 서류들을 펼쳐 가기 시작했다. 그러고는 각 서류의 내용에 대해 미사여구를 동원하여 하릴없이 설명을 이어갔다. 그것은 쓸모없는, 말하자면 반복적이고 과잉된 정보였다. 그렇지만 판사는 자신이 속고 있다는 것을 알아차리기에는 참으로 멍청했다.

산도발이 문서보관대 뒤에서 처음으로 몸을 내민 것은 바로 그때였다. 문서보관대 덕에 내 책상은 최소한의 프라이버시를 누리고 있었다.

"재판장님." 그는 포르투나를 향해 말을 걸기 시작했다. 아첨하는 듯하면서도 빈정거리는 투였다. 그러나 아부의 말투가 노골적이어서 상대방은 자신이 희생자가 아니라 공모자라고 느낄 정도였다. "몰리나리 판사님처럼 닷지 코로나도를 타시는 걸 언제쯤 볼 수 있을까요, 네?"

판사는 그의 말에 주의를 기울였다. 멍청하기는 했지만 그는 그런 류의 사람들이 복잡하고 적대적인 현실 앞에서 발휘하는 보호 본능을 갖고 있었다. 산도발은 확실한 방법으로 그런 불편한 콤플렉스의 세계에 가담하는 중이었다. '뭐라고 했는지 다시 물어볼 걸. 아마 다시 말해 달라고 말할 거야.' 나는 속으로 생각했다. 모랄레스의 문건을 재빠른 동작으로 내밀었다. 표시를 해 놓았던 208쪽을 직접 펴 주었다.

"뭐라고 그랬지, 산도발?" 포르투나는 눈을 여러 차례 깜빡거리며 물었다. 눈앞에 있는 서류보다 산도발이 하는 말에 주의를 기울이고 있었다.

"소송을 재개할 것을 지시하는 문서입니다." 나는 중얼거리듯 말했다. 마치 포르투나가 나누고 있는 대화를 방해하지 않기 위해 신경을 쓴다는 듯이.

"그래, 그래." 그는 나를 쳐다보지도 않고 대답했다.

"별거 아닙니다, 판사님." 산도발은 악동 같은 미소를 지었다. "몰리나리 판사님이 새 차를 산 걸 보신 줄 알았습니다. 못 보셨어요?"

포르투나는 신속하면서도 지적인 방식으로 대답하려고 무진 애를 썼다. 그렇지만 두 가지 목적을 동시에 달성하기는 어려웠다. 동시에 둘을 해낸다는 것도 불가능했다. 그럼에도 애를 써 보는 모습이었다. 판사의 지적 능력을 다 써도 안 되는 일이었다. 그래서 자기가 서명하고 있는 서류가 무엇인지 더 이상 주의를 기울일 수가 없었다. 그리하여 그는 201쪽에서 소송의 재개를 지시하고 있는 7월 2일 날짜의 명령서에 멋들어진 서명을 했다. 뿐만 아니라 리카르도 모랄레스의 증인 진술서를 추가하라는 지시에도 서명을 한 셈이었다. 나는 그가 서명을 하자마자 낚아채듯 끌어당겼다. 넉 달 가까이 지난 날짜의 서류에 서명했다는 사실을 절대로 알아차리는 일이 일어나지 않기를 바라는 수밖에 없었다.

"몰라, 몰랐는데…… 코로나도라고?"

"네 코로나도요, 판사님. 일렉트릭 블루 색이요…….." 산도발은 뭔가를 떠올리는 듯 허공을 향한 시선으로 미소를 지었다. "정말 하늘의 선물이지요. 검은 가죽으로 덧대고 크롬 도금을 했던데요…… 정말로 못 보신 겁니까, 판사님?"

"못 봤어. 아벨과 점심 먹은 지 좀 됐으니까."

'완벽해. 궁지에 몰렸군.' 나는 생각했다. 산도발은 자기가 좋아하지 않는 사람들에게는 잔인해질 수 있었다. 상대의 약점을 파고들어 무너뜨리는 산도발의 잔인성은 탁월했다. 포르투나 라칼레는 멍청이여도 판사의 자부심은 있었는데, 자존심을 넘어 제대로 판사직을 수행하는 다른 판사들에 대한 시샘은 또 어지간했다. 몰리나리는 판사다운 판사에 속했다. 그래서 포르투나는 그와 친한 척 몰리나리의 세례명 '아벨'을 입에 올린 것이다. 그런 궁여지책은 실은 몰리나리가 부러워 미칠 지경이라는 걸 여실히 드러내 주었다.

나는 다음 단계로 나아가기로 했다. 아내가 고메스의 협박 편지를 받은 것으로 생각된다는 내용을 담고 있는 모랄레스의 출두 증언서를 다른 소송문서의 마지막 장에 함께 묶어 판사 앞에 들이밀었다. 아내가 살해되기 전에 악의를 품은 숭배자가 보낸 것으로 짐작되는 편지들을 받았는데, 당연히 알아서 없애 버렸을 것이라는 내용이었다. 나는 그 가짜 진술서를 전날 밤에 작성했고 모랄레스가 조금 전에 그 서류에 서명을 하기 위해 다녀갔다.

"이것은 상습 사기범 무뇨스 사건의 증인 진술서입니다." 나는 거짓말을 했다.

"아…… 이 사건 어떻게 되어 가나?"

'골치 아프게 됐군.' 속으로 생각했다. 그가 사건에 대해 흥미를 갖기 시작했다. 이제 어떻게 지어낼 것인가? 어느 시점에 이 사건과 저 사건의 소송서류를 뒤섞어 놓았던가? 엉터리로 지어낸 그 진술서의 타당성을 어떻게 설명할 것인가?

"판사님은 계속 팔콘을 타시지요?" 산도발이 도와주러 나섰다.

"그렇지, 물론." 포르투나는 무심함을 가장한 목소리로 대답했다.

"그럼요, 그럼요…… 그러니까…… 모델이 뭐였지요? 63이었던가요 64였던가요?"

"61이네." 포르투나는 부드럽게 대답하려 애를 썼지만 까칠한 어조가 되었다. "그 차가 충분히 만족스러우니 바꿔야 할 이유가 달리 없어서 말이야."

산도발은 예술가였다. 우리는 판사가 나가자 한 수천 번은 웃어 댔다. 팔콘 61 모델에 관해서가 아니라(어쨌거나 산도발이나 나

나 차 없는 뚜벅이 신세였다) 포르투나 라칼레가 그 상황을 심적인 고행으로 느낀 것이 너무 우스워서였다. 그는 새 차를 살 수 있다면 한쪽 귀라도 내주려고 했을 터이다.(그런 식의 교환을 받아들이는 건 미치광이가 할 일이라는 생각을 하면서도). 그는 충분한 급여를 받았다. 그러나 그의 부인과 두 딸은 왕족이라도 되는 듯한 생활 습관을 갖고 있었다. 그래서 불쌍한 판사는 매달 간신히 적자를 면할 정도로 버티는 식이었다. 판사의 허여멀건한 얼굴은 혹시라도 집안 여자들의 소비충동이 과도하지 않은 달이 오면 자신은 뭘 살 것인지 속으로 목록을 만드는 데 골몰하느라 생긴 것이 분명했다. 그리고 이제 닷지 코로나도가 그 목록의 1번이 될 것이다.

나는 재빨리 페이지를 넘겼다. 고메스에 대한 수사를 지시하라는 내용을 담은, 연방 경찰과 투쿠만 주 경찰에 보내는 통고장과 복사본들이었다. 날짜는 10월과 11월에 반복해서 보낸 것으로 되어 있었다. 그런 상황은 이미 바에스와 해결해 놓았다. 포르투나는 세탁물 수령증에 사인을 하듯이 그 문건들에 서명을 했다.

"그리고 하나 더 있는데요," 산도발의 영감이 가동했다. "몰리나리 판사님이 닷지를 산 게 잘한 건지는 사실 모르겠어요." 그렇게 말하며 "판사님이야말로 차에 대해 잘 아시니까 말입니다……." 그는 포르투나의 지적 정직성과 사리분별의 정도를 확고히 믿으며 결심을 한 듯했다. "판사님이라면 어떤 차를 타겠습니까? 닷지 코로나도인가요 아니면 포드 페어레인인가요?"

'판사님이야말로 차에 대해 잘 아시니까……' 나는 산도발의 말을 되뇌었다. 산도발은 천재였다. 포르투나는 사실은 전혀 아는 게 없었다. 차에 대해서도, 법에 대해서도, 다른 무엇에 대해서도 무지했다. 게다가 자신이 모른다는 사실조차 몰랐다. 그래서 포르투나는 포드 페어레인의 무수한 장점과 닷지 코로나도의 용납할 수 없는 단점들을 내놓고 설명하기 시작했다. 그건 몰리나리 판사가 그다지 완벽하지 않다는 자기 속내를 에둘러 드러내는 방식이었다. 각 차의 레버에서 기어 박스까지 설명하는 데 한 10분이 걸렸다.

환상적인 결과였다. 바보 같은 장광설을 다 끝냈을 때 그는 이시도로 안토니오 고메스가 거주 미상이라고 경찰이 답신해 온 수령 통지서에 서명을 마친 상태였다.(그날 아침 바에스는 날짜가 이미 지난 서류를 작성한 셈이고, 과거의 시간으로 통지문을 발송한 셈이다.) 우리는 이시도로의 진술을 받아낼 수 있도록 거주지 수사와 출두 명령에 대한 효력을 유지하라고 지시하는 명령조서와, 같은 내용으로 한 차례 더 연방 경찰에게 보낸 통지문에도 사인을 받은 뒤였다. 책장 선반으로 몸을 기울인 채 판사의 열렬한 연설을 듣는 시늉을 하던 산도발은 내 안도의 표정을 보고는 이제 임무가 끝났다는 사실을 알아차렸다. 그러나 산도발은 섬세한 정신의 소유자여서 그 장광설을 중간에 끊고 싶지는 않았다. 덕분에 포르투나 라칼레는 2, 3분 더 연설을 늘어놓을 수 있었다. 산도발은 시간 내 주셔서 감사하다는 인사로 마무리했다.

"네, 판사님, 이제 보내 드릴게요. 업무를 좀 봐야 할 것 같습니다." 그러고는 덧붙였다. "판사님은 차에 대해 훤히 꿰고 계시는군요."

판사는 눈을 감으며 미소를 지었다. 할 일을 다 했음을 겸손하게 인정한다는 듯한 태도였다. 나는 다른 엉터리 같은 스무 남짓한 서류에도 서명을 받으면서 그의 넋을 빼 놓았다.

포르투나 판사가 집무실로 돌아가자마자 나는 여러 가지 문건들에 나누어 끼워 놓았던 서류들을 모랄레스 소송 문건에 순서대로 맞춰 넣었다. 판사의 서명을 받았지만 아직 서기관의 서명이 남아 있었다. 똑같은 전략을 쓰는 것은 불가능했다. 두 사람은 쌍으로 바보이긴 했지만, 그렇다고 내 행운의 끈이 한없이 계속될 정도로 바보는 아니었다. 나는 페레스의 핵심적인 본성을 믿기로 했다. 겁쟁이여서 판사의 서명을 받은 문서라면 틀림없이 찍 소리도 않고 따라서 서명할 것이다. 그래서 그날 오후 나는 포르투나의 서명을 받은 스무 건 가량의 다른 문서들과 함께 모랄레스 사건 서류를 챙겨들고 찾아갔다. 물론 페레스가 내 술책을 알아챌 수 있다는 생각을 하고 있었다. 그런 조작을 통해 꾸며내지 않는다면 몇 달 이전의 날짜가 찍힌 그 많은 서류들을 어떻게 하나의 서류로 묶을 수 있겠는가?

혹시 몰라서 나는 소매에 에이스를 한 장 넣어갔다. 페레스의 본성에 대한 내 확신에 의구심이 생긴다거나, 포르투나 라칼레가 사인을 한 서류들에 가짜 문서를 조작해 끼운 걸 혹시라도 눈치채는 기색이 있다면, 나는 단도직입적으로 공갈을 칠 생각이었다. 연방형사법원 제3부에 배속된 국선변호인에게 부러울 정도로 열렬히 공들이고 있다는 사실을 사법부 내에 퍼뜨리겠다는 협박 카드였다. 그 변호인이 법적 부인도 아니고, 그의 책상 위 액자에서 환하게 웃고 있는 훤칠한 사춘기 아이들의 다정한 엄마도 아니니 말이다. 다행히 그 카드는 필요없었다. 그는 자동차 전문가 포르투나 라칼레의 서명 아래에서 빛나고 있는 모든 '상동' 칸마다 말 그대로 찍 소리도 않고 서명을 했다. 일이 끝나자 너무 신경을 곤두세웠던 탓인지 나는 의자에 무너지듯 주저앉았다. 산도발이 미소를 지으며 다가오더니, 특별하고 엄숙한 순간에만 쓰곤 하던 철학적인 문구를 날렸다.

"친애하는 친구 벤하민, 내가 여러 번 주장한 바처럼 세상의 머저리들이 축제를 벌이는 날이 있다면, 저 두 사람이 문에서 손님들을 맞이하고, 음료를 따라 주고 파이도 내다 주고, 나서서 축배를 제안하고, 그리고 손님들의 입술에 묻은 빵가루까지 닦아 주게 될 거야."

이름과 성

차파로는 방금 쓴 페이지를 찢어지지는 않을 정도로 타자기 롤러에서 힘껏 빼내 다시 읽어 본다. 마지막 단어들이 그를 미소 짓게 한다. 기억을 떠올리니 즐거운 기분이 든다. 챕터의 마지막 문장, "머저리들이 축제를 벌이는 날"이라는 표현을 완전히 잊은 줄 알았었다. 그러나 지금 과거의 기억들, 그 과거를 함께 보낸 사람들에 대한 기억들이 수면 위로 솟아올랐다.

그는 몸을 일으키고는 평생 습관이 되어 온 동작을 한다. 왼쪽 집게손가락과 엄지손가락으로 눈높이의 콧대를 잡고 통증이 약간 느껴질 때까지 압박한다. 반평생을 법원 사무실 책상에 오랫동안 몸을 구부리고 있다가 자리에서 일어날 때면 늘 그래 왔다. 이제 자기 집에서, 수면 속에 가라앉아 있던 자신의 기억과 타인들의 기억을 이어 맞추느라 몇 시간을 보내고 난 지금도 그 동작이 절로 나온다. 우리는 너무 뻔한 존재다. 지독히도 끊임없이 우리 자신과 똑같다. 그런 습관과 무의식 중의 다른 많은 습관들과 함께 살아온 우리는 죽어 무덤에 눕기 전까지 반복적으로 살아갈 것이다. 차파로는 그런 생각을 한다.

그는 이레네를 떠올린다. 자신의 죽음을 생각한 지금 왜 그녀가 생각나는 걸까? 자신의 죽음을 그녀와 결부시키는 건 우연일까? 아니다. 정반대다. 이레네는 그를 삶과 묶어 주는 존재이다. 그녀는 그를 삶과 이어 주는, 삶을 그와 이어 주는 채무와 같다. 그녀에 대한 감정이 그대로인 한 그는 죽을 수 없다. 그 사랑이 부서져 육신처럼 가루가 된다면 그도 비로소 잔해가 되리라.

그러나 마음 깊은 곳에 감춰져 있는 사랑을 꺼내 보여 줄 수가 없다. 방법이 없다. 편지를 쓸까? 그 방법은 그녀의 얼굴을 직접 보지 않아도 된다는 장점이 있다. 차파로의 글을 읽고 사실을 알게 된 그녀의 의심스러워하는 표정, 모욕감을 느끼는 표정, 아니면 동정하는 표정으로부터 보호막이 되어줄 터였다. 찾아가서 직접 보며 털어놓는다는 건 차파로의 선택지에 존재하지조차 않았다. '나이 든 사람들'의 사랑이라니 우스꽝스럽게 느껴졌다. 결혼 생활 삼십 년이 된 기혼녀에게 사랑을 고백한다는 것은 우스꽝스럽다기보다 모욕이고 무례한 일이다.

상식, 때때로 차파로 자신의 머릿속에도 존재한다고 생각되는 상식이란 것은 그에게 그렇게 엄숙하고 그렇게 단호하지 않아도 된다고 말하고 있었다. 결혼한 여자와의 사랑이란 게 무슨 문제가 있단 말인가? 그가 그런 꿈을 꾸는 최초의 인간도 마지막 인간도 아닐 텐데. 그래서 어쩌란 건가? 그러니까 말이다. 그러나 차파로가 그녀에게 하고 싶은 말은 잠자리를 함께하자는 게 아니다. 그녀에게 말해야 할 것, 그녀에게 말할 필요가 있는 것, 또한 그녀가 알게 될까 봐 두려워하는 것, 그것은 바로 영원히, 모든 곳에서 그녀와 함께하고 싶다는 말이었다. 그녀 없이는 삶을 이해할 수 없을 정도로 숭배하는 마음으로 조난당한 듯 살아왔기 때문이다. 그러나 생각이 여기에 이르자 차파로는 맥이 빠졌다. 환상 속에서 그의 절망적인 고백을 받은 이레네가 놀라움, 분노, 안타까움의 표정을 짓고 있었기 때문이다. 그것은 자신이 쓸 리가 만무한 편지를 받았을 때와 다름없는 표정이었다.

그다음에는 아무것도 없으리라. 거절당하고 나면 그녀의 인생에서 훔친 그 짧은 시간들조차 누리지 못할 것이기 때문이다. 좋은 직장 동료—옛 동료—끼리 단순히 담소를 나누는 것뿐이라는 시늉을 하면서 그녀의 집무실에서 커피도 한 잔 하고 사라져 버린 소떼에 관한 기사도 얘기하는 시간들 말이다. 이레네는 그런 간헐적인 만남을 즐기는 듯하다. 그러나 일단 그가 그녀를 존중하는 선을 넘어서 버리면 그녀는 더 이상 찾아오지 말라고 말하는 수밖에 없으리라.

차파로는 마테 차를 준비하다가 갑자기 수백 번이나 느꼈던 죄스러운 욕망 속으로 빠져드는 기분이었다. 그러나 금방 고요를 되찾는다. 이레네가 별안간 혼자가 된다면…… 그를 사랑할 수 있을까? 그렇다고 확신할 만한 근거가 없다. 그러니 가엾은 엔지니어를 평화로이 내버려두는 게 낫다. 자기 인생을 누리고 자기 아내를 사랑하도록 말이다. 빌어먹을.

쌓아놓은 원고 위에 방금 타자기로 쓴 페이지를 올려놓으며 두께를 가늠해 본다. 한 달간 쓴 것 치고는 적지 않다. 아니면 한 달 반인가? 그럴 수도 있다. 집필 작업 덕에 시간이 정말 잘 간다. 여느 때의 의구심이 찾아든다. 소설에 제목을 어떻게 붙일까? 모르겠다. 아무 생각이 안 떠오른다.

차파로는 제목 짓는 데 솜씨가 없다는 생각이 든다. 처음에는 챕터마다 제목을 붙일까 생각했다. 그러나 이제는 그런 시도를 포기했다. 전체 제목이 떠오르지 않으면 소제목들도 생각해내지 못할 것 같다. 벌써 열여섯 챕터를 썼지만 아직 갈 길이 멀다.

고민이 하나 더 있다. 제목 아래에 쓸 이름이다. '벤하민 미겔 차파로.' 어디를 봐도 볼품이 없는 이름이다. 우선, 첫 번째 이름의 마지막 음절과 두 번째 이름의 첫 음절이 같은 소리여서 거슬린다는 사실을 부모님은 알아채지 못했던 걸까? 민-미. 경악할 일이다. 다음으로 이름의 의미다. 이름들도 그렇고 성도 그렇다. 막내라는 뜻의 '벤하민'은 그것만으로 이미 방해물이다. 평생 그 이름은 쓸모가 없었다. 아이 이름, 그러니까 형제가 많은 집의 막내 이름으로는 괜찮다. 외동아들인 그에게 그런 이름을 왜 붙였을까? 게다가 나이를 생각하면 결정적이다. 일고여덟 살짜리 벤하민과 예순 살의 벤하민이 어찌 같을까? 우스꽝스럽다. 게다가 그걸로 끝이 아니다. 185센티미터인 인간을 차파로라고 부르는 건 어처구니없는 일이다.* 그러니 벤하민 차파로(미겔이라는 거슬리는 이름은 빼야 한다)의 책이라고 하면, 부주의한 독자는 난쟁이 소년의 책이라고 생각할 수 있다. 너무 복잡하게 생각하는 걸까? 사람들이 그렇게나 단순하겠어? 그러나 그런 식으로 해석하는 독자도 있을 수 있다. 그러다가 그가 나타나면 벤하민 차파로는 상당히 키가 큰, 예순 살의 나이 지긋한 사람이라는 걸 알게 된다. 이런 일은 모순적으로 들린다.

아마도 해결책은 가명을 쓰는 것이리라. 안 된다, 절대로 그럴 수는 없다. 즉각 그런 생각이 든다. 이 소설을 출판하게 된다면,

* 차파로(chaparo)는 스페인어로 땅딸막하다는 뜻.

154

자기 돈을 털어 저렴한 판본으로 찍어내더라도, 표지에 자기 이름
이 나와야 한다. 이름이 우스꽝스럽든 어떻든. 이유는 간단했다.
그래야 이레네가 알게 될 테니.

17

이시도로 안토니오 고메스의 행방을 수사하라는 명령서에 날인을 하고, 날인한 문서를 도망 중인 용의자들 서류함에 함께 넣어놓은 뒤 모랄레스에게 좋은 소식을 전하고 나자마자 나는 내 용기 있는 개입에 만족감을 느꼈다. 그 비극의 파편들로부터 안전하다는 느낌도 들었다. 낮에는 속 편한 사무장이 되고, 7시에 퇴근하면 남편 노릇을 하며 밤에는 신문을 읽는 일상으로 돌아갔다. 모랄레스 사건은 잊다시피 하고 지냈다.

하지만 겨우 몇 달 만에 그 사건의 불쾌한 잔적이 나를 스쳤다. 나는 로마노와 시코라 형사에 대한 수사에 진술해야 했다. 그들이 미장이들을 불법적으로 강요해 자백을 받아낸 일 때문이었다. 진술이란 말 그대로 절차에 불과했다. 맨 처음의 내 고발 내용을 확인하고 몇 가지 세부사항을 분명히 하는 것뿐이었다. 나는 내 진술을 초짜를 시켜 확인하도록 한다는 게 이상했다.(싫기도 했다.) 나쁜 징조였다. 그 법정에서는 소송이 이미 벽에 부딪혔고 그냥 형식을 지킬 뿐이라는 게 기정사실화되는 듯했다. 그 두 철면피를 기소하는 데 달리 뭐가 필요하단 말인가? 내 진술서도 있고, 해당 경찰서의 경관 두 사람의 진술서도 있고, 가엾은 두 청년의 외상에 대한 의사 소견서도 있다. 불신감이 들었지만 기다려 보기로 했다. 판사는 바티스타였다. 정직한 사람이라고 여기던 판사였고, 1월의 휴가철에 그와 함께 일을 한 적이 있어 조금은 아는 사이였다. 게다가 이미 말한 대로 그 소송에 대한 처음의 나의 강렬하던 추진력이 이미 약해진 뒤였다.

얼마 뒤 바티스타 판사가 직접 나를 호출해 집무실에서 보기로 했다. 그는 미소를 지으며 나를 맞아주었고 따뜻하게 악수를 했다. 자리에 앉자 지금부터 자기가 하는 얘기는 비공식적인 것이고 두 사람의 자리가 걸린 문제이니 다른 사람들에게 얘기하지 말라고 말했다. '오 맙소사.' 나는 생각했다. 뭐 이렇게 심각할 게 있을까? 판사는 잠시 망설이더니 가능한 순식간에 모든 이야기를 쏟아냈다. 뭔가 불쾌하고 지저분한 것을 빨리 치워 버리고 싶을 때처럼 서둘렀던 걸 보면 판사도 그 상황이 불편했던 것이리라. 그렇게 그는 에두르지 않고 '상부의' 지시가 있었다고 알려 주었다.(집게손가락으로 천장을 가리킴으로써 상징성을 보완했다. 그렇지만, 그 손짓은 어디를 말하는 건가? 형사법원? 대법원? 정부?) 모든 사건을 멈추고 기소 없이 소송을 기각하라는 지시라고 했다. 그는 더 구체적으로는 밝힐 수 없지만, 아마 그 젊은이…… 그러니까 내 동료 로마노가 매우 윗선에 권력자를 알고 있는 모양이라고 덧붙였다. '권력자'라는 말을 할 때 바티스타는 오른손의 손가락 두 개로 왼쪽 어깨를 가리켰다. 형사법원도 아니고 대법원도 아니었다. 그 동작은 틀림없이 '군 장성'을 의미했다. 문득 육군

대령이라던 그의 장인이 떠올랐다. 그리고 알아챘다. 로마노를 기소할 때 그런 친인척을 고려하지 않다니 내가 얼마나 순진한 사람인가. 정말 지독한 일이다.

옹가니아의 군사 정권이 벌이는 무용극에 혐오감을 느끼는 건 바로 그런 점 때문이었다.

"한 가지 더 들어 보겠나?" 바티스타가 물었다.

그러시라고 대답했다. 무엇보다 판사가 이야기하고 싶다는 표정을 지었기 때문이다.

"진술을 받기 위해 그와 약속을 정해야 했지. 자네가 알다시피," 나는 고개를 끄덕였다. "이미 나한테 통보를 해 왔기 때문에," 바티스타는 위쪽을 쳐다보았다. "내가 직접 진술을 받기로 했지."

'우리는 모두 비겁쟁이야.' 나는 생각했다. '문제는 우리가 얼마나 겁을 먹게 되는가일 뿐이지.' 내 고발장에 대한 확인을 열다섯 살짜리 얼굴의 신참에게 시켰었다. 그 나쁜 새끼, 대령의 사위는 판사가 직접 진술을 받은 것이다. 진땀을 흘리면서 말이다.

"차파로, 자네는 몰라. 그 인간이 얼마나 우쭐댔는지. 잘난 척하는 정도라니. 무슨 대단한 호의라도 베푸는 양, 귀중하기 짝이 없는 자기 금쪽같은 시간을 선물한다는 듯한 태도로 집무실에 들어오더군. 소송 내용에 대해 질문을 시작하자, 내키는 대로 욕설과 험담을 지껄여대기 시작했어. 자네 험담은 별로 안 했어. 무엇보다 곤죽을 만들라고 지시했던 그 가엾은 미장이들 욕을 쏟아내더군. 깜둥이니, 도둑이니, 외부에서 들어온 여우들이니 해 가면서. 완전히 죽여 버렸어야 했다느니, 국경을 폐쇄해야 한다느니 하면서 말이야. 솔직히 말해서 로마노가 언급한 극악무도한 말들을 기록하지는 않았네. 그랬다가는 부득불 범죄 선동 혐의로 로마노를 감옥에 보내야 하지 않겠나? 어떻게 그러겠는가마는……."

그것은 대답을 기다리는 질문이었다. 알맞은 대답은 "그렇게 하지 그러셨어요, 판사님?"이었다. 그러나 나는 아무 말 하지 않았다. 그 나쁜 자식이 일을 자기 뜻대로 만들었다는 사실에 분통이 터질 지경이었다. 결국에는 나도 속편한 인간, 소심한 인간이었다.

"아무튼 구체적으로 두 미장이에 대해 묻자 자기는 그 사건과 아무 연관이 없다고 대답했고, 소송은 거기서 멈췄네. 나는 하는 수 없이 형사소송이 기각되면 내부 예심이 중단되고, 상고법원은 그의 업무 중단을 해제할 거라는 말까지 해 줘야 했네."

'굉장하군.' 나는 생각했다. '다시 그가 동료가 되겠군.'

"이상한 건 말일세, 로마노는 그런 사실에 대해서는 완전히 냉담했어. 다시 책상 앞에 앉아 일을 할 거라고 생각지 않는다고 말했지. 이제는 행동으로 옮길 시간이라고 하더군. 그러지 않으면 적들과 무신론자들, 공산주의자들, 또 뭐라고 했는지 모르겠네만, 아무튼 그런 존재들 때문에 나라가 위기에 처한다고 말이지. 그래서 나는 말을 끊고 진술서에 서명을 받은 뒤 내보냈어. 앞으로의 계획이 뭔지 물어보고 싶은 기분도 들지 않더군."

바티스타와의 만남은 쓴맛을 느끼게 했다. 부당한 느낌, 음흉한 사면이라는 느낌이 사방에 가득했다. 그러나 그때조차도 나는 그 사건들이 지금 내가 쓰고 있는 이야기나, 나 자신의 인생에 어떤 결과를 가져올지 조금도 알아차리지 못했다.

'나 자신의 인생'이라는 구절을 다시 읽어 본다. 1969년에 나 자신의 인생이란 무엇이었나? 그 시절 마르셀라는 나에게 아이를 갖자고 제안한 상태였다. 나한테 물어본 게 아니었다. 자기가 줄곧 생각하고 있다가 결론을 공개하는 듯한 말이었다. "아이를 가져도 좋을 거예요." 그렇게 저녁식사를 하다가 갑자기 말했다. 우리는 「뉴스 13」 프로그램을 보던 중이었다. 아내를 쳐다보고 그녀가 진지하게 얘기하는 중임을 알아챘다. 나는 일어나 텔레비전을 껐다. 그런 이야기는 다른 분위기에서 다른 방식으로 해야 한다고 생각하고 있었다. 그러나 뭔가 뜻대로 되지 않았다. 그녀와는 무엇이 문제였을까? 아버지가 된다는 생각이 왜 나를 들뜨게 하지 못한 걸까? "결혼한 지 4년이나 되었어요. 다음 달이면 아파트 대금 지불도 다 끝나요." 그녀는 내 표정을 살피며 말했다.

마르셀라의 확고한 논리는 정해진 궤적을 따라 날아가는 포탄 같았다. 우리는 내 사촌 엘바의 결혼식에서 알게 되었다. 2년간 사귀었다. 은행 신용대출, 라모스 메히아의 방 두 개짜리 아파트, 마르델 플라타의 신혼여행, 엠포리오 델라 로사 브랜드의 아름다운 식기세트. 다음 순서는 그녀가 제안하고 있는 바로 그 일이었다. 물기가 어린 어조의 그 말을 제안이라 생각할 수 있다면 말이다. 나는 길을 잃은 존재였다. 그녀의 말은 사리에 맞는 것이었다.

나는 아무 말이든 회피하는 대답밖에 하지 못했다. 마르셀라는 그런 거리두기를 존중했다. 순종적이어서 그랬는지 냉정해서인지, 아니면 습관이었는지는 모르겠다. 그녀는 원할 때 대답을 해달라며 물러났다. 지금에 와서도 아이를 가질 기회를 잃었다는 괴로운 확신이 가끔씩 내게 엄습해 온다. '아이를 통해 나 자신을 초월한다'거나 '스스로 영속한다'고 쓰려다 말았다. 아이를 갖는다는 게 그런 일인가? 내가 알 수야 있겠는가. 그것은 내가 경험하지 못한 채 무덤까지 가져갈 질문이리라.

18

1969년 8월의 해질녘, 내가 리카르도 모랄레스와 마주친 그날 귀가가 늦어지고 있었다면, 그것은 무엇보다도 '아이를 갖는다'는 아내의 물음(제안, 발의, 그도 아니면 뭐라고 불러야 할지 모르겠다)에 어쩔 수 없이 대답해야 하는 상황을 피하기 위해서였다. 나는 어떻게 대답해야 할지 알지 못했다. 내 자신에게도 대답하지 못하고 있었으니까. 그날 법원 문을 나선 뒤 나는 탈카우아노 길에 있는 바로 인접한 정류장에서 115번을 타지 않았다. 걸어서 라바예 광장을 가로질러 거대한 고무나무 아래 잠시 앉았다. 한기가 느껴지기 시작하자 코르도바 대로의 정류장까지 걷기로 했다. 온세 역에 도착하니 7시의 인파가 밀려들고 있었다. 나는 개의치 않았다. 앉아서 갈 수 있는 기차가 올 때까지 몇 대를 그냥 보내도 되는 핑계가 되었기 때문이다.

나는 다른 보행자들보다 훨씬 느리게 걸었기 때문에 사람들과 부딪히지 않기 위해 한쪽으로 물러나, 터미널에 늘어서 있는 평범

161

한 가게들의 진열장 유리에 바짝 붙어 걷기 시작했다. 손으로 쓴 철자법이 틀린 글자가 가득한 포스터들, 구두닦이들의 베두인족 같은 인내심, 손님을 찾아 나온 매춘부들의 찌푸린 표정으로 나의 시선은 옮겨 다녔다. 사람은 아무 곳도 보지 않을 때 많은 것들이 보인다. 그가 눈에 들어온 건 바로 그때였다.

리카르도 아구스틴 모랄레스는 간이 바의 높고 둥근 의자에 앉아 있었다. 손은 무릎에 얹고, 시선은 승강장으로 바삐 걸어가는 행인들 틈에 고정시킨 모습이었다. 먼저 나를 알아본 그가 왼손을 조금 들어 올려 인사를 하지 않았더라도 내가 다가갔을까? 아마도 아닐 것이다. 일단 의식이 진정을 되찾고, 판사와 서기관 앞에서 대범한 술책을 씀으로써 구멍 난 법조인의 자부심을 메우고 나자 나는 번민을 뒤로한 채 단순하고 소박한 일상으로 돌아와 있었다. 모랄레스를 만난 것은 예상치 못한 일이었다. 그러니까 프로빈시아 은행이나 투쿠만 길 카페가 아닌 곳에서 그를 만나자 나는 깜짝 놀랐고 불안감이 들었다고 해야겠다.

그러나 그가 나를 보았다. 그는 손을 들어 미소인 듯한 표정을 지었다. 그래서 나는 다가가 악수를 하고 옆자리에 앉았다.

"어떻게 지냈습니까, 오랜만이네요." 그의 인사말이었다.

'오랜만'이라는 그 말 속에 비난이 섞여 있었던가? 나는 속으로 그건 온당치 않은 일이라고 반박했다. 무엇하러 그에게 연락을 하겠는가? 고메스가 뛰어난 인간이어서 어디에도 나타나지 않았고, 나로서는 할 수 있는 일을 다한 것이라는 말을 하려고? 모랄레스를 보았다. 그렇지 않다. 그는 전혀 비난하고 있는 게 아니다. 의자의 다리 받침대에 발을 올린 채 고개를 바깥으로 돌린 자세였다. 시선은 차분했고, 커피 잔은 비어서 식어 있었다. 우리가 만날 때마다 거의 언제나 그랬던 한없는 고독감이 뿜어져 나오고 있었다.

"그냥저냥 지내요." 나는 대답했다.

아무튼 그가 내 대답을 기다린 것도 아니었다. "당신은요?"라고 나는 물었다. 그렇게 공허하지만 안전한 그런 식의 형식적인 대화가 차라리 편했다.

"그냥 그렇지요." 그는 눈을 깜빡이며 말했다. 뒤쪽으로 고개를 돌리더니, 커피 잔이 빈 걸 확인하고 다시 바에 등을 기댔다. 그는 벽에 걸린, 기름기 밴 시계를 흘깃 보았다. "30분 남았어요. 이제 끝나가요."

시계를 보았더니 7시 반이었다. 무슨 일이길래 8시에 끝낼 생각인 걸까?

"경찰 말이 맞았어요." 긴 침묵 끝에 말했다. "그는 투쿠만으로 돌아가지 않았어요. 장인어른도 확실히 그렇게 말했지요."

모랄레스는 대화를 전혀 끊지 않고 자연스럽게 말을 이어갔다. 듣는 사람이 완벽하게 알고 있으니 굳이 이름을 들먹일 필요도 없는 일이었다. '경찰'은 바에스를 말했고 '장인'이란 고인의 아버지였으며, 그리고 '투쿠만으로 돌아가지 않은 사람'이란 고메스였다.

"목요일은 이곳 차례입니다. 월요일과 수요일은 콘스티투시온 역에 가지요. 화요일과 금요일은 레티로 역이고요." 가끔씩은 한 행인을 시선으로 쫓아가며 말했다. "이번 달은 이렇게 하고, 5월에는 또 바꿀 겁니다. 매달 변경하지요."

확성기에서 거친 목소리가 울려 나왔다. 질질 끄는 듯 발음하고 끝을 흐리는 말투였다. 오후 7시 40분 모론행 열차가 4번 승강장에서 곧 출발한다고 알리는 방송이었다. 그 차를 탈 생각은 아니었지만—서서 가고 싶지는 않았다—적당한 핑계가 생겼을 때 일어나 작별인사를 하는 게 좋을 듯했다. 문득 모랄레스의 말이 나를 붙잡았다. 그는 서론도 없이 다시금 그 이야기를 끄집어냈다.

"그가 릴리아나를 살해하던 날, 릴리아나는 레몬을 넣어 차를 만들어 주었어요." 나는 이제 모랄레스가 '그가 살해하다'라는 표현을 쓴다는 사실을 알아차렸다. '그들'이 그런 것도, '그녀가 살해당한' 것도 아니었다. 살인자의 얼굴과 이름이 그의 머릿속에 들어있기 때문이다. "커피는 몸을 상하게 해요. 줄여야 해요." 그가 말했다. 맞다고 대답했다. 내 걱정을 해 주니 좋았다.

이러다가 10분 뒤에 있을 카스텔라르 행 완행열차는 물론이고, 그 후로도 여러 대를 놓치는 게 아닐까 싶었다.

"아무튼 그녀를 보신 적이 있다면 말이지요." 그는 진열장 앞을 지나가는 키가 작고 젊은 남자를 뚫어지게 쳐다보았다. 그러다가 금방 또 다른 백인을 찾아 시선을 옮겼다. "우리 아버지는 텔레비전에서 모델들의 런웨이나 미인 대회를 볼 때마다 그런 말씀을 하셨어요. 진짜 미인인지 알아보려면 아침에 일어날 때 화장기 없는 얼굴을 봐야 한다고 말입니다. 저는 한번도 그런 얘기를 아내한테 하지는 않았어요. 그렇지만 아침마다 잠이 깨면 맨 먼저 아내 얼굴을 보았고, 그럴 때마다 우리 아버지의 지론이 맞다는 걸 확인하게 되었지요. 정말이라니까요. 릴리아나 경우라면 정말 맞는 말입니다."

확성기의 커다란 소리가 7시 55분의 카스텔라르 행 기차의 출발을 알렸다. 모든 역에 다 서는 기차였다. 나는 여자의 얼굴을 떠올렸다. 그녀의 아름다움에 대한 그의 말이 과장이 아니라는 생각이었다. 정말로 시간이 많이 늦어지고 있었다. 그러나 이제는 일어설 의욕도 없었다. 적어도 내 속에서 형태가 만들어져 가는 감정에 대해 이름을 붙일 수 있기 전에는. 동정심일까? 슬픔일까? 아니다. 다른 것이었다. 그렇지만 결국 뭐라고 규정하지는 못했다.

"최악의 일은 뭔지 아세요?"

그에게 시선을 향했다. 뭐라고 대답해야 할지 알 수 없었다.

"내가 릴리아나를 잊어 간다는 사실입니다."

목소리가 떨리고 있었다. 나는 분별없이 말을 가로채거나 하지 않았다.

"온종일 릴리아나를 생각하고 생각하고, 또 생각합니다. 밤에 잠이 깨 그녀를 떠올리느라 잠을 이루지 못해요. 그렇지만 실은 항상 똑같은 일들만 떠오르는 겁니다. 같은 이미지들만 말이지요. 그러면 내가 기억하는 게 도대체 뭐겠어요? 진짜 릴리아나겠어요 아니면 그녀가 떠나 버린 이 1년 남짓한 시간 동안 내가 만들어 낸 기억이겠어요?"

가엾은 사람. 왜 내 머리는 의미 없는 단어 같은 '가엾은 사람'이라는 표현에서 더 나아가지 못하는 걸까?

"죽어 버릴까 생각도 했어요, 알아요? 가끔 아침에 일어나면 내가 젠장 뭐 하러 살아 있는 건가 자문하곤 해요."

그 즈음 나도 내가 왜 살아 있는 건지 자문하곤 했었다. 뭐라고 대답해 줄 수 있을까? 그러나 그런 식의 고백, 그런 식의 번민 앞에서 아무 말없이 입 다물고 있을 수 있겠는가? 머릿속에 곧장 떠오른 말―유일한 말이기도 했다―은 이랬다.

"아마도 그녀를 죽인 그 개자식을 잡기 위해 살아 있는 거겠지요……." 말을 더 덧붙일 의무감을 느꼈다. 그의 광기 어린 확신으로부터 거리를 두기 위해서인 듯. "그게 고메스든 누구든."

모랄레스는 내 대답에 귀를 기울였다. 습관인지 일부러 그러는

지 여전히 플랫폼에 오가는 사람들을 쳐다보고 있었다. 마침내 그가 대답했다.

"그런 것 같습니다. 그래서라고 생각해요."

그러고는 침묵을 지켰다. 나도 마찬가지였다. 적어도 개인적으로 범인을 추적하는 일 덕분에 목숨을 부지할 수 있다면 그것도 의미 있는 일이었다. 어쨌든 그의 노력은 일찌감치 패한 상태였다. 고메스가 무고하다면 그를 고소할 방법이 없을 것이다. 고메스가 살인자라 해도 붙잡기는 어려울 듯했다. 고메스는 추적당하고 있다는 걸 알고 있다. 게다가 그 많은 인파 속에서 그를 찾아내는 건 거의 불가능했다. 그런 식으로 기차역마다 돌아다니며 끈질기게 감시하는 리카르도 아구스틴 모랄레스의 방법은 애처로운 순진함일 따름이었다.

"계속 팔레르모에 살아요?" 나는 말을 걸었다.

"아니오. 아파트는 그대로 두고 있지만 산 텔모의 하숙집에 살고 있어요. 직장이 더 가깝고 또⋯⋯." 그는 그렇게 말했다. 그 터무니없는 추적에 대해 뭐라고 이름 붙이기가 어렵다는 듯이.

나는 뭔가 새로운 소식이 있으면 전화하겠노라고 말하며 작별인사를 했다. 나는 손을 내밀며 시계를 보았다. 그가 정한 시간도 다 되어 있었다. 구겨진 지폐를 꺼내 바 위에 올려놓는다. 우리는 함께 그곳을 나섰다. 그러나 몇 걸음 떼기도 전에 그가 반대 방향으로 가야 한다는 사실이 떠올랐다. 우리는 다시 악수를 나누었다.

나는 승강장으로 다가갔다. 역무원이 내 승차권을 펀칭해 주었다. 다른 급행열차가 막 출발하려는 참이었다. 플로레스, 리니에르스, 모론, 그다음부터는 모든 역마다 서는 기차였다. 빈자리는 남아 있지 않았다. 그래도 올라탔다. 최대한 빨리 집에 도착해야 한다는 결심이 서던 중이었다. 어쨌든 내가 느낀 감정을 뭐라고 부를지 모랄레스의 이야기를 듣는 동안 떠올랐다.

그건 부러움이었다. 그 남자가 경험한 사랑에 대해 커다란 부러움이 일었던 것이다. 그 사랑이 끝장나고 난파되어 버린 비극적인 상황에 대해 느껴지는 동정심보다 부러움의 감정이 더 컸다. 열차의 복도 위로 매달린 흰색 고리 손잡이를 되는 대로 붙잡은 채 기차의 움직임에 따라 몸이 흔들리며 나는 깨달았다. 걸어서 집에 가게 될 터이고, 마르셀라에게 그만 헤어지기로 하자는 결정을 알리게 되리라는 사실을. 아마도 그녀는 놀라서 쳐다볼 터이다. 그런 시나리오는 그녀가 자기 인생에 대해 단계별로 짜 놓은 논리적인 시퀀스에서 완전히 벗어나는 일이 틀림없다. 나는 마음이 아플 것이다. 타인에게 상처를 주는 일을 결코 좋아하지 않으니까. 그러나 그녀와 함께 있으면 더 큰 상처를 안기게 된다는 걸 깨달았다.

집에 도착하자 마르셀라는 저녁을 차려놓고 기다리고 있었다. 우리는 새벽 두 시까지 이야기를 했다. 다음날 나는 두 개의 캐리어에 몇 가지 짐들을 챙겨 나와 여관을 찾았다. 산 텔모 근처는 애써 피했다.

19

1972년 4월 23일 오후 4시 45분이 될 때까지 2년 반 이상이 흘렀다. 그 시간 비야 루로 역에 멈춰 선 기차의 제2승강장 문이 어느 뚱뚱한 중년 부인의 반신반의하는 콧잔등 앞에서 닫혀버렸다. 이 승강장은 검표원 사투르니노 페트루치가 담당하는 곳이다. 검표원은 열차 밖으로 몸을 반쯤 내민 채 '출발' 소리와 함께 '닫힘' 버튼에 손을 얹었다고 생각했다. 그러나 '닫힘' 버튼을 누르는 대신 '열림' 버튼을 누르고 말았다. 슈우욱 하고 공기 빠지는 소리를 내며 문들이 모두 다시 열렸다. 그러자 여자는 기뻐하며 열차 안으로 뛰어들더니 빈자리에 무너지듯 앉았다.

검표원 사투르니노 페트루치는─회색 유니폼, 풍성하고 희끗희끗한 콧수염, 불룩 나온 배─승강장의 여자에게 이유 없는 잔인함을 저지르지 않은 걸 다행스럽게 생각했다. 그런 망나니 같은 짓을 할 생각이 어떻게 머리에 떠오를 수 있었던 걸까? 부끄럽지만 명확한 이유가 있었다. 알지도 못하는 그 뚱뚱한 여자 때문이 아니었다. 어제 오후, 더 구체적으로 말하면 일요일 오후부터 뚱한 기분이 들면서 세상에 복수를 해 주고 싶었다. 꿀꿀한 기분은 말할 것도 없이 그가 응원하는 축구팀인 아베야네다의 레이싱 클럽이 이번에도 졌기 때문이었다. 말하자면 그는 축구 때문에 화난 전날 오후의 기분을 가엾은 여자를 괴롭히는 걸로 풀려던 참이었다. 은혜롭고, 저주받을, 축구라는 영원한 주제.

페트루치는 축구 경기 결과로 고통을 겪고 있는 자신이 바보같이 느껴졌다. 그러나 바보같이 느낀다고 속상함이 해결되는 건 아니었다. 오히려 반대였다. 자신이 바보같이 느껴지자 기분이 더욱 우울해졌다. 정당하지도 않고 추하고 말도 안 되는 것이었지만 고통의 감정이 너무 커서 햇볕에 그을린 선수의 넓은 등짝을 한 대치고 싶을 정도였다. 좋았던 청춘 시절은 절대로 되돌아오지 않는 건가? 그 시절에는 레이싱 팀이 물릴 정도로 챔피언을 먹었는데. 그는 자신이 참을성 있고 감사를 아는 사람이라고 생각했다. 끊임없이 승리를 부르짖으며 자신이 중심이라고 느끼고 싶어 하는 그런 역겨운 리베르 플레이트 팬들 같은 존재는 되고 싶지 않았다. 그는 훨씬 덜한 결과로도 만족했다. 그러나 '호세 팀*'이 하나의 추억으로 자리잡기 시작하자 얘기는 달라졌다. 카르데나스가 골을 넣어 팀이 세계 챔피언십을 딴 지 몇 년이나 지났나? 5년이다. 길고도 긴 5년. 앞으로 또 5년이 이어지면? 10년이 지나도 레이싱 클럽이 챔피언이 되지 못하면? 맙소사. 그런 일은 생각도 하기 싫었다. 떠올리는 것만으로도 악귀들이 불려 나올 것만 같다.

* 아르헨티나의 축구 선수 출신 감독인 후안 호세 피수티가 이끄는 레이싱 클럽은 1967년 아르헨티나 팀 최초로 세계클럽컵(Intercontinental Cup) 대회에서 우승했다.

그 월요일은 사방에서 패배의 여파를 느끼는 일로 시작되었다. 신문의 타이틀 기사, 역장실에서 들은 농지거리, 기관사 두 녀석의 조롱하는 눈빛. 서서히 쥐어짜듯 억눌려 있던 울화가 급기야 그 여자를 희생자로 삼고 만 것이다. 유리문을 통해 밖을 내다보았다. 그는 온세 역에서 업무를 넘겨주고 급행열차를 타고 돌아오곤 했다. 페트루치는 이를 다문 채 숨을 내쉬었다. 이제는 어느 정도 진정을 되찾아 괜한 복수를 당한 여자를 그냥 놓아 주었다. 그러나 비통한 기분은 여전했다. 노여움을 가득 안고 집에 돌아가기는 싫었다. 그는 좋은 아버지에 좋은 남편이었기 때문이다. 그래서 자신이 아는 가장 정직한 방식으로 분노를 삭이기로 했다. 무임승차하는 승객을 갈구는 게 그의 방식이었다.

재빠른 동작으로 그는 허리벨트에서 펀칭기를 꺼냈다. 끝을 약간 올리는 말투로 "승차권, 티켓, 회수권"을 외치며 열차의 승객이 적은 쪽으로 갔다. 자기 할 일을 잘 알고 있는 그는 한 차례 사람들을 눈으로 훑었다. 여자들이 무임승차하는 일은 드물었다. 남자 승객은 예닐곱쯤 되었다. 그들은 초록색 인조가죽 의자에 띄엄띄엄 앉아 있었다. 몇 명은 주머니에 손을 넣고 있었다. 반대로 두 명은 몸을 숙인 채 통로를 따라 다음 객차 쪽으로 걷기 시작했다. 페트루치는 서둘지 않고 젊은 아기 엄마의 희고 오렌지 빛이 도는 티켓을 펀칭했다. 도망치는 두 남자를 계속 쳐다보고 있을 필요도 없었다. 힐끗 보는 것만으로도 하나는 양가죽 외투 차림이라는 걸 알 수 있었다. 또 한 녀석은 까무잡잡한 피부에 키가 작고 푸른 점퍼를 입고 있었다. 기차가 속도를 줄이는 중이었다. 표를 내미는 노인에게 고맙다고 말한 뒤 객차 문으로 다가갔다. 열쇠를 개폐기에 꽂은 뒤 '열림' 버튼을 눌렀다. 승강장으로 내려섰다. 그가 플로레스타 역에서 관심 있는 것은 오로지 쥐새끼처럼 사라진 무임승차한 두 놈을 찾아내는 것이었다. 한 녀석은 금방 찾았다. 양가죽 외투를 입은 남자가 막 기차에서 내리더니 얼뜬 표정으로 나무에 몸을 기대는 중이었다. 페트루치는 관대하게도 그를 봐주었다. 자기 기차에서 내렸다는 사실로 충분했다. 다른 놈은? 푸른 점퍼의 키 작은 녀석은 어디 있지? 페트루치는 하루 종일 품고 있던 화가 다시 치밀어 오르는 기분을 느꼈다. 무임승차를 하고 싶었단 말이지? 노련한 검표원의 사나운 이미지가 제대로 겁나는 게 아니란 말이지? 객차를 옮겨 탄 걸로 안전하다고 느낀다는 말이지? 나를 바보로 만들겠다고? 좋아.

그는 열차의 문을 닫고 '출발' 버튼을 눌렀다. 그러고는 기차가 출발하기를 기다렸다가 막고 있던 객차 사이의 문을 발로 벌컥 밀어 열었다. 승차권 펀칭기와 문 개폐용 열쇠를 주머니에 넣었다. 손에 아무것도 들고 있지 않는 게 좋으리라는 직관이었다. 통로를 따라 전진해 갔다. 차가 서서히 움직이자 몸이 약간 갸우뚱거렸다. 다음 객차에선 멈춰 서지 않았다. 한번 쓰윽 훑어보니 용의자는 그곳에 없었다. 다음 객차로 옮겨갔다. 거기도 없었다. 페트루치는 미소를 지었다. 이 멍청이가 마지막 차량에 틀어박혔구먼. 갑자기 열어 제치자 문이 끼이익 소리를 냈다. 거기 있었다. 왼편 좌석에 멍청이 같은 얼굴을 한 채 아무 일도 없다는 듯이 창밖을 내다보고 있었다. 페트루치는 가슴을 내밀고 두 어깨의 균형을 잡으며 걸어갔다. 남자의 옆에 서더니 굵은 목소리로 말했다.

"승차권."

왜 저 녀석은 나를 바보로 만들려고 애를 쓰는 거지? 저 놀란 얼굴은 뭐야? 깜짝 놀라는 표정으로 이 주머니 저 주머니에서 찾는 시늉을 하더니 없는데, 어떻게 된 영문이지 하는 저 몸짓은 뭐란 말인가? 다섯 번째 객차에 있다가 플로레스타 역에 도착하기 직전에 내빼는 걸 내가 못 봤다고 생각하는 건가?

"못 찾겠는데요. 선생님."

'선생님? 놀고 있다.' 페트루치는 생각한다. 그는 곰곰이 생각하더니 근엄한 아버지의 말투로 이렇게 말한다.

"벌금을 물리도록 하겠어, 난쟁이."

바로 그때 일이 터졌다. 그래, 사실은 항상 갖가지 일이 일어난다. '일이 터졌다'는 표현은 그 성가신 사건에 연루된 녀석의 다음 행동이 내가 이 책에서 이야기하려고 하는 일에 엄청난 결과를 가져왔다는 의미이다. 그 청년은 자리에서 일어서더니 가슴을 내밀고는 눈썹을 찡그려 검표원의 눈을 마주보며 말했다.

"그럼 네 엄마한테나 가서 받아야 할걸, 뚱보 자식아. 나는 돈이 없으니 말이야."

페트루치는 경악했다. 그러나 놀람은 곧 기쁨으로 바뀌었다. 이 젊은 녀석이 하늘에서 떨어졌구나. 영광스러운 레이싱 클럽이 간밤에 패배했고 그의 지인들은 온종일 자신의 불행을 갖고 놀았다. 그런데 이 뻔뻔하고 입이 험한 녀석이 그를 장악하고 있던 우울한 기분을 날려 보낼 여지를 제공한 것이다. 그는 팔을 내밀며 청년의 어깨를 꽉 틀어쥐었다.

"꾀부리지 마. 플로레스 역에서 따라 내려. 벌금을 내는지 안 내는지 어디 두고 보자, 난쟁이 녀석아."

"난쟁이? 지랄하네."

청년은 그를 쳐다보며 성질을 냈다. 나중에 페트루치는 방심한 녀석을 붙잡았다고 말했는데, 전적으로 사실은 아니었다. 검표원은 심장이 뛰었다. 녀석이 소동을 부릴 거라는 걸 직관적으로 느꼈고 또 바라기조차 했다. 그러나 애송이의 주먹질이 매우 재빨랐고 조준을 잘한 탓에 페트루치는 제대로 코를 맞고는 순식간에 시야가 흐려졌다. 청년은 손이 아픈지 몇 번 흔들어댔다. 나중에 의사들이 진단하기로는 손바닥뼈에 금이 갔다고 했다. 그는 몸을 약간 뒤틀며 검표원의 육중한 몸을 피해 통로로 빠져나갔다. 그러나 거의 빠져나갔을 무렵 사나운 손이 점퍼의 옷깃을 거머쥐는 게 느껴지더니 통로에 제대로 나동그라졌다. 이어서 또 다른 손이 뒤쪽에서 벨트를 잡아채더니 양손으로 청년을 번쩍 들어올렸고 알루미늄 창틀에 청년을 메다 꽂았다. 창문은 그 충격으로 산산이 부서졌다. 그는 강한 청년이었다. 당황하기는 했지만 물구나무를 선 채로 검표원의 우악스러운 손에서 빠져나왔다. 그는 몸을 돌려 검표원을 공격했다. 아마도 회색 유니폼의 검표원이 조금만 더 가벼웠더라면, 또는 젊은 시절 복싱연합에서 권투를 하지 않았더라면, 또는 간밤에 레이싱 클럽이 승리를 했더라면 무임승차한 그 청년은 싸움에서 제대로 도망칠 수 있었을 것이다. 그러나 상황은 그렇지 않았다. 그래서 명치끝에 사나운 주먹질 두 방을 먹은 뒤, 연이어 턱에 정통으로 한 대 더 맞고는 그로기 상태가 되었다. 페트루치는 마무리로 배에 훅을 한 방 날렸고 그 덕분에 청년의 눈에서는 눈물이 찔끔 났다.

그 순간 기차가 정차했다. 기분이 좋아진 페트루치는 의기양양해하며 플로레스타에서 플로레스까지 오는 동안 모여든 관중들의 박수갈채를 받았다. 그는 개폐기를 조작해 문을 열고는 무임승차한 녀석의 머리를 잡고 질질 끌다시피 데리고 나갔다. 승강장과는 거의 정반대쪽에 있는 사무실까지 그를 데리고 걸었다. 얼이 빠진 청년을 때리며 지나가는 그를 보고는 호기심을 느낀 사람들이 문 밖으로 나왔다. 페트루치는 구내 경비대를 찾아갔다. 경관에게 고개 숙여 인사를 하고는 일어난 일을 간단히 설명했다. 경관이 청년을 넘겨받았다.

"이렇게 하지요." 그는 등받이에 세로로 판자를 댄 나무의자에 청년을 앉히며 말했다. "이 녀석을 경찰서로 보내 전과가 있는지 알아보겠습니다. 그럴 리야 없겠지만 그래도 어디 고생 한번 해 봐야지요. 무임승차를 하면 안 된다는 걸 제대로 가르쳐 주지요. 망할 놈 같으니."

"멋지군요." 페트루치는 그렇게 대답하며 비로소 콧대를 만져 보았다. 이제야 통증이 심하게 느껴지기 시작했다.

"맞은 곳 치료 좀 받아야 하지 않겠어요?" 경찰이 물었다. "몰골이 좀 말이 아닙니다."

"가 봐야지. 사실 제대로 얻어맞았소. 망할 놈." 바닥만 물끄러미 쳐다보고 있는 청년을 앞에 두고 그들은 얘기를 나누었다.

경찰이 그를 문까지 바래다주었다. 열차는 아직 출발하지 않고 있었다.

"이게 다 건방 떨다가 일어난 일이지 뭐. 불쌍한 녀석 같으니." 페트루치는 자신의 상황을 설명할 필요성을 느꼈다. "돈이 없다고 말을 할 거면 좀 봐 달라고 부탁을 하든지, 그러면 내가 아무 말 하지 않을 거 아니오, 안 그렇소?"

"말해 뭐하겠어요. 요즘 젊은 것들은 세상을 자기 마음대로 하려 든다니까요."

"참 문제요……." 검표원이 말을 맺었다.

그는 몸짓으로 경찰에게 인사를 한 뒤 열차들의 문을 닫고 출발

버튼을 눌렀다. 기다리던 기관사가 좀 방심했던지 기차의 출발이 조금 늦어졌다. 온세 역에 도착했을 때 페트루치의 코는 피를 흘리며 퉁퉁 부어올라 있었다. 그는 철도 병원으로 보내져 엑스레이를 찍고 의사의 검진을 받았다. "코뼈 골절입니다." 의사는 검표원을 검진하고 그렇게 말했다. "실신은 안 했나요?" 페트루치는 고개를 저었다. 세상에 둘도 없는 정상적인 코뼈를 부숴놓기라도 한 듯한 표정이었다. "댁으로 가세요. 나흘 동안 안정을 취하도록 진단서를 써 드리겠습니다. 금요일에 다시 오세요. 경과가 어떤지 살펴보기로 하지요."

페트루치는 앞으로 적어도 한 달에 한 놈씩은 무임승차자를 벌해야겠다고 생각했다. 그에겐 권한이 있었다. 그는 다시 행복한 기분으로 되돌아왔다. 온세에서 열차를 잡아탔다. 개폐기 쪽으로는 가지 않았다. 카스텔라르 역에 있는 사무실에 직접 진단서를 제출해야 했다. 그는 정말로 고단했다. 병원 확인서를 들고 사무실에 도착하자 동료 몇 사람이 나와 마중해 주었다.

"여기 보안관님이 오시네. 길을 비키시오들." 누군가 농담을 했다.

"건들지 말게, 아발로스." 그가 말을 잘랐다.

"진지하게 하는 말인데, 여보게, 몰랐는가?"

"뭘 말이야?"

"자네가 붙잡은 그 녀석 말일세. 한판 붙은 놈 말이야."

"근데 왜?"

"전과가 있는지 조사하려고 플로레스의 경찰서에 데려갔지 않은가."

"그런데? 그놈한테 뭔가 나왔단 말이야?"

"뭔가라고? 수배령이 떨어진 놈이래, 빌어먹을. 연방법원이 살인죄로 말일세. 나도 그 이상은 모르겠고……."

"맙소사." 페트루치는 제대로 놀랐다. 놀라움과 더불어 뒤늦은 안도가 찾아들었다. 놈이 무기라도 갖고 있었더라면?

"그러니 자네는 법의 수호자란 말일세, 알겠나?" 다른 동료가 끼어들었다.

"그만 놀리게, 짐머만. 그런 새끼 양 같은 얼굴로 살인죄 수배령이 떨어진 놈이라고? 몬토네로*의 젊은 놈들 같은 부류일까? 이만 집에 가겠네. 너무 피곤하네."

마지못해하는 작별인사들이 오갔다. '아에도 – 바리오 세레'를 왕복하는 644번 버스 표지판이 있는 정류장까지 걸어가는 동안 페트루치는 어쨌든 오늘 하루의 끝이 나쁘지는 않다는 생각이 들었다. 그 얼간이 덕분에 화도 풀렸고, 나흘을 쉴 수 있는 허락도 받았다. 안쪽 방의 마룻바닥 까는 일을 끝내기에 딱 좋은 시간이었다. 진통제를 몇 알 먹은 덕에 코도 이제는 별로 아프지 않았다. 의사 말로는 말에게 쓰는 진통제라고 했다. 아무튼 머지않아 레이싱 클럽이 챔피언이 되는 날이 틀림없이 올 것이다. 얼마나 기다리면 그날이 올까?

그는 버스에 앉았다. 주머니에 아발로스가 건네준 종이가 잡혔다. "그 녀석 이름일세." 아발로스가 말했었다. 그때는 별로 주의를 기울이지 않았는데 지금은 궁금해졌다. 종이를 펼쳐 봤다. "이시도로 안토니오 고메스." 페트루치는 종이를 둥글게 말아 지저분한 버스 바닥에 내버렸다. 그러고는 자세를 편하게 잡더니 차창에 코를 부딪히지 않도록 주의를 기울이며 한동안 꾸벅꾸벅 졸기

* 1960~70년대 아르헨티나의 군사 독재 정권기의 반체제운동 조직.

시작했다. 창에 코가 닿으면 별이 쏟아져 내리는 걸 볼 테고 또 피를 흘리게 될 테니까.

20

그를 내 앞에 데려다 놓자, 나는 또 다시 매연 가득한 스카이라운지가 앞에 있는 듯한 기분이 들었다. 등 뒤로 수갑을 찬 것에 전혀 개의치 않는다는 듯이 쉬어 자세로 다리를 약간 벌린 채, 내 앞에 서 있는 이 창백한 낯빛의 청년이 정말로 범인이 맞을까?

감옥에 갇힌 사람들은 대부분 꼼짝도 못하고 다른 사람과 말도 나누지 못한 채 이틀 사흘이 지나면 신경이 예민해질 대로 예민해진다. 교도소의 급식을 억지로 먹는 것도 구역질나고, 제대로 움직이지도 못하고 더러운 상태로 지내는 걸 견딜 수 없어지기 때문이다. 그래서 낯빛이 황폐해지고, 다른 사람의 변덕스러운 의지에 쉽게 복종하는 상태가 된다.

이시도로 안토니오 고메스는 그렇지 않았다. 물론 월요일부터 갇혀 있었던 티는 역력했다. 때에 전 체취, 거뭇거뭇한 턱수염, 끈이 풀린 운동화. 사르미엔토 노선의 호전적인 검표원과 실랑이를 벌이느라 생긴 오른손의 깁스와 오른쪽 눈썹의 피멍은 말할 것도 없었다.

의구심이 절정에 달했다. 자신이 살인 사건의 범인이라는 걸 아는 사람이 저렇게 태연할 수 있는가? 어쩌면 법원에 신고당해 체포된 이유조차 모를 것이다. 이 모든 상황이 자신이 승차권 없이 기차를 탔기 때문에, 그리고 무임승차를 막으려는 검표원과 치고받는 바람에 치러야 하는 좀 과장된 절차라고 생각할 가능성도 있다. '아니야.' 나는 물음에 스스로 대답한다. 멀리서 봐도 영리한 놈이라는 게 티가 났다. 다른 일 때문에 왔다는 걸 틀림없이 알 것이다. 그러나 그렇다고 해서 그가 그런 파렴치한 사건에 개입되었다는 걸 설명할 수 있느냐 말이다. 나는 그가 무죄거나 아니면 참으로 뻔뻔한 망할 자식이라는 결론을 내렸다.

내 머리는 시속 1천 킬로미터로 작동하고 있었다. 저 놈이 무죄라면…… 왜 1968년 말에 사라졌단 말인가? 유죄라면…… 왜 그런 멍청한 일로 붙잡혔단 말인가?

화요일, 내가 법원에 출근하자 고메스를 붙잡았다는 소식이 기다리고 있었다. 바에스가 직접 전화를 걸어 확인해 주었다. 우리는 그를 목요일까지 이틀 더 푹 절여 두기로 합의했다. 특히 그 고소장의 어디에 초점을 둘 것인지 생각할 시간, 그리고 산도발과 오랫동안 충분히 이야기 나눌 시간을 갖기 위해서였다.

그 3년 동안 법원에는 변화가 별로 없었지만 우리는 페레스 검사라는 불행한 인간으로부터 벗어나 있었다. 그는 국선변호인으로 승진했다. 우리가 상관을 잃었다는 것은 씁쓸한 뒷맛을 남겼다. 어느 수준 이상의 선천적인 우둔함, 즉 페레스가 깃발처럼 내걸고 다니는 면모를 지녀야만 법원에서 일약 승진할 가능성이 있다는 우리의 확신을 다시 한번 확인한 셈이었으니. 포르투나 라칼레 판사에게는 그렇게 좋은 운이 따르지 않았다. 그는 여전히 우리 법원의 판사였고 여전히 얼간이였다. 더 나쁜 것은 벌써 1972년이었고, 그래서 옹가니아의 친구의 친구라는 사실이 더 이상 대법원을 향한 길에 효과적인 지렛대가 되어 주지 못한다는 점이었다. 콧수염을 기른 장군이 앞길을 환히 비춰 줄 때도 도약하지 못했었기에, 이제 승진은 사실상 불가능했다. 그래서 그는 늘 있던 그 자리에서 무위도식하고 있었다. 그나마 좋은 소식은 상관들 앞에서 돋보이려고 애를 쓰던 낯부끄러운 집념이 사라졌다는 사실이었다. 우리가 알아서 일을 하도록 내버려두었고, 우리가 짚어주는 곳에 서명을 했다. 그리고 살인 사건이 발생하면 자기 부하들이 꼭 출동해야 한다는 무의미한 고집도 버렸다. 그건 무엇보다도 다행한 일이었다. 그 시절 아르헨티나에는 시체들이 넘쳐나기 시작했으니.

산도발이 "경쟁력 있는 리더가 없는 우리의 고아 상태"라고 익살맞게 이름 붙인 그 모든 상황들 덕분에 우리는 1968년 12월부로 꽁꽁 묶여 있던 모랄레스 사건 파일을 다시 검토하게 된 것이다. 3년 반이 지난 현재, 지난 월요일 플로레스 역에서 찾은 용의자의 출두를 요구하는 법원 명령서가 막 발부된 참이다.

술을 절제하는 기간을 그 어느 때보다 더 길게 유지하고 있던 산도발이 강철 같은 논리로 이렇게 결론지었다.

"그가 유죄라고 해도, 벤하민. 알아서 자기 목을 매다는 진술을 하지 않는 한 우리는 끝장인 거야."

고통스럽지만 그건 맞는 말이었다. 사실 우리가 살인죄로 재판을 청구할 만한 자료나 근거를 갖고 있기라도 한가 말이다. 협박 편지를 보낸 자라며 고메스를 고발한 남편이 있다. 그나마 그것도 혹시라도 포르투나가 경찰 수사 보고서를 못마땅해할까 봐 우리가 지어낸 것이니 허구인 셈이다. 편지는 어디에도 존재하지 않으니 말이다. 그리고 바에스 형사가 제출한 추가 자료들이 있다. 바에스 형사는 고메스가 경찰이 체포 명령을 집행하기 직전에 거처와 직장을 떠났다는 사실을 밝히고 있었다. 그리고 릴리아나 엠마 콜로토 데 모랄레스가 살해되던 날 용의자가 매우 늦게 출근했음을 보여 주는 근무 기록 일지가 있다. 사실 우리는 아무것도 없는 셈이었다. 일단 법정에 서게 된다면 아무리 멍청한 변호사라고 해도 용의자를 구금한 조치를 산산조각 내 버릴 것이다. 그나마 법정에 세우는 것도 포르투나가 결의문에 서명해 주는 경우에 가능한 얘기였다.

그렇다고 모랄레스에게 전화를 거는 수고로움을 더할 필요는 없다. 뭐 하러 알리겠는가? 3년이라는 시간이 지나고 나서 신원이 확인된 유일한 용의자를 우리가 풀어 주어야 할 판이라는 사실을 알릴 게 뭐란 말인가? 그가 월요일부터 금요일까지 퇴근 시간이면 여러 기차역을 요일마다 바꿔 가며 찾아다니던 바로 그 용의자 아닌가? 그가 3년의 세월 동안 고메스를 찾고 있었다는 사실은 확실하다.

나는 고메스를 서기관실로 데려오라고 지시했다. 서기관실은 비어 있었다. 아직 페레스 서기관 후임이 오지 않았고, 그래서 18호실 서기관이 결제를 해 주고 있었다. 나는 고메스의 방문을 목격하는 사람이 많지 않기를 바랐다. 이유는? 이유는 나도 모르지만 그러고 싶었다. 그래서 아무도 방해하지 말라고 일러두었다. 고메스를 앞세우고 그 사무실로 들어갔다. 교도관이 고메스의 팔을 붙잡고 같이 들어갔다. 교도관에게 수갑을 풀어 주라고 했다.

고메스는 책상 앞에 앉았다. 오른다리를 꼬아 왼다리 위에 얹은 자세였다. '이 망할 놈이 아주 자신만만하군.' 놈이 그렇게 침착한 모습을 보는 건 별로 좋은 징조는 아니었다.

그때 옆 사무실 바깥문이 열리고 노래하듯 경쾌한 "좋은 아침" 소리가 들렸다. 나는 머리끝이 곤두섰다. 그럴 리가 있나. 그럴 수는 없었다. 산도발은 우리가 있는 사무실로 머리를 들이밀더니 함박미소를 지은 채, 예의 그 명랑한 안부 인사를 건넸다. 금방 사라지기는 했지만, 나는 한동안 그가 고개를 들이민 문 쪽을 쳐다보고 있었다. '염병할 인간 같으니.' 나는 속으로 뱉어냈다. 그는 완전히 고주망태였다. 머리칼은 흐트러지고 면도도 안 한 모습에 전날 입은 옷 그대로 입고 왔다. 셔츠자락은 바지 속으로 제대로 여며지지 않은 채 삐져나와 있었다. 뭔가 할 말이 있어 아침인사를 하러 왔다가 순식간에 나간 것이다. 잠깐 봤을 뿐이지만, 오랜 세월 동안 같이 일하면서 생긴 눈썰미로 순식간에 알아챌 수 있었다. 전날 오후 무슨 일이 있었던가 떠올려 보았다. 창문을 통해 분명히 바호 지역의 술집이 아니라 집으로 향하는 모습을 보았는데, 확신하면 안 되었던 건가? 아니면 오늘 일 때문에 머리가 복잡해져 내가 혹시 제대로 살펴보지 못했던 걸까? 어쨌든 마찬가지였다. 우린 이제 죽었구나.

내 책상에서 옮겨온 타자기에 법원 로고가 박힌 종이를 한 장 끼워 넣었다. 타자기 하나라도 평소와 다르면 안 될 것 같았다. "1972년 4월 26일 부에노스아이레스……"

나는 멈췄다. 산도발이 문간에 서 있었다. 나를 기다리고 있는 듯했다. 나는 눈총을 주었다. 그런 상태로 이 진술에 가담하겠다는 생각은 아니겠지…… 참으로 불행한 몰골이었다. 7개월의 금주 기간을 깰 정도로 불행한 기분이 들었던 셈이니까 말이다. 나에게 정말로 중요한 일인 줄 알면서 그런 식으로 개의치 않고 나를 골탕 먹일 정도의 상황이니 말이다. 두 음절 이상의 단어를 세 개도 채 발음할 수 없을 정도의 상태였다. 그래도 적어도 입 다물라는 지시는 따르겠지. 덕분에 고메스한테서 최대한 많은 자백을 받아낼 수 있도록 해 주긴 하겠지. 산도발은 내 제스처를 알아들었다. 아니면 숙취가 심해 어쩔 수 없이 자기 책상으로 돌아갔을 것이다. 확실한 것은 그가 자리를 떴다는 사실이다. 나는 고메스와 교도관을 보았다. 그들은 그 소동에 관심이 없었고 내 절망이 점점 커져 가는 것에도 별로 관심이 없었다. 아무튼 나는 산도발이 주정을 부려도 고상하고 위엄에 찬 스타일이었다는 사실은 인정할 수밖에 없었다. 딸꾹질을 해 대지도 않고 책상들 사이로 갈지자로 비틀거리며 걷지도 않았다. 겉모습은 자기 의지와는 상관없는 이유로 노숙을 할 수밖에 없었던 신사의 모습이었다.

　나는 시간 끌지 않고 곧장 고메스의 진술에 착수하기로 했다. 이미 나는 그가 유죄이기라도 한 듯 호되게 대할 결심을 하고 있었다. 어쨌거나 경기는 시작되었다. 내가 할 수 있는 최대한 냉정한 어조로, 고요하지만 위협적인 말투로 인적 사항을 대라고 했다. 그리고 여기 불려와 진술을 하게 된 이유를 알려 주었다. 그의 권리를 명시해 주고, 그 사건 서류에 밝혀진 내용을 대략적으로 말해 주었다. 말을 이어 가는 동안 타자기 두드리는 소리도 이어졌다. 내가 지금 그 기억들을 풀어놓고 있는 바로 이 타자기다. 서두를 마치자 나는 잠깐 멈췄다. 기회는 딱 한 번밖에 없었다.

　"먼저 물어보겠습니다. 이 사건 서류에서 조사하고 있는 사실과 당신이 관계가 있습니까."

'관계가 있다'는 표현은 충분히 모호했다. 그가 어쩌다가 뭣 모르고 말을 흘려 붙잡을 만한 어떤 단서라도 내놓지 않는 한. 그러나 그런 희망은 없었다. 그의 얼굴은 많은 걸 나타내고 있거나 아무것도 나타내지 않았다. 하지만 놀라는 표정은 아니었다. 그는 대답하는 데 시간을 끌었고, 입을 열었을 때는 차분히 말했다.

"무슨 얘기를 하시는 건지 모르겠습니다."

그게 다였다. 그 대답으로 끝이었다. 갈피를 잡을 수 없었다. 나는 더 이상 할 일이 없었다. 할 수 있는 건 다했다. 당번 국선변호인이 도착하기 전에 유치장에서 데려오도록 서두른 것은 고메스와 상담이나 하자고 그런 것이 아니었다. 그런데 고메스는 이 사건과 전혀 무관하거나, 아니면 내 불알을 꽉 움켜쥐고 조금의 틈도 허용하지 않을 거라는 사실을 잘 알고 있던 것이다. 그는 벙어리 시늉을 하거나 모든 걸 부정할 참이었다. 나는 지칠 때까지 계속해서 짖어대겠지만 결국 아무 성과도 없을 것이었다.

그 순간 산도발이 들어섰다. 시야를 집중시키려는 듯 미간을 가볍게 찡그린 표정이었다. 나에게 다가와 몸을 숙이며 내 귓전에 대고 말했다.

"솔라노 사건 서류 말이야, 벤하민…… 그거 봤어?" 고함을 지르는 듯한 큰 소리로 말했다. 우리가 10센티미터가 아니라 한 20미터는 떨어져 있기라도 한 듯했다.

"서명받으러 보냈잖아." 나는 성마른 어조로 대답했다.

"고마워." 그렇게 말하고 그는 나갔다.

나는 다시 고메스와 마주보고 앉았다. 나는 그의 단호한 부정을 진술서에 적어 넣지 않았다. 아직은 그러고 싶은 마음이 없었다. 그런데 어떻게 이어갈 것인가? 직접적인 공격을 시도해 보았지만 이미 효과가 없었으니 좀 에둘러 접근해 보는 게 나을까? 아니면 사실은 내가 가엾은 녀석을 부당하게 괴롭히고 있는 걸까?

"어디 한번 보게, 고메스." 나는 책상에 놓여있던 서류를 가리켰다. "우리가 왜 1968년에 발부된 소환장을 근거로 자네를 나흘이나 가둬두었다고 생각하나? 이유가 있을 거 아닌가, 안 그래?"

"서기관님이 아시겠지요…….." 잠시 말을 끊더니 대답했다. "저는 아무것도 모릅니다."

비로소 나는 그가 거짓말을 한다는 느낌이 들었다. 그 사건이 영원 속으로 사라져 버리지 않기를 바라는 내 소망 때문이었을까?

다시 산도발이 찾아왔다. 저 망할 인간. 염병할 솔라노 사건 서류를 찾아낸 건지 의기양양한 표정으로 서류를 들고 들어섰다.

"여기 찾았다네." 서류를 내 앞에 들이밀었다. "그 건물을 감정한 감정인에게 기한이 되기 전에 출두 명령을 내려야 하지 않을까? 내 말은 그러면 일석이조 아니냐 말이지."

머리를 제대로 한 대 얻어맞으려고 저러는 건가? 정말 그런 것 같았다. 내가 용의자를 코너로 몰아붙이려고 애쓰고 있는 걸 알아차리지 못하는가? 마치 파리 한 마리를 20, 30미터 되는 오두막에 몰아넣으려고 용을 쓰듯이 말이다. 그렇다, 고주망태가 되어 알아차리지 못하고 있었다.

"좋을 대로 하게." 나는 그렇게만 대답했다.

산도발은 매우 만족스러운 표정으로 방을 나갔다. 고메스를 돌아보았을 때 그는 희미하게 미소 짓고 있었다. 내 동료의 만취한 상태를 보고 활기를 찾은 듯했다. 그에게 주도권을 넘길 수는 없다. 나는 마음을 다졌다. 그러나 배는 기울고 있었고 어떻게 빠져

나와야 할지 알 수가 없었다. 진술서에는 아직 한 마디도 쓰지 못했다. 내 멍청한 질문도 고메스의 예측 가능한 대답도. 모험을 해 보기로 했다. 어쨌든, 안 되면 안 되는 거고.

짐작하겠지만 우리가 사람을 체포할 때는 다 이유가 있는 거라는 말로 시작했다. 우리는 이미 그가 피살자의 이웃 및 친구들과 아는 사이임을 다 파악해 놓았음을, 그리고 그 여자의 결혼식 직후에 원한을 품고서 투쿠만에서 부에노스아이레스로 왔다는 사실, 살인이 있던 날이 그가 공사장에 심하게 늦은 유일한 날이었다는 사실, 그리고 1968년 말 경찰이 주변을 조사하기 시작하자 흔적도 없이 사라져 버렸다는 사실 등을 말해 주었다.

할 건 다했다. 그날 밤의 마지막 공을 날린 셈이었다. 이길 가능성은 하나, 질 가능성은 수백 개. 제발 그가 깜짝 놀라거나 당황하거나, 아니면 동시에 둘 다 해 주기를. 그리하여 심문에 협조하기로 마음을 먹고 어서 이 상황이 끝나기를. 나는 멍청이들을 다루는 데는 익숙했다. 그들은 거짓말의 압박을 견디지 못하거나, 자백하면 형벌이 더 가벼워지는 영화를 너무 많이 본 나머지 결국 패배를 인정하는 그들의 탱고 레퍼토리「라 쿰파르시타」를 부르게 된다. 그러면 나는 죽어 가던 사건을 부활시킬 수 있게 된다. 그러나 고메스와 시선이 마주쳤을 때 나는 그가 결백하거나 교활하다는 걸 알 수 있었다. 어쩌면 둘 다일 수도 있다. 그는 여전히 확고하고 자신감 있고 느긋한 태도였다. 어떤 상황에도 놀라지 않는 놈이거나, 그런 식의 공격과 빈정거림에 미리 대비해 온 모양이었다.

갑자기 나는 모랄레스가 떠올랐다. '가엾은 친구.' 이런 생각을 하게 되었다. 어쩌면 모랄레스는 법원에서 나와 같은 담당자가 아니라 로마노 같은 담당자를 만나는 게 좋았을지도 모른다. 로마노라면 틀림없이 문제없이 처리했을 것이다. 친구인 시코라 형사와 함께 경찰서에서 폭풍우 같은 멋진 밤을 보냈을 테고, 지금쯤이면 고메스는 케네디를 죽였다는 자백조차도 하게 되었을 것이다. 어쨌든 얼굴이 터져 있긴 했다. 나는 거기서 생각을 멈추었다. 얼마나 절망적이었으면 로마노 같은 놈의 일처리 방식이 그럴듯하다는 생각까지 하게 되었단 말인가?

뭔가가 내 상념을 중단시켰다. 제대로 말하면 누군가였다. 산도발이 진술서의 진도를 벌써 세 번째 방해하는 중이었다. 지금은 손에 아무 서류도 들고 있지 않았다. 판초가 제집 들듯이 뛰어들어 서기관실 책상의 서랍들을 뒤졌다. 오른쪽 제일 높은 캐비닛 문을 열면서 나를 치지 않으려고 하다가 팔꿈치에 살짝 닿기까지 했다.

"모른다고 했잖습니까." 이놈이 이제는 조롱을 하나? "그 여자는 알아요. 친구였습니다. 죽은 걸 알고 정말 마음이 아팠습니다."

나는 타자기에 끼워진 종이를 보았다. 몇 번 스페이스를 눌러 종이 위치를 제대로 맞췄다. 그러고는 치밀어오르는 분노 속에 타이핑을 시작했다. "본 사건 서류에서 문제되고 있는 사건들과 관계가 있는지 인정하느냐는 부서기관의 질문에 진술자는 밝히기를……."

"미안한데 잠깐만, 벤하민." 정말인가? 정말로 이런 상황에서 저 염병할 주정뱅이 산도발이 나를 방해하고 있단 말인가? "근데 이 녀석이 범인일 리가 없어."

이제는 머리끝까지 화가 났다. 교도관에게 총을 빌려 쏴 버리는 편이 나을까? 어떻게 하면 술을 먹었다고 저 정도로 짐승이 된단

말인가? 나는 법조인의 권위에 찬 차분한 이미지로 우리의 용의
자를 설설 기게 만들고 싶어 거의 미칠 지경인데, 오전 11시까지
도 고주망태가 된 동료는 용의자를 보호하고 있는 판국이었다.

"사무실로 돌아가게. 이따가 얘기해." 나는 욕을 간신히 참으며
산도발에게 말했다.

"잠깐, 잠깐만 있어 봐. 진지하게 말하는 거야. 진지하게 말이
야." 산도발은 겨우 발음한 그 몇 개 안 되는 단어조차도 되풀이해
서 읊어댔다. "봤지?" 손바닥을 펴며 고메스를 가리켰다. 고메스
도 흥미로운 듯 산도발을 쳐다보았다. "이 녀석이 범인일 리가 없
어."

그는 책상에 놓여 있던 서류를 집어 들더니 가장자리에 앉으며
서류를 흔들어대기 시작했다.

"불가능한 일이야." 그는 확신에 차 말했다. "봐, 이걸 보라고.
여기 말이야."

그는 검시소견서의 첫 장을 펼쳐 보였다. 이 인간이 일부러 나를
엿 먹이고 있는 거야? 내 기억으로는 산도발은 내가 그런 검시기
록을 얼마나 싫어하는지 잘 알고 있었다.

"이 여자, 콜로토는 170센티미터에 62킬로그램이야." 그는 서
류를 읽는 해당 문장을 검지손가락으로 톡톡 쳐댔다. "봤어?"
그러더니 조소 어린 미소를 날리며 덧붙였다. "그 여자는 이 녀석
보다 머리 하나는 더 커."

고메스의 표정이 불시에 어두워졌다. 내가 그렇게 본 것인지도
모른다. 사실 나는 용의자보다 내 술 취한 동료에게 더 주의를 기
울이고 있었으니 말이다. 고메스 쪽은 얼핏 한번 쳐다봤을 뿐이
다.

"게다가……." 산도발은 말을 멈추더니 서류의 앞뒤 쪽을 이리 저리 뒤적거렸다. 범죄 현장 사진에서 멈추었다. "이 여자를 자세히 봤는지 모르겠는데 말이야." 그는 내 쪽으로 서류를 내밀며 보여 주었다. 화난 듯한 시선으로 나에게 초점을 맞추려 애를 쓰고 있었다. "아름다운 여자였어……."

그러더니 다시 자기 쪽으로 서류를 당겼다.

"이런 미인은……." 말을 이었다. "아무나 가까이 할 수 없어." 마치 자신의 상황이 그렇다는 듯 난데없이 슬픈 말투가 되었다. "이런 여자를 차지하려면 그에 버금가는 멋진 남자여야 해."

"그래, 맞아요! 그렇지요!"

나는 고개를 돌렸다. 그 말을 뱉은 사람은 고메스였다. 그의 표정은 굳어 있었고 입술은 경멸하듯 일그러지고 있었다. 산도발에게서 시선을 떼지 않았다.

"그녀가 결혼한 그 불행한 인간이 참 미남이기도 하겠다!"

산도발은 그를 쳐다보았다. 그러고는 나를 쳐다보았고, 고메스 쪽으로 고개를 돌리지도 않고 말했다.

"신경 쓸 필요 없어. 저 녀석은 이해하지 못해. 어제 내가 한 말 기억해? 피살자 아는 사람이 범인이라고 말이야. 현관문에 폭력의 흔적이 전혀 없었거든."

'굉장한데.' 나는 속으로 생각했다. 그것은 적당한 때가 오면 도박을 걸어 보기 위해 와일드카드로 간직하고 있던 최후의 자료였다. 그런데 저 멍청이가 별 소용도 없이 누설하고 만 것이다.

"그래서?"

살기 어린 내 어조를 알아채지 못할 정도로 그렇게 취한 것은 아니겠지?

"바로 그래서, 그러니까." 최악인 것은 산도발이 정말 팔팔하고 완전히 술이 깬 모습이어서 자신이 지시받은 게 뭔지 간과할 리는 없어 보였다는 점이다. "그런 여자가 뭐 시간이 남아돌고 신경 쓸 겨를이 있어서 투쿠만에서 이웃에 살던 사람을 기억이나 하겠으며, 어느 화요일 아침 몇 년 동안 본 적도 없고 생각해 본 적도 없는 사람에게 문을 열어 주겠느냐 말이야? 착오가 있지 않고서야. 안 그래, 벤하민?"

산도발은 책상에 서류를 내던지며 두 팔을 벌렸다. 자기 논리를 성공적으로 끝냈다는 듯한 제스처였다.

"그런데 이 녀석은? 누구야?" 산도발의 질문은 나에게 하는 것이었다. 공격적인 어조였다. 나는 대답하지 않았다. 불현듯 정신이 들며 산도발이 지금 하고 있는 게 뭔지 알아챘다. 오리무중을 비틀거리고 있는 사람은 그가 아니라 나라는 사실을 깨달았다.

"그러면 우리는 수사를 완전히 다시 시작해야 할 판이군." 나는 산도발을 돌아보며 말했다. 의구심이 깃든 내 목소리는 일부러 지어낸 게 아니었다.

"그렇지." 산도발은 만족해하며 나를 쳐다보았다. "우리는 훤칠한 남자를 찾아야 해. 젊은 놈으로 말이지. 그러니까 이런 여자에게 흔적을 남길 만한 사람 말이야." 별안간 신중한 말투로 말했다. "아마도 여자의…… 친구들을 다시 체크해 봐야 하지 않을까?"

"멍청한 소리는 그만 지껄이지." 고메스는 얼굴이 벌게져 있었다. 산도발에게서 눈을 떼지 못하고 있었다. 그 짧은 순간 눈썹의 핏줄이 부풀어오른 듯했다. "내가 말해 두겠는데, 릴리아나는 내가 누군지 완벽하게 기억하고 있었어."

나는 깜짝 놀라 몸을 일으켰다. 산도발은 그를 쳐다보았다. 초인종을 눌러 크리스마스가 임박했으니 기부 좀 해달라며 찾아온 우체부의 부탁이 끝나기를 초조하게 기다리는 사람 같았다. 그의 표정이 진지해졌다.

"헛소리 집어치우게, 젊은이." 산도발은 나를 돌아보았다. "이건 다른 얘긴데 말이야. 부검 소견서에 따르면 그녀를 강간한 녀석은 짐승 같은 놈이었어. 일종의 종마였지." 서류를 열며 읊었다. 말하자면 지어내 읽는 시늉을 했다. "피해자의 질에 남은 상처가 깊은 것으로 보아 공격한 사람이 매우 정력이 왕성한 남자임을 짐작할 수 있다. 또한 목에 생긴 혈종은 남자가 헤라클레스 같은 팔을 가졌음을 증명한다."

"그래 맞아, 멍청아! 내가 제대로 덮쳤어, 그 창녀 같은 년!"

순식간에 고메스가 몸을 일으켜 산도발에게 닿을 듯이 바싹 붙어 소리지르기 시작했다. 교도관이 재빨리 그를 때려 자리에 앉힌 뒤 다시 수갑을 채웠다. 산도발은 불쾌한 표정을 지었다. 욕을 먹었기 때문인지 고메스의 악취 때문인지 알 수 없었다. 다시 그를 마주 보며 말했다.

"젊은이." 그의 표정은 동정과 혐오를 섞어 놓은 것이었다. 마치 벌을 주고 싶지 않지만 하도 집요한 인간이라서 인내심이 폭발하기 직전인 듯한 표정이었다. "선물 상자는 찾지 말게. 오늘은 생일이 아니니까 말이야."

그러고는 나를 돌아본다. 자기 가설을 나한테 계속 늘어놓고 싶다는 듯이.

"한심하긴. 그 더러운 년을 내가 어떻게 해 주었는지 상상도 못할걸."

산도발은 다시 그를 돌아보았다. 마지막 남은 인내심을 그러모으고 있는 듯한 표정을 지었다.

"어디 보자. 뭐 할 말이 있어? 해 봐. 어디 용기를 내 봐, 씨돼지 같은 놈아."

21

이시도로 안토니오 고메스는 70분 동안이나 멈추지 않고 말을 이어 갔다. 다 끝냈을 때 나는 손가락이 아플 지경이었다. 그러나 단어 몇 개 순서를 바꾸었을 뿐, 그의 진술을 거의 오타 없이 타이핑했다. 내가 몇 가지 질문을 던졌지만 고메스는 산도발만 뚫어지게 쳐다보며 말했다. 마치 산도발을 산산조각 내 버리거나, 마룻바닥에 쌓인 먼지로 바꿔 버리고 싶다는 듯한 눈빛이었다. 반면 산도발은 갖가지 다양한 표정의 변화를 시연해 보였다. 처음에는 따분하다는 표정, 못 믿겠다는 표정을 짓더니 갈수록 흥미가 살아난다는 듯한 표정이 되었다. 진술서를 마무리하는 부분에 이르자 존경과 경악, 그리고 미세한 감탄이 혼합되어 조화를 이루는 듯한 가면을 만들었다. 고메스는 자기 어머니와 전화통화를 하고 나서 릴리아나 아버지가 자기 거처를 알아냈다는 사실을 알게 되었을 때 어떤 주의를 해야 했는지 거드름을 피우며 말을 마쳤다.

"공사장 감독은 내가 떠나야 한다고 말하자 죽상이 되었죠." 그는 노련하고 참을성 많은 교육자처럼 산도발에게 말했다. 이제 침착함을 되찾은 뒤였는데도 자기 진술을 되돌리고 싶어하는 기색은 조금도 없었다. "자기 지인들에게 소개해 주겠다고 제안했어요. 당연히 괜찮다고 대답했지요. 경찰이 나를 찾아낼 수 있으니 말입니다."

산도발은 고개를 끄덕였다. 그는 몸을 일으키며 숨을 내쉬었다. 내내 책상 위에 걸터앉은 채 팔짱을 낀 자세로 있었던 것이다.

"사실은 여보게, 무슨 말을 하겠는가. 생각도 못했던 일이네……." 산도발은 입술을 오므렸다. 그것은 우리가 증거를 앞에 놓고 사용하곤 하는 제스처였다. "자네가 말하는 대로일 거야……."

"그렇습니다!" 그게 고메스의 단호하고 영광에 찬 최후의 결론이었다. 나는 마지막 진술을 타이핑하느라 자판을 두들겨댔다. 그리고 관행적인 절차대로 진술서를 끝마친 타이핑한 종이들을 쌓아 놓고 그에게 펜을 내밀었다.

"서명하기 전에 한번 읽어보시오." 이유는 알 수 없었지만 그 장면을 끝낼 때 산도발이 그랬던 것과 마찬가지로 나도 예의를 갖춘 차분한 말투를 쓰고 있었다.

길고 긴 진술서였다. 처음에는 정보 수집용 진술서로 시작했는데, 어느새 범죄 자백 진술서가 되어 있었다. 피의자의 법적 권리 조항 역시 덧붙여 두었다. 나는 피고인이 진술 거부권을 쓰고 싶어 하지도 않고, 변호인을 요청할 권리도 원하지 않는다는 진술을 명시해 놓았다. 운명의 장난인지 당번 국선변호인은 다름 아닌 페레스, 그 영원한 머저리였다. 고메스는 제대로 읽어 보지도 않고 한 장 한 장 서류에 서명을 했다. 내가 자신을 쳐다보자 그도 시선을 맞받으며 소송 서류들을 되돌려 주었다. '넌 이제 끝났어. 이번에는 정말로 끝난 거야, 얼간아.' 나는 그런 생각을 했다.

그 순간 문이 열렸다. 그는 바로 우리의 옛 서기관이자 고메스의 당번 국선변호인인 훌리오 카를로스 페레스였다. 다행히도 나는 정신병자보다는 멍청이들 다루는 데 더 소질이 있었다.

"잘 지냈어요, 훌리오." 나는 안도하는 척하며 그를 맞으러 나갔다. "마침 제때 와 주었군요. 여기 진술서를 하나 받아두었어요. 진술서를 그대로 심문 조서로 바꾸면 됩니다. 살인 유죄지요. 오래된 사건이지요. 서기관님으로 계실 때 일어난 사건입니다."

"저런, 문제가 많네……. 3번 방에서 조서를 쓰느라 늦었는데, 벌써 시작한 건가?"

"그게 실은…… 이제 다 끝났습니다." 나는 대답했다. 사과를 하는 말일 수도 있고, 미안해하지 말라는 말일 수도 있었다.

"저런……."

"아무튼, 포르투나 판사님께 여쭤 보았고 신속하게 진행하라고 하시더군요. 나중에 변호인님께 따로 말씀하시겠다고 하던데요." 거짓말을 지어냈다.

페레스는 평상시와 다른 일 처리 방식을 대면하자 어떻게 해야 할지 몰라 했다. 그의 머릿속 어딘가에는 자신이 주도권을 잡아야 하는 게 아닐까 하는 의구심이 싹트고 있을 터였다. 쌈박한 해결책을 제시할 만한 최적의 순간이라고 여겨졌다.

"이렇게 하면 어떻습니까." 나는 제안을 내놓았다. "진술이 시작되고 나서 변호인님이 합류했다고 진술서 끝에 적어 넣는 겁니다. 물론 피고인이 이 아이디어를 반대하지 않아야 가능한 얘기지요."

"아……," 페레스는 미심쩍어 했다. "다시 진술을 받는 건 불가 능한 일이니 말이지?"

나는 눈을 크게 떴다. 산도발을 쳐다보았다. 산도발도 눈이 왕 방울만 해져 있었다. 우리는 둘 다 눈동자가 튀어나올 듯한 시선 으로 교도관을 쳐다보았다.

"저기요, 변호인님들." 교도관은 뭉뚱그려서 법조인을 대하는 호칭으로 존대를 했다. "오후도 벌써 한참 된 것 같습니다. 죄수를 교도소로 송치하기를 원하시면 수송차를 지금 출발시키겠습니 다. 그럼, 어떻게 할지 말씀해 주십시오."

"다른 날 하루 더 이리로 데려온다고요? 그러면 계속 감금되어 있어야 하는데 말인가요? 제 생각에는 그건 지나치게 변칙적인 일 같은데요, 훌리오." 산도발이 구금자의 민법상의 권리에 대해 갑자기 예민해하며 페레스에게 말을 건넸다.

"그래, 맞아요." 페레스는 비로소 자기가 제일 잘하는 행동, 그 러니까 다른 사람의 말에 맞장구치는 행동을 하게 되자 편안해했 다. "그러니까, 저기…… 피고인도 제대로 조치가 된 거라고 생각 하는지……."

"그렇습니다." 고메스는 여전히 거만하고 무심한 듯한 말투였 다.

나는 페레스에게 서류들과 펜을 내밀었다. 그는 몇 장을 받아들 었다. 그러나 세상에서 제일 아끼는 보물인 그 멋들어진 파커 만 년필로 사인하기를 원했다.

"이제 해당 교도소로 데려가세요." 나는 교도관에게 지시했다. "데보토 교도소로 호송하라는 지시를 담은 형법 소송 통지문을 직원을 시켜 보내겠습니다."

다시 수갑을 채우는 동안 고메스는 나를 뒤돌아보았다.

"여긴 주정뱅이 낙오자한테도 일자리를 주는 곳이었군."

나는 산도발을 쳐다보았다. 이제 모든 게 제대로 요리된 셈이다. 조서에 사인도 받았겠다, 이제 고메스를 제대로 엿 먹일 수 있게 되었다. 그러니 아마 나였다면 최소한의 복수라도 할 기회로 삼았을 터이다. 가령 가증스러운 멍청이인지 보여줄 테니 두고 보자고 말한다든지. 그러나 산도발은 그런 유혹과는 거리가 먼 사람이었다. 그래서 소같이 멍한 표정을 지으며 고메스를 쳐다보는 걸로 그쳤다. 마치 고메스의 말의 의미를 제대로 이해하지 못했다는 듯이. 교도관이 고메스를 밀쳐 이동하게 했다. 문의 빗장이 닫히면서 삐걱거리는 소리가 났다. 페레스도 급한 약속이 있다는 핑계를 대며 곧이어 나갔다. 그 변호인과 지금도 바람을 피고 있는 건가?

둘만 남게 되자 우리는 입을 다문 채 서로를 쳐다보았다. 마침내 내가 손을 내밀었다.

"고마워."

"별말씀을." 산도발의 대답이었다. 그는 정말 겸손한 친구였다. 그러나 자기가 성취한 결과를 흡족해하는 모습을 감추지는 못했다.

"'공격한 사람이 근육질 팔에 정력이 왕성하다'고? 도대체 그런 아이디어는 어디서 나온 거야?"

"순간적인 영감이지." 산도발은 만족해하며 웃음을 터뜨렸다.

"내가 저녁 살게." 내가 제안했다.

산도발은 긴가민가했다.

"고마워. 그런데 기력이 완전히 빠져나가 버려 좀 쉬면서 긴장을 푸는 게 좋을 것 같은데."

그의 말뜻을 제대로 알아먹었지만 가지 말라고 말할 용기가 없었다. 나는 사무실로 돌아와 당번 인턴에게 고메스를 데보토로 보내는 데 필요한 통지문을 작성해서 쓸모없는 인간인 포르투나의 서명을 받아 오라고 시켰다. 어떻게 된 일인지 판사한테 알려줄 시간은 나중에도 넘쳐날 것이다.

어서 자리를 뜨고 싶어 안달이 난 산도발은 외투를 집어 들고는 남아 있던 사람들을 아울러 한꺼번에 인사말을 남기고는 나갔다. 이제는 셔츠를 바지 속에 제대로 여며 넣은 모습이었다.

나는 시계를 보며 산도발에게 두 시간의 여유를 주자고 마음먹었다. 그에게 미리 말하지는 않았지만 나는 중앙문서보관소에 보낼 보류된 사건 문건들 보관 선반을 한번 힐끗 쳐다보았다. 다행스럽게도 산도발이 즐거이 꿰맬 서류가 근사할 정도로 많았다.

22

진술서를 작성한 다음날 나는 모랄레스를 만나러 갔다. 전화를 할 생각도, 그렇다고 은행으로 찾아갈 생각도 없었다. 온세 광장으로 가서 찾아볼 생각이었다. 유일한 숙적을 잡으려고 만들어 두었던 바로 그 망루에서 그가 잡혔다는 사실을 그 가엾은 남자에게 알리는 게 마땅하다고 여겨졌다. 분명한 건 그가 성공은 못했지만 3년 반 동안 지치지도 무기력에 빠지지도 않고 끝없이 그 일을 시도해 왔다는 사실이다. 체포 소식을 전하러 가는 일은 우리의 작은 공적에 그도 같이 동참시키는 행위인 듯한 기분이었다.

그가 들르곤 하던 바는 손님이 거의 없었다. 아주 작은 곳이라 유리창을 통해 한번 훑어보기만 해도 모랄레스가 있는지 없는지 확인할 수 있었다. 되돌아서려던 찰나에 언뜻 생각이 떠올랐다. 나는 안으로 들어가 계산대를 향해 걸었다. 주인은 뚱뚱하고 키가 큰 남자였다. 그는 세상사 별별 일을 다 보았기 때문에 어떤 일에도 놀라지 않는 그런 사람의 표정으로 나를 보았다.

"미안합니다만, 주인장." 나는 다가가며 미소를 지었다. 나는 물건을 살 생각이 없으면서 가게에 들어갈 때면 항상 일종의 곤혹스러움을 느끼곤 한다. "오후에 자주 여기 오는 젊은이를 찾고 있는데요. 반쯤 금발이고 매우 창백한 얼굴이지요. 키가 크고 비쩍 말랐습니다. 콧수염을 곧게 길렀고요."

주인장은 나를 쳐다보았다. 아마 온세에서 바를 운영하려면 가장 필요한 게 미치광이와 사기꾼을 단번에 구별하는 능력일 것이다. 그는 내가 그런 유형에 속하는 인간인지 조용히 가늠해 보는 듯하더니, 가볍게 고개를 끄덕이고는 카운터를 바라보았다. 기억을 더듬기 시작하는 듯했다.

"아," 그가 문득 말했다. "압니다. 송장 씨를 찾아왔군요."

모랄레스를 그런 식으로 지칭하는 게 놀랍지도 않았다. 그의 목소리에는 조롱의 기색이라곤 조금도 없었다. 그는 몇 가지 명백한 기호를 근거로 객관적인 인물평을 했을 따름이다. 한 주에 한 번씩 들러서 똑같은 걸 주문하고 동전으로 계산한 뒤 꼼짝도 않고 바깥을 쳐다보며 말없이 앉아 두 시간을 보내는 고객이라면 시체나 유령과 다를 바 없을 테니 말이다. 그래서 나는 맞다고 대답했다. 그러나 모랄레스를 깎아내리거나 조롱하거나 과장하는 대답이라고 느끼지 않았다.

"이번 주는 이미 왔어요. 그러니까……," 그는 모랄레스의 최근 방문을 떠올릴 만한 어떤 상황을 더듬어 보는 듯했다. "수요일이군요. 맞아요. 그제 왔습니다."

"고맙습니다." 그러니까 이 바에 계속 들르고 있었다. 다른 답을 기다린 것은 아니었다.

"보면 뭐라고 전해드릴까요?" 주인장은 그런 물음으로 문을 나서는 내 발길을 붙잡았다.

나는 잠깐 생각한 뒤 대답했다. "아닙니다, 괜찮습니다. 다른 날 또 오지요." 나는 인사하고 자리를 떴다.

그늘진 통로를 지나면서 나는 확성기에서 나오는 거친 목소리에 깜짝 놀랐다. 바로 그때 저물어가는 그곳의 햇살이 전에 모랄레스와 마주치던 날의 그 햇살이라는 데 생각이 미쳤다. 내 결혼 생활에 종지부를 찍기 몇 시간 전의 일이었다.

나는 가정법원에서 서류에 서명을 하느라 두세 차례 더 마르셀라를 만났다. 가엾은 여자. 지금에 와서 생각해도 그녀에게 상처 준 사실이 가슴 아프다. 영원히 헤어질 결심을 하고 집에 들어간 그날 밤 나는 그녀가 남은 자기 인생의 방향으로 정해 놓은 교과서 같은 매뉴얼을 불태워버린 셈이었다. 나는 그녀에게 설명하고자 했다. 더 큰 상처를 줄까 겁이 났지만 사랑의 감정이란 것에 대해 이야기했다. 우리 부부 사이에 사랑이 완전히 결여되어 있다고 느낀다고 용기를 내어 고백했다. '그게 무슨 상관이란 말인가.' 나는 스스로 대답했었다. 그녀도 나를 사랑하지 않기는 마찬가지였지만 그녀의 인생 계획서에는 불확실성의 여지가 없었다. 가엾은 사람. 차라리 내가 죽어 헤어지는 거였다면 그녀로서는 문제가 훨씬 단순했을 것이다. 미용실이라는 재판정에서도 미망인의 존재에 대해서는 반론이 없었다. 그러나 1969년에 이혼녀라면? 그건 가혹한 일이었다. 어떻게 아이를 세 명 낳아 맏아들을 의사로 삼고, 교외에 정원이 딸린 집에 자가용을 두고, 1월에는 해변에서 휴가를 보낼 수 있겠는가? 그런 계획을 지지하는 법적인 남편이 없는데. 가끔은 의도하지 않았는데 타인에 상처를 입힐 수 있다는 사실이 당혹스럽기만 하다. 이런 경우에 희생을 피하려다 치르게 되는 희생이 더 큰 게 아닌가. 1972년 그날 다시 온세 역에 들르게 된 나는 죄책감에 고통이 몰려왔다. 그러고는 서글픈 기분에 사로잡혔다. 그 이후로는 아내를 두 번 다시 만나지 못했다. 다른 사람을 만나 자신이 준비되어 있다고 느끼는 인생의 행로를 따라 살아가고 있을까? 그녀는 정해진 행로를 따라, 늙을 때까지 갑작스러운 일이 생겨서도 안 되고 의구심을 갖는 일도 없이 살아가야 하는 사람이었다. 그렇게 살고 있기를 바라는 마음이다. 내 얘기를 하자면, 그 해질녘의 시간과 다를 바 없는 나 자신에 대해 말하라면 나는 바르톨로메 미트레 역에서 내려 새로 옮긴 알마그로의 작은 아파트를 향해 걷고 있었다.

23

다음 주 화요일에 결국 그를 만났다. 여전한 금발이었지만 마지막으로 만난 때보다는 조금 숱이 적어진 듯했다. 여전히 기운이 다한 듯한 회색 눈빛 그대로였다. 이전과 다름없이 손을 차분히 무릎에 올려놓은 자세로 바에 등을 기대고 앉아 있었다. 곧은 콧수염도 여전했고, 과격하지 않은 완고함도 여전했다.

나는 이야기를 처음부터 해 주었다. 나는 신중하고 침착한 말투를 골랐다. 산도발이 술에서 깬 뒤 우리의 성공을 자축하기 위해서 얘기를 나누던 때보다는 훨씬 차분하고 신중한 말투였다. 그 작은 바는 승리나 환호, 기쁨과 같은 감정을 표현할 만한 장소가 아니라는 느낌이 들었다. 뉴스 보도 같던 내 이야기에 수식어도 몇 개 갖다붙이고 손동작으로 두어 번 제스처를 쓰며 열성을 띠게 된 것은 파블로 산도발의 멋들어진 개입에 대해 말하던 때뿐이었다. 물론 고메스에게 구덩이를 파기 위해 산도발이 썼던 끔찍한 단어들은 전하지 않았다. 그러나 산도발이 고메스나 나를 감쪽같이 속인 환상적인 수완을 묘사하기에는 충분했다. 끝으로 나는 포르투나 라칼레 판사가 일급살인으로 감호 처분을 내리는 데 토 하나 달지 않고 사인했다는 얘기를 해 줬다.

"그럼 이제는요?" 내가 말을 마치자 그가 물었다.

나는 규정에 따라 서류가 이제 거의 끝났다고 말해 주었다. 제 대로 확실히 하기 위해 증인 조서를 몇 장 더 쓰고, 법적인 속임수 를 몇 개 더하여 노련하게 수정하도록 지시할 참이라는 얘기도 해 주었다. 그래야 영리한 변호인이 상황을 복잡하게 만드는 일이 생 기지 않는다고. 나는 몇 달 (길어봐야 6개월, 8개월) 안에 예심을 끝내고, 선고 공판으로 소송 서류를 보낼 수 있게 되리라는 말로 마무리했다.

"그러고 나면요?"

확정 판결이 나는 데 1년이 걸릴 수 있고 길면 2년이 될 수도 있 다고 사실대로 말해 주었다. 선고공판법원과 형사법원이 일하는 속도에 따라 다르다. 그렇지만 고메스는 꼼짝없이 잡아두었으니 걱정하지 말라고 했다.

"그러면 처벌은요?" 한참 침묵한 뒤 그가 물었다.

"종신형이지요." 나는 확신 있게 말했다.

그건 말하기 곤란한 일이었다. 처벌이 아무리 세다 해도 이시도 로 고메스는 20년 또는 25년이 지나면 석방될 수 있다는 사실을 말할 필요가 있을 것인가? 다른 때라면 입을 다물었을 것이다. 이 번에도 마찬가지로 말하지 않았다. 3년 반이 지나고서야 처음으 로 승강장으로 서둘러 들어가는 인파가 아니라 내 쪽으로 돌아앉 은 그 남자를 다시 고통스럽게 하고 싶지 않았다.

내 생각을 읽기라도 한 것처럼 모랄레스는 창 쪽으로 몸을 돌렸다. 의자의 축에서 끼익거리는 소리가 났다. 습관은 쉽게 버리지 못한다고, 나는 생각했다. 그러나 뭔가 바뀐 게 있었다. 모랄레스는 지금 행인들을 하나하나 쳐다보고 있지 않았다. 나는 또 다른 질문을 기다렸지만 말이 없었다. 그의 머릿속을 어떤 생각들이 지나가고 있을까? 생각해 보다가, 나는 그의 심정을 이해한 것 같았다.

4년 이상의 시간이 지난 후 처음으로 리카르도 아구스틴 모랄레스는 남은 인생 동안 뭘 해야 할지 모르는 처지가 되었음을 깨달았다. 이제 남은 게 무엇인가? 아무것도 남지 않았다는 생각이 들었다. 어쩌면 남은 거라곤 릴리아나의 죽음이라는 사실뿐이다. 그걸 빼면 아무것도 없다. 그 만남에서 처음으로 떠오른 건 또 있었다. 먼저 일어나 자리를 파하기로 한 사람이 모랄레스라는 사실이다. 나도 따라 일어났다. 그가 손을 내밀었다.

"고맙습니다." 그게 그가 말한 전부였다.

나는 대답하지 않았다. 그의 눈을 바라보며 오른손에 힘을 주었을 뿐이다. 그 순간에는 그를 완전히 이해하지 못했다. 그러나 나도 그에게 감사할 이유가 많았다. 그는 주머니에 손을 집어넣더니 코르타도 한 잔 값으로 딱 맞을 만한 잔돈을 꺼냈다. 카운터 뒤의 주인장은 여전히 스포츠 채널의 「오랄 데포르티바」방송을 듣느라 정신이 팔려 있었다. 그의 통찰력은 이제 고객 하나를 잃게 되었다는 사실을 알아챌 정도에는 미치지 못했다. 모랄레스는 문으로 걸어가더니 돌아보았다.

"보좌하는 동료께도 안부 전해 주세요. 이름이 어떻게 되었지요?"

"파블로 산도발."

"고맙습니다. 인사 전해 주세요. 도와 주셔서 정말 감사드린다는 말도 해 주시고요."

모랄레스는 손을 살짝 들어 올리고는 저녁 7시의 인파 속으로
사라져 갔다.

금욕

이게 이 책의 가장 좋은 결말일까? 차파로는 온세 광장의 술집에서 모랄레스와 두 번째 만난 이야기까지 마무리 지었다. 어제의 일이다. 그리고 지금은 여기서 이야기를 끝내고 싶은 유혹을 느끼는 중이다. 이곳까지 소설을 끌고 오기 위해 흘린 땀이 생각난다. 이걸로 만족하면 안 될 이유가 뭐란 말인가? 범죄, 수사, 그리고 체포의 공적. 악당은 잡혔고 선한 자는 복수했다. 왜 이 행복한 결말에서 그만 끝내면 안 되는 건가? 불확실을 증오하고 종결을 절망적일 정도로 갈망하는 차파로는 여기까지 온 것도 완벽하다는 자평을 했다. 어쨌든 자신이 처음에 하려던 이야기를 했고, 그 이야기를 풀어놓기 위해 선택한 문체가 적절한 것이었다는 느낌도 들었다. 그가 만들어 낸 인물들은 자신이 알고 있는 실제 인물들과 놀랍도록 선명하게 닮아 있었다. 그리고 실제 존재들이 행하고 말한 바로 그것들을 소설 속 인물들이 직접 말하고 행동했다. 신중한 측면의 차파로에게 의구심이 일었다. 소설을 더 이어 가면 모든 게 엉망이 되고 이야기는 원래의 방향에서 벗어나고 말리라. 인물들은 사건들에, 사건에 대한 그들의 기억에 연결되지 않은 채 자기들 멋대로 돌아다닐 것이고, 그러면 모든 것이 아무 소용없는 일이 되고 말 것이다.

그러나 차파로는 다른 반쪽도 갖고 있었다. 그 반대쪽에 대해서도 주의를 기울이고 싶은 강렬한 욕망이 일었다. 열망을 갖고 지금까지 써 놓은 것을 실제로 적고 이야기해 온 존재도 결국 그 차파로였다. 그 절반의 차파로는 이야기가 거기서 끝난 게 아니라 더 전개되어 갔음을 매순간 되짚어 주었다. 그러니 아직은 이야기를 다 한 게 아니라는 것이다. 그러면 그를 그토록 긴장시키고 초조하게 하는 것, 그토록 넋이 나가게 하는 것은 무엇인가? 단순히 어떻게 이야기를 이어갈지 불확실해서인가? 강 한가운데에 있을 때 반대편 강기슭이 보이지 않아서 초조해하는 것과 다를 바 없는 긴장감이란 말인가?

대답은 훨씬 더 간결하고 동시에 어려운 것이었다. 이레네의 소식을 듣지 못한 지 벌써 3주가 되어간다는 게 이유였다. 물론 그녀의 소식을 알아야 할 이유는 없다. 그녀와 그와 그 저주받은 소설에게 벼락이 친다 한들 그래야 할 이유가 뭐란 말인가. 그런데 그는 또 다시 전화기 주위를 맴돈다. 그러고는 그녀에게 전화를 걸기 위해 낙하산처럼 쓸 구실을 지어내느라 책에 대해 잠깐 방심한다. 결국에는 아무리 해도 제일 그럴싸하지 않은 구실이 될 게 뻔했다.

이번에는 수화기를 들게 되기까지 금식, 불면, 말 그대로 무위의 시간을 겨우 이틀 보냈다.

"올라?" 그녀였다. 사무실에 있었다.

"올라, 이레네…… 나는."

"누군지 알아요." 짧은 침묵이 있었다. "그동안 어디 틀어박혀 있었는지 좀 알 수 있을까요?"

"……."

"듣고 있어요?"

"네, 그럼요, 그럼요. 전화하고 싶었는데……."

"근데 왜 안 했어요? 부탁할 일거리가 없어서요?"

"그래요, 아니 내 말은…… 부탁할 게 있는 건 아니고, 그냥 소설을 몇 챕터 더 썼는데 읽어볼 시간이 있을까 하고 생각이 났지요. 물론 당신이 그러고 싶다면 말이지만……."

"좋아요. 언제 올래요?"

통화가 끝나자 차파로는 이레네의 열의(와 목요일에 그녀를 만날 수 있고 전화 건 사람을 밝히기 전에 자기 목소리를 알아들었다는 사실)에 기뻐해야 하는 건지, 아니면 그녀가 읽을 챕터를 갖고 가야 한다는 사실에 괴로워해야 하는 건지 모를 기분이 들었다. 도대체 그런 제안이 어디에서 튀어나온 것일까? 순전히 다급하게 나온 말일 뿐이다. 차파로는 진지한 작가라면 지금 쓰고 있는 글을 보여 주겠다는 생각은 하지 않을 텐데 싶었다.

아무튼 자신이 진지한 작가가 아닌 것 같다는 생각 따위는 전혀 신경 쓰지 않고 있다는 사실을 깨달았다. 그런 일은 좀처럼 드문 일이었다. 그는 그저 이레네와 목요일에 커피를 한 잔 한다는 사실만이 중요했다.

24

이시도로 고메스가 샤워를 하러 가야겠다고 마음먹은 날은 한 달을 온전히 데보토 교도소에 갇혀 있은 뒤였다. 한 달 동안 그는 잠깐씩만 눈을 붙였다. 그것도 낮에 밝을 때만 잤다. 밤에는 주먹을 꽉 쥐고 침대에 꼿꼿이 앉아 있었다. 어떤 공격이든 대비할 수 있도록 시선은 다른 침대들에 고정한 채 감방 동료들을 경계하는 자세였다. 낮 동안에는 대부분 한쪽 구석에 떨어져 앉아 보냈다. 아니면 두툼한 가로막이 달린 창문의 창턱에 팔꿈치를 괸 채 감방 동료들을 노골적으로 쳐다보았다. 한 달 내내 방어 태세를 소홀히 하지도, 공격할 준비가 된 싸움닭의 표정도 버리지 않았다.

구금된 지 30일째 되던 날 마침내 그는 결심했다. 단호한 몸짓으로 가슴을 내밀고 미간을 찌푸리며 두 줄로 나뉜 침대 사이의 통로를 따라 샤워장으로 걸어갔다. 두어 명의 죄수가 길을 터 주려고 살짝 비켜서는 걸 알아채고 기분이 좋아졌다.

어느 때보다 더 침착하고 더 확신에 찬 고메스는 앞으로 걸어가

회색 널빤지 벤치 옆에 멈춰 서더니 옷을 벗었다. 샤워 공간의 축축한 바닥에 올라서서 수도꼭지를 틀었다. 물줄기가 얼굴에 와 닿고 몸을 따라 미끄러져 내려가자 만족스럽고 상쾌한 기분이 들었다.

등 뒤에서 기침소리를 듣고는 뒤를 돌아보며 주먹을 불끈 쥐었다. 의도한 것보다 더 경직되고 더 재빠른 동작이었다. 두 명의 죄수가 샤워실 입구에서 그를 바라보고 있었다. 하나는 몸집도 크고 키도 큰 데다 짙은 피부색의 진정한 옷걸이였다. 제대로 범죄자의 용모를 한 남자였다. 다른 남자는 보통 키에 비쩍 마르고 맑은 눈과 피부를 가졌다. 몇 걸음 더 다가와 오른손을 내밀어 인사를 건넨 건 그 금발머리였다.

"안녕. 마침내 때를 벗겨내는군, 친구. 나는 키케라고 하고 이쪽은 안드레스야. 모두들 쿨레브라(뱀)라고 부르지." 그의 말투는 붙임성 있고 예의 바른 사람의 것이었다.

고메스는 벽으로 물러서며 방어 태세를 취했다. 주먹은 다시 꽉 쥐고 있었다.

"원하는 게 뭐야, 제길." 더할 나위 없이 건조하고 사나운 어조로 물었다.

상대방은 알아듣지 못한 척했다. 아니면 고메스의 반응을 무시하려는 것이었다.

"네 환영식 같은 걸 하려고 왔지. 여기 온 지 한참 되었다는 건 알아. 그렇지만 어쩌겠어. 이제야 긴장을 조금 풀게 된 거지, 안 그래?"

"바람 빠지는 소리 하고 있네."

금발머리는 진짜로 놀란 듯했다.

"어이, 이봐, 무슨 말투가 그래! 좀 더 호의적으로 구는 게 그리 힘들어? 반감을 불러일으켜 가지고 여기서 득 될 게 없다는 걸 알잖아……."

"이러거나 저러거나 그건 내 일이야, 빌어먹을."

금발머리는 눈을 크게 뜨며 입을 다물지 못했다. 동료를 향해 돌아섰다. 어떻게 좀 도와달라는 것이거나 영문을 좀 설명해 달라는 듯한 표정이었다. 동료는 암시를 알아채고는 샤워실 문으로 들어서며 단도직입적으로 말했다.

"입 조심해, 난쟁이. 까불면 주둥이를 똥꼬에 집어넣어 버릴 테니까."

"그러지 마, 안드레스. 그런 식으로 말하지도 말고, 저 가엾은 친구가……."

금발머리는 말을 마칠 틈이 없었다. 고메스가 달려들어 밀치는 바람에 샤워실 벽에 부딪혔기 때문이다. 그는 타일 벽에 목덜미를 찧었다. 비명을 지르며 미끄러져 바닥에 주저앉았다. 그러자 동료의 얼굴이 사납게 변했다. 그는 두 걸음 만에 성큼 고메스 앞에 와 있었다. 고메스보다 머리 두 개는 더 컸다.

"한번 뒈지게 맞아 볼래, 난쟁이 똥자루 같은 놈아."

"네 놈 엄마가 난쟁이 똥자루다, 호모 자식아……" 고메스는 대꾸했다. 그러나 더 이어 가지는 못했다. 거뭇한 얼굴의 모로초가 고메스를 한 대 갈겼기 때문이다. 그리고 채 반격할 겨를도 주지 않고 다시 가슴팍에 대고 사나운 발길질을 하는 바람에 고메스는 숨이 턱 막혔다.

고메스는 바닥을 기어 그에게서 떨어지려고 했으나 비눗물이 가득한 바닥은 너무 미끄러웠다. 간신히 머리와 가슴을 두 팔 사이에 파묻고 실 꾸러미처럼 몸을 웅크렸다. 모로초는 미끄러지는 고메스의 다리 한쪽을 붙잡더니 다시 등에 대고 발길질을 했다.

공을 벽에 대고 맹렬하게 차대는 듯한 기세였다. 간간이 들릴 듯 말 듯한 신음소리가 들려왔다. 조심스럽게 소동을 지켜보던 구경꾼들이 화장실로 다가오더니 소리를 지르며 다른 죄수들을 불렀다. 다가온 죄수 하나가 농담처럼 쿨레브라 하고 불렀다. 그러더니 칼을 그에게 건네주었다.

"받아, 쿨레브라! 찔러 버려, 어서, 남자답게 말이야!"

모로초는 자기 손이 베이지 않도록 조심스럽게 칼을 받아 쥐었다.

"멈춰, 안드레스. 미친 짓 하지 마!" 절망적으로 애원하는 금발머리의 목소리였다. 그는 일어서려고 애를 쓰고 있었다.

"흥분하지 마, 키케." 그 말을 하는 모로초의 목소리는 부드럽고 다정했다. 기분이 풀린 듯 유쾌한 어조였다. 동료의 절망이 그의 마음을 움직이기라도 한 것 같았다.

쿨레브라는 고통으로 몸을 꼬고 있던 고메스 쪽을 돌아다보았다. 고메스는 그 틈을 이용해 일어나 앉아 있었다. 손으로 배를 움켜쥔 모습이었다. 아직도 등이 욱신거렸지만 만져 볼 방법이 없었다. 쿨레브라는 계속 응징을 해야 할지 친구 말을 들어야 할지 망설이는 눈치였다. 구경하던 사람들은 풋내기를 칼로 찔러 버리라고 부추겼다.

고메스의 발길질에 맞은 복사뼈 부분이 심하게 놀랐기 때문인지 예기치 못한 상황에서 맞았기 때문인지, 아니면 비눗물 바닥에 오래 버티고 서 있었기 때문인지 쿨레브라가 벌러덩 뒤로 넘어졌다. 마치 나무가 흙 밑으로 제대로 심기지 않아 넘어지는 듯했다. 쿨레브라는 충격을 줄이기 위해 본능적으로 두 손을 짚으려고 했다. 그러나 오른손에는 칼을 거머쥐고 있었다. 타일 바닥에 닿으면서 칼날이 손바닥과 손목에 박혔다. 이번에는 그가 비명을 내지를 차례였다. 금발머리가 그를 돕기 위해 달려갔고 쿨레브라는 금방 다시 일어섰다. 그러나 손과 셔츠는 피로 범벅이 되었고 공포의 비명이 목구멍에서 터져 나왔다.

여전히 몸을 기댄 채 이 모든 장면을 곁눈으로 보고 있던 고메스는 자기 쪽으로 여러 사람들이 서둘러 다가오는 걸 알아챘다. 그들은 그의 턱에 또 발길질을 했고 고메스는 눈앞이 캄캄해졌다.

25

고메스는 사흘 후 교도소 의무실에서 눈을 떴다. 자신이 누구인지 어디 있는지 떠올리는 데 시간이 한참 걸렸다. 그가 깨어난 걸 확인한 남자 간호사가 교도관 두 명을 불렀다. 교도관들은 좀 부주의한 움직임으로 고메스를 휠체어에 앉혀, 죄수들은 거의 들어갈 일도 들어갈 수도 없는 관리실 구역으로 데려갔다.

교도관들은 그를 어느 사무실로 밀어넣었다. 텅 빈 테이블 건너편에서 한 남자가 검은 담배를 피우고 있었다. 그를 기다리고 있었던 모양이다. 그는 대머리였다. 머리 양쪽에 가늘게 두 줄 머리칼이 남아 있을 뿐이었다. 짙은 콧수염을 기르고 어두운 색의 외투와 목깃이 넓은 셔츠에 넥타이는 매지 않은 차림이었다. 교도관들은 고메스의 휠체어를 테이블 앞에 밀어놓고 방을 나가 문을 닫았다. 고메스는 아무 말도 하지 않았다. 그는 상대방이 담배를 다 피울 때까지 기다렸다. 침묵을 지킨 것은 혼란스럽고 놀라서이기도 했지만 침을 삼킬 때마다 목이 아팠기 때문이기도 했다. 입술과 혀를 움직이면 견디기 힘든 통증이 더해질 것 같았다.

"이시도로 안토니오 고메스." 마침내 상대방이 단어를 하나하나 줍듯이 호흡을 끊어 가며 말했다. "자네가 어떻게 여기 온 건지 설명을 하겠네."

남자는 라이터 뚜껑을 만지작거리며 갖고 놀았다. 그가 앉은 자리는 틀림없이 매우 편안한 안락의자인 모양이었다. 그러니 탁자 모서리에 발을 올릴 수 있을 정도로 충분히 뒤로 젖힐 수 있었다.

"여보게, 이 호의적인 만남에서 나는 결정을 하나 해야 한다네. 자네가 똑똑한 사람인지 아니면 멍청이 중의 멍청이인지 말이야. 딱 그것만 하면 된다네."

남자는 말을 마치고 고메스를 보더니 매우 놀란 듯했다. 하지만 남자의 행동 하나하나가 어쩐지 과장되어 보였다.

"제기랄. 아주 엉망으로 만들어 놨군, 친구. 빌어먹을…… 아무튼 좋아. 중요한 건 내가 복잡한 결정을 하나 내려야 한다는 사실이지. 그러려면 내가 방금 한 질문에 대한 대답을 들어야 한다네, 알겠나?"

그는 다시 말을 멈추고 한쪽에 놓아두었던 노트를 펼쳤다. 그때까지 고메스는 노트를 보지 못했었다. 노트에는 메모가 가득했다.

"감방에서 교도관들이 자네를 구해 낼 때부터 자네 일을 심사숙고하고 있는 중이라네. 여보게, 정말 싸게 먹힌 거야. 그 쿨레브라라는 녀석이 끔찍하게 칼에 베지 않았더라면 말이야, 다른 죄수들이 그 녀석을 도와 달라고 교도관을 부르지 않았더라면, 여보게 친구, 자네는 제대로 난도질당해 돼지처럼 피를 흘렸을걸세. 두말할 필요도 없지. 그러니 좋게 생각하게. 나는 자네 사건을 전부터 알고 있었네. 적어도 사건이 일어나던 초반은 알지. 그 뒤 얘기는 기록을 읽어 보고 파악했지. 거 참 우연의 일치야. 세상이 손바닥만 하다는 사실 아는가? 바보 같은 소리일 테지만 살다 보니 갈수록 그 말이 맞다는 확신이 든다네."

그는 노트를 여러 장 넘기다가 찾고 있던 페이지가 나오자 멈췄다. 거기서부터는 말을 이어 가면서 천천히 넘겼다.

"좋아. 단도직입적으로 말하지. 그 여자의 살인 사건 말인데…… 정말 끔찍한 일이야, 어이, 험한 사건이야. 하여튼 내 알 바는 아니지. 사실은 나한테 정말 중요한 일이라네. 그렇지만 자네에게 죄를 뒤집어씌울 만한 게 살인 현장에 전혀 남아 있지 않고, 사건이 있고 나서 경찰이 일에 착수할 무렵 자네가 자주 가던 곳을 떠났다는 걸 주목했지. 내 말 맞는가? 그러고는 3년 동안 사제의 미사를 돕는 종자가 되어 성가신 일을 피해 살았지. 그걸 보고 나는 생각했다네. 이 친구 참 똑똑한걸. 그런데 나중에는 사르미엔토 노선 기차에서 무임승차를 하고는 검표원과 치고받고 하다 붙잡혔다는 걸 알게 된 거지. 그래서 생각했네. 이 친구 머저리구먼. 그런데 한편으로는 수사법원 쪽에 자네를 그 사건에 연루시킬 만한 증거가 하나도 없다는 걸 알게 되었어. 잘 되었지 뭔가. 평생 조심하며 살지 않아도 되게 되었으니. 이 친구 참 일관성이 있네. 나는 계속 알아보았지. 자네는 심문을 받더니 그 자리에서 팔리토 오르테가가 노래하듯이 자백해 버렸다는 걸 말일세. 그래서 나는 이렇게 결론을 내릴 수 있게 되었지. 여보게, 내 이 말은 전적으로 존경과 배려로 하는 말인데, 자네는 진정한 머저리라네. 그런데 기록을 좀 더 읽어 보니 몇 가지 더 알게 되었지. 아는가? 뭔가를 알아내는 게 내가 하는 일이지. 나는 그런 일을 하는 사람이라네. 자네가 데보토에 수감되었다는 걸 알게 되었어. 그리고 한 달 내내 아무도 자네를 괴롭히지 않는 것을 보고 이런 의구심이 다시 생겼지. 이 친구 이거 정말로 영리한 친구 아닌가? 나중에 쿨레브라와 키케 도밍게스가 자네를 찾아갔다는 걸 알게 되었어. 아스피린보다 더 선한 친구들이고, 게다가 결혼반지만 없다 뿐이지 법적으로도 부부나 마찬가지라네. 자네야 자기를 존중하지 않을까 겁나는 열다섯 처녀처럼 반응하는 것밖에 생각이 안 났겠지. 그래서 가엾은 키케를 구타했고, 쿨레브라가 모욕을 씻어내기 위해 자네를 제대로 손봐 주게 된 거지. 쿨레브라와 키케에 대한 얘기를 하는 건, 그들에 관해서라면 모퉁이 빵가게처럼 훤히 알려져 있기 때문이지. 한 달이나 있었는데도 이 친구들을 몰랐다면 나는 생각을 다시 해야 되겠지. 말하자면 고메스, 자네에 대해 더욱 비관적인 말을 하게 될걸세. 자네는 영악한 머저리라고 말이야."

그는 말을 잠깐 멈추고 숨을 돌렸다.

"자네가 내 입장이라고 생각해 보게, 고메스. 간단한 문제는 아니야. 상황을 장악하기 위한 자네 용기를 선택할 것인가, 믹스 샐러드만큼도 위험하지 않은 그 비둘기 같은 커플과 싸움을 벌이는 자네 어릿광대짓을 선택할 것인가? 글쎄, 모르겠네…… 또 나는 자네가 운이 좋은 친구라고 생각해. 자넨 행운이라는 걸 믿는가? 나는 믿는다네. 운이 억세게 좋은 놈이 있고 빌어먹을 운을 타고 난 놈이 있지. 내 보기에 자네는 운이 좋은 인간일세. 말할 필요도 없지. 한번 생각해 보자고. 자네가 그 여자를 해치우러 갔다가 잘 빠져나갔지, 자네를 체포하러 갔을 때도 빠져나갔지, 여기 데보토에서 죽을 뻔한 상황에서도 살아남았지. 물론 나도 알지. 나쁜 쪽을 보자면 그것도 여러 가지가 있긴 해. 열차에서 멍청이 짓을 해서 붙잡혔지, 심문할 때 머저리처럼 자승자박했지, 교도소에서 쓸

데없는 짓을 했지. 그렇지만 아무튼, 몇 차례 멍청이처럼 행동한 것만 빼면 운이 좋았던 건 사실이지. 안 그런가? 함께 일할 사람을 고를 때 그건 중요한 점이지."

그는 다시 말을 멈추고 다른 담배에 불을 붙여 고메스에게 권했다. 고메스는 고개를 저었다.

"아무리 생각해도 자네가 운 좋은 친구라고 할 만한 근거를 또 말해 볼까? 바로 여기 있다는 사실이지, 친구. 여기 내 앞에 와 있다는 사실, 내가 자네의 새로운 상사가 될 수 있다는 사실 말일세. 어떤가? 이런 식으로 생각해 보세. 나는 새로운 일꾼이 필요하고 자네가 우연히 예기치 않은 상황에서 때마침 여기 나타났네."

그는 한동안 침묵하며 고메스를 쳐다보았다. 그러더니 말을 이었다.

"하나 더 얘기할 게 있네, 고메스. 자네는 정확한 이유를 알 필요는 없지만 말이야…… 자네를 쓰는 것은 내게 기쁨이기도 하다네. 나를 먼저 엿 먹인 인간의 인생을 망쳐 버릴 수 있거든, 알겠나?"

대머리 남자는 고개를 내저었다. 어떻게 상황이 얽힌 것인지 믿지 못하리라는 듯이.

"이 얘긴 관두지. 신경 쓰지 말게. 방금 한 얘기는 잊어버리게. 자네는 내가 맡기는 일을 제대로 하는 데만 신경을 쓰면 된다네."

그는 담배의 마지막 한 모금을 빨아들이고는 연기를 천장으로 뱉어냈다. 그러고는 민머리를 손으로 쓸며 말했다.

"자네가 나를 머저리로 만들지는 않겠지, 설마?"

커피

차파로는 삶에 숭고한 순간이 있다면 지금이 바로 그 순간이라는 생각이 들었다. 그의 내면의 완벽주의자가 훨씬 더 숭고한 순간이 있을 수도 있다고 부추겼지만, 그의 다른 영혼은 그런 반박을 곧바로 무시했다. 부드러운 평정상태의 옷을 입은 행복감이 그를 관대하게 만들었기 때문이다.

해가 질 무렵 그는 이레네의 집무실에 그녀와 함께 있었다. 그 시간이면 법원은 텅 비어 있다. 두 사람은 커피를 한 잔 마신 상태였다. 이레네는 긴 침묵 끝에 미소를 지었다. 침묵이 이어지는 동안 질문을 하는 듯한 그녀의 시선이 책상 너머로 건너왔다. 그런 침묵은 늘 불편했다. 그런데도 차파로는 그런 침묵을 매우 즐겼다.

최근 몇 달 동안 그는 뭔가 움직이고 변한 느낌을 받았다. 자기 자신 안에서만 일어난 변화가 아니었다. 자신이 사랑에 빠진, 마주 앉아 있는 여자도 마찬가지였다. 차파로가 송별식에 참석하지 않기로 마음먹고 법원으로 다시 돌아와 오래된 레밍턴 타자기를 빌려 달라고 부탁한 그날부터 두 사람은 여러 차례 만났다. 대여섯 번 되는 듯하다. 늘 오늘처럼 오후의 마지막 햇살이 비치는 시간이었다. 너무 노골적이거나 이상스레 보이지 않으려고 처음 두세 번은 핑곗거리를 찾았는데, 그다음부터는 그러지 않았다. 묘하게도 그가 찾아오는 게 즐겁다고 이레네가 직접 말했기 때문이다. 구체적인 이유가 있을 때만 찾아오는 게 싫다고 했다. 통화를 하며 했던 말이다. 차파로는 그 말을 하는 그녀의 얼굴을 직접 보지 못한 게 애석했다. 그러나 동시에 이레네가 하는 그 말을 직접 듣는다면 자신의 마음 속 불길을 참지 못하고 드러내게 될 것만 같았다. 그런 말을 들을 때 도대체 남자는 어떤 표정을 지어야 하는 걸까?

이레네의 말이 모두 달콤한 것은 아니다. 조금 전 그는 복잡한 상황이 빚어질 걸 결심하고 저녁에 이렇게 만나는 게 사람들 입에 오르내릴 수 있다는 얘기를 뱃심 좋게 꺼내 보았다. 그녀는 친구랑 커피 한 잔 하는 게 뭐 나쁠 게 있냐고 태연히, 약간은 거만한 태도로 대답했다. 어쩌면 고통스러운 거리를 두는 것인지도 모른다. 차파로는 친구라는 표현이 마음 아팠다. 그를 밀어내는 말이고, 존중과 존경의 거리감을 둔 관계로 되돌아가라는 말이기 때문이다. 그는 좀처럼 낙관적이지 않지만, 이번엔 괜찮다고 자신을 달랜다. 아마 그녀도 감정을 드러내는 적절한 표현을 골라야 했을 테니까. 여자들은 감정을 감추는 방법을 잘 안다. 대체로 남자들은 감정이 얼굴에 완전히 드러나 버리는데, 여자들은 감정의 뇌관을 벗겨내 폭발을 막는 방법을 잘 안다. 적어도 차파로는 그렇게 믿었다. 그렇게 믿고 싶었다. 원래부터 여자들이 세상과 세상의 위험을 더 잘 이해하도록 정해진 것과 같은 이치라고 말이다.

그러니 이레네가 그런 식으로 대답을 해도 자신들을 둘러싼 세상, 지금 이레네가 불편한 듯 수줍은 듯 미소를 짓고 있는, 나무 냄새가 나는 그 집무실을 제외한 온 세상과 논쟁을 하려 드는 것이라고 생각하는 것은 잘못이다.

차파로는 그런 당혹감을 잘 이해하고 있었다. 왜냐하면 자신도 잘 드러내기 때문이다. 무엇을 드러낸다는 건가? 우선 얘기를 끌어갈 화제가 없다는 사실을 드러낸다. 차파로는 여러 가지 일이 일어난 책의 마지막 부분에 대해 이야기해 주었다. 이레네는 최근에 법원 내에 도는 소문들을 얘기해 주었다. 지금 침묵 속에 앉아 있다면, 그 침묵 속에 서로 무언가를 묻고 있는 거라면, 말없는 미소로 서로 무언가를 묻고 있는 그 침묵을 깨뜨리지 않는다면, 그것은 그들을 방해하는 것이 아무것도 없기 때문이다. 가까이 함께 있기 위해 시간이 흘러가도록 한 채 서로를 마주 보고 있다는 사실만이 존재한다. 서로 뭔가를 물으면서 침묵을 지키고 있다는 사실이 진정 행복한 건 바로 그 점 때문이다.

26

1973년 5월 26일 산도발과 나는 늦게까지 일하고 있었다. 우리는 무슨 일이 벌어지고 있는지 몰랐다. 모랄레스와 고메스의 이야기가 새로이 전개되려 하고 있다는 사실을.

사무실 문이 열리고 교도관이 들어온 것은 거의 밤 시간이 되었을 때였다.

"교도국에서 나왔습니다. 안녕하십니까." 그는 인사하며 신분을 밝혔다. 붉은 색 배지가 달린 회색 유니폼으로는 자기를 소개하는 데 부족하다는 듯이.

"안녕하세요." 내가 대답했다. 몇 시지?

"내가 맡을게." 산도발이 말하고는 접견실 테이블 쪽으로 걸어갔다.

"아무도 없는 게 아닐까 생각했습니다. 시간이 늦어서 말이지요."

"그러게요. 사실⋯⋯." 산도발은 교도관이 갖고 온 수령증에 수령 날인할 스탬프를 찾으면서 말했다. 교도관은 서명해야 할 곳을 짚어 주었다.

"그럼 안녕히 계십시오." 교도관은 산도발이 날인을 끝내자 인사를 했다.

"안녕히 가세요." 내가 대답했다. 산도발은 방금 도착한 통지문을 읽느라 대답을 하지 않았다.

"무슨 내용인가?" 내가 물었다. 그는 대답하지 않았다. 내용이 그렇게 긴가 아니면 다시 읽어 보는 중인가? 나는 재차 물었다.

"파블로…… 뭐라고 적혀 있는데?"

그는 손에 통지문을 들고 돌아서더니 내 책상으로 다가왔다. 종이를 나에게 내밀었다. 종이에는 교도국의 로고와 소인이 찍혀 있었고, 비야 데보토 형무소의 소인도 찍혀 있었다.

"이시도로 고메스 그 빌어먹을 놈을 풀어주었대." 그가 낮은 목소리로 말했다.

27

나는 산도발의 그 말에 머리를 세게 한 대 얻어맞은 듯했다. 그가 건네준 종이를 읽지도 않고 내 책상 위에 올려놓았다.

"뭐라고?" 그게 내가 더듬거리며 겨우 한 말이었다.

산도발은 창 쪽으로 걸어가더니 단번에 창문을 열어젖혔다. 해 질녘의 찬 공기가 사무실로 들어왔다. 그는 난간에 팔을 괴고서는 한없이 비탄에 잠긴 목소리로 욕을 내뱉었다.

"염병할 지랄 맞을 놈 같으니라고."

내가 곧바로 한 일은 바에스에게 전화를 거는 일이었다. 절망적으로 다급해지고 멍한 분노에 찬 상태로 믿을 만한 누군가에게 설명을 해 달라고 요구하고 싶었다. 마치 일어난 상황이 그 사람의 잘못이기라도 한 듯이.

"잠깐 기다려 보세요. 금방 전화하겠습니다." 바에스는 그렇게 말하며 전화를 끊었다.

15분 후에 다시 통화를 했다.

"그렇게 되었다는군요. 차파로. 어젯밤에 풀어 줬답니다. 정치 범들에 대한 특사에 함께 말입니다."

"언제부터 그 망할 자식이 정치범이었소?" 나는 소리를 질렀다.

"그건 저도 모르겠습니다. 그러지 마시고, 며칠 시간을 주시면 어떻게 된 영문인지 알아보고 전화드릴게요."

"형사님 말이 맞아요." 나는 생각을 가다듬었다. "미안합니다. 그런 쓰레기 같은 놈을 풀어 주리라고는 생각도 못했어요. 게다가 잡기도 정말 힘든 놈인데 말입니다."

"미안해하시진 마세요. 저도 화가 치미는 중이니까요. 어쨌든 처음 있는 일도 아닙니다. 이런 일로 전화를 받은 적이 두어 번 있어요. 일단 카페에서 따로 만나는 게 좋을 듯합니다. 전화로 얘기할 일이 아닙니다."

"그러지요. 고맙습니다, 형사님."

"곧 뵙지요."

우리는 전화를 끊었다. 나는 산도발을 돌아보았다. 그는 여전히 창문 난간에 팔꿈치를 괴고 있었다. 망연자실한 시선은 맞은편 보도의 건물들을 향했다.

"파블로." 그를 불러 제정신으로 돌아오게 했다.

그는 나를 돌아보았다.

"어이, 사람이 자부심을 느낄 수 있는 일이란 참 드물어. 그렇지 않아?"

그러고는 다시 창 쪽으로 돌아섰다. 그 순간 나는 그 망할 놈을 심문할 때 그가 멋지게 가담한 것이 그에게 얼마나 중요했던가를 깨달았다. 그런데 스스로에게 준 훈장이 산산조각 나 버린 것이다. 투쿠만 길을 향해 돌아선 그의 얼굴이 눈물로 젖어 있으리라는 걸 알 수 있었다. 그 순간 내 동료의 고통이 고메스 일 때문에 느껴지는 분노보다 더욱 크게 다가왔다.

"우리 그쪽으로 저녁 먹으러 나가는 게 어때?" 그렇게 물었다.

"좋은 생각이지!" 그는 숨기지도 않고 빈정거렸다. "실신할 때까지 위스키 마시는 법 좀 가르쳐 줄까? 문제는 누가 우리 두 사람을 찾아와 택시에 실어 데리고 가느냐지."

"아니지, 바보같이 굴지 마. 그럼 우리가 함께 자네 집에 가서 알레한드라와 저녁을 먹고 이야기를 나누면 어때?"

그는 극장에 데려가 달라고 했는데 대신 막대사탕을 사 주겠다는 대답을 들은 소년처럼 나를 보았다. 아마도 내 얼굴의 절망적인 표정이 그로 하여금 이성을 되찾게 한 것 같다.

"좋아." 결국 그렇게 대답했다.

우리는 통지문을 내 책상에 그대로 두고 스토브와 불을 끄고 열쇠로 문을 잠갔다. 그러고는 아래로 내려왔다. 늦은 시간이었고, 투쿠만 쪽의 문이 이미 닫혀 있어서 탈카우아노 길 쪽으로 나가야 했다. 버스를 타려던 찰나 산도발이 잠깐 기다리라고 말했다. 꽃집으로 달려가더니 꽃을 한 다발 샀다. 다시 돌아온 그는 씁쓰레한 목소리로 말했다.

"이제 우리 반듯하게 행동해야 하니 기왕이면 제대로 완벽하게 하자고."

나는 고개를 끄덕였다. 버스가 금방 도착했다.

28

바에스 형사를 마지막으로 만난 게 2년 전이었다. 금방이라도 대법원 법관이 되기를 열망하던 포르투나 판사의 망상이 사그라든 지 2년이 흐른 것이다.

"어디 봅시다. 이제 제가 얘기하는 것을 에누리 없이 들으십시오. 그들을 모두 풀어 주고 나서 요사이 데보토는 혼란의 도가니입니다."

나는 고개를 끄덕였다. 우리가 처한 현실의 본질인 전반적인 사회적 혼란상을 얘기하느라 시간을 허비하는 사람이 아니라는 걸 알고 있었다. 시대 상황은 우리의 이해력을 넘어서는 것이라고 인정하고 있는 바였다.

"어떻게 된 일인가 하면 대략 이렇습니다. 두 분이 고메스를 데보토로 보낸 게 1972년 6월이지요. 맞지요? 그냥 평범한 감방에 집어넣었고요. 글쎄요, 그냥 7번 감호실이라고 해 두지요. 몇 주가 지나자 우리의 친구 고메스가 본색을 드러냈어요. 소동에 휘말려 완전히 초주검이 된 겁니다. 사실은 감방의 가장 순한 죄수 둘에게 시비를 걸었다가 흠씬 두들겨 맞은 모양입니다.

나는 그의 말을 듣고 있었다. 잘못된 선택으로 고생하는 고메스를 생각하니 기쁨이 일었지만 나는 감정을 억눌렀다.

"그런데 이 고메스라는 녀석은 구세주가 따로 있는 모양입니다. 마흔다섯 차례의 난도질에 바닥에서 말라비틀어져 죽기는커녕 자기를 공격한 수감자 하나를 오히려 베어 버린 거지요. 그 뒤의 소란 속에서 동료가 피를 흘리는 걸 두려워한 죄수들이 교도관을 불렀고, 두 사람을 데려갔어요. 그렇게 해서 고메스는 목숨을 건졌지요. 그런데 여기서 뭔가 이상한 점이 있어요. 그러니까…… 몸싸움, 부상당한 재소자, 이 모든 소란의 기록이 어디에 있느냐는 겁니다. 아무 데도 기록이 없어요. 부상자는 둘 다 병원에는 안 보냈어요. 교도소 의무실 안에서 그냥 치료한 겁니다. 행정적인 조치는 하나도 없었어요. 어떤 교도관도 어떤 수감자도 누구도 진술 하나 없었단 말입니다. 유일하게 있는 거라고는 고메스의 서류인데, 두 주 후 의무실에서 나올 때 다른 감방으로 이감 지시가 떨어졌다고 되어 있어요. 부서기관님은 이렇게 생각하시겠지요. 같은 감방으로 돌아가면 보복을 당할 테니 당연하지 않느냐구요. 맞는 말이기도 하고 틀린 말이기도 합니다. 보세요. 싸움이 붙었던 감방으로 되돌아가더라도 이제 갈기 잘린 사자인 셈이니 누군가의 애인이 되어 보호를 받든 어쩌든 모든 게 평화로워지겠지요. 그렇지만 하여튼 같은 감방으로 돌아가지는 않고 정치범들의 감방으로 이감되었지요. 사실 고백하자면 여기서 저는 완전히 방향을 잃은 기분입니다. 고메스나 그의 치정 살인이 FAR니 ERP니 몬토네로니 하는 단체들과 무슨 상관이 있느냐 말입니다. 게다가 그 죄수들은 다른 정치범들과 달리 형사 재판이 아니라 특별 재판을 받기로 되어 있었어요. 제 말 이해하시겠어요? 고메스는 특별 재판과는 아무 연관이 없다는 거지요."

그는 말을 멈추고 앞에 놓여 있던 커피 잔을 들고 남은 한 모금을 마저 들이켰다. 형사의 커다란 손에 비해 우스꽝스러울 정도로 잔이 작았다. 나는 사건의 핵심을 들을 태세를 취했다. 그게 바에스와 내가 아는 다른 경찰들의 차이였다. 다른 경찰들이라면 거기까지, 그러니까 자기들의 논리로 가능한 한계까지 조사한 걸로 만족했을 것이다. 바에스는 달랐다.

"아무튼" 그는 말을 이었다. "지금까지 한 얘기는 비교적 쉽게 알아낼 수 있었어요. 이제부터는 훨씬 더 복잡합니다. 우선 특별 재판에 대해 얘기하자면 저는 대 게릴라 부서 쪽에는 별로 아는 사람이 없습니다. 그들은 별개의 조직으로 움직이지요. 비밀스러운 분위기를 풍기며 우쭐거리고 다닙니다. 제 말 이해했는지 모르겠네요. 두 번째로는 지난 번 사면 사건 이후 심어 놓았던 서커스 천막을 통째로 걷어 버렸기 때문에 지금으로서는 할 일이 없기도 하구요. 그렇지만 아무튼 그런 소란 가운데서도 고민거리를 털어놓고 싶어 하는, 향수와 원망에 가득 찬 사람은 항상 있게 마련이지요."

그는 손을 들어 커피를 한 잔 더 주문했다.

"어쨌든. 교도국 안에 소규모 정보센터가 만들어진 것 같습니다. 행정부 산하에 말이지요. 여기서부터는 갈수록 모호하긴 합니다. 정보국 산하인지 내무부 산하인지 국방부 산하인지는 모르겠습니다. 하긴 결국은 마찬가지지요. 그 무도회에서는 어디 소속이든 모두 뒤섞여 다니니까요. 문제는 '간부들'을 감시할 목적으로 감옥 안에 그런 간첩 조직이 꾸려졌다는 겁니다. '간부들'이란 게

릴라를 지칭하는 은어지요. 그들은 라우손 감옥에서의 대탈옥 사건과 같은 일이 또 일어날 수 있다는 생각만 해도 두려움에 떨지요. 알아들으시지요?"

이제는 사건이 추리소설 같았고 바에스는 능숙한 내레이터였다. 그러나 나는 여전히 고메스가 그 모든 것과 무슨 상관이라는 건지 이해할 수 없었다. 그래서 솔직하게 물었다.

"이제 다 왔습니다. 다 왔어요. 그렇지만 지금 이야기하는 게 이해가 안 되면 다른 것도 이해가 안 될 겁니다. 데보토의 사무실에 이 모든 사건을 책임지고 있는 사람이 있는데 페랄타라고 불린다더군요. 그가 정치범 감방에 자기 사람들을 심으려고 했어요. 조심해야죠. 위험한 일이니까요. 그 일을 하다가 죽은 몸이 된 자들이 한둘 있다더군요. 그래서 일반 재소자를 그 일에 써먹기로 했답니다. 기막힌 아이디어죠. 위험한 일 같지요? 그렇습니다. 그러나 그 사람한테는 공짜지요. 최악의 경우 죄수 하나 잃는 셈이니까요. 잘 되면 직접적인 목격자가 생기는 거지요. 가령 제일 유명한 '간부진'들에게 도청기를 달아 놓는 것과 다를 바 없지요. 첩보 영화에 나오는 그 자그마한 수신기 말입니다. 이해되지요? 고메스도 그렇게 교도소 안에서 모집된 겁니다. 페랄타라는 사람이 직접 그를 찾아 그런 일을 하도록 시켰다고 합니다. 물론 고메스만 있는 건 아니지요. 모두 합쳐 서너 명 되는 모양입니다. 정확히는 알 수 없지만요."

웨이터가 다시 커피를 가져다주는 동안 그는 잠깐 말을 멈추었다.

"여기서 질문이 하나 생깁니다. 왜 고메스를 포함시켰을까? 그건 정말 난해하고 어려운 질문입니다. 다른 점들에서 보자면 아주 자연스럽기도 하지요. 고메스가 해낼 테니까. 무엇보다도 그는 조각상처럼 냉정하고 머리도 좋은 친구니까요. 열이 바짝 오르거나 하지 않을 때는 말입니다. 그런 보석이 항상 찾아오는 건 아니지요. 거 참, 그가 보석인지는 저도 모르겠습니다만. 그렇지만 그 감방에서 5월까지도 살아남은 걸 보면 일을 망치지는 않을 테지요. 왜 그런 보석을 꺼내서 달고 다니지 않고 썩혀 두겠어요? 그리고 그를 빼내기 위한 절차는 참으로 간단하지요. 사실 그만한 방법도 없지요. 식은 죽 먹기지요. 정치범들은 사면 출소 일정을 미리 알게 되는데 명단을 작성할 때 기꺼이 신의를 다하여 고메스도 함께 써 넣는 거지요. 그렇게 되지 않더라도 문제는 없어요. 나중에 페랄타의 부하가 맨 밑에 고메스 이름을 적어 넣으면 끝이니까요."

바에스는 커피 값을 낼 돈을 찾는 몸짓을 했다. 나는 그를 말리고 외투 주머니에서 동전을 꺼냈다.

"그러니 이제 남은 질문이 조금 전 얘기한 그겁니다. 페랄타는 왜 고메스를 끼워 넣고 싶어 했는가? 우선 그 녀석의 당당함이 그의 주의를 끌었겠지요. 사자 우리에 대고 으르렁거린 거나 다를 바 없으니 말입니다. 두 번째는 대가를 치르지 않아도 된다는 거지요. 그건 조금 전 얘기했지만, 일이 잘못 되더라도 그 페랄타라는 작자는 잃는 게 없어요. 세 번째는…… 제일 멋진 건데 들어 보실래요?"

'제일 멋진'이라는 말을 하는 바에스의 씁쓰레한 표정으로 보건대 진짜로 최악의 답인 모양이었다.

"앞에서 얘기한 모든 이유를 합쳐도 페랄타가 고메스를 선택하기에 충분치 않았을 수 있어요. 그런데 만약에 고메스의 사건 기록을 요청해 거기서 뭔가를 알아냈다면, 페랄타는 더 이상 망설일

이유가 없었을 겁니다. 답은 거기, 그 사건 자체에 있는 거예요, 벤하민."

'제기랄,' 나는 생각했다. 알고 지내는 동안 처음으로 내 세례명을 부르면서까지 완화시켜야 할 정도로 그렇게 심각한 내용이란 말인가?

"이 녀석을 사용하기로 한 것은 당신을 제대로 엿 먹이기 위한 기발한 수단입니다."

나는 완전히 혼란에 빠졌다. 내가 그 모든 일들과 무슨 연관이 있을 수 있나? 바에스가 지금까지 해 준 이야기는 논리성이 있었다. 우울한 얘기였지만 매우 그럴듯했다. 그러나 이 마지막 말은 난데없는 소리였다. 자면서 꾸는 악몽처럼 말이다. 처음에는 악몽 같지도 않다가 논리와 이성의 경계를 날아올라 불가해하고 불안한 꿈이 되는 바로 그 순간 악몽이 되기 시작하는 것이다.

"고메스에 대해 계속 알아볼 자료가 더 이상 남지 않았을 때 이 끈의 다른 쪽 끝을 붙잡아야겠다는 생각이 들더군요. 그 유명한 팀장 페랄타 말입니다. 정부 정보부가 교도소 안에 설치되다니 좀 복잡한 일이겠다는 생각을 했어요. 그러나 대단히 복잡할 건 없었어요. 어쨌든 아르헨티나 사람이니까요. 조금 긁어 보면 쇠로 만들어졌다는 걸 알 수 있듯이 말입니다. 시도해 보지 않았다면 그 페랄타라는 사람의 진짜 이름과 생김새를 알아내는 게 그렇게 간단했을라고요."

웨이터가 테이블에 놓인 지폐를 집어든 뒤 거스름돈을 건네주는 데 시간이 걸렸다. 거스름돈을 팁으로 달라는 듯이. 나는 몸짓으로 그러라고 했다.

"아마 부서기관님과 비슷한 나이인 듯합니다. 차파로. 머리는 벗겨졌고, 짙은 콧수염을 길렀고요. 저랑 비슷하다고 하더군요. 키는 별로 크지 않고요. 젊었을 때는 호리호리했는데 지금은 아주 뚱뚱해진 모양입니다. 그런데 말입니다. 오랫동안 법원에서, 여기 예심재판부에서 일했습니다. 이제 짐작하시겠어요?"

그럴 리가 없다. 그럴 수는 없다.

"맞습니다. 최악의 경우를 생각해 보세요, 벤하민. 그러면 짐작하기 쉬울 겁니다. 부서기관님과 예심재판41부에서 일했지요. 옆 서기관실의 사무장으로 말입니다. 그러다가 1968년 불법적인 폭력을 썼다고 고발당해 기소되었지요. 그런데 상부에서 기각시키는 바람에 소용없는 일이 되었지요. 장인이 계급이 좀 되는 모양입니다. 대령인지 장군인지 그런 정도요. 그래서 정보국에 손을 써 준 거지요. 이제 아시겠죠? 성이 로마노입니다."

29

"그럴 리가 없어. 어떻게 이런 일이." 나는 분노와 의심 속에 한참 침묵한 끝에 사실을 겨우 받아들이며 말을 뱉어 낼 수 있었다.

바에스는 물끄러미 나를 봤다. 아마도 조립을 끝내는 데 필요한 마지막 두세 조각을 내가 꺼내놓기를 기다리는 것이리라. 나는 미장이들을 체포한 얘기며, 로마노의 명령과 지휘로 시코라가 미장이들을 야만적으로 구타한 얘기를 들려주었다. 바에스는 당시에는 전혀 몰랐던 일이라 놀람과 호기심이 뒤섞인 표정으로 내 말을 듣고 있었다. 그는 당시 며칠 휴가를 보내던 중이었는데, 실은 시코라와 그 빌어먹을 자식이 관할 경찰서에 손을 써서 벌인 짓이었다. 바에스는 시코라도 그 일로 기소되었는지 확실히 알지는 못했다. 나는 로마노에 대한 기소는 무효가 되었다고 알려 주었다. 바에스는 잠깐 기다려 달라고 말하더니 카페 안쪽으로 걸어가 공중전화로 몇 분간 통화했다. 그는 자리로 돌아와 시코라는 1971년 2번 국도에서 교통사고로 죽었다고 했다. 그러니 우리는 시코라에 대해 더 깊이 알아볼 수도 없었다.

"맙소사." 그는 덧붙였다. "이제 어느 쪽으로도 더 파고들 수가 없게 되었군요."

맞는 말이었다. 사면을 받았으니 고메스를 잡을 수도 없었다. 정보국을 파고들어 로마노를 잡는 것은 미친 짓이고 소용도 없는 일이었다. 둘 다 무사히 살아남은 것이다.

그 모든 게 참으로 우스꽝스러워서 웃고 싶은 기분이 들었다. 그러나 그 모든 게 사실은 불길하고 사악한 일이라서 울고 싶은 기분이 더했다. 불법적인 압박 수사를 벌인 로마노를 고발했을 때 이미 파시스트 장인의 힘을 빌려 '반체제조직 관리 정보실'에 요직을 잡는 기회를 열어 준 셈이었다. 거기다가 그 망할 자식이 나한테 복수할 기회까지 하늘이 준 선물처럼 뚝 떨어진 것이다. 그는 그 사건을 내가 진행했다는 걸 알고 있었고, 그래서 범인을 자기 날개 아래 보호하고 있다가 때가 되면 나를 쓰러뜨리겠다는 생각을 한 것이다. 그리고 실제로 그 목표를 이루었는데 나는 눈치도 채지 못했던 것이다. 이미 돌이킬 수 없이 늦은 시점이 되어서야 나는 알게 된 것이다.

"가엾은 사람."

바에스의 입에서 흘러나온 두 단어는 테이블 위에 잠시 머무르다 사라졌고 침묵이 그 자리를 채웠다. 나는 대답하지 않았지만 그 경찰관이 누구에 관해 말한 건지 이해할 수 있었다. 로마노도 고메스도, 그렇다고 바에스 자신도 나도 아니었다. 바로 리카르도 모랄레스 얘기였다. 패를 먼저 받든 뒤에 받든, 주사위를 던질 때마다, 이런 이유 저런 이유가 붙어서 결국에는 영원한 희생자가 되어 버리고 만 사람. 나는 이 소식을 그에게 전하면 어떤 얼굴을 할지 짐작해 보았다. 그를 보러 은행으로 찾아가는 게 맞을까 아니면 다른 때 보던 카페에서 만나기로 약속하는 게 좋을까? "이제 뭘 할 수 있지요?"라고 물으면 뭐라고 대답할 것인가? 사실대로 얘기할 것인가? 그냥 "아무것도요."라고 답할 것인가?

나는 찻잔에 각설탕을 던져 넣고는 설탕이 가라앉으면서 녹아내리는 모습을 흥미롭다는 듯 보고 있었다.

"가엾은 사람." 그것이 나도 결론처럼 할 수 있던 유일한 말이었다.

30

"괜찮으시면 어떻게 풀어 주었는지 얘기해 주십시오." 모랄레스는 이제 어떤 일에도 상처받지 않는다는 듯이 말했다.

대답하기 전에 그를 잠시 보았다. 그 젊은이는 여전히 나를 놀라게 하는 데가 있었다. '젊은이'라는 수식어는 아마도 이제는 어울리지 않을 터이다. 그런데도 왜 그 단어를 계속 쓰는가? 물론 편해서 그렇다. 프로빈시아 은행 지점에서 처음 그를 보았을 때부터 항상 그가 젊은이일 때 봐 왔기 때문이다. 그때는 진짜로 젊은이였다. 스물네 살이었으니. 그러나 5년이 지난 지금도 그를 젊은이라고 칭하는 것은 맞지 않다. 그의 금발머리 숱이 훨씬 줄어 있다 해서 그런 건 아니다. 우리가 가끔씩 만나는 사람들은 시간의 흐름을 더 분명하게 드러낸다. 그게 당연한 일인 듯도 하다. 모랄레스는 더 이상 젊지 않다. 서류상 나이는 그가 아직 서른 살이 되지 않았음을 말하고 있지만 말이다. 끊임없는 고통이 그의 입가에 깊은 주름을 두 줄 만들어 놓았다. 곧은 금발 콧수염으로도 입가 주

름을 감추지 못했다. 이마에도 지워지지 않는 고통의 흔적이 깊
게 패어 있다. 항상 홀쭉한 몸이긴 했지만 지금은 그 홀쭉함이 더
심해져 뼈밖에 남지 않았다. 식사를 한다는 게 그에게는 자그마
한 기쁨이 될 수도 없고 최소한의 욕구에 부응하는 것도 아닌 듯
했다. 광대뼈는 뾰족하게 솟아 있고 두 뺨은 쏙 들어가고 회색 빛
눈은 퀭하니 들어가 있었다. 1973년 6월 어느 날 오후에 모랄레
스를 마주하고 있자니 한 인간의 삶이 길고 짧음은 무엇보다도 그
사람이 견뎌내야 하는 고통의 양에 달려 있다는 걸 알 수 있었다.
시간은 상처를 받은 사람에게는 더 느리게 흘러가고, 고통과 번민
은 인간의 살갗에 영원한 표시를 남긴다.

　나는 방금 그 남자를 앞에 두고 느낀 놀라움을 말했다. 그를 만
나기 전 며칠 동안 나는 그에게 소식을 전할 것인가 은행으로 그
를 만나러 갈 것인가 계속 고심했다. 우리가 처음 만나던 그날, 그
러니까 바에스 형사와 같이 찾아갔던 날의 기억이 너무 생생했다.
그 남자를 또 다시 그 장소에서 같은 식으로 갈기갈기 마음을 찢
어 놓는 짓을 할 수 없을 듯했다. 그래서 전화를 걸어 투쿠만 길
1400번지 카페에서 만나기로 약속했다. 수화기 너머로 그를 만나
자 나는 내 전화에 그가 놀라지 않을까 생각했다. 우선 전화를 건
일 자체가 그렇다. 서로 연락을 않은 지 1년 가까이 되었다. 예심
형사법원의 사무장이 직장으로 전화를 걸어 무슨 볼 일이 있을 것
인가? 생일날 축하 전화라도 한 것인가? 게다가 늘 보던 그 카페
에서 약속을 잡았다면. 모랄레스는 고메스 사건에 대한 선고 판
결, 그러니까 항소심 법원으로 넘어가기 전 선행 절차에 이삼 년
이 걸린다는 걸 정확하게 알고 있었다. 예심재판 폐정 멘트처럼
너무 자세한 내용을 알리자면 굳이 직접 만나서 얘기하자는 약속

을 잡을 필요가 없었다. 보통 사람이라면 그런 예상치 못한 모호한 전화를 받고 어떻게 하겠는가? 무슨 질문을 한다거나, "그렇게 중대한 건가요?" 또는 "미리 언질을 주면 마음이 좀 편하겠는데요?"라는 식으로 뭐든 참고할 만한 이야기나 정보를 요청할 것이다. 모랄레스의 경우는 그렇지 않았다. 그는 내 말을 듣기만 했고, 다음날 은행에서 조금 일찍 퇴근할 수 있는지 아니면 목요일이 더 좋겠는지 묻자 잠깐 망설였을 뿐이다. 그러고는 동료와 잠깐 얘기한 후 "내일이 좋겠습니다."라고 했다. 그게 전부였다. 그래서 쌀쌀한 수요일 오후 우리는 이 구석진 자리에 앉았다.

"심각한 얘기가 있어서 전화했어요, 모랄레스." 나는 가능한 한 빨리 본론으로 들어가기로 결심했다. 고메스가 석방된 일이 내 잘못이라는 바보 같은 생각이 들었다. 그런 식으로 상황이 돌아가게 된 게 나와 무슨 상관이란 말인가?

"고메스가 풀려났다는 얘기를 하시는 거라면 염려 마세요. 이미 알고 있습니다."

"'알고 있다'는 게 무슨 뜻인가요?" 내 반응은 우스꽝스러웠다. 모랄레스가 알고 있으리라는 건 내 대본에 없는 일이었다. 그래서 그런 부질없는 말이 입에서 나온 것이다. 나는 물러서지 않았다.

"네, 이미 알고 있었습니다."

그제야 나는 침묵을 지켰다. 어떻게 알게 된 걸까?

"별로 놀랄 일은 아닙니다, 차파로." 그는 솔직하게 덧붙였다. "석방되기 전에 사면대상자 명단을 신문에 발표하거든요."

"그런데 고메스가 그 명단에 들어있으리라는 생각은 어떻게 했어요?"

이번에는 모랄레스가 대답하는 데 잠시 뜸을 들였다. 마치 그 질문이 놀랍기라도 한 듯이. 마침내 그는 빈정거리는 듯한 표정으로 입을 열었다.

"사실대로 말씀드릴까요? 제 인생을 지배하는 존재 원리가 그래서 하는 말입니다."

"……."

"안 풀리는 일은 결국 끝까지 꼬인다. 그게 제 인생 경험의 결론입니다. 잘 되어 갈 것 같던 일도 나중에는 결국 엿 같아지니까요."

나와 이야기를 나누는 도중에 모랄레스가 욕설을 한 게 처음이 아니었던가? 아마도 그의 불행의 크기와 깊이가 그 정도였으리라. 나는 엉뚱한 상상을 했다. 집게손가락을 들어 올린 채 이런 말을 하는 모랄레스의 부모님을 상상한 것이다. 아들에게 "리카르디토, 어떤 일이 있어도 욕은 하지 말아라. 정말로 나쁘고 악한 남자가 너의 아내를 강간하고 목 졸라 죽이고서는 나중에 석방되더라도 절대로 욕을 해서는 안 된다." 나는 망상을 떨쳐 내고 다시 그의 얘기로 돌아왔다. 뭐라고 대답할 수 있을까? 그를 알아 온 최근 5년 동안 그가 겪고 있는 일들을 생각해 보면 정말 반박할 수 없을 정도로 일리 있는 말이었다.

"진지하게 하는 말입니다." 모랄레스는 말을 이었다. "부서기관님이 그를 잡았다고 얘기해 주셨을 때, 그리고 그가 어떻게 하다가 실수로 자기 범죄를 자백하게 되었는지 얘기해 주셨을 때 저는 생각했어요. '됐다, 이제야 어떤 식이든 이 일이 끝났군. 이제 감옥에서 썩게 될 거다.' 그런데 집에 돌아와 사나흘이 지나자 이런 질문이 생기더군요. '그럼 끝인가? 이걸로 다 된 거라고? 그렇게 간단히?' 그럴 순 없습니다. 그건 너무 간단하잖아요. 우리가 지난 4년 동안 얼마나 별짓을 다 했느냐 말입니다. 그래서 변호사 친구에게 물어 봤습니다. (친구라고 하면 과장이니 지인이라고 해 두죠.) 종신형 사건이 어떻게 되는 건지 말이죠. 길어 봐야 25년이면—그것도 피의자 구금 기간까지 포함해서—그 놈이 석방될 수 있다는 얘기를 들었을 때 이렇게 생각했어요. 그래도 그 정도면 괜찮은 거야 라고요. 물론 나한테 한 짓을 생각하면 평생 감옥에 가둬 놓는다면 더할 나위 없이 좋겠지요. 그렇지만 25년형이란 것에 익숙해졌습니다. 들어 보세요. 어쨌든 25년은 아주 긴 시간이잖아요. 아르헨티나에서 누군가를 옥살이 시킬 수 있는 최대 징역기간이니까요. 그러니 만족하기로 했지요. 적어도 이 사실을 깨달을 때까지는 그랬어요. '기다려, 리카르도.' 이런 생각이 들었어요. '그게 만족스럽다고 생각한다면 크게 착각하는 거야. 만족스럽다고 생각하는 그것조차 일어나지 않는 걸 언제가 되든 보게 될 테니 말이야.' 제 말 듣고 있어요?"

나는 그의 말을 듣고 있었다. 견디기 힘들 정도의 비관적인 연설이었다. 그러나 그의 말 중에 사실과 다른 말은 한 마디도 없었다.

"그렇게 해서 저는 5월 25일 아주 많은 정치범들이 데보토 교도소에서 사면되어 나온다는 사실, 그리고 수감 당시의 죄에 대해서는 더 이상 아무도 기소할 수 없다는 사실을 알게 되었어요. 그래서 백만 페소짜리 질문을 하게 되었지요. '어디 보자, 리카르도. 이시도로 안토니오 고메스 그 빌어먹을 놈과 관련된 일이 어떤 경우라면 최악의 결과라고 할 수 있을까?' 이런 대답이 나오더군요. '내 아내를 강간하고 살인한 그놈이 아무 상관이 없는 정치범 사면 수혜자 명단에 나온다면 그보다 더 나쁜 일이 어디 있겠는가?' 라고요. 그런데 아십니까? 이건 정말 로또죠! 정말로 그놈 이름이 있는 겁니다!"

그는 고함을 지르며 말을 마쳤다. 커다랗게 열린 눈에는 눈물이 맺히고 있었다. 그러더니 본래의 황량한 표정으로 돌아와 한동안 거리를 보며 입을 다물었다. 나도 거리를 보았다. 더 이상은 상처를 받지도 않는 초연한 남자의 목소리가 들린 건 한참이 지나고 나서였다. 벗어났기 때문이 아니라 굴복했기 때문에 상처받을 일이 없는 것이었다.

"괜찮으시면 어떻게 풀어 주었는지 얘기해 주십시오."

나는 얘기해 주었다. 바에스에게 전해들은 대로 모두 말했다. 교도국 통지문을 통해 석방 사실을 알게 되었다는 것도 얘기해 주었다. 왜 그랬는지는 나도 잘 모르겠다. 아마도 바에스나 산도발 같이 정직한 사람들이 분개하고 있다는 걸 알면 신에게, 운명에게 버림받았다는 기분이 조금은 덜하지 않을까 생각했던 것 같다. 내가 말을 마치자 그는 오랫동안 침묵을 지켰다. 웨이터가 테이블 옆으로 계산서를 갖다 주러 오자 나는 커피를 한 잔 더 주문했다. 웨이터가 모랄레스에게도 한 잔 더 주문하겠냐고 묻자 고개를 내저었다.

나는 망설였다. 다음 말을 이미 생각해 두고 있었지만, 말해야 할지 확신을 못하고 있었다. 그러나 지금이 아니면 기회가 없을 것 같다는 생각이 들어 용기를 냈다.

"이런 얘기 하는 게 쉽지는 않은데, 모랄레스……," 나는 주저하면서 말문을 열었다. "사실은 나라고 해도…… 지금 말하려고 하는 일을 생각조차 할 수 없긴 하지만…… 그렇지만……," 나는 강아지처럼 말꼬리를 쫓아가며 말했다. "그러니까 내 말은……."

"말씀 안 하시는 게 낫겠습니다. 그만 두시지요. 무슨 얘기를 하는지 알고 있어요."

나는 긴가민가 싶었다. 정말로 내 말을 알아들은 것인가?

"봐요, 모랄레스. 내가 당신이라면 가서 그놈을 한 방에 죽여 버리겠소.'라고 말하려던 거라면 저도 가서 그렇게 하지요. 그러면 죄책감을 안 느끼시겠어요?"

나는 대답하지 않았다.

"잠깐만요. 제 말은 그 빌어먹을 놈의 죽음에 대한 죄책감을 말하는 게 아닙니다. 그 쥐새끼 같은 놈이 하등의 가치가 없다는 건 동의하잖습니까. 제 생각에는 차파로 사무장님이 저한테 죄책감을 느끼실 것 같아서요."

여전히 나는 대답을 하지 못했다. 뭐라고 대답해야 할지 알 수 없었다.

"우스운 일이지요. 제가 가서 고메스를 죽여 버린다고 가정해 봐요. 그런데 2분 후면 저는 평생을 감옥에 갇히게 되겠지요. 제 말이 틀렸나요?" 그러면서 그는 문 쪽으로 몸을 돌렸다. 매우 젊은 두 남녀가 들어오고 있었다. "저로서는 전혀…… 의심의 여지가 없는데요."

그는 그들을 바라보며 정신을 팔았다. 막 사귄 연인 같았다. 두 사람은 서로 사랑을 확인한 데서 오는 짜릿한 기쁨을 발산하고 있었다. 모랄레스는 저 사람들을 부러워하고 있을까? 어쩌면 릴리아나 콜로토와 함께하던 시절을 회상하고 있을까?

"아니오, 차파로." 마침내 그가 다시 말을 이었다. "그렇게 간단한 일은 없지요. 게다가……," 모랄레스는 단어를 찾는 데 어려움을 겪고 있는 듯했다. 그러나 그 주제를 생각해 본 것은 여러 번인 듯했다. "그를 죽인다고 가정해 봅시다. 저는 뭘 얻지요? 제가 뭐 해결되는 게 있나요?"

"적어도 복수는 할 수 있겠지요." 결국 나는 그렇게 대답했다.

내가 그라면 어떻게 하게 될까? 솔직히 나도 알 수 없었다. 그러나 근본적으로 리카르도 모랄레스가 죽은 아내에 대해 느끼는 감정을 내가 어떤 여성에 대해서도 느낀 적이 없어서 모른다는 것은 아니다. 그 자리에서는 한 마디도 하지 않을 테지만 나도 그런 감정을 한 여자에 대해 느끼고 있지 않은가? 어쩌면 그녀, 비밀이라는 말에 걸맞게 나 혼자만 간직하고 있는 그녀를 생각하면 모랄레스의 아내에 대한 사랑을 이해할 수 있을 터였다. 그녀 때문이라면 무슨 일이든 할 수 있을 것 같다. 어쨌든 그녀는 나에게 속한 적이 없는 사람이지만 모랄레스와 그의 아내는 서로가 사랑했던 사이였다. 그러니 모랄레스의 이야기와 내 이야기를 비교할 수 있는 것은 아니었다. 그는 곁에 뚜렷이 존재했던 아내를 빼앗겨 버렸다. 그런 생각을 하니 지독한 일이라 여겨져 나는 한 번 더 주장했다.

"어쩌면 죽이는 게 복수일지도 모르지요."

모랄레스는 입을 다물고 있었다. 그는 외투 주머니에서 뭔가를 찾았다. 그러더니 길쭉한 자키 담배와 청동 라이터를 꺼냈다. 나는 그가 담배를 피우는 걸 보고 놀랐다. 놀란 걸 그도 눈치 챈 모양이었다.

"저는 결단이 느린 사람이지요." 그는 엷은 미소를 띠며 말했다. "제가 담배 피우는 걸 모르셨지요, 안 그래요? 릴리아나를 알게 되기 전에 굴뚝처럼 피워 댔었어요. 사랑하는 여자가 우리 두 사람과 나중에 태어날 아이들을 생각해서 끊어 달라고 부탁하는데 어떤 남자가 계속 담배를 피울 수 있겠어요?" 그는 간간이 숨을 몰아쉬며 말했다. 속으로 터져 나오는 웃음을 대신한 행동인 듯했다. "아시다시피 제 폐를 깨끗하게 유지하는 게 무슨 소용이 있겠냐고요, 안 그래요? 그러니 이제 다시 흡혈귀처럼 담배를 빨아댑니다. 흡혈귀들이 담배를 많이 피운다고 할 수 있다면 말입니다. 그래도 어제까지는 사람들 있는 데서는 안 피웠어요. 부서기관님이 제가 담배 피우는 걸 처음 본 사람이지요. 그만큼 신뢰한다는 뜻으로 보셔도 좋습니다."

여전히 나는 대답을 하지 않았다.

"그리고 그 죽여 버리는 것 말인데요…… 제가 어떻게 대답하면 좋을까요? 너무 쉬운 것 같지 않습니까? 기차역으로 그를 찾아다니던 그 몇 년 동안 그런 생각을 했었지요. 그러니까 그를 찾아내면 어떻게 할 것인가? 총을 마구 쏴 버릴까? 너무 쉬운 일이지요. 너무 순식간에 끝나 버리는 일이구요. 총알로 가슴에 구멍이 난다 한들 그걸로 얼마나 고통을 느끼겠습니까? 별로 크지 않다고 보거든요."

"적어도 고통을 줄 수는 있죠."

그 남자의 말에 대한 내 대답이 왜 그렇게 멍청하고 작게 느껴졌던 걸까?

"조금은 느끼겠지만 거의 못 느끼는 거죠. 너무 적지요. 만일 제가 총을 네 발이나 쏘았는데도 그가 죽지 않고 반신불수가 되어 침대에 누운 채 아흔 살까지 생존한다고 부서기관님께서 보증만 해 주신다면 당장 그렇게 하겠습니다."

그의 말투는 약간 지어낸 듯한 것이었다. 생각과 말로 하는 것일 뿐인데도 그런 잔혹성이 익숙하지 않은 사람 같았다. 그렇지만 '사디스트 모랄레스'라는 새로운 배역을 나한테 확실하게 각인시키고 싶은 모양이었다.

"아무튼 제 인생 좌우명으로 돌아가 보자면 말입니다. 틀림없이 제가 쏘는 첫 발로 그를 지옥으로 보내겠지요. 지옥이 있다면 말이지요. 나머지 세 발도 제대로 명중시킵니다. 그러면 저는 평생 감옥에 갇히게 되겠지요. 분명한 건 저는 가석방으로 나오지 못한다는 거지요, 뻔해요. 그러고는 구십 몇 살까지 적당히 목숨이 붙어 있는 겁니다. 고메스 그놈은 이 세상에 올 때 이미 모든 죄를 사함받고 태어난 게 틀림없어요. 저는 그놈의 행운을 부러워하며 감옥에서 반세기를 보내는 거지요. 그건 안 됩니다. 진지하게 하는 말이예요. 죽이는 건 너무 안일한 방법입니다. 제 말이 맞아요. 세상일은 그렇게 간단하지가 않아요."

그는 다 피운 담배를 껐다. 그러고는 자동으로 담뱃갑의 마지막 한 개비에 불을 붙였다.

"그래서 감옥에 가둔다는 게 그 모든 점에도 불구하고 가능한 최선의 방법이지요. 좋습니다. 평생이 되지는 않을 겁니다. 50년은 안 될 테지요. 그렇지만 30년, 한 그 정도 감방에서 오줌을 받아 내면서 사는 게 그다지 끔찍한 프로그램은 아니죠, 안 그래요? 하지만……," 그는 체념의 한숨을 내쉬었다. "그조차도 실현되지 않았어요. 사실 그게 가장 이상적인 처벌이 아닌 건 부서기관님도 동의하시잖아요. 여러 상황을 고려할 때 그나마 가능한 최선이었던 거지요. 그래서 제가 최대한 생각해 본 결론이 이렇습니다. 언제가 되었든 그 용의주도한 망할 녀석이 벌을 받아야 한다면 신께서—존재하신다면—그 개자식이 응당의 대가를 치르도록 손을 쓰실 거라는 겁니다."

그의 목소리가 격앙되어 있어서 좀 전에 들어온 연인이 말을 멈추고 우리를 돌아봤다. 모랄레스는 자제력을 되찾더니 나무 탁자에 시선을 고정시켰다.

"어떻게 도와야 할지 모르겠군요." 내가 말했다. 그건 사실이었다. "상황을 좀 쉽게 만들 수 있다면 저도 진심으로 좋겠는데 말입니다."

"알고 있습니다. 벤하민."

그가 내 성 말고 내 이름 벤하민을 부른 것은 처음이었다. 며칠 전 바에스도 그랬다. 이런 소름 끼치는 이야기에서 연대감이 형성되다니 얼마나 기이한가?

"그렇지만 하실 수 있는 게 전혀 없지요. 그래도 아무튼 고맙습니다."

"감사할 게 있나요. 그런데 정말로 뭘 어떻게 도와줄지 모르겠어요."

모랄레스는 조금 전 다 피운 담뱃갑의 은박지를 갈기갈기 찢었다.

"아마도 그럴 수 있는 때가 오겠지요. 지금으로서는 이만 헤어지기로 하겠습니다." 그는 자기가 마신 커피 값을 치르기 위해 외투 주머니에서 지폐를 몇 장 꺼내면서 몸을 일으켰다. 그러고는 나에게 손을 내밀었다. "그동안의 일 모두 진심으로 감사드립니다. 정말로요."

나는 손을 내밀어 악수했다. 그가 나가자 나는 다시 자리에 앉아 한동안 두 연인을 보았다. 자신들의 일이 아닌 그 모든 상황에 무관심한 모습이었다. 나는 그들이 절절하도록 부러웠다.

커피 한 잔 더

이유가 무엇이든(단순히 오래된 우정인지 더 심오하고 더 희망적이고 더 개인적이며, 더 나은 수많은 다른 이유 때문인지 차파로는 굳이 알아볼 생각은 하지 않았다.) 이레네는 신참 작가의 수다도 즐겼지만 그와 함께 있는 것을 즐거워했다. 무언가 어떤 이유로 그들은 다시금 책상을 사이에 놓고 마주하고 있었다. 무슨 이유인지 그녀는 평상시의 일상적인 미소와는 다른 미소를 띤 채 그를 보았다. '사실 이레네가 일상적으로 느껴진 적은 한번도 없었지'라고 차파로는 생각했다. 그러나 해 저무는 시간에 자기 집무실에 단둘이 있게 되자 그녀가 그에게 보낸 미소는 분명 다른 날과는 달랐다.

또 다시 헛된 꿈을 꾸고 있는 게 아닐까 두려워진 차파로는 초조한 기분이 들어 시계를 보고 일어설 기색을 보인다. 이레네는 그에게 커피를 한 잔 더 하겠냐고 제안한다. 그는 아둔함이 절정에 달해 커피를 다 마셔서 전기 포트 불을 껐지 않느냐고 대답한다. 그러자 이레네는 간이 주방에 가서 더 만들면 된다고 말하고, 그는 괜찮다고 대답한다. 그러고는 곧바로 그런 멍청한 대답을 한 걸 후회한다. "그러지요, 고맙소. 주방으로 같이 가요."라고 대답하지 않은 자신을 모질게 책망하며 차파로는 결례를 만회하려는 듯 자리에 다시 앉았다. 그도 그럴 것이 그저 별일 아닌 일이지 않은가? 그녀 자신이 커피를 더 마시고 싶어서 물어본 것일 수도 있고, 그냥 최근 법원에서 일어난 가십거리를 얘기해 주고 싶어서일 수도 있다. 오랜 법원의 동료와 커피 한 잔 하는 건 특별한 일이 아니니 말이다. 그런데 이제 다 끝났다.

그러나 두 사람은 실제로는 다시 자리에 앉았고, 대화는 되살아났다. 그런 어정쩡한 상황에서 그나마 부여잡을 수 있는 게 대화라는 듯이. 어떻게 된 영문인지는 모르겠으나 어느 틈에 차파로는 며칠 전 밖에 비가 내릴 때 원고를 다시 읽어 보며 수정을 했다는 얘기며, 정말 좋아하는 르네상스 음악을 들었다는 얘기를 들려준다.

그러다가 그녀의 눈을 똑바로 보며 이렇게 말할 뻔했다. 자신이 구원받았다고. 영원한 은총을 받았다고 느끼려면 꼭 필요한 것이 있다고. 그것은, 소파에 앉아 그의 옆에 기대어 책을 읽고 있는 그녀의 머리를, 그의 손, 그의 손가락 끝으로 매만지며 그녀의 머리칼 사이로 부드럽게 쓸어 내리는 일이라고. 말이 나오려는 바로 그 순간 그는 놀라서 멈춘다. 실제로는 말을 하지 않았지만 마치 소리 내어 말하기라도 한 듯 그는 얼굴이 홍당무가 되었다. 그녀는 즐거운 듯도 하고 상냥한 듯도 하고 초조하기도 한 표정으로 그를 보더니 이렇게 물었다.

"무슨 일이 있는지 말해 줄래요, 벤하민?"

차파로는 숨이 멎는 것 같은 기분이었다. 그녀가 입으로 하는 말과 눈으로 하는 말이 다르다는 걸 깨달았기 때문이다. 입으로는 왜 얼굴이 벌게졌냐고, 왜 자리를 불편해하느냐고, 왜 책장 옆 벽에 걸린 괘종시계 바늘을 10초마다 쳐다보느냐고 묻고 있었다. 그러나 눈으로는 다른 걸 묻고 있었다. 다름 아닌 무슨 일이냐고, 그에게 무슨 일이 있냐고, 그녀에 대해 그에게 무슨 일이 있냐고, 두 사람에 대해 그에게 무슨 일이 있냐고 묻고 있는 것이다. 그의 대답에 관심이 있는 듯하고, 정말로 알고 싶은 듯하다. 어쩌면 그의 대답이 자기가 짐작하는 것이 아닐까 봐 고통스러워하고 결단력이 없어진 듯도 하다. 그렇더라도—차파로는 미리 앞질러간다—문제는 그녀가 짐작하거나 두려워하거나 갈망한다면, 그건 눈으로 표현하고 있는 그 질문이 바로 문제, 커다란 문제이기 때문이다. 차파로는 문득 두려워져 미친 사람처럼 자리에서 일어서더니 너무 늦었다고, 이제 가야겠다고 말한다. 그녀도 놀라서 일어선다. 그러나 실은 놀라기만 했거나, 놀라고 안심한 것이거나, 놀라고 실망했거나 셋 중의 하나다. 차파로는 복도에 늘어선 높다란 사무실 문들을 따라 거의 도망치듯 나갔다. 흰색, 검은색의 마름모꼴 타일로 된 복도를 따라 도망친다. 차파로는 해질 무렵 피크 타임의 기적같이 텅 빈 115번 버스에 올라탄 뒤 그제야 숨을 고른다. 그는 카스텔라르의 집으로 돌아갔다. 도착하니 이야기의 마지막 챕터들이 그를 기다리고 있다. 더 이상 이런 상황을 견딜 수 없으니 어찌 되었든 써야 한다. 리카르도 모랄레스와 이시도로 고메스의 상황도 견딜 수가 없고, 천국의 여인인지 지옥의 여인인지 모를 그 여인과 스스로 파괴될 정도로 굳게 연결되어 있는 자기 자신의 상황도 버틸 수가 없다. 그의 심장, 그의 머리 밑바닥까지 깊이 파고들어 있는 여인, 세상에서 제일 아름다운 눈으로 왜 그러냐고 무슨 일이 있냐고 묻고 있는 저만치 떨어져 있는 그 여인.

의구심

"1976년 7월 28일 산도발은 지독하게 술에 취해 내 목숨을 구했다."

차파로는 새로운 챕터의 첫 머리 문장을 다시 읽어 보면서 주저한다. 이 이야기를 이렇게 시작하는 게 좋을까? 결국 확신을 얻지 못한다. 그러나 더 좋은 문장을 찾지도 못한다. 그 문장에 대한 여러 가지 이의 중 가장 강력한 것은 그 문장이 담고 있는 내용 자체에 대한 것이다. 인간의 한 가지 행동, 이 경우에 술에 취한다는 일이 다른 존재의 운명을 바꾸기에 충분한 원인이 될 수 있는가? 운명이라는 것이 존재한다고 가정한다면 말이다. 게다가 '목숨을 구한다'라는 말은 또 어떤가? 차파로는 그 문장이 마음에 들지 않았다. 그의 몸속에 흐르는 회의주의자가 생명을 연장하는 것과 목숨을 구하는 것은 동의어가 아니라고 지적했다. 다른 문제도 있다. 6월의 그날 밤 차파로가 집으로 돌아가지 못하도록 한 것이 산도발의 만취 때문이었다고 누가 장담한단 말인가? 알아채지 못한 또 다른 연쇄적인 상황이 원인이었을 수도 있지 않은가?

아무튼 그 문장은 챕터의 서두에 버티고 있게 될 것 같다. 산도발은 그의 인생에서 만난 가장 멋진 사람 중 하나였다. 그가 목덜미에 두 발의 총을 맞고 도랑에 쓰러져 생을 끝내지 않을 수 있었던 것이 산도발의 덕분, 그의 약점 덕분이라는 생각을 하니 기분이 좋아진다. 그는 그때도 죽고 싶지 않았고 지금도 마찬가지다. 그러니 산도발이 그날 밤 어마어마하게 만취하기로 결심한 덕분에 자신이 목숨을 '구했다'는 표현을 쓸 수 있을 터이다.

차파로는 이 소설을 시작하면서 느꼈던 것과 비슷한 궁지에 빠진 느낌이 든다. 이야기를 어떤 식으로 시작해야 할지 몰라서 고심하던 그때와 같다. 여러 가지 영상들이 한꺼번에 몰려든다. 엉망진창이 된 자기 아파트의 광경, 라파엘 카스티요의 허름한 여관에서 그와 마주 앉아 있던 바에스의 모습, 들판 한가운데 높은 레일 식 문으로 굳게 닫힌 창고, 장거리 버스의 와이퍼 사이로 두 개의 강력한 전조등에 비쳐진 한적한 야간 국도, 베네수엘라 길의 바에서 완전히 넉다운 된 산도발.

그럼에도 불구하고 이런 고심 정도는 소설을 쓰기 시작할 때 느꼈던 것만큼 심각하지는 않다는 생각이다. 어쨌든 그 혼란한 인생을 경험한 것은 차파로 자신이다. 누구 다른 사람의 일인 양 상상해 낼 필요가 없다. 게다가 동시다발적으로 상황이 벌어진 것도 아니었다. 연속적인 사건들이었다. 틀림없이 충격적이었고 어쩌면 비통하기도 한 사건들. 그러나 시간 순서대로 하나씩 배열할 수 있는 일들이었다. 제일 좋은 방법은 그 순서를 존중하는 것이다. 그는 그렇게 결론을 내린다.

산도발이 베네수엘라 길의 한 주점에서 만신창이가 된 게 맨 먼

저 일이다. 다음으로 차파로가 엉망진창이 된 아파트에 들어선
다. 그러고는 라파엘 카스티요 구역의 냄새나는 여관방에서 바에
스와 이야기를 나눈다. 나중에는 밤을 가로지르는 시외버스의 1
번 좌석에 앉아 있다. 그리고 여러 해가 지난 뒤 그는 들판 한가운
데 있는 창고의 높다란 레일 식 문 앞에 서 있게 된다.

31

1976년 7월 28일 산도발은 지독하게 술에 취해 내 목숨을 구했다.

산도발은 하루 종일 안색이 아주 나쁜 상태로 일과를 보냈다. 그는 사무실에 도착하자 마지못해 인사말을 건네고는 곧바로 탄도 보고서를 검토하기 시작했다. 사소한 일이어서 다른 때 같으면 20분이면 해치울 일을 다섯 시간이나 걸려 끝냈다. 해가 지자 다른 직원들이 인사를 하고 집이나 학교를 향해 떠났다. 그러자 나는 그에게 말을 걸어 보려고 했다. 그러나 커다란 벽에 부딪히는 기분이었다. 그는 언제나 그랬듯이 자기가 말을 하고 싶어지자 말문을 열었다.

"오늘 엔카르나시온 이모가 전화를 했더라고. 어머니 여동생 말이야." 떨리는 목소리였다. 그러고는 잠깐 말을 멈추었다. "어제 사촌 나초가 잡혀갔다는 거야. 아마 군인들이 그랬다고 생각하시더군. 그렇지만 확실치는 않지. 한밤중에 문을 깨부수고 들어왔대. 사복을 하고 있더라는데."

그러고는 다시 침묵이었다. 나는 그의 말을 끊지 않았다. 아직 얘기가 끝난 게 아니라는 걸 알고 있었다.

　　"가엾은 이모님은 어떻게 하면 좋겠냐고 물으셨어. 집으로 오시라고 그랬지. 같이 가서 신고하자고 말이야." 말을 멈추면서 담뱃불을 붙였다. "무슨 얘기를 더 드릴 수 있겠어?"

　　"잘했어, 파블로." 나는 용기를 내어 말했다.

　　"모르겠어." 그는 확신 없어 하더니 얘기를 이어 갔다. "이모님을 속이고 있다는 기분이 들더군. 어쩌면 진실을 말씀드리는 게 맞는데."

　　"잘한 거야, 파블로." 나는 그 말만 반복했다. "사실대로 말하는 건 이모님을 죽이는 짓이지."

　　맞는 말이었다. 진실이란 것은 가끔 얼마나 지독한 일인가. 산도발과 나는 정치 폭력과 탄압에 대한 대화를 한참 동안 나누었다. 특히 페론의 죽음* 이후 그런 탄압은 더 심해졌다. 지금은 황량한 들판에 버려진 시신들이 이전보다 덜하다. 살인자들의 수법이 더 정교해진 것이 틀림없었다. 사법부에서 일하다 보니 그런 일들과 멀리 떨어져 있어 자세히는 모른다 해도 짐작 못할 일도 아니었다. 점쟁이가 될 필요조차 없었다. 매일같이 사람들이 잡혀가는 걸 사방에서 볼 수 있었다. 우리한테 자료가 넘어오기도 했다. 그러나 체포된 사람들이 교도소에 가는 법은 없었다. 법원에 고소되어 올라오는 일도 없었다. 데보토나 카세로스 교도소로 이감되는 일도 절대로 없었다.

　　"모르겠어. 언젠가는 아시게 될 텐데."

　　나는 나초의 얼굴을 떠올려 보려고 기억을 더듬었다. 법원에 몇

---

* 아르헨티나의 제29대 및 41대 대통령 후안 페론은 1974년 7월 1일 타계했다.

번 찾아온 적이 있다. 그의 이미지는 잡히지 않고 빠져나가 버렸다.

"갈게." 산도발이 갑자기 일어서더니 외투를 꺼내 입고 문 쪽으로 걸어갔다. "내일 봐."

'빌어먹을.' 나는 속으로 생각했다. 또 그런다. 나는 창문을 열고 기다렸다. 몇 분이 지났는데 산도발이 비아몬테 방향의 투쿠만 길에 나타나지 않았다. 나는 약간 죄책감이 들었다. 어느 책에서 이런 글을 읽었다. "인도에서 홍수가 나 4만 명의 사망자가 발생했어. 그런데 그 사람들은 내가 모르는 사람이지. 나는 심근경색이 온 내 삼촌의 건강이 더 걱정이거든." 어느 부대인지 어느 경찰서인지 나초는 주먹에 얻어터지고 전기 충격봉에 죽어가고 있었다. 그러나 나는 나초보다는 그의 사촌 산도발이 더 걱정이었다. 산도발은 내 친구고 초주검이 될 때까지 취할 생각으로 나갔으니.

내가 이기적인 걸까 우리 모두가 이기적인 걸까? 사촌 나초는 어쩌지 못하지만 산도발을 위해서는 뭔가 할 수 있다는 생각으로 위안을 삼았다. 위안 맞을까? 나는 다른 때만큼 틈을 주기로 했다. 세 시간 후 찾으러 나가기로 마음을 정했다. 그러고는 자리에 앉아 미결수 구금 서류를 수정했다. 아마 세 시간이면 충분할 테지.

32

탈카우아노 거리의 계단을 따라 내려가면서 나는 잠깐 망설였다. 주머니에는 마지막 아파트 대출금으로 낼 두툼한 돈 봉투가 들어 있었다. 공증인 사무소가 문을 늦게 닫으니 법원을 나갈 때 들러서 내고 갈 생각이었다. 그러나 너무 늦으면 산도발을 찾지 못할까 걱정도 되었다. 그래서 납부는 다른 날 하고 친구를 찾으러 가기로 했다. 돈이 외투 안주머니에 잘 보관되어 있는지 손으로 만져 확인한 뒤 택시를 잡았다. 택시는 파세오 콜론 주변을 맴돌았다. 산도발을 찾을 수 없었다. 택시기사는 기분이 좋은 상태였다. 그는 아르헨티나의 문제들을 해결하는 가장 간단하면서도 신속한 방법에 대해 일장연설을 늘어놓았다. 산도발의 행방을 찾는 일에 덜 집중하고 덜 걱정하는 중이었다면 나는 그가 한 말들에 대해 근거를 대 보라고 요구했을지도 모른다. "군부가 하는 일은 다 알고 하는 일이지요." "이 나라는 아무도 일을 하고 싶어 하지 않아요." "모두 죽여 버려야 합니다." "라브루나 시절의 리베르 플레

259

이트 팀이 본받을 모델이라니까요." 같은 말에 대해서 말이다.

기사에게 교차로마다 한번 돌아봐 달라고 했다. 결국 베네수엘라 길의 한 지저분한 주점에서 산도발을 찾았다. 아르헨티나 현실의 명석한 분석가에게 요금을 지불하고 정확한 거스름돈을 기다렸다. 기사가 주머니를 뒤지는 동안 나는 내 인색함에 가벼운 불쾌감을 느끼면서도 동시에 소박한 복수를 즐겼다. 이제야 골치 아픈 상황을 벗어난 것이다. 산도발은 11시 이전에는 술집에서 절대로 나가지 않으려는 사람이다. 이제 겨우 9시가 조금 지나 있었다.

나는 그와 마주 앉아 코카콜라를 한 잔 주문했다. 펩시가 나왔지만 참았다. 산도발이 그 정도로 술을 먹은 모습은 본 적이 없었다. 진심으로 놀랐고 동시에 그의 지구력에 감탄해 마지않았다. 과격하거나 과장된 몸짓도 없이 산도발은 술잔을 가득 채워 들더니 한두 모금에 비우곤 했다. 그러고는 맞은 편 허공에 시선을 고정한 채 뜨거운 액체가 뱃속까지 내려가기를 기다렸다. 몇 분이 지나면 또 잔을 채웠다.

거의 자정이 다 되었다. 그다지 저항을 하지 않는데도 그를 의자에서 들어 올릴 수가 없었다. 경험으로 산도발이 1단계를 지나고 있다는 걸 알 수 있었다. 1단계는 흥분을 잘하고 완전히 몰입한다. 그러고는 더 평온하고 이완된 단계가 찾아온다. 그때가 그를 떠메고 갈 시간이었다. 그러나 그날 밤에는 2단계로 넘어가는 시간이 오래 걸렸다. 나는 화장실에 가려고 일어섰고, 소변을 보고 있는데 유리 부서지는 소리가 천둥처럼 울려 퍼졌다. 뒤이어 고함소리와 나무 바닥을 뛰어가는 소리가 들렸다.

급하게 달려 나가느라 바지를 적실 뻔했다. 다행히 그 시간에는 손님이 서너 명밖에 남아 있지 않았다. 그들은 두려움보다는 재미

있어 하는 눈길로 바라보고 있었다. 산도발이 오른손에 쥔 의자를 휘두르고 있었다. 주인은 키가 작고 단단한 체격의 남자였다. 카운터 안쪽에서 나온 주인은 이번에는 산도발이 의자로 내려치지 않을까 겁내며 멀찍이서 살피고 있었다. 카운터 뒤편에는 거울과 병, 유리 등이 깨져 사방에 흩어져 있었다.

"파블로!" 나는 그를 불렀다.

그는 거들떠보지도 않았다. 주인의 동작에만 주의를 기울이고 있었다. 아무도 말을 하지 않았다. 모두들 두 사람이 벌이고 있는 결투에 깊이 빠져 있는 듯했다. 예측할 겨를도 없이 산도발의 오른팔이 커다란 반원을 그리더니 의자를 내던졌고, 의자는 길 쪽으로 난 창문을 향해 날아갔다. 이번에도 엄청난 굉음, 뛰느라 발 구르는 소리, 욕설이 터져 나왔다. 주인은 더 이상 주저하지 않았다. 그는 방금 무장 해제된 술 취한 적군이 손쉬운 표적이라고 여겨 덮쳐 누르려고 시도했다. 나는 알지만 그는 몰랐다. 산도발이 통통한 외모와는 달리 그렇게 쉽게 반사 신경을 잃는 사람이 아니라는 사실을. 그리고 어릴 때부터 팔레르모 클럽에서 권투를 했다는 사실을. 산도발은 주인 남자가 행동반경 안에 들어오자 레프트 훅을 턱에 날렸고, 남자는 비어 있는 테이블에 나가 떨어졌다.

"산도발!" 나는 소리를 질렀다.

갈수록 상황이 악화되고 있었다. 그는 나를 마주 바라보았다. 자기가 벌인 이 싸움판에서 내가 어디 있는지 알아보기라도 할까? 산도발은 의자 하나를 또 들어올렸다. 내 쪽으로 몇 걸음 걸어왔다. '이제 다 왔군.' 나는 생각했다. '이제 남은 일은 베네수엘라 길의 재수 더럽게 없는 주점에서 내 조수와 한판 붙는 걸로 오늘밤을 마무리하는 일 뿐이군.' 그러나 그의 계획은 그게 아니었다. 그는 다른 한 손으로 비키라는 동작으로 나를 밀쳐 냈다. 나는 한쪽으로 물러섰다. 의자는 놀라울 정도로 높고 빠르게 날아 위스키 제품을 홍보하는 크리스털 광고판에 부딪혀 박살을 내 버렸다. 점잖은 외모의 신사가 모닥불이 타고 있는 벽난로 옆의 소파에 앉아 위스키 한 잔을 마시고 있는 그림이었다. 그 동네 어느 바에 가더라도 볼 수 있는 이미지였다. 산도발은 그 광고를 싫어했다. 전에 술에 잔뜩 취했을 때 말한 적이 있다.

광고판 공격을 끝으로 그에게서 파괴적인 기운이 소진된 듯했다. 어쩌면 산도발은 광고판을 부순 걸 정의로운 행동으로 해석했을지도 모른다. 술집 주인은 기운이 쇠한 걸 알아챈 모양인지 뒤에서 급습했고 두 사람은 의자와 테이블 사이로 함께 뒹굴었다. 나는 다가가 그들을 떼어놓았다. 그러다 보면 으레 그렇듯 몇 대 얻어맞기도 했다. 나는 주저앉으며 산도발을 내 쪽으로 끌어당겼다. 주인에게는 진정하라고 소리를 지르며 산도발에게는 가만히 있으라고 타일렀다.

"이제 두고 봐라." 마침내 주인 남자는 몸을 일으키면서 말했다.

그의 차갑고 위협적인 목소리에 나는 흠칫 놀랐다. 그는 계산대 쪽으로 갔다. 나는 그가 총이라도 꺼내 우리를 쏘려는 줄 알았는데 그렇지는 않았다. 그가 집어 올린 것은 전화기 토큰이었다. 경찰을 부르려는 것이었다. 주점에 남아 있었지만 소동에 끼어들 필요를 못 느끼던 두세 명의 손님은 주인의 행동을 보고는 서둘러 자리를 떴다. 나는 주위를 살펴보았다. 이런 작고 지저분한 술집에 혹시 공중전화가 있을까? 없었다. 그는 잡아 죽일 듯한 눈빛으로 우리를 쳐다보며 문 쪽으로 걸어갔다. 그날 밤 우리의 마지막 행선지는 유치장이 될 것이었다. 나는 몸을 일으켰다. 산도발은 완전히 동떨어져 있었다. 나는 주인을 뒤따라갔다. 그는 바호 쪽을 향해 걸었다. 그를 불렀다. 세 번 만에 그가 돌아다보았고 나는 겨우 그를 따라잡았다. 그럴 것까지는 없지 않으냐고, 내가 다 변상하겠다고 말했다. 그는 의혹에 찬 눈으로 나를 바라보았다. 그럴 만도 했다. 분명히 유리는 꽤 돈이 들 것이다. 그는 산도발이 미사일처럼 쏴 버린 의자는 제외한다 쳐도 산산조각 난 의자 두 개와 테이블들도 상기시켰다. 나는 그것도 변상하겠다고 했다. 우리는 결국 주점으로 돌아갔다. 말 없이 되돌아왔다. 주점에 도착하자 주인의 분노를 이해할 수밖에 없었다. 깨어진 창문 유리들이 보도 위에 흩어져 있었다. 싸움의 잔해가 주점 안 온 사방에 퍼져 있었다.

그는 팔을 벌려 나를 쳐다보았다. 설명을 해 달라는 듯이, 아니면 심사숙고해 보니 조금 전 자신의 관대함이 지나쳤다고 판단되기라도 하는 듯이.

"부서진 걸 모두 고치려면 얼마가 들겠습니까?" 내 물음에는 확신도, 강조도 없었다. 주인은 그걸 알아챈 모양이었다.

"그러니까…… 상당한 돈이 들겠지요. 이 꼴 좀 보시오."

나는 그런 식의 흥정에는 젬병이었다. 처음에는 이용해 먹는 사디스트라는 기분이 들다가 구제불능의 멍청이가 된다. 사디스트든 멍청이든 그게 그거지만. 산도발은 스탠드 바닥에 앉아 대재앙에서 살아남은 위스키를 한 병 챙겨들고 여전히 천연덕스럽게 나발을 불고 있지, 주인은 당장 경찰에 신고할까 말까를 마치 소맷부리에 에이스 한 장 감춘 사람처럼 굴지, 한밤중에 벌어진 상황은 내 상상을 완전히 뛰어넘었다.

그는 말도 안 되는 금액을 불렀다. 그 정도라면 그 빌어먹을 허름한 술집을 바닥공사부터 완전히 새로 해도 될 것이다. 나는 그렇게 많은 돈은 절대로 융통할 수 없다고 말했다. 그는 한 푼도 줄여 받을 생각이 없다고 대답했다. 내 머리를 스치고 가는 금액은 훨씬 더 적었다. 아파트 담보 대출을 청산하겠다고 헛되이 생각했던, 여전히 겨드랑이께 품고 있는 지폐 뭉치. 나는 그 돈을 주겠다고 했다. 내 어조에 단호함이 실리기를 바라면서.

"좋소." 그는 양보했다. "하지만 지금 내고 가야 하오."

남자는 정신을 잃은 주정뱅이의 수호천사 역이나 하는 평범한 인간이 그 정도의 돈을 갖고 있을지 미심쩍어하는 게 분명했다. 나는 돈을 내밀었다. 그는 지폐를 세어 보더니 비로소 흥분이 가라앉는 듯했다.

"그런데 정리 좀 하게 도와주시오. 이대로 내버려 두면 내일 정리하다가 하루를 다 보내겠어요."

나는 그러마고 했다. 거치적거리는 산도발을 한쪽으로 옮겨 놓고 유리를 쓸어 담고, 지저분한 뜰을 하나 거쳐야 들어올 수 있는 허름한 술집 안에 부서지고 나동그라진 테이블과 의자들을 치웠다. 그리고 온전한 가구들을 다시 배치했다. 나는 거울과 창문만 아니라면 주인도 이득이었다고 본다. 하긴 그 악취 나는 위스키 광고판도 처참하게 부서졌다. 산도발이 광고판을 아주 가루로 만들어 버린 것이다.

33

우리는 겁 없이 우리 앞에 멈추어 선 유일한 택시에 올라탔다. 새
벽 3시였고 한바탕 전쟁을 치른 흔적이 역력한 우리 모습은—산도
발은 셔츠 단추가 몽땅 날아가 버렸고, 나는 턱에 얕지만 눈에 띄
는 찰과상이 있었다—그다지 믿을 만한 행색이 아니었을 것이다.

가는 동안 나는 미터기만 내내 뚫어져라 보았다. 남은 돈이 얼
마인지 정확히 계산해 놓고 있었다. 산도발을 찾으러 가는 길에
택시요금이 꽤 들었고, 재수 옴 붙은 술집을 깨부순 대가로는 아
주 약소한 돈을 털렸다. 나는 산도발의 집에 갔을 때 알레한드라
에게 돈을 달라고 말하고 싶지는 않았다.

가엾은 여자. 그녀는 잠옷 위에 담요를 덮은 채 현관에 나와 기
다리고 있었다. 우리는 산도발을 집으로 끌고 들어가 침대에 눕혔
다. 집에 들어가기 전에 나는 요금을 냈다. 알레한드라는 택시를
잠깐 기다리게 했다가 집까지 타고 가는 게 어떻겠냐고 물었다.
그녀는 내가 완전히 거덜났다는 걸 몰랐고, 나도 당연히 말하지

않았던 거다. 나는 대충 둘러댔던 것 같다. 산도발을 침대에 눕히고 나자 알레한드라는 커피 한잔 하겠냐고 물었다. 거절할 생각이었지만 참으로 슬프고 의지할 데 없는 그녀의 모습에 잠깐 머물기로 했다.

나는 알레한드라에게 나초 얘기를 했다. 그녀는 소리 죽여 울었다. 파블로가 아무 말도 안 한 것이다. "저한테는 아무 얘기도 안 해요." 그녀의 목소리가 높아졌다. 나는 불편한 기분이 들었다. 난감한 상황이었다. 나는 산도발을 형제처럼 좋아했다. 그러나 그의 알콜 중독은 연민보다는 조바심을 불러 일으켰다. 알레한드라의 초록빛 눈에 깃든 번민을 보자 더 그랬다.

초록 눈? 나는 속으로 깜짝 놀랐다. 황급히 자리에서 일어나 문까지 바래다 달라고 청했다. 그녀는 이 새벽에 어디서 택시를 잡느냐고 물었다. 4시가 지나 있었다. 나는 걸어가고 싶다고 했다. 그녀는 별일이 다 생기는 시절인데 이 한밤중에 카바이토까지 걷다니 미쳤냐고 했다. 아무 문제없을 거라고 했다. 혹시라도 무슨 일이 생기면 사법부 신분증을 보여 주면 되니 괜찮다고 했다. 그건 사실이었다. 그 점에 관해서라면 정말로 자그마한 문제도 일어난 적이 없었다. 물론 그날 밤 폐허가 되어 버린 술집은 예외였다. 바닥에 기대 병나발을 부는 동료를 한쪽에 둔 상태로는 차마 법원 신분증을 꺼낼 생각이 들지 않았다.

그녀는 문 앞에서 헤어지며 고맙다고 했다. 그날 이후 25년의 시간이 흐르는 동안 나는 알레한드라에 대한 내 감정이 무엇인지 여러 차례 자문해 보았다. 내가 그녀를 존경하고 소중히 생각하고 가엾게 여긴다는 건 어렵지 않게 알 수 있었다. 내가 그녀를 사랑했나? 그 물음에는 결국 대답을 찾지 못했다. 지금에 와서도 그 질문이 적절하지 않다는 생각을 한다. 나는 동료나 친구의 여자를 탐할 수 있는 사람이 아니었다. 그건 용납할 수 없는 일이라고 여겨진다. 물론 내가 도덕군자라고 믿는 건 아니다. 그러나 그녀를 내 친구 파블로 산도발의 아내 이상의 대상으로 바라볼 수는 없었다. 남의 여자를 사랑하게 된 적이 있다 해도 그 남편과는 우정을 맺지 않으려고 신경을 썼다. 그러나 지금은 그녀 얘기를 하기로 한 게 아니니 이쯤 하겠다.

7월의 차가운 그날 밤 나는 도시의 절반을 걸어서 가로질렀다. 자동차가 몇 대 지나갔다. 그러나 성가신 일은 없었다. 나는 6시가 지나서 집에 도착했다. 밤을 새고 나면 늘 그런 것처럼 피로감에 조금 전의 일부터 전날의 모든 기억들이 한꺼번에 몰려 왔다. 그래서 술집에서의 소동, 파블로 사촌의 실종 소식, 전날의 아침 식사 등이 모두 하나의 일인 양 뒤섞였다. 그 시간에 내가 원하는 유일한 일은 따뜻하게 목욕을 하고 두어 시간 눈을 붙여 그 모든 일들의 기억을 흘려보내는 것이었다. 4층 엘리베이터에서 내리는 순간까지도 나를 기다리고 있는 일이 무엇인지 짐작도 못했다.

아파트의 문이 열려 있고, 안에는 어둠에 잠긴 복도 쪽으로 불빛이 한줄기 비치고 있었다. 도둑이 들었나? 안으로 들어가려고 문을 열었다. 침입자가 여전히 있을지도 모르는데, 그런 걸 생각할 겨를 없이 집 안으로 들어섰다. 사실 집 안에 아무도 없긴 했지만, 그건 나중에 알았다. 문간에 들어서자마자 남김없이 난장판이 된 집 안 꼴을 보고는 일단 겁에 질렸기 때문이다. 소파와 의자들이 뒤집혀 있고, 책장은 넘어가 있고 책들은 마구 찢어져 바닥에 흩어져 있었다. 침실에는 매트리스가 부서져 충전재가 온 방안에 널려 있었다. 주방도 엉망이기는 마찬가지였다. 정신이 나간

탓에 텔레비전과 오디오 세트가 없어졌다는 사실도 뒤늦게 알아챘다. 어디를 뒤져봐도 없었다. 정말 도둑인가? 마지막으로 나는 욕실로 들어갔다. 마찬가지로 대혼란일 거라는 생각을 하며. 그런데 욕실에는 기다리는 게 하나 더 있었다. 갈라기 찢어진 샤워 커튼, 타일 바닥에 내용물을 모두 쏟아낸 빈 약상자, 수도꼭지를 끝까지 열어 놓아 넘치는 화장실 물, 그리고 거울에는 비누로 이런 메시지가 적혀 있었다. "이번에는 살아남았군, 빌어먹을 차파로. 다음번엔 죽었어."

장황하게 멋을 부린 커다란 글씨였다. 상황을 장악하고 있다는 기분을 느껴 전혀 서두를 게 없는 사람이 쓴 글씨였다. 끝에는 갈겨쓴 낙서가 있었다. 아무리 애를 써도 읽을 수는 없었다. 이 모든 짓을 한 머저리가 자기 사인을 한 모양이었다. 이런 식으로 다른 사람에게 군림해도 처벌받지 않는다고 확신할 수 있는 사람이 과연 누굴까? 나한테 해결하지 못한 일이 남은 사람이 도대체 누가 있을까? 그런 질문을 하자 서늘한 공포가 엄습해 왔다.

나는 밖으로 나왔다. 순진하게도 나는 조심한다는 생각으로 열쇠로 문을 잠그려고 했는데, 그제야 침입자가 자물쇠를 부수고 들어갔다는 걸 깨달았다.

34

7월 29일 그날 엉망이 되어 버린 아파트를 뒤로한 채 나온 나는 얼이 빠져 있었다. 단순 도둑일 리도 없고 맹목적인 공격도 아니었다. 되돌아가서 관리실에 얘기해 볼까 하는 생각을 잠깐 했다. 그러나 밤에 찾아온 사람들이 아침이라고 못 올까 생각하자 두려워졌다. 말 그대로 도망쳐 나온 건 잘한 일이라고 중얼거렸다. 그러나 어디로 갈 것인가? 내 집 주소를 안다면 부모님 댁이나 산도발 주소도 알 터였다. 스스로 위험을 무릅쓸 수도 없고 그들을 위험에 빠뜨릴 수도 없었다. 그렇지만 돈이 한 푼도 없었다. 중심가를 향해 리바다비아 길을 따라 걷고는 있었지만 딱히 방향을 정한 것도 아니었다. 나는 리바다비아 몇 번지 대에 있는지 올려다보았다. 5천 번지쯤이었다. 그래서 어떻단 말인가?

경찰에 신고하는 게 확신이 없다면 직접 형사법원에 신고할 수도 있다. 어떻게 할지 확신이 생기지 않았다. 그런데 혹시 법원 근처에서 나를 기다리고 있으면? 그런데 도대체 누구지? 누구란 말인가? 나는 공중전화가 있는 술집으로 발걸음을 옮겼다. 바에 들어가 주머니를 뒤졌다. 동전 네다섯 개 사이로 전화 토큰이 하나 딸려 나왔다. 맹목적인 신뢰감을 느끼는 유일한 사람 알프레도 바에스에게 서둘러 전화를 걸었다.

그는 갑작스런 내 전화를 받았지만 곧 내가 불안해하고 허둥대고 있음을 알아챘다. 그러고는 혼란스러운 내 말을 정확하고 질서정연한 질문 몇 개로 빠르게 정리했다. 몇 시간 후에 미세레레 광장 푸에이레돈 길 쪽에서 만나자는 건 그의 생각이었다.

아침 내내 나는 그곳을 맴돌았다. 거의 정오가 되자 나는 법원에 내 결근을 알리지 않았다는 게 생각났다. 남은 마지막 동전으로 토큰을 사서 사무실로 전화를 걸었다. 감기로 코를 훌쩍이는 시늉을 했다. 산도발도 몸이 안 좋다고 했다고 전해 주었다. 몇 가지 지시를 내렸다. 자리를 비울 때면 늘 하던 대로였다. 일이 아주 많은 날은 아니어서 다행이라며 위로를 삼았다. 그 법원에 되돌아가는 데 7년이라는 시간이 걸릴 줄 알았다면 훨씬 더 걱정했을 것이다.

나는 2시부터 광장 벤치에서 기다렸다. 2시 반이 되자 한 남자가 내 옆에 앉았다. 고개를 돌려보았다. 바에스였다.

"하시는 일이 비밀 정탐은 아니지요, 안 그래요?" 그는 아직 농담할 기분이 남은 모양이었다.

"귀찮게 해서 미안합니다. 도움을 청할 만한 사람이 달리 없어서요."

"괜찮습니다. 어떻게 된 일인지 말해 주세요."

나는 아파트에 도착하고 정신없이 빠져나올 때까지 본 것을 세세하게 있는 대로 다 이야기했다. 시간이 별로 걸리지 않았다. 말하니 금방이지만 겪는 입장에서는 정말 긴 시간이었다.

"집에 없어진 게 있다고 하지 않았나요?" 내 말이 끝나자 그가 물었다.

"텔레비전과 오디오 세트요."

"거울에 적은 문장은……."

"죽여 버리겠다고, 이번에는 어쩌다가 살아남은 거라고 했어요."

"부서기관님 이름을 명시했다고 그랬지요?"

"네."

바에스는 잠시 구두 끝을 응시했다. 그러더니 내 쪽으로 고개를 돌리며 말했다.

"자, 부서기관님. 제 생각이 뭐냐면 말입니다. 혹시 모르니 댁으로는 돌아가지 마세요. 법원에도 가지 말고, 알 만한 곳은 어디도 가면 안 됩니다. 적어도 제가 다시 연락할 때까지 말입니다."

"젠장, 뭘 어떻게 하지요?" 다른 때 같으면 바에스 앞에서 그런 약한 모습을 내보이는 걸 수치스러워했을 테지만 그런 상황에서는 적정 수위란 게 없었다.

그는 잠깐 생각했다.

"이렇게 하시지요. 오늘은 라 반데리타라는 여관으로 가세요. 움베르토 프리메로와 데펜사 길이 만나는 곳에 있습니다. 잠깐만요, 지금은 아니고요. 우선 제가 들러서 주인한테 말해 놓을 테니 시간을 주세요. 여관에 가면 로드리게스, 아벨 로드리게스라고 하세요. 방값을 지불해 놓겠습니다. 일주일 치를 선불로 미리 내놓겠습니다. 부서기관님은 보아 하니 주머니에 동전 하나 없지요, 안 그렇습니까?"

"맞아요. 하지만…… 법원에 들렀다가 가면……."

"제가 뭐라고 했나요. 법원에 들를 생각도 하지 마세요. 어디도 가면 안 됩니다. 여관에 꼭 틀어박혀 제가 알릴 때만 나오세요. 여기 돈을 약간 드릴게요. 그러지 말고 받으세요. 나중에 갚으세요."

"고맙습니다. 그런데⋯⋯."

"일주일입니다. 일주일 안에 어떻게 된 건지 알아내야 합니다. 요즘같이 혼란스러운 때는 장담은 못하지만요. 그래도 기대해 봐야지요."

"뭐 달리 해 줄 말은 없나요? 어떻게 된 걸까요?" 아무리 당황했기로서니 내가 그렇게 멍청하게 굴 수 있다는 게 지금 와 생각해 봐도 그저 놀랍기만 하다. 바에스는 품성이 바른 사람이라 그런 아둔함을 조롱거리로 삼지 않았다.

"계속 연락을 취하겠습니다. 침착하세요."

그는 멀어져 갔다. 그러나 멈춰 서더니 내 쪽으로 되돌아왔다.

"법원에 지금 도움을 청할 만한 누군가 있습니까? 지위가 있는 사람요. 부서기관님의 팀장이라든지 판사라든지, 옆 팀 팀장이라든지⋯⋯."

"우리 팀장은 출산 휴가 중이라서요." 나는 그렇게 말하고 잠시 생각하느라 정신이 팔렸다. 금방 정신이 돌아온 나는 이렇게 말을 이었다. "다른 팀 팀장은 머저리라서요."

"그럴 수 있지요."

"그리고 현재 판사는 없어요. 포르투나 라칼레 판사가 은퇴하고 아직 후임을 발령하지 않았거든요. 예심재판12부의 아기레가라이 판사가 직무대행을 하고 있습니다."

"아기레가라이요?" 바에스는 흥미를 느끼는 듯했다.

"네. 아십니까?"

"아주 괜찮은 분이지요. 이제야 좋은 소식도 생기는군요. 몸조심 하세요. 대략 일주일 후에 오겠습니다. 이쪽으로 찾아올 테니 안심하세요."

나는 그의 지시를 글자 그대로 따랐다. 중심가를 돌아다니다가 해가 지자 산텔모로 향했다. 여관에서 나를 맞아 준 사람은 아마 주인인 듯했는데, 아벨 로드리게스라는 이름을 말하자마자 열쇠를 건네주었다. 방은 깨끗했다. 침대에 드러눕자 옷을 벗는 것도 귀찮아졌다. 하루 반을 눈 한번 못 붙이고 보낸 것이다. 그 서른여섯 시간 동안 주점에서 한바탕 소동을 겪었고, 한밤중에 부에노스아이레스 도시 절반을 걸었고, 집이 완전히 작살난 꼴을 보았다. 영문도 모른 채 졸지에 도망자가 되어 환한 대낮에 또 한 차례 도시 절반을 걸었다. 베개에 머리를 맡기니 거기서도 깨끗한 향이 났다. 나는 급히 잠에 빠져들었다.

35

엿새 후 바에스가 약속을 정한 곳은 라파엘 카스티요 역에 붙은 좁고 지저분한 바였다. 메스꺼움 그 자체였다. 회색 합성수지를 바른 볼품없는 탁자 세 개, 종 모양 유리덮개로 덮은 끔찍한 상태의 샌드위치가 가득한 진열대, 칠이 벗겨진 나무 걸상이 여러 개. 원래도 작은 공간은 바비큐 불판에서 올라오는 기름 냄새 때문에 더 작아 보였고, 불판에는 초리소*와 점심 때쯤 남아 차갑게 말라버린 햄버거가 쌓아 올려져 있었다. 계산대에 팔꿈치를 괴고 있는 평범한 외모의 남자들 몇 명이 와인을 마시며 고함치듯 얘기를 나누고 있었다. 15분, 20분 간격으로 기차를 끄는 기관차의 굉음으로 지붕이 들썩였고, 천장의 대들보에서는 가느다란 흙탕물 줄기가 흘러내려 사람들과 음식들 주변에 떨어지고 있었다. 장면을 완성하는 것은 볼륨을 최대로 높인 라디오에서 나오는 익살맞은 아나운서의 말이었다. 정신이 나간 듯 흥분한 여자 출연자 둘이 아

* 스페인 문화권에서 즐겨 먹는 돼지고기 소시지.

274

나운서를 부추기고 있었다.

알프레도 바에스의 비상금으로 여관방에 숨어서 가슴을 졸이며 일주일을 보내고 난 탓에 나는 그다지 바라는 게 없는 상태였다. 없는 것은 아니었지만, 그런 환경에서는 기분이 가라앉지 않을 수가 없었다고 본다. 바퀴벌레들을 찾겠다고 오는 게 아니라면 사람 찾아내기가 정말 어려운 안전한 곳임에는 틀림없었다.

바에스는 일주일 내내 다른 소식이 없었다. 여관 주인을 통해 만나자는 약속을 알렸을 뿐이다. 나는 약속 장소에 일찍 도착했기 때문에, 그 일주일 동안 모든 게 뜻대로 되지 않았구나 상상을 하니 어느새 기분이 언짢아졌다. 혹시 바에스도 나와 비슷한 고초를 겪었으면 어쩌나? 일을 꼬이게 만든다고 누가 그를 공격하기라도 했으면 어쩌나? 한 주 내내 누적된 초조함에 구역질나는 냄새, 손에 닿는 기름때의 느낌, 사람들의 고함소리와 라디오의 광고 소리로 인한 당혹감이 더해지자 나는 폭발할 것 같아 뛰쳐나가기 직전이 되었다. 다행히 바에스는 언제나처럼 시간을 지켜 도착했다. 그러지 않았더라면 나를 만나지 못했을 것이다. 그는 손을 내밀어 악수를 하고는 자리에 앉았다. 앉을 때 인조가죽과 검은 쇠로 만들어진 지저분한 의자에서 삐걱거리는 소리가 났다.

"뭐 좀 알아냈나요?" 그가 제대로 앉기도 전에 내가 물었다. 그런 섬세한 일에 신경 쓸 기분이 아니었다.

바에스는 대답을 꺼내기 전에 나를 똑바로 보았다.

"네. 사실은 여러 가지를 알아냈습니다. 차파로."

나는 겁을 먹었다. 그가 한 말 때문이 아니라 그의 표정 때문이었다. 그는 어떻게 말문을 열어야 할지 자신이 없는 사람의 표정을 하고 있었다. 그렇게 심각한 상황인 건가? 나는 날것 그대로의 진실을 향한 제일 짧은 코스를 선택하기로 마음을 정했다.

"좋습니다. 그럼 이제 들어 보겠습니다."

"실은 어디서부터 시작해야 할지 모르겠어요."

"어디든 상관없지요." 나는 농담으로 받아쳐 보려 했다. "어차피 시간은 남아도니까요."

"그렇게 생각할 게 아닙니다. 벤하민. 시간이 그렇게 많지 않아요." 나는 내 공포감이 점점 커져 가는 걸 드러내지 않으려고 애를 썼다. "오늘 밤 후후이 주로 가는 장거리 버스를 타야 합니다. 리니에르스 길에서 자정 10분 전에 출발합니다. 헤네랄 파스 다리 바로 아래서요."

"도대체 그게 무슨 소립니까?" 나는 간신히 그렇게 말했다. 고함을 치듯이 그 말을 내뱉고 나자 숨이 좀 돌아오는 느낌이었다.

"그러니까요. 미안합니다. 제일 어려운 얘기부터 꺼냈네요. 조금만 인내심을 부탁할게요."

"듣고 있습니다." 나는 경계심을 늦추지 않고 대답했다.

"지난번에 우리가 만나고 나서 제일 먼저 든 생각은 부서기관님을 공격한 인물이 도대체 누구일까 하는 거였어요. 괜히 한번 그래 본 게 아니라는 건 확실했지요. 무엇보다도 그 점 덕분에 좀 쉽게 풀어 나갈 수 있었습니다."

"그 '무엇보다도'라는 건 무슨 뜻이지요?"

"말 그대로지요. 벤하민." 내 고통을 가라앉히기 위해서는 더 자세한 설명이 필요하다는 걸 이해한 그는 다음과 같이 덧붙였다. "우선 집 안으로 들어간 방식이나 시간을 생각해 보면 말입니다. 온 집안을 그렇게 엉망으로 만들려면 얼마나 시끄러웠을지 아십니까? 일반적인 도둑이라면 더 은밀히 움직이지요. 그런데 그놈들은 소리가 나는 걸 전혀 신경 쓰지 않았단 말입니다. 판초가 자기 집 들어가듯 행동했어요. 그 말은 자기들이 침입하는 소리가 들리는 게 아주 중요했단 뜻이지요. 생각해 보세요, 차파로. 한밤중에 그런 행동을 하고도 처벌받지 않을 수 있는 폭력배…… 요즘 같으면 어디 소속 사람들인지 짐작하기에 선택지가 많이 필요하지는 않지요, 안 그래요?"

나는 그제야 이해하기 시작했다. 그래도 믿기지 않기는 마찬가지였다. 도대체 그놈들이 나한테 뭘 원하는 건가?

"이 정권이 활용하는 무법자 무리 중의 하나에 걸린 겁니다, 벤하민. 더할 것도 뺄 것도 없이 바로 그겁니다. 굉장히 운이 좋아서 그들 손아귀를 빠져나온 거지요. 그러지 않았다면 말도 마세요. 머리채를 잡아끌어 자동차 트렁크에 싣고 가서, 트렁크에서 끌어낸 총을 네 발 쏴서 그대로 구덩이에 묻어 버리는 거지요."

바에스는 일어났을지도 모르는 이미지를 그려 보느라 생각이 이야기에서 벗어났는지 입을 다물었다. 그러다 문득 다시 말을 이었다.

"모든 게 맞아떨어져요. 사면, 야만적인 행위, 팀 단위 작전. 아파트 B호 주인 말입니다. 그 여자를 아시는지는 모르겠습니다만, 그녀가 확인해 줬어요. 한참을 어르고 얼렀더니 네 사람이 들어가는 걸 현관문 구멍으로 봤다고 말하더군요."

"그래서 나를 어쩌겠다는 건가요?"

"이제 얘기할게요, 차파로. 좀 기다려 보세요. 이번에는 검증, 말하자면 로마노와 연관된 그룹인지 고메스와 연관된 그룹인지 확인할 단계거든요."

"네?" 두 사람의 성은 굉음처럼 내 귀에 떨어져 내렸고, 그러자 내 몸이 바닥에서 10센티쯤 튀어 올랐다. "그건 또 무슨 얘긴가요?"

"진정하세요, 벤하민. 화내지 말고요. 그렇지만 결론은 **뻔한** 겁니다. 부서기관님이 반정부 단체 조직원도 아니지요. 유명인사도 아니죠. 군부가 관심 갖는 일을 하는 사람이 아니잖습니까. 사법권 따위는 눈곱만큼도 중요하게 여기지 않는 사람들이거든요. 그러면 어떤 이유로 그런 무리들이 찾아온 것일까요? 부서기관님하고 연관이 있는 거지요. 오래되고 사적인 감정……."

나는 손가락으로 꼽아 보았다. 그러고는 대답했다.

"그건 우스운 일이예요. 이렇게 말해서 미안합니다만. 이시도로고메스에 대해서는 데보토에서 풀려난 뒤 거의 3년이나 아무 것도 몰라요. 그 미친 개자식에 대해서도 물론이고요."

"알지요, 알고 있습니다. 저도 그 점이 걸렸습니다. 그러나 의문을 가져 볼 수는 있어요. 저는 이 일이 그들과 관계되어 있다는 걸 확신합니다. 아시겠어요?"

"알겠어요." 내가 정말 이해하고 있는 걸까?

"그래서 그들이 당신을 호되게 욕보이고 싶어 할 만한 이유가 무엇일지 생각해 보게 되었어요. 새로운 이유는 전혀 없지요. 묵은 이유입니다. 여전히 별로 그럴듯하지 않지요. 그래서 생각하고 또 생각해 봤더니 여기까지 온 겁니다. 바로 방금 말한 그거요. 처음에는 정보기관 같은 조직에서 일하고 있으니 이 두 사람을 조사하는 게 어렵지 않을까 걱정을 했지요. 제대로 된 나라라면 그런 기관이 기밀이라 알아볼 수 없을 거예요. 흠, 제 짐작입니다. 그러나 이곳은 차 거름망보다 더 구멍이 많은 나라니까요, 그렇잖아요. 게다가 또 으스대고 싶어 하지요, 아시지요? 돈도 없으면서

자가용을 사고 선글라스를 끼고, 이타카 엽총을 과시하고 싶어 해요. 마치 엽총이 자기들의…… 무슨 얘긴지 아실 겁니다."

바에스는 잠시 산만해진 듯 얼굴을 찌푸렸다. 그의 표정에서 조롱 섞인 경멸감이 드러났다.

"그러니 어디서 일하는지 알아내는 건 정말 쉬웠어요. 감탄하는 머저리 표정으로 자기들 헛소리를 들을 준비를 하고 있으니 두세 번만 얘기해도 전부 나오더군요. 그래서 어떻게 된 건지 그림이 거의 잡혔어요."

"그들이 그렇게 둔하다는 게 믿기지가 않네요." 나는 그런 식으로 말해 보았다.

"믿으세요. 그놈들이 무자비한 후레자식이 아니라면 젠장, 하고 웃어넘겨도 될 일입니다. 계속 들어보세요. 로마노는 일고여덟 명의 폭력배로 만든 소규모 팀을 갖고 있는 듯합니다. 데보토가 폐쇄된 뒤에도 계속 유지하고 있는 모양이에요. 한편으로는 당연한 일이지요. 그런 게을러빠진 인간이 무슨 생산적인 일을 할 수나 있겠어요?"

그는 설명을 이어 가려고 했다. 그러나 나는 갈수록 8년 전 판사 책상 주변에서 폴짝폴짝 뛰면서 축하한다고 약을 올리던 로마노 그 망할 놈의 얼굴이 떠올랐다. 나와 같이 일하는 인간이 사디스트에다 살인자라는 사실을 그때는 어떻게 몰랐을까?

"로마노가 그 그룹을 지휘합니다. 그리고 대개 사람을 빨고 있을 때는 외출을 하지 않아요." 그는 이상하다는 듯한 내 표정을 본 모양이었다. "미안합니다. 납치해서 견딜 수 있을 때까지 고문하는 걸 그 멍청이들 말로 '빤다'고 합니다."

나는 고개를 끄덕였다. 산도발 사촌이 체포되었다는 게 떠올랐다. 틀림없이 지독한 일을 겪고 있을 터였다. 그게 겨우 지난주에 일어난 일이라니 어떻게 그럴 수 있나? 붙잡을 수 없을 정도로 아주 먼 과거에, 마치 전생에 일어난 일같다.

"사실 로마노는 밝혀진 게 적어요. 그가 하는 일은…… 뭐라고 하지요? 베이스 정보, 그러니까 기초가 되는 정보를 수집하는 일입니다. 그 말은 그 망할 인간이 체포된 사람들을 고문하는 부서를 지휘하는 사람이라는 거지요. 고문 과정에서 이름을 발설하면 그 명단을 행동 부서로 보내 제거하도록 하는 거지요." 바에스의 얼굴이 다시 어두워졌다. "그런데 이런 일에 대해서는 그 사람들이 말을 별로 안 하거든요. 그런 일을 떠벌리고 다니지 않을 정도의 분별은 있는 모양이지요."

바에스가 한 얘기는 정말 으스스하고 비이성적이며 경악스러웠다. 산도발과 내가 직감한 내용을 제대로 보완하는 얘기였고 결국은 그런 일이 사실이라는 걸 알게 되었다.

"로마노를 위해 그런 행동대원 일을 하는 사람이 누구일지 알아맞혀 보십시오."

나는 모랄레스가 말한 경구를 떠올렸다. 나쁜 운명은 결국 나쁜 결과를 낳고, 악화되는 일은 결국 악화되기 마련이다.

"이시도로 고메스……." 나는 머뭇거리며 말했다.

"제대로 맞혔습니다."

"빌어먹을 새끼." 내가 덧붙일 수 있는 유일한 말이었다.

"네…… 종류가 같은 놈들이겠지요. 보이는 대로요."

"무슨 소린가요?"

"그놈들이 부서기관님 아파트를 쑥대밭으로 만든 데서 모든 게 시작되었다는 걸 떠올려 보세요."

"그런데요?"

"그런데 몇 년 전에는 그럴 이유가 없었는데 지금에 와서 부서기관님을 죽이겠다고 협박할 만한 이유가 생겼다는 거지요."

"무슨 말인지 모르겠어요."

"그럴 겁니다. 제가 설명해드릴게요. 로마노는 지난번에 부서기관님 댁을 엉망으로 만들어버릴 정도로 미칠 지경이었단 말입니다. 왜 그랬을까요? 간단합니다. 복수를 하고 싶어서지요. 무슨 복수일까요? 한번 생각해 보세요. 로마노와 부서기관님 두 사람에게 공통된 일이 뭐지요? 없어요, 거의 없지요. 고메스라는 인간 외에는요. 캄포라의 사면* 기억나십니까?"

나는 고개를 끄덕였다. 마치 그걸 잊어버릴 수 있기라도 한 양.

"좋습니다. 그때 로마노는, 말하자면, 부서기관님을 완전히 골탕 먹였다는 생각이 들었을 겁니다. 그래서 자기가 당했다는 기분이 이제는 사라졌을 거고요. 이제 충분히 갚아 주었으니 말이지요."

"그래서요?"

"그런데…… 그런데 왜 로마노가 느닷없이 나타나 부서기관님을 죽여 버리겠다고 했는지 이해가 안 가는 거지요."

"무슨 소린지 전혀 모르겠습니다."

"잠깐만 기다리세요. 이제 다 왔습니다. 그건 마치 체스를 한판 두는 것과 같지요. 그러니까 결투 신청 같은 겁니다. 법원에서 내쫓았을 때 부서기관님이 그를 엿 먹인 거고요. 그는 고메스를 풀어줌으로써 복수를 했어요. 그런데 3년이나 지난 지금에 와서 왜 부서기관님을 다시 손봐주고 싶어졌겠어요? 간단합니다. 부서기

---

* 아르헨티나 대통령 호세 캄포라(재임기간 1973년 5월 25일~7월 13일)는 취임 초기 테러리스트들을 대거 사면 조치했다.

관님이 다음 말을 옮겼다고 생각하게 된 거지요. 더 정확하게 말하면 말입니다. 자기가 신임하는 누군가를 차파로 당신이 엿 먹였다고 생각하는 거지요. 고메스 말입니다."

내가 그가 들려주는 얘기를 전혀 이해하지 못하는 표정이었던 모양이다.

"로마노는 당신을 죽이려고 찾고 있는 중이라고요. 다름 아닌 부서기관님이 이시도로 고메스를 빼돌렸다고 생각하기 때문에 말입니다."

나는 순간적으로 얼이 빠졌다. 그러나 머리를 흔들어 정신을 차렸다. 바에스가 하는 이야기를 놓치면 위험해질 것 같은 기분이 들었기 때문이다.

"부서기관님이 그렇게 했다고 말하는 건 아닙니다. 로마노가 그렇게 짐작한다는 거지요. 7월 28일 밤 부서기관님을 찾아 집에 갔지 않습니까? 생각해 보세요. 이틀 전 그러니까 26일에 누군가가 이시도로 고메스를 비야 루가노의 아파트 근처에서 납치해 갔어요."

참으로 복잡한 이야기였다. 아니면 그 주점의 공기가 너무 탁해서 숨이 막힌 걸 수도 있다.

"몸이 안 좋으세요?" 바에스가 걱정스럽게 물었다.

"실은 좀 어지럽군요."

"저런. 공기가 상쾌한 곳으로 나가시죠."

36

우리는 역 쪽으로 걸었다. 성하게 남아 있는 유일한 나무 벤치에 앉았다. 부에노스아이레스로 향하는 기차를 타는 승강장 쪽이었다. 그 벤치들은 그 시간이면 사람이 거의 없었다. 반대로 건너편 승강장에는 오후가 깊어감에 따라 도착하는 열차마다 수많은 사람들을 내려놓았다. 승객들은 갈수록 많아졌다. 그들은 기차에서 내려 사방으로 흩어지는가 하면, 달려가 지붕이 검고 몸통은 빨간 시내버스에 오르기도 했다.

바깥 공기를 쐬자 살 것 같았다. 적어도 좀 명료하게 생각할 수 있었다. 그러자 바에스에게 할 얘기가 있다는 걸 깨달았다. 바로 조금 전 떠올랐지만 미룰 수 없는 얘기였다.

"말하지 않은 게 있어요, 바에스." 나는 확신은 없었다. "그 사건 초기에 제가 탐정 노릇을 하려다가 우리가 쫓고 있다는 걸 고메스가 알아챈 그때 말입니다."

"네, 그건 크게 잘못 된 게 없지요. 게다가—"

"잠깐만요. 제 말 좀 들어 보세요. 사면이 있고 나서 비슷한 실수를 저질렀어요. 거 참, 제가 실수한 걸 이제 와서 알게 되네요. 그때는 그렇게 생각하지 못했어요. 별일 아니라 여겼지요."

바에스는 다리를 내밀더니 발을 꼬았다. 내 말을 제대로 들어 보겠다는 몸짓이었다. 나는 가능한 한 자세하게 설명했다. 8년 전 바에스 앞에서 처음으로 머저리처럼 느껴졌던 일이 떠올라 새삼 수치스러웠다. 그런데 이제 머저리 짓 상습범이 되려는 참이었다. 나는 사면이 있고 나서 리카르도 모랄레스에게 뭔가 호의를 베풀고 싶었다는 이야기를 했다. 혹시라도 용기가 생기면 쏴 버릴 수도 있으니 고메스의 행방을 알아봐 놓기로. 물론 그 건은 아는 경찰에게 구두로 처리한 일이었고, 문서로는 전혀 남기지 않았다. 바에스는 그 경찰의 성이 뭐냐고 물었다.

"삼브라노요. 절도 강도 담당부서 소속입니다." 나는 그렇게 대답하고는 스스로에게 되물었다. "그 경찰은 멍청이일까? 아님 후레자식일까?"

"아니요······." 바에스는 망설였다. "후레자식은 아닙니다."

"그럼 머저리군요."

"음······, 삼브라노 일은 잊어버립시다." 바에스는 내가 바보가 된 듯한 기분을 느끼지 않기를 바랐다. "별로 중요하지 않아요. 그게 언제쯤 일인가요?"

"두 달쯤 지나서였나 봅니다. 삼브라노가 결국 비야 루가노의 주소를 알아냈어요. 실은 지금은 주소가 기억이 안 납니다. 비야 루가노의 주소들이 어떤지 아시잖아요. 블록도 구별 안 되고 건물 이름도 제대로 없고, 그냥 몇 번 골목, 그것만 있는 식이지요."

"그럼 알아낸 주소가 맞을 수도 있겠군요."

"그건 모르겠습니다. 확인해 보지 않았어요."

내가 풀어놓은 정보를 듣고 바에스가 퍼즐 조각들을 맞추는 동안 침묵이 흘렀다.

"이제 알겠군요." 그는 결론을 내렸다. "아마 로마노가 알게 되었을 겁니다. 무엇보다도 만일 삼브라노가 그 건이 민감한 사안이라는 걸 잊어버렸다면 말이지요. 그렇지만 더 이상 별일이 없자 로마노도 안심했을 겁니다. 그냥 고메스를 놓치고 나서 화도 나고 굴욕감도 치민 부서기관님이 한번 해 보는 제스처라고 이해했을 겁니다, 차파로."

우리는 다시 입을 다물었다. 이 연쇄적인 사건들의 연결고리 속에서 다음에 일어날 논리적인 일이 무엇일지 각자 속으로 생각을 해보고 있었을 것이다. 마침내 바에스가 입을 열었다.

"모랄레스에게 주소를 넘겼겠군요, 아마도."

"사실은 아닙니다. 거참 아이러니한 게요. 그가 고메스를 죽이지 않을까 겁이 나더군요……. 모르겠습니다. 그래서 결국 아무 말 하지 않았어요."

시내 쪽에서 출발한 기차가 도착했다. 다시 수많은 인파가 쏟아져 내리더니 사방으로 흩어져 갔다.

"어쨌든 모랄레스는 자기가 알아서 주소를 알아본 게 틀림없습니다. 그 친구는 절대로 바보가 아니거든요." 바에스는 잠시 쉬었다가 그렇게 말했다.

"비야 루가노에 가서 고메스를 손봐 준 사람이 모랄레스라고 생각하는 건가요?"

"의심의 여지가 없잖습니까?" 바에스는 내 쪽으로 향해 앉아 있었다. 그때까지 우리는 서로가 건너편 승강장을 바라보고 있었다.

"그러면······ 무슨 생각을 해야 할지, 무슨 말을 해야 할지 모르겠네요." 나는 고백했다.

"맞습니다. 모랄레스예요. 확신하고 있습니다. 좋아요. 이 일에 대해서라면 장담할 수 있어요. 제가 그제 루가노에 가서 좀 알아보았답니다. 이웃사람들이 단서가 될 만한 걸 알려 주더군요. 그것 말고도 있습니다. '젊은 사람 몇 명'이 와서 같은 걸 묻고 갔다고 했어요."

"로마노의 부하들일까요?"

"그렇지요. 저는 바를 몇 군데 돌아다니다가 어떤 노부부가 전부 보았다는 얘기를 들었어요. 그래서 만나러 갔지요. 어땠을지 짐작하시지요? 술집에서 이야기를 늘어놓을 때와 달리 경찰과 대화를 나누는 건 전혀 재미없는 일 아닙니까? 두 사람이 저한테는 입을 열지 않더군요. 그래서 좀 겁을 주는 수밖에 없었어요. 마음이 아팠지만 말입니다. 경찰서로 데려가 진술을 받아내겠다고 협박했지요. 좀 더 선하게 행동했으면 좋았을 테지만 어쩌겠어요. 노부부가 버텼다면 어디까지 갔을지 저도 모르지요. 결국에는 항복을 하더군요. 내가 못할 짓을 한 거지요. 그런데 그들이 정말 모두 다 봤더란 말입니다. 노인들이 어떤지 아시잖습니까. 하긴 우리도 이제 늙었으니 우리라고 해야 맞을까요? 특별히 할 일이 없어도 새벽같이 일어나지요. 그 시간에는 텔레비전도 나오지 않으니 라디오를 듣습니다. 창밖을 내다보기도 하고 말이지요. 그러다가 새벽이면 맞은 편 건물로 들어가곤 하던 젊은이를 보았지요. 그날 밤은 특히 이상한 게 나무가 뒤덮인 채석장에서 한 남자가 갑자기 뛰쳐나왔대요. 그가 청년의 머리를 쇠몽둥이 같은 걸로 힘껏 내려치자 청년이 바닥에 널브러졌어요. 그러자 침입자(키가 컸고, 자세히 보지는 못했지만 금발 같았다는군요)는 주머니에서 열쇠를 꺼내, 거기 한쪽 커브 길에 주차시켜 두었던 흰색 승용차 트렁크를 열더랍니다. 노부부는 자동차 메이커는 잘 모르지요. 피아트 500보다는 크고 포드 팔콘보다는 작았다고 그래요."

나는 기억을 더듬었다.

"모랄레스 차는 흰색 피아트 1500입니다. 지금도 타는지는 모르겠지만."

"그거군요. 그게 바로 제가 필요했던 세부 사항입니다. 키 큰 남자는 트렁크를 조심스럽게 닫고는 앞좌석에 앉더니 자리를 떴습니다."

우리는 한참을 입을 다물었다. 바에스가 마침내 침묵을 깨고 말했다.

"모랄레스는 늘 매우 꼼꼼한 사람 같아요. 언젠가 그가 기차역에서 얼마나 참을성 있게 버티며 사람들을 감시하는지 말씀하신 적이 있잖습니까. 그러니 바로 총을 쏴 버릴 생각은 아니었을 겁니다. 그러면 도망자로 살아야 하니까요. 틀림없이 어디 묻어버릴 만한 공터를 알아봐 두었을 거예요. 나중에 차에서 꺼내 총을 네 발 쏴서 떨어뜨려 버릴 수 있도록 말입니다."

나는 투쿠만 거리의 바에서 모랄레스와 나눈 마지막 대화가 떠올랐다. 이번에는 내가 가설을 내놓을 때라는 생각을 하며 바에스와 의견을 좀 달리해 말했다.

"아니오. 아마 의식이 돌아올 때까지 묶어놓고 기다렸을 겁니다. 총은 나중에도 쏠 수 있으니까요. 그렇지 않으면 자기 복수를 만끽할 수가 없었을 겁니다." 갑자기 나는 의구심이 일었다. "부상자가 없었나요? 그 지역 병원에 중상을 입은 사람이 들렀다거나?"

"아니요. 다 알아보았습니다."

"그러면 모랄레스는 자신을 믿지 못해 고메스를 불구로 방치해 두었군요."

나는 모랄레스와 나눈 마지막 대화를 얘기해 주었다.

"그런데…… 그렇게 쉬운 일은 아닙니다." 바에스는 말했다. "잠자리에 누워 천장을 뚫어지게 바라보며 밤을 새며 계획을 세우는 것과, 꿈꾸던 계획을 실행하는 것은 천지 차이이지요. 모랄레스가 신중하고 분별 있는 친구라면 일단 고메스를 트렁크에 가둬 놓았으니 손에 든 새 한 마리가 날아가는 백 마리 새보다 낫다고 생각하지 않겠어요. 아마도 그가 깨어나는 걸 기다리기로 했을 겁니다."

"어디 황무지에 묻었는지 알아보러 가야겠군요." 나는 대담하게 말해 보았다.

우리가 앉아 있던 승강장 쪽으로 기차가 들어왔다. 그러나 내리고 올라탄 사람은 거의 없었다. 오후가 깊어가고 있었고, 시내로 들어가는 기차는 갈수록 텅 비어 있었다.

"내던져 버렸을 거라고는 생각지 않습니다." 이번에는 바에스가 내 의견을 조금 정정했다. "정말 꼼꼼하게 처리했을 겁니다. 이백 년이 지나더라도, 혹시 누가 실수로 발견하는 일이 없도록 말이지요."

카페 테이블에 앉아, 순서대로 번호를 매긴 사진들을 주제별로 맞춰놓고 있던 모랄레스의 모습이 번개처럼 머리에 떠올랐다.

"맞습니다. 몇 달 전부터 장소와 방법을 골라 두었을 거예요." 나는 그렇게 결론지었다.

나는 잠시 뜸을 들였다. 그러고는 불시에 찾아온 새로운 침묵을 깼다.

"죽인 게 잘했다고 생각됩니까?"

비쩍 마르고 지저분한 유기견 한 마리가 다가오더니 바에스의 구두에 대고 킁킁거리기 시작했다. 바에스는 개를 쫓아버리지는 않았지만 다리를 움직이자 놀란 개가 도망쳐 멀어졌다.

"부서기관님은 어떻게 생각하세요?" 질문이 되돌아왔다.

"질문을 피하시겠다 이거군요."

바에스가 미소를 지었다.

"모르겠습니다. 그 사람 입장이 되어 봐야 알겠지요."

그는 할 말을 다한 듯했다. 그러나 잠시 후 이렇게 덧붙였다.

"저라도 그렇게 했을 겁니다."

나는 대답을 바로 하지 않았다. 그러고는 이렇게 마무리했다.

"저라도 마찬가집니다."

37

몇 시간 후 산도발과 나는 택시에 타고 있었다. 얘기는 거의 나누지 않았다. 둘 다 이제 곧 일어날 일이 너무 우울해서 기분을 감추고 싶은 마음조차 없는 듯했다. 숨길 수만 있다면 산도발은 즐거운 척을 하고, 나는 알았다는 시늉을 했을 것이다.

"헤네랄파스 다리 아래로 지나가 주세요. 다리를 지나자마자 장거리 버스들이 서는 곳에 내려 주면 됩니다." 산도발이 기사에게 알려 주었다.

여행가방을 차에서 내리고 나서 나는 작별인사를 하려고 했다. 12시 십분 전이었다.

"쓸 데 없는 짓 하지 말고. 어서 가, 내일 출근해야지. 여기서 집까지 뭘 타고 갈 수 있어? 그냥 이 택시를 타고 가." 산도발이 내 말을 끊었다.

"응, 그래, 알았어. 여기 시우다델라 한가운데 혼자 두고 가라고? 그딴 소리 집어치워." 그는 나에게 등을 돌리더니 택시기사에게 요금을 냈다.

우리는 가방을 옮겨 우리와 같은 버스를 기다리는 한 무리의 사람들 곁으로 갔다.

"남쪽 아베야네다인가에서 오는 버스야." 산도발이 말했다. "후후이에는 내일 밤에 도착하게 돼."

"엄청난 여행이군." 나는 넋두리를 했다.

그러나 막상 거대하고 반짝거리는 시외버스가 도착해서 우리가 서 있던 길가에 정차하자 그렇게 긴 여행을 하게 된다는 기대로 아이 같은 흥분이 몰려드는 걸 어쩔 수 없었다. 휴가철에 부모님과 함께 여행하던 때처럼. 그래서 산도발이 승차권을 건네주는데 좌석이 3번인 걸 알고 즐거워졌다. 오른쪽 첫 번째 자리였다. 하늘색 셔츠에 파란 색 넥타이 차림의 운전수들이 후후이 주 산살바도르까지 가는 승객인 걸 확인한 후 내 트렁크들을 수하물 칸 저 안쪽으로 집어넣는 동안 우리는 경계를 곤두세웠다. 좀 바깥쪽에는 투쿠만과 살타까지 가는 승객들의 트렁크를 실었다. 내가 아르헨티나 맨 구석까지 쫓겨 가는 중이라는 게 실감 났다. 쿵 소리와 함께 운전수가 짐칸 문을 닫고 걸쇠로 잠글 때 우리는 차에서 떨어져 있었다.

버스 문 옆에서 우리는 포옹했다. 나는 뒤를 한 번 돌아보고는 버스에 올랐다. 그러다 문득 뒤돌아서서 말했다.

"자네가 좀 해 줬으면 하는 게 있어." 어떻게 말을 꺼내야 할까. "아니 하지 말았으면 하는 게 있어."

"진정해, 벤하민." 산도발은 그 말을 기다렸다는 듯이 말했다. "술값도 내 주고 택시에 태워 집까지 데리고 가는 사람이 이제 없는데 내가 고주망태가 되어 돌아다니겠어?"

"약속하는 거야?"

산도발이 아스팔트에서 눈을 떼지 못한 채 미소를 지었다.

"어허! 과장하지 말게. 그 정도는 아니잖은가."

"잘 있게, 산도발."

"잘 가, 차파로."

가끔 우리 남자들은 사랑하는 사람을 약간 냉정하게 대함으로써 더 신뢰를 느낀다. 나는 자리에 앉아 창문으로 작별인사를 했다. 그는 한 손을 들어 올린 채 미소를 짓더니 117번 버스를 타러 갔다. 이 시간에는 어쩌다 한 대씩 오는 버스였다.

38

사라테를 지난다. 나의 모든 현재가 장거리 버스에 실린 세 개의 여행가방 만큼이라고 생각하니 불편한 느낌이 들렀다. 열등감도 들고 홀로 버려진 듯한 기분이었다. 제일 좋아하는 책 몇 권도 챙기지 못했다. 옷은 거의 다 두고 왔다. 짐을 싸서 여관으로 갖다 준 산도발의 말에 따르면 윗도리건 아랫도리건 옷이 대부분 찢겨 있더라고 했다. 특히 셔츠와 정장용 재킷은 모두.

어머니와 작별인사를 나누지도 못했다. 법원 사람들은 말할 것도 없다.

로사리오 이정표가 보였다. 불빛이 어둠을 갈랐다. 초록 바탕에 흰 글씨가 적힌 이정표가 지금처럼 간간이 불빛에 비쳤다. 벌써 산타페 주인가? 로사리오가 부에노스아이레스 북쪽에서 몇 킬로미터나 떨어져 있더라? 이미 시 경계선을 넘어섰지만 나는 알아차리지 못했었다.

여러 번 잠을 청해 보았지만 잠시도 눈을 붙일 수가 없었다. 여관에 있던 날들은 영원하고 단조로운 공백이었다. 그 공백 안에서 시간은 껌처럼 길게 늘어나 있었다. 그러나 마지막 날은 너무 많은 일이 일어났고, 또 참으로 많은 사실들을 알게 되었다. 마치 태풍의 눈 속에서 시간을 보낸 것 같았다.

바에스는 라파엘 카스티요 역에서 헤어질 때 올리보스에 사는 아기레가라이 판사의 주소를 주었다. 올리보스는 부에노스아이레스에서 20킬로미터쯤 떨어진 곳이다. 나는 이 모든 게 그 판사와 무슨 상관이 있느냐고 물었다.

"처음에 설명하려던 게 그거였어요. 그런데 마지막에 얘기해야겠다고 했었지요?"

그제야 그의 말이 떠올랐다.

"후후이?"

"맞습니다. 그는 곧은 사람입니다. 그리고 부서기관님이 후후이로 갈 수 있도록 손을 써줄 만한 지인들도 있지요. 이건 판사님의 아이디어였습니다." 그는 잘라 말했다.

"왜요?"

"모르지요. 아마도 판사님이 제대로 설명해 줄 거라 믿어요. 기다리고 있습니다."

"그렇지만 도망자가 되어 내빼는 것 외에 다른 방법이 정말 없나요?" 지금까지의 삶과는 다른 삶을 살아야 한다는 사실이 받아들여지지가 않았다.

바에스는 나를 잠시 보았다. 내가 스스로 깨닫기를 기다리는 듯한 표정이었다. 소용이 없다는 생각이 들자 결국 이렇게 설명했다.

"무슨 일이 있는 건지 알아요, 벤하민? 로마노가 더 이상 당신을 쫓아다니지 않아도 된다고 확신할 수 있으려면 당신을 묻어 버려야만 합니다. 원하시면 제가 자리를 만들어 볼 수 있어요. 그런데 그러려면 자기 부하를 손봐 준 게 당신이 아니라 리카르도 모랄레스라는 사실을 얘기해야겠지요." 그는 잠시 멈추더니 이렇게 결론지었다. "원하시면 그렇게 합시다."

'제기랄.' 나는 생각했다. 그럴 수는 없었다, 젠장. 그럴 수는 없다.

"당신 말이 맞아요." 나는 받아들였다. "지금 이대로 두도록 합시다."

우리는 감정을 감춘 채 작별 인사를 나눴다. 그는 올리보스로 갈 때 타면 되는 버스 번호들을 종이에 적어 주었다. 그즈음에는 스스로 바보 멍청이가 된 듯해서 더 이상 점잖도 남아 있지 않았다. 그래서 그에게 버스 색깔이 무언지 하나하나 물어보기까지 했다.

나는 두 시간 좀 더 걸려 올리보스에 도착했다. 그 공포스러운 겨울의 차가운 오후가 끝나가고 있었다. 아기레가라이 판사의 집은 앞에 정원이 딸린 아름다운 별장이었다. 언젠가 부에노스아이레스로 돌아오면 카스텔라르의 내 작은 고향 동네로 돌아갈 생각이었다. 시내의 아파트는 떠올리고 싶지도 않았다.

판사가 직접 문을 열어 주었다. 그는 곧장 서재로 갔다. 저 안쪽에서 주방의 소음과 아이들 소리가 들리는 듯했다. 적절한 시간에 온 것 같지 않아 불편한 마음이 들었고, 그래서 그런 생각을 판사에게 말하고 말았다.

"차파로, 신경 쓰지 말아요. 그런 점이라면 염려 놓아요. 내 생각엔 보는 사람이 적을수록 자네에게도 유리하니까."

나도 그렇게 생각했다. 판사는 널따란 소파로 나를 안내했고 커피도 권했다. 하지만 커피는 사양했다.

"바에스한테서 모두 들어 알고 있어요." 그는 말을 시작했다. 나는 기뻤다. 모든 이야기를 다시 반복할 걸 생각하니 미리부터 기운이 쫙 빠졌기 때문이다. "내가 알고 싶은 건 우리가 도달한 결론을 당신이 마음에 들어 할까 하는 점이지요."

나는 태연한 척하며 말을 꺼냈다.

"후후이……."

"후후이." 판사가 확인했다. "바에스 말로는 그 망나니가……"

"로마노요."

"맞아요. 로마노. 그 로마노라는 인간이 개인적인 감정으로 당신을 쫓고 있다고요. 사적인 복수라고, 맞나요?"

"그렇습니다." 나는 대답했다. 바에스가 전부 다 얘기하지는 않았던 것이다. 형사가 자기 친구들에게도 신중하게 행동하는 사람이라는 걸 깨달았다. 고마운 마음이 일었다. 그에게 고맙고 감사한 게 수 천 번이었다.

"그래서 말하자면 자기 행동요원들을 시켜 당신을 괴롭히고 있다지요. 그의 소규모 조직을 위에서 지원하는 더 큰 조직은 달리 없다고 짐작됩니다."

"일종의 변두리 마피아지요." 나는 농담하듯이 대답했다.

"비슷하지요. 웃지 말아요, 적절한 표현 맞습니다."

"그럼 이제 어떻게 할까요, 판사님?"

"그래서 바에스와 나는 당신을 가능한 한 멀리 보내야겠다고 생각한 거지요. 소재를 파악하게 되더라도 괴롭힐 수 없을 정도로 멀리요. 그래서 나온 게 후후이입니다. 법원에서는 비밀이 오래간다는 걸 알 겁니다. 그래도 언제가 되건 로마노는 당신이 그곳으로 간 걸 알게 될 거예요, 차파로. 해결책은 상황을 복잡하게 만들어 의욕을 꺾어 놓는 거지요."

그는 잠시 말을 멈추었다. 복도에서 아내의 발소리가 들렸기 때문이다. 발소리는 결국 다른 방 쪽으로 돌아갔다. 아기레가라이는 문으로 가서 조심스럽게 걸어 잠궜다. 그러고는 다시 자리에 앉았다.

"내 사촌이 후후이 주의 산살바도르에서 연방판사를 하고 있어요. 아르헨티나 끝에 있는 후후이가 세상 끝인 양 느껴진다는 건 알아요. 그렇지만 바에스와 나는 이보다 더 나은 대안을 찾지 못했어요."

나는 입을 다물었다. 내가 후후이로 가 꽉 처박혀 일하고 살면 이점이 얼마나 많은지 들어보고 싶어 안달이 났다.

"연방법원은 중앙 사법부 휘하에 있다는 걸 알 겁니다. 그러니까 이곳과 같은 조직 안에 있는 거지요. 간단히 근무지를 옮기는 일인 셈이지요. 당연히 같은 직책으로요."

"그래서 후후이여야 하는군요." 신경 쓰여 하는 걸로 들리지 않기를 바라면서 말했다.

"그거 알아요? 안 그래 보이겠지만 이점이 많습니다. 우선 당신을 여기서 1900킬로미터 떨어진 곳으로 보내면 그자들이 더는 쉽게 괴롭히지 못할 거요. 두 번째로는 혹시 성가신 일이 생긴다 하더라도 내 사촌이 있지요."

나는 그가 말을 마칠 때까지 기다렸다. 사촌이 누구길래? 슈퍼맨인가?

"그는 상당히 전통적인 생각을 가진 친구지요. 생각해 봐요. 내륙 지방 사회가 어떤지 알지요?" 나는 전혀 몰랐지만 생각해 보려 애썼다. "호의적이고 유쾌한 그런 친구를 생각하시면 안 돼요. 그런 성격은 전혀 아닙니다. 좀 역겨운 유형이라고 해야 할걸요, 내 사촌. 전갈처럼 성질도 사납고요. 그렇지만 그곳에서 존경받는 유력 인사라는 게 이점이지요. 당신이 내 사촌의 보호 아래 있다는 걸 네다섯 사람에게만 말해도 당신을 성가시게 할까 봐 조심할 겁니다. 파리 한 마리도 얼씬하지 않을 거예요. 혹시라도 무슨 수상한 일이 생기면, 그러니까 낯선 사람 네 명이 번호판도 달지 않은 팔콘을 타고 고장에 들어섰다 하면 금방 사촌 귀에 들어가는 거지요. 그곳 '일곱 색깔 언덕'에 사는 비쿠냐 한 마리가 방귀를 뀌었다 해도 내 사촌은 십오 분이면 알게 된답니다. 무슨 말인지 알겠지요?"

"네, 알아듣습니다."

'굉장하군.' 나는 생각했다. 나라 국경까지 가서 거의 봉건 영주나 다름없는 사람 밑에서 일하며 살게 되는 것이다. 그러나 그 순간 엉망이 된 내 아파트의 모습이 머리를 스쳤고, 그러자 자동으로 우쭐거림이 가라앉았다. 그 사람과 함께 있어 살아남을 수 있다면 내 잘난 척은 꼭꼭 숨기고 뒤만 졸졸 따라다니는 게 좋을 것이다. 몇 년 전 압박 수사로 문제가 된 로마노를 감옥에 보낼 용기가 나지 않아 물러서는 바티스타 판사를 보면서 들었던 수치스러움이 떠올랐다. 나도 겁쟁이였다. 나도 넘을 수 없는 내 한계에 다다른 것이었다.

문까지 배웅해 주는 판사에게 나는 다시 감사의 인사를 표했다.

"뭐 고마울 게 있나요, 차파로. 이건 기억하시게. 상황이 가능해지면 돌아오게 될 거예요. 자네 같은 부서기관은 많지가 않아요."

그의 말에 잃어버린 정체성을 되찾은 기분이었다. 도피 생활 8일 동안 최악인 건 내가 누군지 더 이상 느끼지 못할 정도가 되었다는 점이었다.

"다시 한번 감사드립니다." 나는 그의 손을 힘껏 잡아 악수하며 작별했다.

올리보스 역까지 걸어갔다. 미트레 노선 기차도 사르미엔토 노선처럼 전차였다. 그러나 미트레는 깨끗하고 거의 비어 있었고, 시간에 맞춰 다녔다. 한적한 이곳 분위기가 어릴 적 살던 카스텔라르를 떠올리게 하고 그리움에 잠기게 만들었다. 멀리 도망쳐야 하는 사람은 이렇게 과거에 대한 향수 때문에 고통스러워하게 되는 걸까? 레티로에 내려서 나는 지하철을 탔다. 그리고 여관까지는 걸어갔다.

"어떤 남자가 방에서 기다립니다." 여관에 들어서는데 주인이 내게 말했다. 다리에 힘이 풀리는 느낌이었다. "온다는 걸 당신이 알고 있다고 하던데요. 술집 친구라고 소개했어요. 그런가요?"

"아, 네, 네." 나는 주인이 터무니없다고 여길 정도로 웃음을 흘리며 대답했다. 산도발 이 친구는 절대로 안 변하는 사람이다.

산도발은 정말로 나를 기다리고 있었다. 내 침대 위에 아주 편히 늘어져서 말이다. 우리는 서로 부둥켜안았다. 나는 화장실에서 샤워를 했고, 잠시 후 우리는 택시에 올라탔다. 거의 말이 없는 우리를 태우고 그 택시는 시우다델라의 버스 정류장으로 달렸다.

39

유감스럽게도 산도발의 병과 죽음은 갑작스러운 것은 아니었다. 그를 사랑하던 우리들은 모두 일 년 전부터 그런 생각에 적응해 왔다. 그는 어떤 일이든 한결같이 적용하는 그 형이상학적인 딴청 부리기를 자신의 일에도 들이댔다. 자기 얘기에 기를 기울이는 사람들에게(당연히 가까운 사람들이다. 다른 사람들은 항상 참아버리거나 거리를 두니까.) 술이 자기 몸에 준 긍정적인 영향을 아무도 제대로 알아주지 않는다고, 그런 어마어마한 양을 마셔도 자신을 통제할 줄 아는 사람이라고 지껄이곤 했다. 분명히 그 몰락, 경악스럽고 돌이킬 수 없는 몸의 쇠락은 자기가 술을 절제하는 바람에 위스키가 제공하던 성스러운 균형을 깨뜨리는 바람에 일어난 일이라고 말이다. 그런 말도 미소를 지으면서 하곤 했다. 술을 못 마시게 하려고 늘 뒤를 쫓아다니던 우리들은 그런 관대함을 감사히 여겼다. 게다가 그는 거의 마지막까지 법원에서 일을 계속 했다.

최근 몇 달 동안 알레한드라와 전화통화를 자주 했다. 산도발보다 그녀와 통화하는 일이 더 많았다. 장거리 전화요금이 비싸 자주 하지 못하기도 했고, 내심 우리는 남자니까 슬픔을 드러내는 것은 약한 모습라고 생각했던 탓도 있다. 그래서 산도발과 통화할 때면 우리는 정신 나간 수소들처럼 굴었다. 지극히 개인적이고 감성적이고 우울한 내용은 교묘하게 언급을 피했다. 나도 그의 병에 대해 묻지 않았고 그도 나의 후후이 유배 생활에 대해 묻지 않았다. 늘 하는 뻔한 대답만 하면서 서로 얼굴도 보이지 않으니 대화가 딱딱해져 갔고, 그럼에도 불구하고 대화를 중단하고 싶지는 않았던 모양이다.

어느 목요일, 서기가 "교환원입니다. 장거리 전화요."라고만 하고 전화기를 넘겨주고, 수화기 너머에서 그 시절 통신망의 윙윙거리는 소리와 더불어 알레한드라의 목소리가 들려왔을 때 나는 깜짝 놀라지 않았다. 그녀의 목소리는 처음에는 억누르다가 나중에는 지독히 고통스럽더니 마지막에는 잔잔하고 거의 편안해졌다.

그날 밤은 내가 처음 비행기로 여행한 날이었다. 내 마음 속에 이는 고통의 방식은 기이했다. 나는 그런 나쁜 소식이 올 것을 미리 알고 지냈다. 그래서 그런지 친구를 잃었다는 명백하고 단순한 고통보다, 미리 예상했던 것과 소식을 듣고 실제로 느낀 슬픔의 차이가 크다는 사실이 더 고통스러웠다.

부에노스아이레스는 검은 밤하늘 아래에서 압도적인 장관으로 다가왔다. 산도발의 죽음을 알게 되었을 때 느꼈던 그 감정적인 거리를 공항에 내려섰을 때에도 느꼈다. 겁이 나지는 않았다. 향수도 아니었다. 6년이 지나 돌아온 게 기쁜 것도 아니었다. 한순간 죄책감이 몰려왔다. 나는 번갯불처럼 움직인 그 여행을 어머니께 미리 알리지도 않았다. 오래 머물고 싶지도 않았고, 그렇다고 2천 킬로미터가 아니라 20킬로미터 떨어진 곳에서 하루를 묵으면서도 보러 오지 않았다는 사실을 알게 되어 슬퍼하시는 것도 원치 않았기 때문이다. 7월까지 기다리는 게 좋을 터였다. 그때가 되면 여느 해처럼 어머니가 나를 보러 후후이로 오신다.

택시기사는 특강을 통해 나에게 설명하려던 말로 나를 계도하는 것밖에 관심이 없었다. 짐작한 바로는 영국인들이 최근에 보낸 해군함대로는 절대로 말비나스를 탈환하지 못하리라는 연설을 하고 싶은 모양이었다. 나는 그의 말에 급제동을 걸었다.

"말을 걸지 않았으면 합니다. 휴식이 좀 필요해서요." 그러고는 혹시 내가 관심이 없는 걸 조국에 대한 배신으로 받아들일까 봐 이렇게 덧붙였다. "그리고 저는 오스트리아 사람입니다." 그러자 조용해졌다.

택시가 팔레르모로 들어가자 추억들이 펼쳐졌다. 그 추억들로 마음이 아픈 걸 즐겁게 느끼고 있음을 확인했다. 지난 시간에 대해 내 자신이 냉정하다는 사실에 놀랐다. 그 천하에 몹쓸 놈 로마노는 어떻게 지내고 있을까 생각해보기까지 했다. 여전히 나를 잡겠다고 안달하고 있을까? 사소한 물음은 아니었다. 내가 계속 후후이에 살아야 하는가 아닌가는 그 답에 달려 있었다. 그러나 내겐 물어볼 사람이 없었다. 바에스는 1980년에 죽었다. 그때는 부에노스아이레스 여행을 생각지도 못했다. 모랄레스의 복수와, 내가 머리 한 끝 차이로 살아남은 공격을 받은 지 4년이 지난 시점이었지만. 대신 바에스의 아들에게 장문의 편지를 보냈다. 자식이라면 부모의 진정한 가치를 반드시 알아야 한다는 지론 때문이기도 했지만, 그보다는 내가 길을 잃지 않도록 도와준 그에 대한 애틋

함 때문에 편지라도 써야 했던 것이다. 그래서 나는 비행기에서 내리자마자 조문을 가고, 밤 새워 조문을 한 후 장지로, 그리고 장지에서 다시 공항으로 이동할 생각이었다.

산도발의 집은 문상객이 타고 온 차로 붐비는 것과는 거리가 멀었다. 나는 어릴 때부터 우리의 장례 의식이 쓸모없이 화려한 게 싫었다. 얇은 수의, 밤샘 조문, 시들어 버린 꽃들의 지독한 냄새. 그런 것들 모두가 존엄하고도 가혹한 죽음이라는 충격을 얼버무리고 싶어서 지어낸 따분한 몽상가들의 엉터리 술책이 아닌가 싶었다. 그래서 나는 지체하지 않고 고인이 안치된 방으로 곧장 갔다. 알레한드라는 소파에서 잠을 청하면서 한밤중의 시간을 죽이고 있었다. 나를 보자 기뻐했던 것 같다. 그녀는 좀 울고 나서, 불가능한 기적을 기대하며 남편이 세상을 떠나기 직전 어떤 치료법을 썼는지를 이야기해 주었다. 하루 종일 되풀이하느라 지치고 닳아빠진 듯한 이야기를 들으면서도 차마 그녀의 말을 끊을 엄두가 안 났다. 그녀의 이야기가 끝났다고 여겨질 즈음 나는 용기내어 말했다.

"당신 남편은 내 인생을 통틀어 만난 제일 괜찮은 사람이었어요."

그녀는 나를 더 이상 쳐다보지 못하고 한쪽으로 시선을 돌렸다. 몇 번 눈꺼풀이 깜빡였지만 그런 속임수가 통하지 않았는지 눈물을 흘리고 말았다. 그래도 내 말에 대답은 했다.

"그이는 당신을 정말 좋아했어요. 정말로 존경했지요. 당신을 걱정시키지 않으려고 술을 끊었다고 생각해요. 이제는 당신이 자기를 도와줄 수 없게 되었으니 말이지요."

이번에는 내가 눈물을 흘릴 차례였다. 우리는 말없이 서로를 안았다. 이제 비로소 그 자리의 위선적인 의식을 떨쳐버리고 그녀의 남편, 그리고 내 친구의 기억을 명예롭게 할 수 있게 되었다.

그녀는 커피를 내주었고, 우리는 모든 것에 대해 조금씩 이야기를 나누었다. 자정이 넘어 있었다. 좀 늦는 친척이 있다 해도 아침 일찍 장례식이 있기 전에 올 터였다. 우리는 후후이에서 망명 중인 내 근황으로 화제를 돌려 한참을 이야기했다. 그녀는 실비아에 대해 속속들이 물었다. 내 재혼에 대해 파블로가 그녀에게 얘기해 주었지만, 여자인 알레한드라는 산도발에게 편지와 전화통화를 통해 알려 준 것보다 훨씬 많은 걸 궁금해했다. 나는 아내가 민사법원 서기의 여동생이라고, 골무같이 작은 그 사회에서 우리가 만난 건 숙명이었다는 얘기, 매우 아름다운 여자라는 얘기, 그녀의 마음을 사려고 어두운 과거를 지닌 정치적인 망명자인 듯한 신비로운 분위기를 내곤 했다는 얘기, 그녀를 아주 많이 사랑한다는 얘기 등을 들려주었다. 할 수 있는 얘기는 다했다는 생각으로 말을 마치자 다시 그녀의 질문이 시작되었다. 여자가 다른 여자에 대해 알고 싶어 하는 게 이렇게 많은가 싶어 놀라웠지만, 그래도 모두 대답해 주었다. 그만 집으로 돌아가 눈을 좀 붙이고 오는 게 좋겠다고 그녀를 설득했을 때는 새벽 세 시쯤이었다. 그 시간에는 아무도 오지 않을 터였다. 그녀는 내가 잠시 산도발이 남긴 것과 단둘이 시간을 갖는 것도 좋겠다고 여기는 듯했다. 모호하긴 하지만 나도 그게 적절한 일이라고 생각한 것 같다.

장례식에는 사람이 별로 없었다. 친척들 몇 명, 친구 두엇, 법원 직원 몇 명. 대부분은 모르는 사람들이었다. 이방인이라는 그 느낌이 아마도 내가 망명 중임을 알려 주는 손에 잡히는 증거였다. 옛 법원 직원들을 만나자 나는 기운이 났다. 친밀한 단어들을 써 가며 그들과 인사를 나누었다. 산도발과 나의 옛 상사였던 포르투나 라칼레와 페레스도 있었다. 은퇴한 포르투나 판사는 많이 늙어서 금방이라도 뼈가 부서질 것 같았다. 그래도 멍청이 같은 얼굴은 세월의 흐름을 거뜬히 이겨내고 있었다. 페레스는 이제 국선변호인이 아니라 선고판사였다. 제대로 판단할 줄 아는 사람들이라면 누구나 아연실색할 일이었다.

다른 사람들이 승용차 쪽으로 돌아가는 동안 나는 아무도 보지 못할 때 묘 위에 흙을 한 줌 던져 주려고 잠깐 뜸을 들였다. 누가 내 행동을 보고 있지 않은지 뒤돌아 확인했다. 돌아가는 사람들의 맨 뒤에 우리의 옛 서기관, 우리의 옛 판사가 있었다. 나는 크고 축축한 흙덩이를 하나 들어 여러 조각으로 나누어 갔다. 흙을 뿌리면서 낮은 목소리로 완전히 이교도적인 기도를 올렸다. "머저리들이 축제를 벌이는 날이 있다면, 저 두 사람이 문에서 손님들을 맞이하고, 음료를 따라 주고 파이도 내다 주고, 축배를 제안하고, 입술의 빵가루도 닦아 주겠지."

기도를 마치고 나는 미소를 지으며 자리를 떴다.

새로운 의혹들

'이제 남은 게 아무것도 없어.' 차파로는 손에 따뜻한 빵 봉지를 들고 집으로 돌아가면서 생각한다. 빵집이 그를 위해 문 여는 거라고 할 정도인데 어떻게 따뜻하지 않겠는가.

나이 든 남자의 습성이 시작되었다는 걸 알게 되자 그는 화가 났다. 다른 사람들은 아마 주름이나 흰머리를 발견했을 때 놀랄 것이다. 은퇴할 때까지는 잠자는 일이 보상이자 낙이었다. 별 생각 없이 그 보상을 포기하기도 하고, 느릿느릿하게 자리를 빠져나오기도 했는데, 지금은 아무리 해도 깨어 있는 시간이 남아돌았다. 그래서 쪽문으로 환히 비치는 새벽을 흐릿한 눈으로 바라보며 침대를 이리저리 뒤척이다 지치면 그는 자리에서 일어나 한 블록 거리에 있는 빵집에 갔다. 나갈 때는 단정하게 차려입었다. 티셔츠나 멜빵, 슬리퍼 차림으로 길에 나다니는 노인네가 될까 두려웠기 때문이다.

돌아오면 그는 마테 차를 준비하고, 부스러기를 흘리지 않도록 접시에 빵을 몇 개 얹어 책상으로 가져간다. 두 번의 결혼생활이 적어도 집에서의 습관을 조금은 가다듬어 주었다는 걸 깨닫자 우스운 기분이 든다.

자리에 앉은 그는 마지막에 쓴 원고를 확인해 보고 슬퍼진다. 한편으로는 이 부분을 책에 집어넣는 게 의미가 있을지 의구심이 들기도 한다. 이게 지금 그가 쓰고 있는 이야기에 들어맞는가? 지금 하고 있는 이야기가 리카르도 모랄레스나 이시도로 고메스의 이야기라면 필요하지 않은 내용이다. 이 부분은 그 두 사람과는 아무 상관이 없다. 그렇다면 이 이야기가 자신의 이야기, 그러니까 벤하민 미겔 차파로의 이야기라면? 그러면 의미가 있다. 1982년 5월 잠깐 동안의 부에노스아이레스 방문을 제외할 수가 없다.

지금 쓰고 있는 이야기가 누구의 것인지 한 번 더 자문하자 새로운 의구심이 솟구친다. 사실은 오래되었고 반복적으로 찾아드는 의구심이다. 만일 일종의 자서전을 쓰는 중이라면 자신의 삶과 긴밀한 연관이 있는 수많은 상황들과 인물들을 배제하고 있는 셈이다. 구체적으로 들어가자면 두 번째 아내인 실비아 이야기는 어디 갔나? 거의 없거나 전혀 없다. 다시 살펴보니 산도발의 죽음을 다룬 그 괴로운 챕터에서 처음으로 언급했다. 그렇지만 이제 와서 뭘 더 덧붙일 수 있는가? 10년을 같이 살았다는 얘기? 그리고 군부든 경찰이든 더 이상 아무도 겁내지 않게 된 1983년 말 부에노스아이레스로 되돌아온 뒤 4년을 더 살았다는 얘기? 그 마지막 4년 동안에는 망명생활을 하는 사람이 실비아였다는 얘기를 해야 하나? 가족들, 친구들과 멀리 떨어진 실비아는 살고 있을 때는 늘 불평하던 그 사회를 부에노스아이레스 땅을 밟은 첫날부터 그리워했고, 부에노스아이레스에서 항상 적대적이고 성난 사람처럼 보였다.

　새로운 이혼법*으로 여지가 생기던 무렵 차파로가 결혼생활에 대한 얘기를 꺼내자 실비아는 화제를 피하려고 했었다. 그런 그녀를 몰아세워 결정하지 않을 수 없도록 만들자, 자기가 그를 충분히 사랑하는지 확신이 없다는 고백이 돌아왔다.

　차파로는 그녀가 여행가방 싸는 걸 직접 도와주고 차를 빌려 공항까지 태워다 주었다. 그리고 나중에 그녀가 요청한 모든 공동소유물들을 공증인을 통해 빠짐없이 부쳐 주었다. 전기 토스터부터 살타로 외출했다가 함께 산 『모비딕』의 정교한 판본에 이르기까지.

　그러고는 서로 더 이상 연락을 하지 않았다. 차파로는 그녀가 결혼했다는 걸 알게 되었지만 절대로 더 자세히는 알고 싶지 않았다. 여자들, 정확하게 말하면 자신에게 중요하고, 그래서 자신에게 상처를 줄 수 있는 여자들을 배제하고 살기로 결심한 게 그 즈음이었다. 처음에는 참으로 간단해 보여서 현명한 결심이라는 생각까지 했다. 결국은 항상 한탄스러운 결과로 끝나고 말걸, 누군가와 인생을 공유하려고 했었다니 그게 오류였다고 생각했다. 마르셀라는 권태 때문에 잃었고 실비아는 그녀가 결심했기에 보냈다. 더 이상은 잃고 싶지 않았다. 게임은 이제 그만하고 싶다. 덧없는 쾌락을 주고받을 여자라면, 주변에서 찾을 수 있기 마련이다.

　후후이로 떠날 때 갈망했던 대로 카스텔라르로 이사하니 좋다. 부모님과 살던 집이었다. 간간이 정원을 내다보고 마테 차를 준비하러 자리에서 일어나기도 하면서 지금 이 이야기를 쓰고 있는 바

---

* 아르헨티나는 보수적인 가톨릭 교회의 영향으로 합법적인 이혼이 금지되다가 1987년 양성 평등한 이혼법 제정이 처음으로 이뤄졌다.

로 이 집이다. 그것도 이 소설 속에서 이야기해야 할까? 아무 의미가 없다. 다시 모랄레스 이야기로 돌아가 그의 남은 이야기 몇 페이지를 마저 쓰는 게 낫다. 그러고 나서는?

그 뒤에는 아무것도 없다. 아니 있다. 법원, 이레네 오르노스 판사 휘하의 그 빌어먹을 법원에 타자기를 돌려주는 것. 벼락 맞을 여자. 모든 게(여자들과 거리를 두는 것, 어떤 종류의 깊은 약속은 하지 않고 일시적으로 여자를 만나는 것, 카스텔라르에서 꼼꼼한 홀아비로 생활하는 것) 1991년 2월 9일까지는 잘 작동했었다. 그녀가 15년 만에 이제는 판사가 되어 다시 법원 사무실 문을 열고 들어서던 그 날까지는.

차파로는 그 여자가 자신을 미치게 만드는 일은 다시는 없을 거라고 다짐했다. 그는 그대로가 좋았고, 또 한 차례의 지독한 환멸, 새로운 불면, 가슴이 뻥 뚫리는 경험은 필요하지 않았다. 그래서 그는 "어떻게 지내요, 판사님. 오랜만입니다."라고 인사를 했다. 볼 키스를 하려고 뺨을 내밀던 그녀가 당혹스러워하는 걸 알아챘다. 기대하던 것과 다른 상황에 당황한 표정, 친밀하게 말을 놓으려다가 틈 하나 없는 4미터짜리 벽에 부딪힌 듯한 표정이었다. 결국 그녀는 그 벽에 대고 "잘 지내요. 당신은요? 그러게요, 오랜만이군요."라고 대답했다. 차파로는 그 상황이 화가 나고 고통스럽고 슬퍼서—아니면 그 모든 감정이 한꺼번에 치밀어서—책상 위에 할 일이 잔뜩 쌓였다고 얼버무리며 양해를 구하고는 허겁지겁 그곳을 빠져나간다. 언제나 다름없는 그 향수 냄새로부터 벗어날 정도로 재빨리 도망치는 건 성공했다. 그러나 가족들은 어떻게 지내요, 이레네. 잘 지내요, 딸아이들도 잘 있어요. 남편은 어때요. 남편도 잘 지내고요, 일이 많긴 하지만 건강은 좋아요, 하는 식의 관례적인 대화를 피할 정도로 재빠르지는 못했다. 남편도 벼락이나 맞어라, 무진장 빌어먹을 녀석 같으니. 그러고는 미안해한다. 그 머저리한테 그녀랑 결혼한 죄밖에 무슨 잘못이 있겠는가. 그녀와 같이 잘 지내고 있다고 해서, 도대체 무슨 권리로 그에게 저주를 퍼붓는 것인가.

그때부터 모든 일이 시들해질 것임을 알았다. 거기서 더 나빠진다면 내 모든 삶이 이레네로 가득 차게 될 것이었다. 숨 쉴 때마다, 모닝 토스트에서도, 잠이 들지 않을 때나 다른 아무 여자와 키스할 때조차 나는 이레네를 느끼게 될 것이었다. 방법이 있다면 다른 데로 출근하는 거다. 하지만 다른 법원에서 다른 직원들과 일할 마음이 없다. 그럴 수 없다. 안 된다. 그러니 입 다물고, 시간이 흘러가게 내버려두는 것, 자신을 쳐다보는 불꽃같은 두 눈을 무시하는 것, 결제서류를 들고 집무실 책상으로 다가갈 때 멀찍이 보이는 목선에서 시선을 피하는 것 외에는 달리 해결책이 없었다. 제기랄, 그렇게 사는 것은 고행이다.

아니다. 절대로 그는 자신을 주인공으로 삼은 소설은 쓰지 않을 것이다. 자기 배꼽을 들여다보며 재미있어 하기에는 자기 자신에게 정말 진절머리가 났다. 그러나 산도발의 죽음 챕터는 그대로 두기로 했다. 모랄레스의 그 저주받은 이야기는 자신의 이야기와 엉켜 있었다. 그 비극에 개입되었다는 이유로 안데스 산맥 자락에 가서 양이나 세며 7년을 보내지 않았는가? 후회는 없다. 그 과거를 부정하지도 않는다. 그러나 바로 그래서 지금까지 써 놓은 것은 어느 것도 빼지 않을 생각이었다.

이제 남은 문제는, 써 놓은 걸 다 어쩔 생각인가? 레밍턴 타자기 옆에 한 묶음이던 빈 종이가 이제는 원고 한 묶음으로 그의 책상에 멋지게 쌓여 있다. 이레네에게 선물해야 되겠지. 그녀는 그가 쓴 원고 읽는 걸 좋아한다. 지난 한 달 반 동안, 거의 매주 한 두 챕터씩 새로 쓴 원고를 들고 이레네를 찾아갔다. 정말 좋은 소설이에요. 그렇죠? 그녀는 항상 칭찬을 한다. 차라리 별로였으면 싶다. 만일 글이 좋으면, 그녀가 하는 칭찬은 글을 잘 써서 마음에 든다는 뜻밖에 되지 않는다. 글이 안 좋은데도 역시 칭찬을 하는 거라면 그것은 그를 기쁘게 해 주고 싶어서다. 차파로는 그래서 글을 쓰는 건지 모른다는 생각이 든다. 자기 글을 읽는 동안만이라도 자신을 그녀에게 내보이고, 자신을 알리고, 자신에 대해 뭔가 알게 하고, 자신을 생각하게 하려고. 그런데 만일 글이 안 좋은데도 단지 듣기 좋으라고 칭찬하는 거라면? 다시 말해 그의 글이 쓰레기라고 생각하지만 상처를 주고 싶지 않아서 그럴 수도 있다. 그런데 상처를 주지 않으려는 이유가 그를 좋아해서가 아니라, 그러니까 차파로가 원하는 의미로 좋아해서가 아니라 동료로서, 옛 상사로서, 그리고 최근의 부하직원으로서, 버려진 개를 보며 가엾은 것 하고 동정을 느끼는 그런 것일 수도 있다.

차파로는 큰 소리로 부르짖는다. "됐어, 빌어먹을 못된 여자 같으니." 그런 상스러운 표현은 이제 그만 생각하고 다시 일을 시작할 때가 되었다는 뜻이었다. 그때 주전자에서 휘파람 소리가 들렸다. 사랑의 사색에 빠져 있는 동안 마테 차를 준비할 물이 끓어 넘칠 온도가 된 것이다. 주전자를 올려놓고 물이 뜨거워지기를 기다리는 동안 그는 최후의 이야기를 쓸 수 있는 정신적 기운을 얻는다. 들판 한가운데서 끝나는 이야기. 커다란 레일 식 문이 달린 창고.

보온병에 물을 부을 때 김이 가볍게 한줄기 올라오는 걸로 적당한 온도가 되었다는 걸 알게 되자, 차파로는 이제야 상념에서 벗어난다. 그의 머리속에선 과거로 여행을 떠나 1996년, 그러니까 그 이야기의 진정한 종결의 시점으로 날아갔다. 순진하게도 모든 이들(바에스, 산도발, 차파로 자신, 그 빌어먹을 로마노까지)이 끝이라고 믿었던 상상의 결말이 있은 지 20년이 지난 후였다.

그는 책상 위에 마테 차 도구들을 올려두고 거실의 서랍장으로 걸어간다. 그는 편지가 두 번째 서랍에 있다는 걸 알고 있다. 각각 다른 봉투에 들어 있다. 빛이 바래지는 않았다. 그다지 오래된 편지가 아니기 때문이다. 다시 읽어 보지 않아도 정확하게 기억하고 있다. 단어 하나하나까지 기억나는 듯하다. 그러나 자기 손에 있는 진실을 왜곡하고 싶지는 않다. 그래서 그대로 편지들을 꺼내 책상으로 가져간다. 필요하다고 생각될 때마다 그대로 인용을 하기 위해서다.

'이 정도로 과도하게 정확해야 할 이유가 있는가?' 그는 스스로에게 질문하며 잠시 생각해 본다. '그래야 한다.' 그게 대답이다. '편지 속에 진실이 숨겨져 있기 때문에, 리카르도 모랄레스의 말 자체가 이 사건의 마지막 진실이기에 그래야만 한다.' 그렇게 대답한다. '또한 그렇게 증거자료를 손에 쥐고 중요한 것을 감별해 인용하는 일이야말로 내가 40년 동안 법원에서 일 해온 방식이니까.' 그렇게 이유를 덧붙인다. 그 대답 또한 또 다른 진실이다.

40

1996년 9월 26일은 목요일이었다. 길에서 시끄러운 소음이 들려왔다는 점을 빼면 여느 때와 다를 바 없는 날이었다. 카를로스 메넴 정부에 반대하는 첫 번째 총파업이 12시부터 시작될 터였다. 법원 노동조합의 직원들이 탈카우아노 거리의 계단에 모여들어 있었다. 직원들은 폭죽을 터뜨리며 분위기를 돋우고 있었다. 10시쯤 우체부가 다녀간 것 같다. 내 책상은 리셉션 창구와 좀 떨어져 있어 그 시간쯤이라고 짐작할 뿐이다. 연수생 중 하나가 육필로 주소를 적은 긴 편지봉투를 가져다 주었다. 등기우편으로 보내온 것이었고 관공서 증지가 찍혀 있지는 않았다. 나는 흥미롭게 봉투를 들여다보았다. 우리가 익숙해져 있는 관공서 부서들끼리의 연락 서류들만 받다가 사적인 우편물을 받게 되니 호기심이 일었다.

나는 방심한 채 안경을 한참 찾다가 이미 쓰고 있다는 것을 깨달았다. 모르는 필체였다. 이렇게 우아하고 단정하고 꼿꼿한 이

탤릭체 글씨를 언젠가 본 적이 있던가? 기억이 나지 않았다. 기억 나는 것은 (다시는 떠올리지 않으리라고 생각했었지만) 발신자의 이름과 그의 이야기였다. 리카르도 아구스틴 모랄레스. 20년이라 는 시간의 침묵 후에 그 이름이 되살아난 것이다.

봉투를 열기 전에 나는 한 번 더 수신인 이름을 보았다. 틀림없 이 나였다. "연방정부 제1심법원, 예심재판41부 19호 검사실, 벤 하민 미겔 차파로." 모랄레스가 내가 거기 있는 줄 어떻게 알았을 까? 때가 맞지 않는 그 우편물에 나는 기분이 조금 상했다. 그런 데…… 내가 성가시게 느낀 게 정확히 무엇 때문이었을까? 사실 내가 1976년 절망적으로 도망을 가야 했던 건 그의 책임은 아니 었다. 그 문제에 대해서라면 염병할 로마노가 원인이라는 점을 나 는 항상 분명히 알고 있었다. 너무 오랜만에 받게 된 그의 편지가 나를 불안하게 한 걸까? 그것도 아니었다. 내 마음속에 모랄레스 는 친밀한 기억으로, 거의 애정어린 기억으로 간직되어 있었으니 까. 그러면 무엇일까? 나는 잠시 뜸을 들였다. 진정으로 나를 당 황스럽게 만든 게 무엇인지 잠시 후 알게 되었다. 그것은 그가 참 으로 예측할 수 있고, 참으로 단조롭고, 또 참으로 나와 닮았다는 점 때문이었다. 우리가 마지막으로 본 지 20년이 지났지만 내가 같은 법원, 같은 서기관실에서 같은 직책에 같은 책상에서 근무하 고 있다는 걸 알아낼 수 있을 정도로 말이다.

그것은 상당히 긴 편지였다. 9월 21일 비예가스에서 보낸 것이 었다. 그는 수도를 떠나 있었던 것이다. 그가 자기 삶을 다시 만들 어 나갈 수나 있었을까? 나는 진정으로 그랬기를 바라는 마음이 었다. 그리고 편지를 읽기 시작했다.

먼저 이렇게 오랜 세월이 지나고 새삼 성가시게 해서 죄송하다는 말씀을 드립니다.

나는 잠시 멈추고는 정말 간단히 셈을 해 보았다. 그냥 20년하고 몇 개월일 뿐이었다.

그 세월 동안 당신께 연락을 하지 않은 것은 다른 무엇보다도 그런 일을 겪게 하고도 새로이 또 다른 고초를 겪게 할까 염려가 되어서였습니다. 후후이 주 산살바도르로 떠나신 걸 몇 달이 지나 법원에 전화를 걸었다가 알게 되었습니다. 물론 그렇게 멀리 가게 된 이유를 물어보지는 않았지만, 제 행동이 그 원인이라는 걸 금방 깨달을 수 있었지요.

사환 아이가 멍청한 질문을 하나 하고 갔다. 나는 사환이든 다른 직원들이든 모두 들을 수 있도록 큰 목소리로 잠시만 나를 방해하지 말아 달라고 부탁했다.

여러 해가 지난 지금에 와서 당신을 다시 귀찮게 하게 된 것은 마지막으로 만났을 때 당신이 했던 제안을 받아들여야 하는 상황에 처했다고 보기 때문입니다. 이시도로 고메스가 어떻게 해서 석방되었는지 그 상황들을 이야기해 주시면서 했던 제안 말입니다.

'다시 그 이름이군.' 나는 생각했다. 모랄레스도 그 이름을 수 년만에 불러보는 걸까? 아니면 단 한 번도 머릿속에서 지워 버린 적

없는 이름일까?

그때 당신은 이렇게 말씀하셨지요. 언젠가 당신이 도움이
되겠다는 생각이 드는 날이 오면 망설이지 말고 연락을 하
라고요. 지금 제가 그 제안을 받아들이겠다고 하면 무모한
일일까요? 본의 아니게 저로 인해 1976년 멀리 떠나야 하는
엄청난 희생을 치렀던 걸 생각하면 말입니다. 이 말이 위로
가 될지는 모르겠습니다만, 맹세컨대 또 다른 피해를 입히
지 않을 방법을 모색하느라 여러 날을 보냈습니다.

나는 리카르도 모랄레스의 지금 얼굴이 어떻게 생겼으려나 싶
었다. 그러면 지금 이 얘기를 하는 그의 표정을 짐작할 수 있을 터
였다. 아무리 생각해 보아도 늙은 모습은 떠오르지 않았다. 그는
여전히 큰 키에 금발머리 청년이었다. 짧은 콧수염에, 느릿한 몸
짓, 굳은 표정의, 거의 30년 전에 알았던 모습 그대로의 청년. 여
전히 같은 차림을 하고 다닐까? 그의 옷차림은 1970년대 초 그
또래 젊은이들의 옷차림과는 전혀 달랐다. 지금도 그럴 거라고 짐
작되었다. 그의 문어체에도 예스러운 데가 많은 걸 보면.

물론 곤경을 면하게 해드릴 방법을 찾지는 못했습니다. 다
만 여러 해가 지나고 다시 예전 일하시던 법원에 원래 자리
로 복귀했다는 사실을 알게 되었을 때 기뻤습니다.

그는 말하지 않았지만 나는 짐작할 수 있었다. 모랄레스는 간간
이 법원으로 전화를 걸어 내 안부를 물었던 것이다. 그러다가 내

가 다시 돌아왔다는 얘기도 듣게 된 것이다. 그렇지만 왜 나와 통화를 하고 싶지는 않았던 걸까? 내 복귀를 확인하고 왜 다행이라고 생각한 것일까? 그런데 지금에 와서 나를 찾는 이유는 무엇일까? 나에게 무슨 부탁을 하려는 걸까? 나는 계속 읽어 내려갔다.

제가 당신 인생을 바꿔 버린 데 대해 원망이 있으시다면—다시 말씀드리지만 절대로 제 의도는 아니었습니다.—지금이든 아니면 편지를 다 읽은 후든 이 편지를 찢고 잊어버린다 해도 충분히 그럴 수 있는 일이라고 생각합니다. 그건 말할 필요도 없지요. 며칠 후에 이것과 똑같은 편지를 두 장 더 받으실 겁니다. 지나치게 집요하다고 받아들이지는 않으셨으면 합니다. 편지가 잘못 배달될까 두려워 이런 방법을 쓰는 거니까요. 한 장은 23일 월요일에 보내고 다른 한 장은 24일 화요일에 보내겠습니다. 둘 다 등기로 보냅니다. 이 편지를 받아 읽으시는 거라면 다른 것들은 없애 주시기를 부탁드립니다.

온세 역 길목 카페에 앉아 있던 모랄레스의 이미지가 머릿속에 떠올랐다. 왜 그런지 이유는 모르겠다. 아니, 안다. 그때와 같은 조심성, 똑같은 끈기. 안쓰러운 마음이 들었다.

가끔 삶은 우리의 수수께끼를 풀기 위해 낯선 방향으로 흘러가기도 합니다. 어설프게 철학적인 얘기가 되는 걸 이해해 주십시오. 언젠가 말씀드린 적 있는지 모르겠습니다. 저는 결혼 전에 골초였다고 말입니다. 그러다가 릴리아나가 건강을 해치는 일이라고 설득하자 당장 담배를 끊었다고 말입니다.

릴리아나 엠마 콜로토 데 모랄레스. 내 기억 속에서 빛바랜 이름
이었다. 그렇다. 그 이름이 내 인생을 스쳐간 것은 잠깐이었다. 그
녀가 죽은 1년 동안이었다. 나중에는 남편 모랄레스, 그리고 그녀
를 죽인 고메스와 연관되어 기억될 뿐이었다. 그리고 지금 그녀를
가장 사랑했던 남자의 입을 통해 그 기억이 되돌아온 것이다.

그녀가 죽고 나서 분노의 표출인 양, 어쩌면 그런 분노의 표
출이 뭔가 도움이 되기라도 하는 양 저는 다시 담배를 피웠
지요. 그것도 갈수록 더 심하게 말입니다. 하루 두 갑 씩 피
워대니 결국 건강과 저항력도 바닥나는군요. 역설적이게도
흡연이 제 마지막 딜레마를 제때에 해결해 준 거라고 해야겠
군요.

'가엾은 친구, 게다가 암으로 죽어가는군.' 나는 생각했다. 누군
가의 죽음 또는 죽음이 임박했음을 알게 되면 나는 항상 그 사람
의 나이를 먼저 계산해 본다. 마치 젊음과 부당한 죽음은 완전히
비례한다는 듯이. 마치 일찍 찾아온 죽음 앞에서 그런 계산이 뭔
가 소용이 있기라도 하다는 듯이. 이번은 예외였다. 나는 모랄레
스가 쉰다섯쯤 될 거라고 짐작했다.

죽음이 걱정이라고 하면 미련해 보이겠지요. 더도 덜도 아
닌 딱 그만큼입니다. 아마도 당신이 제 상황을 제대로 알게
된다면 마음이 놓인다는 제 말에 완전히 동의하실 겁니다.

나쁘게 여기지 않는다면 당신의 친구 산도발의 죽음에 대해 조의를 표하고 싶습니다. 『라 나시온』지의 부고란을 보고 알았습니다. 제가 얼마나 슬퍼했는지 모르실 겁니다. 저한 테 해 준, 릴리아나와 저에게라고 할 수도 있고요, 어쨌든 저희에게 해 준 걸 보답할 방법이 없었지요. 이유는 뒤에 설명 드릴 테지만(제가 인내심을 남용한다고 느껴 진작 이 긴 서신을 포기하지 않으셨다면 말입니다) 제가 여기 집을 오랫동안 비우는 게 불가능합니다. 그래서 산도발 씨가 죽은 몇 달 뒤 차카리타 공동묘지로 가서 약소하기 짝이 없는 조의금을 내고 왔지요. 그때 그의 부인께 존경의 마음보다는 훨씬 이롭고 분명한, 금전적인 도움을 좀 드릴 수 있었다면 좋았을 텐데요. 그러나 그때는 저도 상당한 정도의 빚을 낸 뒤라 경제적인 여건이 매우 쪼들렸습니다. 이제 당신이 제 부탁을 들어줄 마음이 있다면(제가 부탁 하나라고 말하지만 실은 아주 여러 개의 부탁을 한 개의 부탁 속에 숨겨서 한꺼번에 요청하는 거라고 해야 되겠지요.) 그 부인에게 제가 모아둔 돈을 좀 전달해 주셨으면 합니다. 고인이 된 남편을 기리며 감사의 표시를 할 수 있다면 제게 영광이 되겠습니다.

모랄레스라는 이 친구는 정말 놀라웠다. 그는 어쩌다가 한번 보는 알레한드라의 집으로 찾아가라고 하는 중이다. 그것도 14년 전에 남편에게 빚을 졌다고 생각하는 어느 이름 모를 남자가 보내는 선물 상자를 들고 말이다. 이 사람에게는 시간이 흐르지 않은 걸까? 그에게는 모든 게 과거의 시간으로 수렴되는 영원한 현재인 건가? 나는 속으로 순순히 그러겠다고 대답했다. 산도발의 미망인에게 모랄레스가 보내고 싶어 하는 돈을 전달해 주겠다고.

　그런데 산도발 씨의 죽음을 언급한 것은 제가 모든 죽음을 가볍게 판단하는 경솔한 사람이라고 보지 않았으면 해서입니다. 그건 전혀 아닙니다. 제 자신의 죽음이라도 그런 식으로 생각하지는 않아요. 사실대로 말하자면, 대수롭지 않은 행위로 대면하고 있지는 않습니다. 오히려 치유의 행위, 마침내 평온을 가져다주는 일로 받아들이고 있다고 하겠습니다. 제가 쓴 글을 다시 읽어 보니 이야기가 곁가지로 가고 있는 게 아닌가, 두서없이 장황한 이야기로 당신을 고단하게 하는 게 아닌가 걱정이 됩니다. 이제는 제가 당신의 망각 속에서 완전히 떠올라 왔으리라 봅니다. 게다가 부탁까지 하는 마당에 쓸데없는 여담까지 참고 듣게 했군요. 미안합니다. 다시 본론으로 돌아갈게요. 앞에서도 이야기한 대로 제 부탁을 긍정적으로 받아들이지 않으신다면 이 편지는 물론이고 나중에 받게 될 편지들도 없애 버리십시오. 그렇더라도 몇 주 후 여기 비예가스의 공증인 파디야 변호사와 통화를 해 주시기를 부탁합니다. 당신에게 약간의 재산을 남긴다고 제 유언장에 써 놓았습니다. 주제넘다고 생각하지 않으셨으면 합니다. 별로 대단한 건 아닙니다. 그냥 제가 살고 있는 집이지요. 지금은 값이 좀 나가겠네요. 넓은 들판에 삼십 헥타르가 되니까요.”

　나는 놀랐다. 그가 도심에 살고 있는 줄 알았다. 그가 농촌에 살 사람이라는 인상은 한번도 받은 적이 없었다. 게다가 그의 관대함이 좀 불편하면서도 마음에 들었다. 그때 나는 이미 아무런 보상 없이 그를 도와주기로 결심을 하고 있었다.

그리고 아주 오래되었지만 상태가 괜찮은 차가 한 대 있지요.

흰색 피아트 1500. 추억은 절대로 혼자 찾아들지 않는다. 늘 한데 어울려 몰려온다. 그 자동차의 이미지는 바에스의 영상을 되살려 주었다. 라파엘 카스티요 역에 바에스와 내가 앉아 있다. 20년 전 모랄레스가 정신은 잃었지만 아직 살아 있는 고메스를 그 차 트렁크에 싣는 모습을 보았다는 비야 루가노의 노부부의 증언을 바에스가 나한테 이야기하고 있다.

낡은 가구 몇 개를 제외하면 그게 답니다. 가구들은 알아서 처리하시면 되고요. 그럼 이제, 당신이 이곳 비예가스에 오셔서 제 마지막 일처리를 해 주시리라 기대할 수 있다면, 가능하면 28일 토요일에 저희 집에 도착하도록 부탁합니다. 제가 뻔뻔하다고 여기지 않으셨으면 합니다. 당신을 위해서라고 해야겠지요. 돌이킬 수 없는 커다란 폐를 끼치게 되지 않을까 싶어서 그럽니다.

나는 그의 말을 알아들었다. 지독한 일이지만 정말 간단했다. 모랄레스는 목숨을 끊을 생각을 하고 있다, 그래서 토요일에 오라고 부탁하는 것이다, 일요일이나 월요일에 도착하면 더 열악한 장면을 접해야 하니까. 편지에서 얘기는 안 했지만 그는 내가 일주일 전에 미리 법원에 며칠 휴가를 내 시간을 조정하기 편하도록 세부적인 것까지 계획해 놓은 것이다. 우리 사무실이 다음번 재판까지 시간이 많이 남아 할 일이 많지 않다는 걸 그가 알았을까? 그가 전화를 걸어 미리 알아보는 수고를 했다고 해도 전혀 이상하지 않았을 것이다.

　지금쯤이면 이미 짐작하셨겠지요. 제 집에 도착하면 어떤 일을 보게 될지 적어도 부분적으로는 말입니다. 정말로 저를 용서해 주십시오. 또 반복하지만, 거절을 하셔도 충분히 이해합니다. 이러든 저러든 제 진심어린 안부 인사를 전합니다. 저희를 위해 해 주신 모든 것에 대해 깊은 감사를 드립니다.

　리카르도 아구스틴 모랄레스

　나는 다 읽고 나서 편지를 집어넣었다. 반응을 하는 데 몇 분의 시간이 걸렸다. 타이피스트가 표정을 보고 왜 그러시냐고 물었다. 나는 대답을 회피했다. 그때 집무실에서 서기관이 나왔다. 마침 잘되었다 싶어 나는 토요일에 개인적인 일로 멀리 운전해야 해서 그런데, 차 수리를 맡기러 공업사에 가야 하니 좀 일찍 퇴근하겠다고 얘기했다. 그는 문제될 거 없다고 대답했다.

41

나는 새벽부터 움직였다. 정오가 되기 전에 도착하고 싶었기 때문이다. 텅 비었거나 그보다 더한 집, 이전에 알았고 소중히 여겼던 남자의 시신이 기다리고 있는 집에 들어가기에 덜 두려운 시간에 도착하고 싶었다.

모랄레스가 편지 말미에 적어놓은 지시사항은 정확하고 간단했다. 비예가스 입구를 그대로 지나친다, 조금 더 가면 도로 오른편에 YPF 주유소가 보일 텐데 역시 그대로 지난다. 4킬로미터 가면 왼편에 매우 높은 사일로가 세 개 나타난다. 또 1킬로미터 더 가면 다시 왼편으로 포장된 시골 도로가 나타난다. 2킬로미터 더 가서 주의 깊게 보면 오른편에 길게 자란 목초지 사이로 나무 울타리가 보인다.

내가 차에서 내려 나무 울타리를 연 때가 11시였다고 생각된다. 나는 차를 안으로 들여 넣고 다시 울타리를 닫았다. 반듯하게 정돈된 자갈길을 따라 움직였다. 2, 3킬로미터 되는 듯한 길이었다고 한다면 과장이 지나친 것이겠지만 말이다. 사실 천천히 움직였고, 양쪽에 높은 목초지가 있어서 어디쯤 온 건지 알 수가 없었다. 모랄레스가 자기 사생활을 지키고 싶었다면 성공적인 일이었다. 마침내 길이 끝나고 아주 넓은 공터가 펼쳐지고, 그 뒤편에 집이 보였다. 소박한 집이었고, 높은 창문에 창살을 댄 단층 건물이었다. 장식물도, 화분도, 의자도, 아무것도 없는 발코니가 집을 둘러싸고 있었다. 발코니 아래 한쪽에 피아트가 주차되어 있었다. 나는 멈춰 서서 자세히 살펴보지는 않았지만 예전과 다를 바 없이 깔끔해 보였다.

모랄레스가 편지에 써 놓았기 때문에 나는 들판이 총 30헥타르쯤 된다는 걸 알고 있었다. 그런 땅을 사려면 옴짝달싹 못할 정도로 빚을 냈을 것이다. 편지에서 빚에 대해 언급하던 말이 멀리서 들리는 듯했다. 그러자 생각이 났다. 산도발의 아내에게 줄 돈. 맞다. 그때는 그녀에게 도움을 줄 수 없었지만 15년이 지난 지금 그는 분명 자신의 약속을 지킨 것이다. 모랄레스가 크나큰 희생을 치러가며 집을 손질했다는 짐작을 했다. 은행 지점의 출납계원이니 많은 돈을 벌었을 리는 없고, 이런 땅을 싸게 샀을 리도 없었다. 아마 땅을 사느라 재정적 어려움을 감수해야 했기 때문에 집이나 통행로를 관리한다고 해도 확연히 노후되는 걸 피할 수는 없었을 것이다.

나는 집 근처에 주차하고 문까지 걸었다. 모랄레스는 문을 잠궈두지 않았다. 문을 열면서 철부지 어린아이 같은 희망이 밀려왔다. "모랄레스!" 큰 소리를 불렀다.

대답이 없었다. 나는 속으로 저주했다. 이제 죽어 있는 그를 만나야 하는 일만 남은 것이다. 거실로 들어갔다. 가구는 거의 없고, 잘 갖춰진 책장 하나, 그 외에는 장식이 없었다. 벽에는 엽총이 두 자루 걸려 있었다. 다가가 만져보지는 않았다.(총이라면 늘 불편하게 느껴진다.) 하지만 사용할 요량으로 깨끗하게 기름칠되어 있음을 알아보았다. 탁자에는 도자기 재떨이 위에 "산도발 부인" 앞으로 준비된 봉투 하나가 정갈하게 놓여 있었다. 나는 다가가 집어 들어 그대로 외투 안주머니에 넣었다. 세어 본다는 건 수치스러웠기 때문이다. 안쪽으로는 복도가 있고 화장실 문으로 이어져 있었다. 그 뒤편에 부엌이 있었다. 그러면 침실은? 나는 온 길을 되짚어 보았다. 거실 바로 옆에 닫혀 있던 문을 건너뛰었던 터였다. 책장 옆쪽에 있는 방이었다. 그 방이 침실일 것이다. 나는 신경을 곤두세운 채 문을 열었다.

내 눈에 들어온 것은 생각보다는 덜 끔찍했다. 창문의 덧문이 열려 있었고 햇살이 가득 들어오고 있었다. 환한 햇빛이 성가시게 느껴지지 않는 아침이 될 것이라고 모랄레스는 예측했던 것이리라. 그곳엔 낭자한 피도 침대머리에 뭉개져 흩뿌려진 뇌의 잔해도 없었다. 그의 편지를 읽은 순간부터 내 상상 속에 만들어진 장면은 그런 것이었다. 그의 몸은 가려져 거의 보이지 않았다. 그는 목까지 담요를 덮은 채 천장을 보고 누워 있었다.

그가 자는 듯했다는 그런 멍청한 소리는 쓰지 않을 생각이다. 한번도 죽은 사람이 자는 것과 비슷한 모습이라고 생각한 적은 없으니까. 죽은 사람은 죽은 사람처럼 보인다. 그리고 모랄레스도 예외는 아니었다. 게다가 그의 피부는 이미 푸른빛을 띠고 있었다. 그가 선택한 죽음의 방식과 연관이 있을까? 지금도 그건 모르겠다. 그러나 죽은 지 얼마 되지 않았다는 건 확실했다. 시신이 부패하는 흉측한 징후를 내가 보지 않도록 하려 신경을 쓴 그의 섬세함이 고마웠다. 그의 임종과 나의 도착 사이에 시간이 많이 흘렀다면 틀림없이 보게 되었을 모습 말이다.

침실의 가구는 최소한의 것뿐이었다. 두 쪽짜리 옷장 하나, 닫아놓은 트렁크 하나, 테이블보를 씌우지 않은 탁자 하나에 직각 의자 하나, 1인용 침대 하나, 침대 한쪽의 소박한 협탁은 여러 가지 약과 일회용 주사기, 약병들로 가득 차 있었다. 그제야 나는 알아차릴 수 있었다. 이 외로운 남자는 병이 깊어가고 있었고 아무리 애를 써도 고통을 줄일 수 없었던 것이다.

현장을 전체적으로 살펴보려다 그랬는지, 아니면 비겁해서 시신을 최대한 보지 않으려다 보니 그랬는지, 그것도 아니면 내 시선이 협탁의 약병들 사이로 보일락 말락 하는 결혼사진에 쉽사리 집중되었기 때문인지는 모르겠다. 아무튼 분명한 것은 끈으로 매듭을 지어 촛대에 걸어 놓은 기다란 흰 봉투를 알아채는 데 시간이 걸렸다는 사실이다. 나는 다가가 봉투를 집었다. 나에게 쓴 편지였다. 그리고 내 이름 밑에 큰 글씨로 이렇게 적혀 있었다. "부탁이니 경찰에 연락하기 전에 먼저 읽어 주세요."

42

이 남자는 끝없이 나를 놀라게 했다. 죽어서조차. 이 두 번째 편지에서는 어떤 이야기를 하고 싶었던 걸까? 나는 아무것도 만지지 않으려고 조심하면서 되돌아 나왔다. 나는 의문스러운 죽음에 도리 없이 개입된 상태였다. 걱정할 이유는 없다고 혼잣말을 했다. 법원으로 보내온 편지를 갖고 왔다. 편지 끝에는 "아무에게도 잘못을 묻지 마십시오."라는 경찰에 보내는 말이 적혀 있었다. 나는 새로운 편지를 손에 들고 거실로 돌아왔다. 난로 옆의 하나뿐인 소파에 앉았다.

친애하는 벤하민,

이 편지가 당신 손에 들어간다면 그건 당신이 너무나 고맙게도 우리 집까지 와 주었기 때문이겠지요. 그러니 우선 감사를 드려야겠습니다. 몇 번이고 그랬지만 또 한번 고맙습니

다. 이 편지를 쓰는 이유가 무얼까 생각하고 있겠지요. 서두
르지는 말자고요. 유쾌하지 않을 소식을 누군가에게 전해야
할 때 그런 것처럼.

나는 우스운 기분이 들었다. 이 남자는 딱딱히 굳은 채로도 일
을 벌이고 있는 건가?

침실 협탁 위의 뒤죽박죽인 플라스크와 약병들 사이에 바늘
이 꽂힌 주사기가 보일 겁니다. 그걸 만지지 마십시오. 제 경
고가 불필요하리라고 보긴 하지만요. 아마 부검을 하면 코
끼리를 죽일 정도로 다량의 모르핀을 맞았다는 결과가 나올
거라고 봅니다. 그러면 됐어요. 부검의는 밀짚 더미에서 밀
을 골라내느라 시간을 많이 들일지도 모르지요. 저는 최근
몇 달 동안 여러 가지 약을 먹어야 했습니다. 그래서 아마 제
간이 약국처럼 보일 거라고 생각합니다. 하여튼, 그건 그의
일이지요. 저도 제 일에 신경 쓸 게 아주 많으니까요.

순수한 모랄레스여. 역설적이게도 그의 말과 그의 고통은 완벽
히 분리되어 있었고, 그의 비애는 매서웠기에 어설픈 자기연민으
로 위축되지 않았다.

그러나 그건 중요한 게 아닙니다. 아직 제가 부탁해야 할 것
을 말하지 못했습니다. 우선 두 가지 사실을 아셨으면 합니
다. 첫 번째는 제가 직접 할 만큼 체력이 남아 있지 않아서 당
신께 부탁하는 겁니다. 끝까지 제가 할 일을 미완성으로 두

고 가는 건 부주의해서가 아니라 원칙 때문입니다. 그러나 제 저항력의 정도를 과신했어요. 다시 말해 두세 달 전에 했더라면 제가 직접 할 수 있었을 텐데요. 그때는 부적절해 보였거든요. 마지막까지 기다려야 한다고 생각했습니다. 그런데 이제 종말에 다다른 지금은 제 몸이 해내지 못할 거라서요.

도대체 무슨 일인데 체력이 필요하단 걸까? 도대체 죽어가는 사람이 무슨 얘기를 하고 있는 걸까?

두 번째는 어떤 일이든 강요받는다고 느끼지 않으셨으면 한다는 점입니다. 하실 수 없으면 제가 운이 없는 거고요. 경찰이 모두 맡아줄 겁니다. 솔직하게 말하면 제가 부탁하는 일은 일종의 허영심, 이곳에 제 이름을 명예롭게 해 두고 싶은 우스운 바람 때문이거든요. 마을을 지나올 때 중간에 멈추거나 하지 않았을 겁니다. 그러나 이제 몇 시간이 지나면 아마도 사람들이 저에 대해 말하는 걸 듣게 될 겁니다. 제가 틀리지 않는다면 사람들은 저를 온화하고 다정한 사람이라고 기억하고 있을 거예요. 이곳에서, 이 고장에서 25년이나 일하고 살았다는 걸 생각해 보세요. 금방 그 이유를 알게 되겠지만, 최근 몇 년 동안 다른 지점으로 전근하지 않고 이곳에 남으려고 정말 애를 썼습니다. 정말 어려웠어요. 은행장님이 몇 번이나 제 승진을 추천하셨거든요. 은행장님 보시기에는 제가 매우 유능한 직원이었지요. 불손하거나 고마움을 모르는 사람으로 보이지 않도록 애를 쓰면서 거절한 게 몇 번인지 모릅니다. 거짓말을 하지는 않겠습니다. 사실은 고장 사람 중에는 저를 깊이 알고 지내는 사람이 아무도 없어요. 그런 데 마음을 쓸 수도 없었고 쓰고 싶지도 않았어요. 그렇지만 마을에서는 저에 대해 공손하고 무던한데 낯을 좀 가리는 사람이라는 이미지를 갖고 있으리라 봅니다. 물론 정도의 차이는 있겠지만 별로 다르지 않을 겁니다. 무로 돌아가는 이 마지막 길에 (제발 당신은 제가 의지할 수 있는 다른 믿음을 갖고 있기를) 이곳에서 오랜 세월 동안 나를 잘 대해 준 사람들의 호의적인 기억을 유지해 줄 수 있다면 기쁘겠습니다.

이런 얘기들은 도대체 뭘 말하고 싶어서일까? 왜 이 편지를 경찰에 보여 주면 안 되는 거지? 비예가스에서는 자살을 그렇게 나쁘게 보는 건가? 나는 책을 읽을 때의 습관인 고질적인 조바심을 억눌렀다. 그런 조바심에 보통은 여러 줄을 건너뛰어 가며 읽곤 하는데, 그런 식으로 읽다가 혹시라도 중요한 걸 놓칠까 걱정됐다.

친애하는 벗이여 (당신을 이렇게 부르는 걸 허락해 주십시오, 참으로 저는 그렇게 느낍니다), 정말로 큰 호의를 베풀어 헛간으로 가 주시기를 부탁드립니다. 뒤쪽으로 500미터 가면 됩니다. 비가 오면 부엌 문 옆에 장화가 있어요. 그걸 신으세요. 안 그러면 구두와 바지가 엉망이 될 겁니다.

나는 아무것도 이해할 수 없었다. 아니, 그런 요청이 모랄레스의 죽음과 무슨 상관이 있다는 건지를 이해할 수 없었다.

여기까지 말씀드리겠습니다. 제가 더 얘기하지 않는 걸 이해해 주세요. 당신의 지력이라면 제가 세세하게 밝히는 걸 대신해 줄 터이고, 당신의 정직함이 저에 관한 도덕적인 비난을 막아 주리라고 믿습니다.

리카르도 아구스틴 모랄레스 올림

이건 무슨 소린가? 나는 편지를 뒤집어 추신이나 설명, 힌트가 있는지 찾아보았다. 아무것도 없었다. 나는 편지를 소파에 놓고 부엌으로 걸어갔다. 창을 통해 여러 줄로 늘어선 과수나무들이 내다 보였다. 그리고 집에서 가까운 모퉁이 쪽으로 소탈한 채소밭이 보였다. 나는 밖으로 나갔다. 장화가 보였지만 그 화창한 날에는 필요하지 않았다. 훌륭한 관찰자, 꼼꼼한 분석가의 이미지를 이 글에 부여하기 위해서는, 내가 모랄레스의 두 번째 편지에 암호처럼 적혀 있는 것에 대해 계속해서 가설을 세우고, 뒤섞어 보고, 제외시켜 보았다고 말해야 어울릴 것이다. 그러나 그건 사실이 아니다. 그런 생각은 나중에 질문 자체가 저절로 풀렸을 때 떠오른 것이었다. 레몬 나무와 오렌지 나무 사이를 걸어가는 동안은 그런 물음이 떠오르지도 않았다.

43

채소밭은 정성스럽게 가꾸어 놓았다. 뒤쪽에서 보니 정면에서 볼 때보다 집이 더 훼손되어 있었다. 아마도 초대하지 않았는데 혹시라도 누가 방문하는 경우 좀 깔끔해 보이라고 없는 돈을 들여 앞부분만 손을 좀 본 모양이었다. 진흙 화덕도, 숯불 그릴판도, 의자가 달린 식탁 세트도 없었다. 모랄레스가 교외의 농장 생활 자체에는 무관심했다는 걸 알 수 있었다. 확실히 그는 도시 사람이었다. 그는 변한 게 없었다.

과목들 뒤쪽 한 50미터쯤 떨어진 곳에 무성하고 빽빽한 유칼립투스 숲이 있었다. 수령을 짐작하는 데 재주는 없지만 모랄레스가 여기 와서 심은 것이리라. 23년이라고 했던가? 그렇다면 그가 1973년의 사면이 있은 직후에 비예가스에 왔다는 말이다.

유칼립투스 숲은 겉으로 볼 때 한 200미터 길이의 울창한 커튼을 만들고 있었다. 집과 채소밭 뒤쪽의 들판을 따라 비스듬하게 이어져 있었다. 나중에야 나는 포장된 시골 도로의 방향을 따라

가고 있다는 걸 알게 되었다. 유칼립투스 숲이 그 길을 따라 곡선으로 나란히 가림막이 되어 주고 있었다. 채소밭 경계에서부터 바닥의 흙에 발자국이 남아 있었고 이는 숲으로 연결되고 있었다. 그 자국으로 보아 자주 왕래했음을 알 수 있었다. 나무 사이로 들어서자 습한 그늘 속에서 오전의 햇빛이 조금 흐려졌다. 건너편에 상당한 규모의 헛간이 선명하게 보였다. 크기를 가늠하기 어려웠다. 나무 뒤편에서 나무보다 한 이삼백 미터 더 솟아 있었다. 아무튼 멀어서 정확하지는 않았다. 나도 도시 사람이라서 어느 정도 정확한 가늠을 위해서는 도시 기준의 참조점이 있어야 했다. 건물은 작은 언덕 위에 서 있었다. 들판 전체가 높아 보였는데 아마 홍수를 피하기 위해서인 듯했다. 북쪽으로, 그러니까 반대편 도로쪽으로는 완만한 경사지였다.

나는 그 금속판 건물로 다가갔다. 레일 식 문은 커다란 자물쇠 세 개로 닫혀 있었다. 열쇠는 바깥쪽 고리에 걸려 있었다. 그다지 안전한 시스템인 것 같지는 않았다. 침입자가 있다면 누구나 열쇠를 손에 넣을 수 있었다. 나이가 들어서 체스 선수 같았던 예전의 감각이 무뎌진걸까?

문을 옆으로 밀자 삐거걱 소리가 났다. 어둡던 그곳에 햇살이 강렬히 쏟아져 들어왔다. 안쪽을 보았다. 눈앞의 장면을 이해해 가면서 다리에 힘이 풀리고 메스꺼운 느낌이 몰려왔다. 그래서 처음에는 강판 벽에 기대야 했고, 나중에는 결국 시멘트 바닥에 주저앉았다.

헛간은 정말 컸다. 폭은 10미터, 높이는 15미터쯤 되었다. 벽에는 연장들이 몇 가지 있었다. 접이식 알루미늄 사다리, 칼 가는 기계인 듯한 휴대용 농기구, 그리고 선반 몇 개.

사실 그것들은 모두 나중에, 숨을 헐떡이며 시멘트 바닥에 주저 앉은 뒤에 눈에 들어온 장면이다. 처음 몇 분 동안은 감방에서 눈을 뗄 수 없었기 때문이다. 헛간 가운데에 만들어진 감방은 바닥부터 천장까지 두꺼운 목책을 세워 만든 네모진 것이었다. 문에는 자물통 두 개가 달려 있었지만 문손잡이는 없었다. 감방 한쪽 구석에는 작은 쪽문이 나 있었다. 쪽문은 너무 작아서 음식이나 밥그릇, 작은 물건 따위가 드나드는 용도로 보였다. 감방 한쪽 구석에는 세면대와 변기가 있었고, 다른 쪽에는 의자와 탁자가 있었다. 뒤쪽에는 침대가 하나 있었다. 그리고 침대에는 등을 돌리고 옆으로 누운 사람이 있었다.

그 순간, 그래 맞다, 나는 공포, 의구심, 두려움, 격심한 충격을 느꼈다. 그 무엇보다도 나는 크게 놀라고 몹시 놀라며 내가 지금 보고 있는 것의 의미를 천천히 깨닫게 되었다. 모랄레스와 그의 이야기에 대해 20년간 품어온 모든 믿음이 철저히 부서지고 있었다.

몇 분이 지나고 다시 걸을 수 있게 되었을 때 나는 몸을 일으켜 창살을 따라 걸었다. 두려움과 메스꺼움을 이겨내며 목책 가까이에 무릎을 꿇고 감옥 안에 누워 있는 사람의 얼굴을 보았다.

이시도로 안토니오 고메스의 시체에는 모랄레스의 시신과 같은 청색증이 나타나고 있었다. 조금 더 살이 찌고 당연히 더 늙었고 머리도 조금 벗겨졌지만, 25년 전 내게 심문받던 그때 모습과 별로 다르지 않았다.

44

나는 헛간을 둘러싸고 있는 잘 다듬고 베어 낸 풀밭 언덕에 앉았다.

그가 얘기한 적이 있었다. 우리가 만나던 마지막 날 모랄레스는 이렇게 말했었다. 고메스를 총으로 쏴 버리라는 나의 말에 그가 한 대답이 무엇이었던가? "모두 너무 복잡해요." 그런 비슷한 말이었다. 아니다. "세상일은 그렇게 간단하지가 않아요." 그렇게 말했었다. 나는 바에스에게도 얘기했었다. 바에스라도 모랄레스가 일을 이런 식으로 되돌려놓으리라고는 상상하지 못했을 것이다. 산도발도 마찬가지다. 도대체 누가 그럴 수 있는가? 모랄레스만이 가능했다. 어느 누구도 아닌 모랄레스만이.

나는 다시 헛간으로 들어가 삽을 찾았다. 삽을 손에 들고 주위를 살피며 건물을 따라 걸었다. 헛간으로 올 때 보았던 유칼립투스 커튼은 실제로 헛간을 안에 감추는 둘레 1천 미터가 넘는 커다란 울타리였던 것이다. 헛간이 한가운데 위치한 것은 아니었다.

약간 한쪽에 있었다. 외부에서 볼 때 가장 노출되지 않는 위치라고 짐작되었다. 나는 모랄레스가 심어 놓은 나무가 모두 몇 그루인지 세어 보다가 포기했다. 짐작도 할 수 없었다. 그는 몇 달이고 일했을 게 틀림없었다. 은행에서 돌아오면 나무를 심고 주말에도 심고. 헛간을 짓기 위해서는 숙련된 손이 필요했을 것이다. 아마 건축업자는 집에서 이렇게 멀리 떨어진 곳에 헛간을 짓는 광기에 궁금함을 느꼈을 수도 있다. 그리고 이웃사람들은 여러 해 동안 모랄레스가 땅을 경작하지도 않은 채 방치하는 게 이상해 보였을 것이다. 그래서 마을 사람들은, 처음에는 은행 동료들이 그랬을 테지, 모랄레스가 매우 내성적이고, 집에 방문하는 것이나 전반적인 사교생활에 매우 서툰 것을 특이하게 여기게 되었을 것이다. 나는 마지막 편지에 담겨 있던 부탁을 떠올렸다. 우리 인간은 누구나 어떤 형태로든 애정을 느끼며 살아간다. 그런 기벽에도 불구하고 사람들은 모랄레스를 괜찮은 사람이라 여겼을 터이고, 홀로 된 그는 자신에 대한 좋은 기억을 그대로 남기고 싶어 했다. 그래서 나는 손에 삽을 들고 걸어가는 것이다.

유칼립투스 울타리가 경계를 이루는 그 넓은 땅 이곳저곳에는 수종이 다른 나무들의 숲이 자잘하게 솟아 있었다. 나는 포플러나무 몇 그루와 거대한 떡갈나무 두 그루가 함께 자라는 숲으로 갔다. 떡갈나무는 모랄레스가 오기 아주 오래전부터 거기 있었을 터였다. 중간쯤에서 걸음을 멈추고 주변을 한 번 살펴보았다. 경솔한 시선이 나를 쳐다보고 있을 리 만무했다. 나는 삽을 찍어 발로 깊이 밟아 넣었다. 흙은 그다지 단단하지 않았다. 나는 땅을 파기 시작했다.

45

경찰과 함께 구경꾼도 몇 명 왔다. 다행히 몇 사람 되지 않았다. 내가 시에스타 시간에 소식을 알렸기 때문이다. 그밖에도 날씨가 좋다 보니 여러 잠재적인 구경꾼들이 사냥을 하거나 낚시를 하러 나갔기 때문에 소식이 별로 많이 퍼지지 않았다. 망연자실한 얼굴, 반신반의하는 얼굴은 보이지 않았다. 현장 처리를 지휘하는 부에노스아이레스 주 소속 형사는 모랄레스를 알고 있었다. 그 형사만 아는 건 아니었다. 모두들 프로빈시아 은행 비예가스 지점의 출납계원을 창구 유리 칸막이 너머로 수년 동안 보고 살았다. 마을에서 길을 가다 지나치기도 하고. 또한 그가 병이 들어 말라가고, 갈수록 더 자주 병원과 약국에 들르는 걸 보면서 지냈다.

"그렇게 심각한 줄은 생각을 못했습니다." 경찰과 함께 온 은행 직원 둘 중 한 사람이 말했다.

"네, 아주 안 좋았습니다. 그런데 사람들이 아는 걸 원하지 않았어요." 다른 직원이 낮은 목소리로 대답했다.

상인인 듯한 인상의 나이 든 남자도 둘 있었다. 어디에 서 있어야 할지 모른 채, 처음으로 본다는 듯 집을 보았다. 그 자리에 모인 사람 어느 누구도 이전에 집에 온 적이 없는 게 분명했다.

적당한 기회가 되었을 때 나는 모랄레스가 법원으로 보냈던 편지를 경찰에게 보여 주었다. 그는 내가 두 번째 편지를 읽기 위해 앉았던 바로 그 소파에 앉아 편지를 읽었다. 혹시 몰라서 나는 두 번째 편지는 내 차의 트렁크에 있는 여행가방 저 안쪽에 넣어두었다. 편지를 다 읽을 무렵 구급차가 도착했다. 경찰 하나가 모랄레스가 자살을 위해 사용했던 주사기를 투명 플라스틱 봉지에 담아 들고 방에서 나왔다.

"어떻게 할까요, 반장님?"

"구티에레스는 사진 다 찍었나?"

"네."

"좋아. 저기 구급요원들이 오는군. 이제 들어내자고. 아니, 잠깐만 기다려." 그러고는 나를 돌아보며 말했다. "그러니까 당신은⋯⋯."

"벤하민 차파로입니다." 소개를 했다. 나는 안전통행증을 꺼내 보이는 게 나쁜 생각은 아닐 것 같았다. "부에노스아이레스 형사법원 예심재판부에서 일합니다." 나는 신분증을 꺼내며 덧붙였다.

"오래전부터 아는 사이라고요, 선생님?" 형사의 말투가 정중하고 좀 숙이는 존대의 말투로 바뀌어 있었다. 나는 그 변화가 마음에 들었다.

"사실 그렇습니다. 얼굴을 못 본 지 오래되긴 했지만요. 여기 온 이후로는 못 만났지요." 입에서 나오는 대로 말하는 게 적당할지 망설여졌다. "우리는 부에노스아이레스에서 친구로 지냈습니다."

친구는 아니지, 그렇게 속으로 혼잣말을 했다. 친구가 아니라면 우리는 무엇이었던가? 대답을 할 수 없었다.

"알겠습니다. 방으로 같이 좀 가 주시겠습니까? 시신을 옮기는 일에 다른 증인이 필요해서 말입니다."

"그러지요."

우리는 담요를 벗겨냈다. 그는 줄무늬 잠옷을 입고 있었다. 옛날식 디자인이었다. 소용없는 생각이었지만 릴리아나 엠마 콜로토 데 모랄레스의 이미지가 떠올랐다. 그녀의 시신 주변에도 비슷한 의식이 진행되었었다. 나도 무의식중에 그 의식의 일부가 되었고. 이번에는 사람이 적었다. 유별난 호기심에 시체를 보려고 수군거리는 무리들도 아니었다.

침실 협탁의 유리병들은 경찰이 증거물로 쓰려고 이미 치운 뒤였다. 휑해진 협탁 위에 신랑신부 차림의 모랄레스와 아내의 사진이 든 액자가 더욱 도드라져 보였다. 이 사진을 어디서 보았더라? 투쿠만 길 카페에서 모랄레스가 사진을 순서대로 정리해 나한테 보여 주고 찢어 버리려던 그때였나? 아니었다. 그들 집에 갔다가 침실에서 본 것이었다. 거의 30년도 더 된 일이다. 릴리아나 콜로토의 시신에서 몇 걸음 떨어지지 않은 테이블이었다. 이전에도 자주 그랬지만, 우리 인간을 살아남게 하기 위해 사물들이 발휘하는 단단한 인내심이 참으로 놀라웠다. 나는 처음으로 살아 있는 두 사람을 생각했다. 부엌에 함께 앉아 커피를 마시고 얘기를 하고 서로 미소를 짓는 모습. 삶이 참을 수 없을 정도로 잔인하고 고행이라는 생각이 들었다. 두 사람을 생각하며 눈가가 촉촉해진 것은 그게 처음이자 마지막이었다.

우리는 들것을 따라 구급차 있는 곳으로 나갔다. 즉흥적으로 만들어진 작은 행렬이었다. 구급차를 뒤따라 모랄레스의 직장 동료들과 노인 두 사람이 탄 차가 출발했다. 그들이 차도 쪽 길로 사라지자 형사가 나를 돌아다보았다.

"선생님은 오늘 바로 가실 생각이겠군요."

"사실은 내일이나 월요일까지 남을 생각입니다. 혹시 제가 필요하실 수도 있고요, 반장님."

"아, 좋습니다." 형사는 그 얘기가 마음에 들었던 모양이다. 굳이 머물러 달라고 요청하지 않을 수 있어서. "어쨌든 걱정 마십시오. 오늘 부검 담당 의사와 이야기하고, 판사님께도 보고하겠습니다. 정말 괜찮은 분이지요. 성이 우르비데인데, 혹시 아시는지 모르겠습니다만."

나는 고개를 저었다.

"그렇군요. 상관없습니다. 어쨌든 이건 명백한 상황이니까요."

"그럴 거라 봅니다." 그의 말을 듣고 나도 만족해져 대답했다.

그때 집 뒤쪽에서 반장을 부르는 소리가 들렸다. 경찰 둘이 헛간까지 갔다는 걸 알아채지 못했었다.

"새로운 건 없습니다." 경사 계급장을 단 남자가 말했다. 이방인, 그러니까 내가 그 사실을 알 수 있도록 형식적으로 행하는 절차로 보였다. "아주 큰 헛간이 있는데요, 연장이랑 낡은 가구 등이 있습니다."

"그렇군."

"모를 일은 말입니다, 반장님." 다른 경찰이 걸어왔다. 이제 갓 경찰학교를 졸업한 듯한 젊고 까무잡잡한 청년이었다. "이 사람은 누가 연장을 훔쳐갈까 봐 걱정이 많았던 모양입니다. 헛간 문에 자물쇠가 몇 개나 있는지 모르겠어요. 더 나쁜 게 뭔지 아십니까?"

"뭔가?"

"헛간 안에 제일 비싼 물건들을 보관하기 위한 우리가 있어요. 나프타 연료를 쓰는 제초기, 칼 가는 기계, 낫 두 개, 아주 고성능 드릴 몇 개인데요. 훔쳐갈까 봐 겁이 난 것 같아요, 그렇지요?"

"음…… 이곳 경찰이 모두 자네처럼 어설프다면 안전한 곳이 어디 있겠나……." 반장이 그를 놀렸다. 어린 경찰은 신참이지만, 입다물고 반장의 농담을 받아들여야 한다는 정도는 알고 있었다.

우리는 다시 집으로 걸어갔다. 헛간 한쪽 구석에 세워 둔 세면대와 변기를 틀림없이 보았을 텐데, 누구도 그걸 언급하지 않았다. 나는 그것들을 치우고 감방 바닥에 있는 상하수도관을 감추기 위해 흙을 덮어 시멘트 바닥 높이에 맞춰 두었던 것이다. 작은 의혹조차 남아 있지 않다는 걸 알고 나는 안심했다. 그들은 아무것도 알지 못했다. 하긴 누가 생각이나 할 수 있겠는가?

"바예호스," 형사가 불렀다. "판사님이 혹시 오늘이나 내일 한번 둘러보고 싶어 할지 모르니 여기 남도록 하게."

바예호스는 싫다는 표정으로 반장을 쳐다보았다. 다른 경찰은 그를 동정하는 듯했다.

"그럼 좋아. 이렇게 하지. 내가 판사님께 전화를 걸어서 계속 진행하라는 허가를 받으면 자네한테 무전으로 알려 줄 테니 그럼 퇴근해도 좋아. 됐나?"

"감사합니다, 반장님. 정말로 감사합니다. 토요일이라서…… 아시지요?"

"그러니까 안에 연장을 보관할 우리가 있더란 말이지?" 반장이 신참내기를 돌아다보며 물었다. 목소리에는 조금도 경계심이 없었다. 그냥 대수롭지 않은 일에 대해 얘기하듯이 말했을 뿐이다.

침묵이 감돌지 않도록 그냥 하는 말이다.

"말씀대로입니다, 반장님. 커다란 자물쇠가 두 개 있고요. 사람들은 참 이상한 일도 해요, 그렇죠?"

반장은 거실 탁자에 올려 두었던 모자를 집어 든다. 다시는 그 곳을 방문할 일이 없다는 것을 아는 사람의 표정으로 농장을 보았다.

"그렇지. 사람들은 이상한 일을 하기도 해."

더 이상은 말이 없었다. 그들은 경찰차에 올랐고, 나는 내 차로 뒤를 따랐다. 그들은 신속하게 부검의를 찾았고, 그날 밤 부검을 실시했다. 담당 판사는 지체없이 사건을 종료하도록 지시했다.

모랄레스의 장례식은 월요일 아침이었다. 새벽부터 밤까지 가랑비가 추적추적 내려 서글픈 장례식이 되었다. 온종일 햇살은 한 줄기도 비치지 않았다. 그런 날씨인 게 맞다는 생각이 들었다.

반납

'지금이다.' 차파로는 생각한다. 이제는 끝났다. 더 이상은 이야기할 게 없다. 모랄레스든 고메스든 그들과 상관있는 건 이제 아무것도 남지 않았다. 이제는 이야기가 완전히 자기 손을 떠난 것 같다. 차파로는 인간이란 존재는 생명을 멈추더라도 다른 사람들의 삶 속에서 삶을 연장하는 게 아닐까 자문해 본다. 아직은 살아 있는 사람들, 그들을 기억하는 사람들의 삶 속에 말이다. 그러나 그는 그 두 사람의 인생은 완전히 종결되었다는 느낌이 든다. 차파로 이외에는 아무도 그들을 기억하지 않으므로.

이 세상을 지나는 그들의 발자취는 아마도 사라졌다. 혹은 머지 않아 사라질 것이다. 모랄레스의 마지막 흔적은 무엇일까? 프로빈시아 은행 비예가스 지점의 문서보관소에 남아 있는, 그의 서명과 그의 도장이 찍힌 서류들. 고메스의 흔적은 더욱 더 아득하다. 어쩌면 데보토 교도소의 거대한 문서보관소에 남아 있을 그의 지문들과 1973년 5월 25일 날짜가 찍힌 석방 명령서. 두 사람을 연결하고 두 사람을 살아남게 하는 뭔가가 아직은 있다. 30년 전 법원 진술서에 한 서명들. 모랄레스의 서명은 그의 증인 진술서 아래쪽에, 고메스의 서명은 심문 조서의 끝에 있다. 술에 잔뜩 취한 어느 날 파블로 산도발 주임이 멋진 바느질 솜씨로 꿰매놓은 빛바랜 서류철 속에 붙들려 있다. 두 사람의 유골도 남아 있다. 한 사람의 것은 비예가스 묘지에, 또 한 사람의 것은 들판 한가운데 두 그루 떡갈나무의 발치에 만든 흔적 없는 구덩이 속에. 그러나 유골들은 말이 없다.

'이게 이야기의 결말이야.' 차파로는 생각한다. 그 황폐한 삶들과 자기 삶 사이의 경계에 서서. 이 점에 대해 뭔가 말하고 싶은 마음이 안 생긴다. 그러나 의도한 것과는 달리 자기 인생의 무언가가 레밍턴 타자기 옆에 수북이 쌓여 있는 그 종이들 속에 스며들지 않았다고 확신은 못한다.

그는 시선을 내려 타자기로 쳐 놓은 종이들을 본다. 종이들이 묻고 있는 것 같다. 이제는 결심을 해야 한다. 이것들을 어떻게 할 것인지. 출판을 할 것인가? 서랍 속에 보관할 것인가? 그의 사후에 누군가 서랍에서 발견하고는 똑같은 딜레마에 직면하게 된다면? 결국 이 글은 누구를 위한 것인가?

또한 레밍턴 타자기에 대해서도 결정을 해야 한다. 선물받은 게 아니라 빌린 것이다. 돌려줘야 한다, 법원에. 이것은 국가 재산이다. 이 구석기 유물이나 마찬가지인 물건이 소설가 시늉을 하겠다고 거의 일 년 동안 자판을 두들긴 은퇴한 사무장을 제외하면 아무한테도 가치가 없다는 게 중요한가? 아니다. 어쨌든 돌려줘야 하는 물건이다. 돌려주면 어떻게 할지는 그다음에 법원에서 알아서 할 일이다.

그는 레밍턴을 서기관실로 들고 가 직원들에게 안부도 전하고, 나무 의자를 하나 끌어당겨 안쪽에 있는 선반에 붙여놓고 무겁고 낡은 레밍턴을 맨 위 선반에 올려놓아야 한다. 그러고는 일 하는 방식을 직원들에게 가르치려 드는 고질병에 따라 모든 공식 통지문은 행정실로 보냈다가 돌려받아야 한다고 설명해야겠지. 그럼 설교가 끝난 다음에는? 한 번 더 돌아가며 작별인사를 하고 집에 오는 것이다.

그러면 이레네는? 그가 법원에 갔는데 자기한테 들러 인사를 하지 않았다는 사실을 알게 되면 기분 상하지 않을까? '애석한 일이군.' 차파로는 혼잣말을 한다. 왜냐하면 인사하러 들르지 않을 테니까. 그녀를 사모한다고 말할 용기가 없다. 그렇다고 더 이상 열정을 견디고 침묵할 인내심도 없다.

차파로는 일어서서 완성한 원고 수고(手稿) 위에 꽤 두꺼운 사전을 한 권 올려둔다. 바람이 한줄기 불어와 그의 기억의 갈피를 들추는 건 안 될 일이다. 그는 화장실로 가서 양치를 하고, 라벤더 향 로션을 손에 덜어 희어진 머리칼을 정돈한 뒤 검은색 작은 빗으로 마무리한다.

침실에 들를 것인지 망설인다. 넥타이를 맬 것인가 노타이로 갈 것인가? 후자를 선택한다. 이제는 더 이상 부서기관도 아니다. 이제 작가가 되었으니—그는 기회를 놓치지 않고 자신을 조롱한다—격식을 차리지 않은 차림이 낫고 머리도 기름을 바르지 않는 게 좋다고 생각한다. 시계를 본다. 정오가 가까웠는데 카스텔라르에서 빈 차로 출발하는 기차가 있을까? 없을 것이다. 가는 동안 내내 타자기를 들고 서서 가고 싶지는 않다. 역으로 걸어간다. 신이 어여삐 여기신 것 같다. 11시 5분이고 오전 마지막 완행열차가 빈

자리가 수두룩한 채로 그를 맞이한다. 그는 오른쪽에 앉아 생각에 잠겨 리바다비아 대로를 따라 달리는 차들을 본다.

갑자기 소스라치게 놀란다. 기차가 카바이토와 온세 역 사이의 철로 옆으로 우뚝 선 우중충한 벽들 사이로 시끄러운 소리를 내며 앞으로 지나간다. 30분 동안 무슨 생각을 하고 있었나? 기억이 나지 않았다. 모랄레스였나? 고메스였나? 아니다. 그들은 이제 안식을 찾았다. 이제 모든 이야기를 하고 나니 더 이상은 그들이 불시에 찾아와 혼란스럽게 하지도, 자신을 비난하지도 않는다. 그러면? 그는 온세 역에서 내린다. 뒤늦은 호기심이 생긴다. 밤 시간에 두 차례 모랄레스를 만났던 그 카페가 있던 자리에 가보고 싶어진다. 지금도 있을까? 그러나 푸에이레돈 쪽 보도로 나갔을 때 그는 자신이 의도적으로 시선을 피했다는 기이한 느낌이 든다. 뭘 말인가? 당연히 그 카페다. 카페. 돌아서면서 그곳을 힐끗 한 번 볼 수도 있다. 그러나 낯선 부재를 확인하게 될까 봐 마음이 불안하다. 마치 갑작스러운 늙음이 찾아들기라도 할 것 같다.

그는 115번 버스 정류장으로 발길을 옮기면서 그 문제를 골똘히 생각한다. 간간이 손을 바꿔 들기는 하지만 타자기가 무겁다. 이 문제가 다시 흐릿해지는 걸 원하지 않는다. 그래서 승차권을 사서 자리에 앉아 생각한다. 특히 자기가 생각하고 있는 게 정확히 무엇인지를. 서너 블록을 가는 동안 생각이 이어진다. 그러나 버스가 코리엔테스로 접어들자마자 다시 생각은 길을 잃는다. 맙소사, 머릿속 어느 모퉁이에서 생각이 흐트러지는 거지? 코리엔테스 대로를 벗어나 파라나 길로 구부러질 때 버스가 커브를 그리며 흔들거려도 그의 생각은 현실로 되돌아오지 못했다. 운전수가 뒷문을 막 닫으려는 찰나에 버스를 내릴 수 있었던 건 순전히 우연이었다.

그는 유리에 비친 자신을 본다. 벤하민 차파로가 좁은 보도에 서 있다. 키가 크고 머리가 허옇고 비쩍 말랐다. 아직 예순일 뿐이다. 왼손에는 석기시대 유물 같은 타자기가 들려 있다. 인생에 더할 게 뭐가 남았을까? 소설은 아니다. 죽은 두 남자의 이야기는 이제 다 끝냈다. 대답이 서서히 그의 머릿속으로 들어왔다. 모든 어려운 결정들이 그렇듯이 아주 느리게.

이제 그의 삶은 오랫동안 새김질하던 바를 할 차례가 되었다. 새김질을 하고 있다는 것도 모른 채 오랫동안 생각하고 또 생각해 온 일. 11시 5분 카스텔라르에서 기차를 탈 때부터, 아니면 11개월 전 레밍턴 타자기를 빌리던 그때부터, 그도 아니면 30년 전 막 입사한 젊은 연수생 아가씨에게 전화응대는 이렇게 하는 거라고 가르치던 그때부터 생각해 온 그 일.

그래서 그는 마침내 몸을 움직이고 라바예 쪽 입구의 계단을 두 칸씩 뛰어 올라간다. 5층까지 엘리베이터를 탄다. 흰색, 검은색의 마름모꼴 타일로 된 복도를 따라 성큼성큼 걸어간다.

그는 19호 서기관실에 인사하러 들르지 않는다. 자신의 애 끓는 사랑의 감정을 사람들이 알아챌까 두렵지도 않다. 오늘이 되어서야 비로소 처음으로, 확실하게, 늦지 않게, 알게 되었기 때문이다. 곧장 가서 집무실 문에 노크를 하고, 들어오세요 하는 그녀의 목소리를 들은 뒤 자신이 사랑하는 여자 앞에 남자답게 꼿꼿이 들어서야 한다는 사실을. 그를 맞으며 미소짓는 그녀의 입에서 흘러나오는 일상적인 질문들을 무시한 채, 자신이 여전히 살아 있는 유일한 이유이자 미루어놓은 빚을 이제는 갚거나 돌려받거나 해야 한다는 사실을. 왜냐하면 차파로는 당장, 그리고 영원히 대답해야 할 필요가 있기 때문이다. 그 여자에게, 그녀 두 눈의 물음에 대해.

2005년 9월 부에노스아이레스 이투사잉고에서

저자의 말

1987년 2월 나는 부에노스아이레스 소재의 Q 형사법원의 제1심 법원 직원으로 취직했다. 여느 때와 다를 바 없던 어느 날 아침 선배들에게 오래된 일화를 하나 들었다. (아르헨티나 역사에서) 언제나 가장 복잡한 어둠 속에 남아 있는 시절인 1973년, 캄포라 정부가 정치범들에 대한 사면 조치를 내렸고 그 결에 법원의 판결에 따라 데보토 교도소에 갇혀 있던 일반 재소자까지 출감한 일이 있었다. 그는 중죄를 저질러 아주 긴 징역형을 채워야 했다. 그런데 그날 어떻게 된 영문인지 아무도 모르는 이유로 출감한 것이다.

시간이 흘러 나는 그 이야기를 다시 떠올렸다. 그래서 수많은 사건들과 상황들을 지어내 상상으로 덧붙여 보았다. 지어낸 것이기는 하지만, 유죄 선고를 받은 살인자가 부당하게 석방되는 경우에 있을 법한 원인과 결과들에 부합하는 상황들이다.

그밖에 이 책에서 하고 있는 이야기는 완전한 픽션이다. 등장인물들도 모두 지어낸 것이다. 사실 1960년대 말에 18호, 19호 서기관실은 예심법원이 아니라 선고법원에 속해 있었다. 또 부에노스아이레스에 제41예심재판부는 없었다. 피비린내 나는 1970년대의 아르헨티나가 이 책의 배경으로 등장하곤 한다. 그런 일이 존재하지 않았더라면, 허구였다면 얼마나 좋을까.

아무튼 감사의 글을 마치기 전에 Q 법원에서 함께 일했던 사람들에 대한 애정 어린 추억을 전하고 싶다. 특히 19호 서기관실의 동료들인 후안 카를로스 트라비에소, 에반헬리나 라살라, 호르헤 리바, 에디 피초트, 크리스티나 라라에게. 또한 이 이야기의 견고함과 개연성을 마련하기 위해 수많은 법률적 세부사항들과 사건 기록에 관한 세부사항들을 일일이 확인할 수 있도록 해 준 절대적인 도움에 대해서도 이 자리를 빌려 깊은 감사의 마음을 전해야겠다. 그 시절에 관한 나의 즐거운 기억은 순전히 법원의 모든 동료들 덕분이다.

에두아르도 사체리

옮긴이 조영실
서울대학교 서어서문학과 졸업, 동 대학교 석사, 박사. 마드리드 콤플루텐세대학교 및
부에노스아이레스대학교 유학. 서울대 연구원, 부산외대 연구교수 역임. 현재 서울대,
숙명여대, 홍대 출강. 옮긴 책으로『세피아빛 초상』,『세상에서 나가는 문』,『끝없는
사랑의 섬』,『라틴아메리카 국민국가 기획과 19세기 사상』(공역),『라틴아메리카 문제와
전망』(공역)이 있다. 공저로『차이를 넘어 공존으로』를 썼다.

그들의 눈빛 속엔 비밀이 있다

에두아르도 사체리 지음
조영실 옮김

제1판 1쇄   2015년 10월 8일

발행인   홍성택
기획편집   조용범, 김은현
디자인   박선주

주소   서울시 강남구 삼성로 100길 23-7
전화   02.6916.4481
팩스   02.6916.4478
이메일   editor@hongdesign.com
블로그   hongc.kr
인쇄제작   정민문화사

ISBN   979-11-86198-11-7 03870

이 도서의 국립중앙도서관 출판예정도서목록(CIP)은 서지정보유통지원시스템
홈페이지(http://seoji.nl.go.kr)와 국가자료공동목록시스템(http://www.nl.go.kr/
kolisnet)에서 이용하실 수 있습니다.(CIP제어번호: CIP2015026237)

홍시 홍디자인은 (주)홍시커뮤니케이션의 출판 브랜드입니다.